인터셉트

김샤론 장편소설

2

동아

인터셉트 ·2

초판 1쇄 인쇄일 | 2022년 12월 12일
초판 1쇄 발행일 | 2023년 01월 04일

지은이 | 김사론
펴낸이 | 박성면
펴낸곳 | (주)동아

출판등록 | 제406 - 3960100251002007000071호
주소 | 경기도 파주시 문발동 223-11 2층
전화 | (031)8071 - 5201
팩스 | (031)8071 - 5204
E - mail | bear6370@hanmail.net

정가 | 11,800원

ISBN 979 - 11 - 6302 - 621 - 1 (04810)
    979 - 11 - 6302 - 619 - 8 (set)

Donga
romance story

2

인터셉트

김샤론 장편소설

동아

Intercept

목 차

2. 다시 (2)

"재인이는 잘 지내요?"

완벽한 옷차림으로 시계를 채우던 손이 멈췄다.

태인과 만난 지 얼마 안 됐을 때였다. 아마도 두 번째 혹은 세 번째 만남. 그리고 격렬한 정사 후였다. 주말에도 잡힌 외부 미팅 일정 전에 잠시 들렀다고 했다.

남자는 작게 눈썹을 움직였다. 무감하게 변화 없는 표정이었지만 눈동자에서는 서늘함이 느껴졌다. 치명적인 말실수를 한 것처럼 남자의 눈이 저를 몰아붙였다.

배다른 형제지만 미국에서 같이 생활한 만큼 사이가 나쁘지는 않다고 판단했다. 그래서 그런 질문을 태인에게 한 것인데. 아니었던 걸까.

말없이 빤히 내려다보는 남자 때문에 괜히 민망해져 말을 덧붙였다.

"아, 그게 사실 재인이가 유명하더라고요. SNS에 사진도 올라오고, 그렇게 컸을 줄……."

"서재인이 왜 궁금하지?"

남자가 더는 못 들어 주겠다는 듯 말을 잘라먹었다.

"아…… 그냥요. 가끔 생각나고 그래요. 예전에 안진에서 잘 지냈던 기억이 있으니까."

남자의 뺨에 힘으로 그은 선이 팽팽하게 그려졌다. 그리고 잠시 숨을 고른 뒤 허탈한 웃음을 내뱉었다.

"그래요? 궁금하네. 어떻게 재밌게 놀았길래. 아직도 희주 씨가 잊지 못하는지?"

내뱉는 말의 끝이 사나워졌다. 순식간에 그가 침대에 누워 있던 그녀의 위로 자리 잡았다.

벨트 버클을 풀고, 바지와 브리프를 한꺼번에 내려 장골에 걸쳤다. 팔꿈치를 그녀의 얼굴 옆에 대고는 위에서 희주를 훑으며 내려다보았다.

"내 앞에서 그 이름 다신 꺼내지 마요."

다소 신경질적으로 내뱉은 그가 밑으로 손을 내렸다.

골반을 누르고 무식하게 큰 성기를 게걸스럽게 쑤셔 넣었다. 앞선 정사가 무색하도록 좁아 든 길을 그가 무자비하게 속도를 높여 움직였다.

"이런 건 안 했을 거 아니야. 응? 어린 새끼가 발랑 까져서 그때부터 했을 리는 없잖아."

찔러대는 그를 받느라 어지럽게 흔들리는 가슴을 크게 베어 물었다. 희주는 남자가 내뱉는 말에 아연하기만 했다. 도대체 동생을 두고 무슨 생각을 했기에.

"으흣…… 무슨 소릴 하는 거예요."

말하느라 입에서 튕겨져 나간 가슴을 성가시다는 듯 손으로 움켜쥐었다. 봉긋하게 만들어진 정점을 혀로 쓸고 깨물었다.

"사진 봐서 알 거 아나? 걘 여자 많아. 그런데 난 김희주 씨밖에 없거든."

태인의 말에 희주의 가슴이 쿵, 떨어졌다. 침대에서나 뱉은 의미 없는 소리가 분명할진대, 속절없이 떨려대는 마음이 너무 초라했다.

내벽이 움찔, 조여들며 그의 성기를 쥐어짜자, 남자는 귀신같이 알아차렸다. 여자의 흥분이 제가 말한 소유욕에서 비롯된 것을.

태인이 상체를 둥글게 말고 느리게 움직이며 귓가에 연신 속삭였다.

"난, 김희주 거야, 응? 다 가져. 내 좆도 몸도 다 가져. 다 네가 가져."

남자의 주름 한 점 없던 슈트가 엉망으로 구겨졌다. 난잡하게 맞붙은 곳에서 쉴 새 없이 흘러내리는 애액들로 그의 말끔한 옷이 더럽혀진, 그런 날이었다.

또각또각.

머리부터 발끝까지 화려함으로 무장한 여자가 호텔 라운지로 걸어 들어왔다.

CHA호텔 라운지는 최세연과 잘 어울렸다.

클래식하고 우아한 전통적인 호텔 라운지와는 달랐다. 과감한 색상에 미래적인 분위기까지 풍기는 인테리어였다. 때문에 라운지에 자리한 사람들도 젊은 층이 대다수였다. 자신이 몸담은 CH건설에서 시공하고, 본인이 직접 인테리어까지 맡아서 한 호텔에 대한 자부심이 대단했다.

"일찍 왔네요?"

차세연이 태인의 맞은편으로 앉으며 예의상 말했다. 태인은 귀찮음이 묻어나는 얼굴로 손목을 틀어 시계를 보았다.

네가 늦은 거 같은데, 라는 말은 굳이 하지 않았다.

차세연은 약혼식을 망쳐 놓았으니 할 얘기가 있지 않겠냐며 박 실장을 통해 연락을 넣었다.

'자리에 나오면, 컨소시엄에서 빠지겠다고 한 것도 재고해 볼게요. 그리고 다른 제안도 있고.'

태인은 자신만큼이나 이 자리에 잘 어울렸다. 클래식한 블루 슈트를 완벽하게 소화한 남자는 주변의 시선을 사로잡았다.

왜 욕심이 안 나겠는가. 같이만 있어도 이렇게 소유욕이 들끓는다.

이 화려한 남자는 자신의 옆이 딱 맞는데. 그 말갛고 순진한 여자보다는 아무래도 내 쪽이 가지는 게 맞는데 말이야.

아쉬운 마음을 금치 못하겠다. 남자는 애초 약혼의 말이 오 갈 때 확실하게 했다.

'몸, 마음 둘 다 못 줘. 그래도 괜찮겠어?'

'마음은 그렇다고 쳐도 몸은 겹칠 수 있는 거 아닌가?'

'나, 고자야. 소문 다 났을 텐데.'

당당하게 자신의 치부를 말하던 남자의 말을 믿은 건 아니었 지만 들은 바가 있어서 그러려니 했다. 착용하지 못하는 액세 서리라도 가까이에 두고 지켜보는 것도 나쁘지 않으니까.

그런데 그의 애인이라는 여자를 소개받고는 기분이 이상했 다. 나쁜 게 아니라 오히려 흥분되는 느낌. 여자를 안을 수 있 다는 소리니까. 언젠가는 가질 수 있을 테지.

근데, 나타나지 않았다. 약혼식에.

"약혼식 날, 스위트룸에 하루 종일 있었다면서요?"

"우리 호텔 보안이 그 정도로 최악일 줄은 몰랐는데. 이참에 사장이랑 지배인부터 바꿔야겠군."

약혼식 장소는 서산 소유의 호텔이었다. 나타나지 않는 남자 를 두고 그때는 별생각을 다 했다. 청부업체를 고용해야 할까. 아니면 어떤 스캔들을 만들어서 먹칠해 줄까. 아니면 제법 소 중해 보이는 그 여자를 잡아다가……

다 부질없는 짓이었다.

최세연은 똑똑했다. 그녀의 사생활, 남성 편력만 유명한 건 아니었다.

실력 역시 업계에서 꽤 유명했다. 가진 것만 많고 머리는 든 게 없는 2세, 3세와는 다른 재원이었다. 금수저를 물고 태어나 바닥으로 한 번도 떨어지지 않고, 가진 것을 등에 업고 더 위로 올라갔다. 서태인을 적으로 돌려서 좋을 건 없다는 것을 알고 있다.

본능적으로.

남자가 아주 위험하다는 사실도.

약혼식에 나타나지 않아 망신을 준 태인에게 짜증이 난다기 보다는, 가질 수 없다는 것에 대해 아쉬움이 더 컸던 것도 부정할 수 없었다. 완벽한 거래를 두고 왜 그가 나타나지 않았을지 생각해 보면 계속 끝에는 그 여자가 걸린다.

"서산 빨리 가지고 싶은 거 아니었나? 궁금하긴 하네요. 뭐 하느라 안 왔을지. 쉬운 길 놔두고 왜 포기한 건지."

"호텔에서 애인이랑 둘이 할 게 뭐 있겠어."

말하는 남자의 얼굴이 그날을 곱씹기라도 하듯이 지독히 색정적이었다. 그녀를 권태롭게 쳐다보며 손가락을 편 채로 두 손을 맞물려 잡았다.

역시 이 남자는 그 여자랑 있었다.

세연은 모욕감에 커피잔을 잡은 손에 힘을 주었다.

"사후 처리는 비서진들이 진행하는 걸로 알고 있는데, 사과라도 받고 싶은 건가?"

성가시다는 눈빛을 숨기지 않았다.

이렇게 나온다 이거지. 최소한 나는 가진 척이라도 해야겠어. 약혼식을 망친 눈앞의 남자와 그 여자에게 생채기 하나라도 내야지 마음이 풀릴 것 같았다.

세연이 입 안이 쓴지 아무 맛이 느껴지지 않는 커피를 한 모금 마셨다. 원두 관리하는 식품팀을 소집해야겠다 생각하면서 서두를 던졌다.

"당신 되게 무서운 사람이던데요."

의구심만 남기는 말장난에 서늘한 눈빛이 떨어졌다.

"내가 촉이 좀 좋거든. 서 회장님 그때 창립 기념회 파티에서 발작하셔서 병원에 실려 가셨잖아요. 공식적으로는 뭐 심장에 무리가 갔다고 했지만…… 나는 봤거든. 한윤아 이사장에게 당신 어머니 이름 부르시던데? 송지윤?"

여유롭던 남자의 미간에서 거침없는 신경질이 묻어났다.

"그래서 좀 알아봤지. 약물에 의한 부작용 같다는 소견이 나오더라고."

태인은 아물어 가는 이마의 상처에서 통증을 느꼈다.

"최 닥터는 잘못 없어. 내가 뒤에서 손을 좀 쓴 거라서. 아마 정보가 흘러나갔는지도 모를 거야."

잠시의 공백 뒤에 태인의 입에 비소가 걸렸다.

제법이다. 눈앞의 여자가 보통은 아니라는 걸 알겠다. 자신과 어쩌면 비슷한 족속이다. 비틀린 마음, 원하는 건 가져야 직성이 풀리는 야차 같은 인간.

"당신이 미국 지사에 있을 때 일라사이언스에서 개발하던 신약, 최종 임상 통과 손쓴 거 맞지? 생각을 좀 해 봤어. 아직 국내에서도 유통이 진행 안 된 그 약을 왜 서 회장님이 먹고 계신 건지. 당신이 의대에 입학한 것부터 이상……."

그가 갑자기 웃음을 터트렸다.

"소설, 재미있어?"

그는 관자놀이를 손가락으로 느리게 툭툭 치며, 생각을 좀 해 보라는 듯 비아냥거렸다. 그렇지만 세연은 전혀 당황하지 않고, 큰 입을 시원하게 끌어 올리며 말했다.

"좋아, 그렇다고 쳐. 우리 같은 사람들은 못 가진 거 없이 자랐잖아. 그래서 지켜야 할 게 많지 않나?"

나른한 눈매가 사납게 변했다.

"당신을 가질 수 없을 테니까. 가진 척이라도 해야겠어, 난. 약혼식도 깨져서 지금……."

"원하는 것만 말해."

그는 무신경하게 말을 자르고 본론을 요구했다.

"약혼은 하는 거예요. 물론 파혼도 해 줄 거야. 내 약혼자인 6개월간, 미디어 노출 횟수, 사교 모임, 파티…… 내가 원하는 건 다 나와요. 최소한의 스킨십도 물론 허락해야겠죠? 그리고 김희주 그 여자랑 있는 건 자제해 주고."

태인은 잠시 고개를 돌리고 실소를 내뱉었다. 그리고 미쳤냐는 눈으로 최세연과 시선을 마주했다.

"계약금으로 서산 지분 가지고 있는 50퍼센트 넘겨줄게. 계약이 성공적으로 끝나면 나머지도 주는 걸로 하고."

"됐어."

단호한 목소리에도 세연은 전혀 막힘이 없었다. 해결책을 제시하는 세연의 눈빛은 당당했다.

"그리고 서산제약 인수 건도 그대로 진행할게요."

"……."

"나중에 이슈 터지면 당신도 위험하지 않나? 합리적인 의심이 가능하잖아. 아들이 들여온 약이 서 회장의 미친 발작과 관련 있다면? 그런 찌라시들을 좋아하거든 사람들은."

"들을 게 더 없는 것 같은데. 내가 좀 피곤해서 말이야."

태인이 일어나려고 할 때였다.

"그리고 내가 입 닥쳐 주길 원하잖아. 당신 그 계획 성공하려면."

협박이었다. 지금이라도 서 회장에게로 가서 말할 수도 있다는.

태인은 꼿꼿한 자세를 풀고 소파에 기댔다. 한결같이 냉기를 쏟아내던 남자가 완벽한 매듭을 짓고 있던 넥타이를 조금 끌어냈다. 답답하게 숨을 막고 있는 원흉이라고 생각한 듯했다.

생각과 동시에 침묵이 길어졌다.

"너무 길어. 3개월."

하, 실소하는 세연의 얼굴에 단호하게 못 박았다.

"더는 안 돼."

"왜 그 여자 때문에?"

"힘들어하고 있을 거야. 빨리 끝내고 싶어."

담백하고 차가운 말투지만, 남자와 어울리지 않는 걱정스러운 얼굴이 찰나 스쳐 지나갔다.

"당신 설마…… 그 여자 좋아해? 아니 사랑해?"

그가 비틀린 웃음을 지었다.

아직도 모르겠다. 그 여자를 어쩌고 싶은 건지. 김희주를 생각하면 무력감과 고통이 동시에 몰려온다. 불행의 극치에 서 있다고 생각했는데, 그게 아니었나. 심장 어딘가가 쩌억, 하고 갈라지는 느낌이 들었다.

남자의 스치듯 지나간 고통스러운 표정을 포착한 세연이 알 만하다는 표정으로 그를 쳐다보았다.

불쌍한 남자.

그러다 황량한 사막의 정원처럼 이국적으로 꾸며 놓은 창밖을 바라보며 말했다. 구질구질해도 너무 궁금해서.

"진짜 섹스는 못 해?"

"김희주가 말 안 했나? 그날 보니까 둘이 도란도란 얘기 잘하던데."

창립 기념회 때 세연과 희주가 대화하는 장면을 지켜보고 있었다. 세상 결벽할 것 같은 이 남자는 그 여자와 관련하면 왜 그렇게 음흉해지는 건지.

"말했어. 귀엽던데? 바들바들 떨면서 다른 여자는 못 만진다고."

그가 기꺼운 듯 소리 내 웃었다. 그래, 그게 김희주지.

"겁이 많으면서도 호기롭고, 영악한 것처럼 굴지만 순수해."

남자는 불쑥 그리워진 얼굴을 떠올리며 손가락으로 입술을 문질렀다.

"여자가 보기엔 어때? 나 좋아하는 것 같아?"

태인은 그 말을 스스로 뱉고도 고개를 떨구고 미친 것처럼 웃었다. 세연은 그 모습을 얼떨떨한 표정으로 바라보았다. 확인받고 싶어 하는 남자의 불안이 보인다. 이내 짜증스럽게 적선하는 듯이 말을 던졌다.

"안 좋아하면 그 수치심을 견디며 파티에 있었겠어? 그쪽만 내내 쳐다보던데."

그 말에, 자신이 만든 희주의 처참한 몰골을 떠올렸다. 어머니의 마지막 모습과 비슷했던. 태인은 애써 동요를 밀어 넣었다.

거슬리는 거 다 치워 놓고, 사랑해 주면 돼. 그게 희주가 원하는 거면. 사랑이라는 게 내가 할 수 없는 거라면 꾸며내서라도 해 보지 뭐.

지독한 갈망은 더 깊고 짙어지고 있었다.

집으로 돌아와 그는 곧장 손을 씻었다.

역겨운 향수 냄새.

파혼의 여파로 처리할 일들 때문에, 며칠째 잠을 제대로 자지 못해 시야가 뿌옇다. 넥타이를 끌러 바닥에 툭 던졌다. 최세연의 향수 냄새가 너무 지독했다. 드레스 룸으로 들어와 옷을 헤집는 손길이 바빴다.

희주가 입던 어떤 옷이라도 있을 텐데. 그녀가 입었던 얇은 슬립을 찾았다. 옷을 구겨 코에 묻고 무너지듯 바닥에 주저앉았다. 이미 희미해진 냄새이건만 그는 미친 듯이 그 흔적을 찾았다.

그는 피가 몰린 하체를 자유롭게 해 주었다.

강박적으로 숨을 들이마시고는 짙은 숨을 내뱉었다.

'끝난 거라면 끝난 거라고 말해 줄래요?'

아니, 끝은 없어.

주먹에 싸인 검붉은 성기가 질척한 소리를 내며 오르내렸다. 팽팽하고 선명한 복근에 힘줄이 불뚝, 솟아올랐다. 매번 부끄러워하다가도 흥분에 들떠 그를 죄어오고 흔들리던 모습을 떠올렸다.

'당신, 너무 저질이야. 아웃. 그, 그만 으응.'

그럴 리가 없는데, 향기가 짙어지는 기분이다.

'더, 아니, 그만, 좋아요. 제발, 아, 흐응, 아아!'

탁탁탁, 거친 손놀림에 표피가 쓸리는 야릇한 물소리가 탁한 숨소리와 욕들이 드레스 룸을 메웠다. 걸쭉하고 뿌연 액체가 울컥울컥, 슬립에 한참을 쏟아져 나왔다.

개새끼가 따로 없네.

바스락 손가락에 경련이 일었다.

3개월이야. 그때 동안만 거기 있어. 아무도 모르게.

언제나 나를 기다렸잖아. 싫은 듯 끝을 말하며 도망가도 내가 찾아가 주길 바랐잖아.

* * *

픕.

희주는 얼른 올라가는 입꼬리에 얼른 힘을 주었다.

재인아.

과하다. 너무.

단추를 두어 개 풀어 빗장뼈가 아슬아슬하게 보이는 검은 헨리넥 셔츠에 박시한 블레이저. 크림 베이지색 와이드 팬츠에 블랙 로퍼.

누가 봐도 시상식이나 파티에 가는 듯한 차림에 자꾸 웃음이 나왔다.

항상 앞으로 내렸던 머리를 볼륨 있게 넘겨 반듯한 이마가 보였다. 그 때문에 맵시 있는 윤곽에 또렷한 이목구비가 뚜렷이 드러났다.

더구나 그 상쾌하고 설레는 표정은.

고작, 읍내에 가는데 과하지 않아?

어젯밤. 호수 별장.

"내일 피크닉 가자. 날씨 좋대."

갑자기 재인은 피아노를 치다가 멈추고 말했다.

저녁을 먹고 희주는 거실 러그 위에서 배를 깔고 엎드려 책을 읽고 있었다.

"내일은 좀 바쁜데? 장날이라서 살 것도 좀 있고. 고장 난 기계 수리도 좀 맡겨야 하고. 좀 할 일이 많아. 집에서 쉬고 있어. 고 씨 아저씨랑 다녀오려고."

"그래? 그럼 읍내, 거기 가는 거야? 우리 햄버거 먹었던 주변?"

"응."

순순히 물러난다. 같이 가면 계속 치근덕댈 게 뻔했다. 고 씨 아저씨 눈치도 보이고. 장 보는 내내 신경 쓰일 게 뻔해서 어떻게 거절할지 고민했는데, 의외로 산뜻하게 일어서서는 밖으로 나간다.

한데 핸드폰 화면이 밝아졌다.

[고 씨 아저씨]

전화를 받아보니 난감한 음성이 흘러나왔다.

—희주야, 미안한데, 내일 같이 못 갈 것 같은데 어떡하지? 갑자기 아들이 휴가 받아서 내려온다고 하지 뭐야. 이번엔 신입이라 휴가도 없을 것 같다고 그러더니…….

"아, 네 뭐 어쩔 수 없죠. 저 혼자 갈 수 있어요. 버스 타면 돼요."

—그러지 말고, 도련님한테 부탁해 봐. 무거운 거 들고 어떻게 오려고.

"제가 알아서 할게요. 걱정하지 마세요."

통화를 마치고 나서 내일 읍내에서 사야 할 것들을 핸드폰 메모장에 정리하는데, 뒤에서 기척이 느껴졌다. 언제 들어왔는지 부엌에서 재인이 물을 마시고 있었다. 잔에 물을 다시 반쯤 채운 뒤 희주에게 다가와 내밀었다.

"무슨 일이야?"

내민 물 잔을 들어 다 마시자 그는 다시 유리잔을 받아들고는 사이드 테이블에 올려놓았다.

"아, 고 씨 아저씨. 내일 아들 휴가 온다고 해서. 같이 못 가실 것 같다네?"

심드렁하게 대꾸하고 다시 핸드폰을 보는 그녀의 눈앞에 손바닥이 왔다 갔다 움직인다.

"흠, 그게 끝이야?"

"뭐가 더 있어야 해?"

손바닥을 치우려고 쳐내는 순간 손목을 확, 낚아챈다.

"같이 가자고 말해야지. 너 운전도 못 하잖아."

가져간 손에 뺨을 비비면서.

"너, 설마?"

희주는 눈을 가느스름하게 뜨며 그를 쳐다본다. 고 씨 아저씨 아들 역시 서산 백화점에 회사에 다니고 있었다. 희주와 나이 차이도 있고, 일면식만 있는 상태라 따로 연락하고 지내지는 않지만. 재인 역시 서산 그룹 사람이니까 합리적 의심이 들수밖에 없다.

"뭐? 내가 고 씨 아저씨 아들 휴가를 마음대로 줬을까 봐? 나아직 그 정도 안 돼. 회사에 아는 사람도 없는데 무슨 수로."

하긴 재인이 그렇게까지 해야 할 이유가 없는데. 괜한 의심이었나 싶은 마음에 슬쩍 민망해졌다.

버스를 타고 다녀오자니 짐도 많을 것 같고, 재인이도 거의한 달을 별장 안에만 있어서 심심할 텐데. 같이 가도…… 되겠지?

"그래? 그럼 귀찮게 하지 말고. 잘 따라다녀야 해. 힘들다고 찡찡대지 말고."

"내가 언제 그랬어?"

"어렸을 때 그랬어. 다리 아프니까 업어 달라고 얼마나 보챘는데."

"날 뭐로 보고. 내 다리를 봐. 어디 아플 다리야?"

그가 종마같이 죽 뻗은 탄탄한 다리를 희주 눈앞으로 가져왔다.

"만져 봐. 이 정도면 튼튼하지?"

그런 다음 희주의 손을 잡아 허벅지로 가져간다. 딱딱한 나무 기둥 같은 다리에서 뜨거운 열기가 뿜어져 나와 희주는 얼른 손을 뗐다.

"알았어. 내일 10시에 나갈 거야. 나 이제 갈게."

희주가 벌떡 일어나, 움푹 파인 거실의 계단을 올랐다.

"왜 여기서 자고 내일 같이 가지?"

그 말에 희주는 장난 그만하라는 엄숙한 표정으로 흘끗 재인을 돌아보고는 문을 닫고 나갔다.

치, 샐쭉한 표정을 지은 재인은 나가는 희주의 뒷모습이 사라지자, 장난기를 감춘 무표정한 얼굴로 핸드폰을 집어 들었다.

타닥타닥, 핸드폰에 텍스트를 입력하고.

[고마워요. 다음에 서울 올라가면 한번 뵙죠.]

전송한다.

수신자. 서산백화점 직원관리팀장.

그런 뒷공작까지는 모르는 희주지만, 아무튼 고작 읍내 가는 데 한껏 꾸민 재인이를 보자 자꾸 웃음이 나왔다. 희주는 바스락거리는 코튼 소재의 옅은 올리브색 칼라 원피스를 입고 밀짚모자를 썼다.

"안 더워? 재킷이라도 벗어."

그는 짙은 눈썹을 치켜올렸다 내리며 심드렁한 표정으로 고개를 저었다.

"전혀."

데이트인데, 더울 리가. 읍내 방문을 재인이는 저 스스로 데이트로 명명했다.

"근데 우리 이 트럭 타고 가야 해. 고 씨 아저씨가 차 끌고 가셔서."

눈앞의 흰색 트럭을 본 그는 자신만만한 표정이었다.

"뭐든. 나 운전 잘해."

단차가 높은 트럭 조수석에 그녀를 번쩍 안아 태우고는, 운전석에 타고 시동을 건다. 털털털, 요란한 시동 소리가 났고, 제법 진지하게 운전석을 살핀다.

"출발할게."

운전하는 재인의 이마에 벌써 땀방울이 졌다. 하지만 그 미소만큼은 한여름의 바람 한 줄기같이 싱그러웠다. 첫 데이트를 하러 가는 재인의 설렘을 보여 주듯이.

키스든, 데이트든 뭐든 자신은 처음인데, 희주의 기억을 다를 것이 조금 서럽지만.

논밭을 배경으로 저렇게 쓸데없이 근사한 얼굴과 옷차림이라니.

"반했나 봐? 계속 보네?"

뻔뻔하게 말하고는 노래를 흥얼거린다.

어울리지 않는 조합에 희주는 얼굴에 미소가 가시질 않았다. 뜨거운 햇빛 때문인지, 자꾸 웃어서 얼굴에 열이 몰리는지 희주의 뺨이 붉게 물들었다.

트럭은 몰아볼 일은 없었을 텐데, 제법 능숙하게 운전한 재인이 주차장에 차를 세웠다.

역시, 재인은 시장에 몰린 사람들의 시선을 모두 사로잡았다. 남들보다 머리 몇 개가 큰 키만 해도 눈에 띄는데, 저렇게 잘 차려입으니 사람들이 연예인이냐며 계속 수군거렸다.

"이거 맛있겠다. 나 이거 살래."

재인이 도넛 가게 대기 줄에 동참했다. 차례가 되자 종류를 제법 진지하게 고르고 있는데, 아줌마가 재인을 빤히 응시했다. 희주는 골랐던 도넛을 주문하고 계산을 마친 상태였다.

"서울 총각이야? 모델인가?"

"No, I'm from the States."

재인이 영어로 말하며 환하게 웃자, 아줌마가 서비스라며 꽈배기를 종이컵에 담아 건넸다. 넉살 좋게 어설픈 흉내로 한국말을 못 하는 척 '감사함니다?'라고 말하는 재인을 보자니 두통이 일었다.

보다 못한 희주가 그의 팔을 잡아끌었다.

"뭐 하는 거야."

"흥정? Bargain?"

"흥정 같은 소리 하네…… 너 내가 얌전히……."

입술 위로 폭신한 빵이 닿는다.

"맛있어. 먹어 봐."

강압적인 재촉에 입을 벌리고 한입 베어 물었다.

오물거리는 입술 위로 엄지손가락이 닿는다. 묻은 설탕을 손으로 닦아 준 뒤 그 손가락을 자신의 입으로 가져가 핥는다.

"So sweet."

휘어지는 눈매가 야살스럽다. 오늘 특히나 저 차림 때문에 그런가. 심장이 두방망이질한다. 희주는 그런 자신이 당황스러워 몸을 돌렸다.

"빨리 가자. 할 거 많아."

희주가 먼저 앞서 걸어 나가자, 재인이 뒤를 따르면서 희주의 손을 잡았다.

"놓칠까 봐."

잡은 손을 위로 들어 흔들어 보인다. 능청스럽게 생긋 웃는 모습.

희주는 그 맑고 까만 눈동자 안에 자신을 발견했다. 곧장 아연해졌다. 재인의 눈에 비치는 자신이, 그가 나를 어떤 식으로 보는지 알 것 같아서.

초조하게 입술을 깨물었다.

아, 이러면 안 된다. 안 돼.

재인아 네 마음이 보여. 어떻게 하지. 네 마음을 알 것 같아.

그럼 내가 널 더 이상 이용할 수 없잖아. 너한테 내가 위로 받을 수 없잖아.

희주가 천천히 고개를 들어 재인을 바라보았다.

"재인아, 너는 내게 뭘 원하는 거야?"

잔뜩 불안한 눈빛은 그를 거부한다. 제발 나를 원하지 않는 다고 해 줘. 제발. 내 착각이라고.

머뭇거리던 재인의 눈동자가 짙어졌다.

그러더니 이내 이채를 거두고 환한 미소를 짓는다.

"친구."

그의 눈을 살피는 희주의 눈동자가 흔들린다.

"나 친구 없잖아. 미국에 오래 있어서 외로움도 많이 타고. 그리고 우리가 보통 사이인가? 어린 나이에 같이 불행을 이겨 낸 사이잖아."

희주가 의심의 눈초리로 그를 쳐다보았다.

"빨리 가. 할 거 많다며?"

장난스러운 얼굴로 그녀의 어깨를 잡아 돌려세운다. 뒤를 따르는 웃음을 감춘 재인의 표정이 침울했다.

아직, 그러지 마. 날 밀어내려고 하지 마.

* * *

이건 또 무슨 장면이지.

재인은 엄지로 눈썹을 긁적였다.

읍내에서 돌아오는 길은 서먹했다. 희주는 올 때와 달리 창밖을 보며 아무 말도 하지 않았다. 도착하자마자 몸이 안 좋다며 쉬겠다고 방으로 들어갔다. 전화도 받지 않자 답답한 재인이 직원동 희주의 방으로 직접 찾아왔다.

침대에 기대 방바닥에 앉아 있는 희주.

그녀는 지금 취했다. 그 앞의 작은 테이블에 소주병 2개가 놓여 있는 게 그 증거.

재인은 이마를 손등으로 문지르며 인상을 썼다.

알코올 중독자 초기 증상이라고 봐도 무방하다. 중독자 경험으로 경각심을 좀 줘야겠는데.

"김희주, 정신 차려."

"어, 재인아."

잔뜩 혀가 꼬인 소리. 침대맡에 몸을 기대고는 취기에 흔들리는지 몸이 쉴 새 없이 움직인다.

"왜 이러는 거야. 밥도 안 먹었잖아."

한숨을 크게 내뱉으며 재인이 희주의 옆으로 앉았다.

"다 마셨어. 이제 자야지."

한바탕 울었는지 빨간 눈에는 아직 그렁그렁한 물결이 일렁였다. 눈을 저렇게 처연하게 내리깔고 또 생각에 빠졌다.

"무슨 생각해? 사귀었던 남자 친구라도 생각하나?"

알고 있다. 그녀가 누구를 떠올리는지 어떤 기억을 더듬는지. 그 대상이 누구인지. 생각할 때마다 매끄러운 눈매가 날

서기도, 부드럽게 풀어지기도, 그리고 이윽고 애틋해진다.

그리고 가끔은 저를 바라보면서 형을 본다는 것도.

"남자 친구?"

의문형으로 말끝을 늘인 그녀가 작게 조소했다.

"그 사람을 남자 친구라 할 수 있나?"

슬퍼 보이는 표정. 그럼 남자 친구가 아니었으면, 뭔데?

날카로운 쇠가 머릿속을 기분 나쁘게 긁고 지나갔다.

'오랜만에 한국 가니까 좋더라. 그날은 항상 기분이 엉망이었는데…… 예쁜 게 옆에 있어서 그랬나?'

형이 4년 전 한국에 다녀와서 했던 말. 왜 갑자기 그 말이 생각나는 걸까. 엉망이 된 머릿속이 불안으로 가득했다.

"남자 친구가 아니면 뭐야?"

"그냥…… 남들은 그걸 그렇게 부르던데……."

섹스 파트너. 혼자 웅얼거리는 듯한 작은 소리가 귓가에 선명하게 박혔다. 바위가 떨어져 머리를 부숴 버린 듯한 충격이었다.

"뭐라고…… 지금……."

"몸만…… 그러자고 했어. 근데 그것마저 좋아서. 잘생겼거든 그 남자. 행동 하나하나가 우아해. 어쩜 사람이 저렇게 멋진지…… 나랑 다르게……."

배시시 웃는 얼굴에서 순식간에 침울해져 무릎에 턱을 기댄다.

"그래도. 다정할 때도 있어. 연인처럼 잘해 줄 때도 많았어……. 그게 너무 좋아서…… 욕심냈어……."

정작 평온하게 얘기하는 희주와 달리 이 모든 대화를 듣는 재인은 분노로 온몸을 떨어 댔다. 험악한 기운이 무슨 일이라도 낼 듯했다.

설마 알고서. 형이, 미친 새끼가. 정말 알고서.

재인은 그제야 퍼즐이 맞춰지는 기분이었다. 사라진 사진. 태인의 던지는 듯한 말. 미국에서 자신이 희주로 착각한 여자와 태인이 호텔에 있던 모습. 그때다. 4년 전 태인이 어머니 기일에 맞춰 한국에 갔을 때. 그때 이후다. 모든 게. 한국 갔을 때 희주를 만났던 거야.

허물어지는 동공과는 달리 뺏뺏한 목에서는 핏대가 솟구쳐 팽팽해졌다. 침을 삼키는 목울대가 크게 울렁이며 분노를 터트리지 않으려 노력했다. 희주가 옆에 있으니까.

희주는 침대로 올라가 웅크리고 누웠다. 술 먹고 저렇게 잠드는 데에 꽤 익숙해 보였다.

재인이 침대에 걸터앉아 반대 방향으로 누워 있는 희주의 등을 쳐다보았다. 사나웠던 기운이 넘실대던 재인이 눈썹이 흐늘거리며 내려앉았다. 왈칵 눈물이 흘렀다.

"재인아…… 근데. 너 나 좋아하면 안 돼……. 진짜 안 돼."

잦아드는 목소리로 말하고는 희주는 규칙적인 숨소리를 뱉었다.

싫어.

재인은 그녀의 머리에 입술을 꾹 누르고는 정원으로 나왔다.

내 잘못이야. 미안해. 희주야. 내가 제대로 못 숨겨서. 내가

사랑하는 걸 망가뜨린다는 말을 듣고도 내가. 그 마음 하나 제
대로 못 숨겨서. 그런 주제에 널 원망하다니. 진짜 나 최악이
다. 그치?

순식간에 계절이 바뀌려는지, 저녁에는 제법 서늘한 바람이
불었다.

* * *

"전무님, 전화를 좀 받아 보셔야 할 것 같은데요?"

박 실장이 노크한 뒤 빠른 걸음으로 그의 앞에 섰다. 태인이
검토하던 서류에서 눈을 떼지 않으며 손만 내밀었다.

화면에 통화 시간이 카운트되고 있는 핸드폰을 건넨 박 실장
이 말했다.

"작은 도련님입니다."

태인이 멈칫했다. 펜을 책상 위로 툭, 던지듯 내려놓고는 전
화를 귀로 가져갔다.

ㅡ형. 오랜만이야.

"무슨 일이지?"

ㅡ내 사진은 잘 가지고 있어?

"……."

ㅡ사진에 반하기라도 했어? 남의 것 뺏어 가더니 상처나 주
고 말이야.

재인의 말을 끝으로 침묵이 이어졌다. 태인이 손가락을 책상

위를 톡, 톡, 느리게 두들겼다. 절대 상상하고 싶지 않은 그림이 그려졌다.

"어디니 재인아?"

—이미 알고 있잖아.

태인은 통화가 종료된 핸드폰을 꽉 말아 쥐었다. 일그러뜨릴 기세였다. 그러다 스르르 힘을 풀고서 앞에 서 있는 박 실장에게 핸드폰을 고이 건네주었다. 생각에 잠겨 그대로 굳었다가, 천천히 지시했다.

"아직도 일본에 있는지, 다시 알아봐요."

건방진 새끼.

몇 시간 뒤, 박 실장이 사색이 된 표정으로 집무실로 들어왔다.

"전무님 죄송합니다. 출입국 기록이 잘못된 것 같습니다. 직접 출입국에서 받은 게 아니라 비서진한테 넘겨……."

태인은 어깨를 들썩이며 웃었다.

"많이 컸네. 진짜."

싸늘하게 웃음을 지운 그는 책상에서 일어나 손으로 쌓인 결재 서류를 의미 없이 뒤적거렸다.

"전용기 준비해 줘요. 내려가야겠어요."

"전무님 약혼식이 3일 뒤입니다. 저번처럼……."

그는 책상 위의 모든 것을 쓸어 밀어뜨렸다. 내내 내리눌렀던 분노를 터트렸다. 단정하게 정돈된 머리가 이마에 어지러이 흐트러지고 호흡이 거칠었다.

후-, 호흡을 뱉은 그가 양손을 들어 머리를 쓸어 넘기며 연신 숨을 골랐다. 힘줄이 불거진 이마에는 땀이 맺혔다.

마침내 소맷귀를 다듬으며 옷매무새를 정리한 그는 여유로운 표정을 찾았다.

"약혼식에는 참석할 겁니다."

지겨운 적이 없었는데. 이 껍데기 같은 삶이. 다 어머니의 뜻대로 돼 가고 있는데.

얼마나 괴로웠을까? 그렇게 꼭꼭 숨기며 좋아하던 여자를 자신이 가져서.

태인이 헛웃음을 내뱉었다.

원하는 그림이었잖아.

그런데, 왜 이렇게 숨이 막혀.

* * *

뭘 원하냐고?

희주는 아침에 일어나자마자 머리를 쥐어뜯었다. 꼴사납다고 생각했다. 두려운 마음에 급하게 확인하고 싶어서 그대로 내뱉었다.

'재인아, 너는 내게 뭘 원하는 거야?'

재인은 '친구'라고 말했다. 희주 역시 욕망도, 죄책감도 느낄 필요가 없는 그 편안해 보이는 단어가 좋았다. 하지만 더 이상 외면할 수 없을 정도로 재인의 마음이 느껴졌다.

재인의 순수한 마음과는 달리 자신의 속은 시꺼멓다 못해 악취가 났다. 따뜻한 손이, 그리고 저를 감싸는 손길이 태인이라고 생각한 적도 많아서.

배덕감이 들었지만 모른 척했다. 어렴풋이 느껴지는 재인의 마음을 알면서도 애써 외면했다. 재인이 마음을 드러내지 않는다면 괜찮을 것이라고 자신을, 그리고 그를 기만했다. 이 여름이 가기 전까지는 외롭지 않을 수 있으니까.

차라리 착각이었으면 좋겠다. 그러기엔 그의 눈이 너무나 애달프고 애절했다. 더 이상 모른 척하고 그를 이용할 수 없을 만큼.

'재인아, 나 좋아하면 안 돼.'

이건 또 무슨 기억이지?

머릿속과 배 속이 동시에 울렁거린다. 기억이 나지 않는 고문과 같은 복기 시간이었다.

"아, 술은 진짜 끊어야겠다."

"그럼 끊어야지. 지금 중독 초기 증상이야. 혼자 방구석에서 그렇게 강소주나 까고."

갑자기 들린 소리에 희주는 멍하니 그쪽을 쳐다봤다. 재인이 팔짱을 끼고 비딱하게 문 앞에 서 있었다. 정신을 차린 희주가 빠르게 물었다.

제발, 이라고 생각하면서.

"언제 왔어?"

민망해 눈도 마주치지 못한 채 이불만 손으로 만지작거렸다. 어젯밤, 그가 여기 있었던 게 아니길 바라면서.

재인은 고개를 절레절레 흔들었다. 안도감이었다. 그 역시 희주가 어제 일을 기억하면 어쩌나 걱정했다. 제게 그 얘기를 했다는 사실을 알면, 더 밀어내려 할 테니까.

"방금. 씻고 내려와. 지금 되게 못생겼어."

재인은 '못생겼어'라는 말을 강조해 심술궂게 말하고는 사라졌다.

욕실에서 그 말이 틀림없는 사실임을 보았다. 퉁퉁 부은 눈과 헝클어진 머리, 귀신이 따로 없었다.

부엌으로 가니 뚜껑 덮인 냄비 하나가 식탁에 놓여 있었다. 재인이 희주가 자리에 앉자, 그 앞에서 한숨과 함께 뚜껑을 열었다.

야채와 소고기가 들어간 뽀얀 죽이었다.

"해장국은 내가 아직 못 배워서, 재료도 없고. 약 먹어야 하니까 일단 먹어."

눈짓으로 한 테이블 위에는 약 봉투도 있었다.

"나 술 먹은 건 어떻게 알았어?"

민망함에 눈도 못 마주치고 바짝 고개를 숙여 죽을 후후 불어 떠먹었다.

"어제 편의점 가서 술 사는 거 봤어. 너 근데 도대체 언제부터 그렇게……."

점점 자신의 목소리가 커지는 것을 깨닫고 재인은 하던 말을 멈췄다. 그리고 후-, 크게 숨을 내뱉고 고개를 돌렸다.

"술 이제 그렇게 먹지 마."

잔뜩 가라앉은 목소리에는 힘이 없다. 희주는 죽을 입으로 넣으며 마주 앉은 그를 힐끔 보았다. 그의 굴곡진 남성적인 옆모습만이 보였는데, 그건 재인이 계속 바깥을 쳐다보고 있기 때문이었다.

창밖 하늘, 물새 떼가 날아가는 걸 보는 걸까. 느리게 비행기가 활주하는 것 같이 보이는 장면을 희주도 같이 쳐다보았다.

"커피 마실 거야?"

텀블러를 식탁 위로 내려놓은 재인이 말했다.

"아니, 속이 아파서 오늘은 안 마실래."

희주가 재인을 불편해했다. 그게 너무 선명하게 보여 재인은 힘겨웠다. 바보같이 자신은 왜 이렇게 제 마음을 쉽게 들키는 걸까.

희주가 약을 먹는 것까지 확인한 재인은 현관 앞에서 할 말이 있는 듯 입을 달싹였다. 초조해 보이기도 화내는 것처럼 보이기도 했다. 깨끗하게 붉은 입술을 잘근잘근 씹으면서 그는 결국 아무 말도 하지 못하고 뒤돌아 나가 버렸다.

* * *

핸드폰을 확인할 때마다 가슴이 철렁거렸다.

듣고 싶지 않은 소식들도 같이 들려오니까.

회사 동기들이 있는 단체 채팅방에는 그에 대한 정보가 수시로 올라왔다. 불특정 다수에게 보내는 메시지는 무시할지언정,

개인으로 안부를 확인하는 메시지를 확인하지 않기는 힘들었다. 특히 다슬의 연락이 그랬다.

[희주, 도대체 언제 오는 거야. 내가 안진으로 진짜 찾아간다.]

회사로 돌아가고 싶다. 일하고, 칭찬받고, 사람들과 적당한 어울림을 좋아했다. 그건 어렸을 적 가난한 희주가 꿈꿔 왔던 일상적인 행복의 기준이었다.

[아, 빅 뉴스. 서 전무 다시 약혼한다더라. 이번 주 토요일…… 좋다 말음.]

다슬은 슬퍼하는 이모티콘을 같이 보냈다. 희주 역시 비슷한 이모티콘을 보내고 핸드폰을 밀쳐 두었다. 바닥으로 추락한 심장에 가슴이 텅 빈 것 같았다.

결국, 하는구나. 그가 있는 곳으로 자신이 다시 돌아갈 수 있을까?

공허해진 가슴으로 창문 너머 그림처럼 담긴 호수 별장을 보았다.

저기서 태인을 만나고, 재인을 만났다.

지난 한 달이 조금 넘는 시간은 견딜 만했다. 그리고 때때로 포근했다.

종종 설움이 치솟아 울컥거리면서 눈물을 쏟아냈던 일들도 있었지만. 재인이 온 뒤로는 술을 마시며 억지로 잠을 청하는 일도 없었고, 불쑥 파고드는 태인의 생각도 견딜 만했다.

아프지 않으려는 간사한 마음에 어릴 적 친구라는 이름을 붙여 재인을 이용했다. 그의 동생, 이라는 묘한 배덕감이 괴롭게 했지만 그래도 좋았다. 그와 닮은 그가, 그와는 다르게 다정해서.

무더운 여름이 지나가고 있었다. 또 다른 호수 별장의 주인과 이별해야 할 때가 왔다. 여름이 끝나면 서울로 돌아간다고 했다.

모른 척, 그렇게 가 줘, 재인아.

희주는 열없는 웃음을 흘렸다.

* * *

엄마가 돌아왔다.

'사모님이 큰 도련님 약혼식 보고 가라는 거야. 그냥 해 보신 말이겠지? 한번 가 보고 싶긴 하지만 뭐, 내가 어디 거기 갈 주제나 되나 말이지…… 아, 그리고 재인 도련님도 올라가실 것 같은데? 집안 큰 행사잖아.'

희주는 호수를 한 바퀴 뛰며, 쥐가 난 듯한 심장을 펴 보려 노력했다.

둘 다 가네. 다 가 버려. 사라져 버려.

호흡을 고르며, 아름드리나무 아래 벤치에 앉아 호수를 바라보았다. 나무 사이로 내리쬐는 햇볕에 눈이 조금 따가웠다.

모자를 깜박했네. 귀찮게.

희주는 그냥 눈을 감았다. 감은 눈 위로 태양의 붉은빛이 스며들었다.

사라졌다. 구름이 해를 가린 것일까?

바람에 쓸려오는 상쾌하고도 알싸한 냄새.

이건…….

차마 눈을 뜰 수 없었다. 익숙한 향. 그녀의 몸에 새겨졌던 향기.

쿵쿵쿵, 심장이 발작하듯 뛰었다.

파르르 떨리는 눈을 느리게 뜨자 역광에 비친 커다란 검은 실루엣이 보였다. 그녀의 몸 전체로 드리우는 커다란 그림자. 남자의 얼굴이 보이지 않았다. 그러나 습관처럼 지독하게 지끈거리는 심장이 그가 누구인지 말해 주었다.

"뭐 해, 여기서?"

낮고 깊은 목소리.

온몸의 피가 서늘하게 식는 기분이었다. 아니 들끓는 기분일까? 그런 와중에 심장이 뛰는 소리가 귓가에 고동처럼 울려 먹먹해졌다.

차마 고개는 들지 못하고 매끈한 그의 슈즈에 시선을 고정했다.

"응? 뭐 하냐고."

허리를 숙여 흐트러진 머리를 귀 뒤로 넘겨주며 속삭였다. 더운 숨이 닿자 움찔거리는 그녀의 귓가에 피식, 낮게 웃는 소리가 달라붙었다.

"섭섭하네. 연락도 한 통 없고."

"……."

심장이 터질 것 같아 아무 말도 할 수가 없었다. 눈도 마주칠 수 없을 정도로 두려웠다.

"나는 희주 네가 놀자고 해서 약혼식도 못 갔는데."

그날 작정한 듯 그에게 매달렸지만 응한 건 그였다. 일말의 책임이 없는 건 아니지만 냉정한 그가 자신의 수에 속수무책으로 빠져들어 약혼식에 못 갔다고 보기엔 어폐가 있다. 무슨 이유인지는 모르겠지만 자신의 무리한 장단에 맞춰주었고 더 즐기듯이 몰아붙이지 않았던가.

"이렇게 무책임하게 굴면 어떻게 해."

죄책감에 시달렸다. 하지만 애써 원망과 미움의 크기를 키워 감췄다. 저의 무모했던 짓이 너무 창피하고 수치스러워서 묻어두고 싶었다.

"그게……."

"예뻐졌어. 살도 좀 오르고. 나는 이제야 너를 만날 수 있는 시간이 생겼는데."

장난스럽게 희주의 뺨을 검지로 툭 건드렸다. 올려다본 그는 살이 좀 빠져 있었다. 그 때문에 턱선이라든지 뺨의 윤곽이 더 날카로워 보였다. 살이 내렸다고 해서 오만하게 아름다운 남자의 얼굴은 흠집조차 잡을 수 없을 정도로 여전히 근사했다.

억울했다. 이 남자의 여유 앞에 화가 났다. 그동안 자신이 눈물을 흘리고 아파했던 시간이 너무 초라했다. 저를 만나러 올 시간을 기다렸다는 듯이, 저 적선 같은 거짓말을 하는 남자를 괴롭혀 주고 싶다.

"나도 그 정도 권리는 있잖아요. 당신 곁에 4년이나 있었어……."

권리. 말하고 나서도 찝찝해 말을 멈췄다. 그런 게 있었나, 나한테. 한낱 섹스 파트너에. 몸만 섞는 그런 사이에.

희주는 말을 멈추고는 입술을 짓씹었다.

그는 한쪽 무릎을 바닥에 꿇고 그녀를 올려다보았다. 토라진 애인을 달래는 듯한 그 행동에 희주는 결국 참았던 설움을 터트렸다.

"당신도 약혼식 갈 수 있었는데 안 간 거잖아. 못 간 게 아니잖아!"

희주가 눈빛에 억울함을 가득 담아 말했다.

그날 일을 후회하지 않았다. 냉정하다 못해 시리고 차갑고 칼같이 살아왔던 태인을 붙잡을 수 있었으니까. 그 사실이 희주에게는 작은 위안이었다. 고작 그 정도에. 몸으로 그를 붙들었던 주제에.

"그래서, 책임이 없다?"

바들거리며 쏘아보는 그 얼굴을 사랑스럽다는 듯 쳐다보며 태인이 말했다. 저 얼굴에, 다정한 행동에 설레어했다가 나락으로 떨어진 게 얼마던가. 희주는 다시 마음을 가다듬고 떨리는 손끝을 감추려 두 손을 마주 잡았다.

"당신한테도 실수하지 않을 기회가 있었다는 거예요. 그리고…… 다시 약혼식 한다면서요."

그런 원망의 눈초리가 꽤나 마음에 드는 듯 그는 싱긋 웃었다.

"확실히 그럴 가치가 있긴 했어. 김희주가 먼저 그렇게 도발하는 꼴이, 매달리는 꼴이 너무 좋았거든. 원래 잘 안 그러잖아. 나만 발정 난 개새끼처럼 달려들지."

그의 말은 질책으로 들렸다. 그녀의 남아 있는 일말의 도덕심에 사납게 채찍질했다.

"내가 미쳤었나 봐. 미안해요. 잘못했어요. 그러니까…… 그만해요. 우리."

희주는 입 안쪽 살을 깨물며 울컥거리지 않기 위해 노력했다.

보고 있는 것조차 힘들었다. 욕심내고 탐내면 결국 불안에 떨고 초조한 건 자신이었다. 결국 자신만 이렇게 상처받는데. 가지고 싶다는 욕망이, 상처와 오점을 남기겠다는 추태가 지금 자신을 여기 있게 했다.

"누구 맘대로 희주야. 왜 또 겁먹었어. 응?"

무릎을 꿇은 채로 그는 그녀의 떨고 있는 두 손을 잡았다. 그리고 고개를 그 보드라운 손에 묻고는 차례로 입을 맞추었다.

그의 행동은 희주를 혼란스럽게 했다. 왜 이렇게 또 나를 흔들어, 헤집어. 도대체 왜 지금 와서. 약혼식도 얼마 안 남았다면서. 머릿속이 엉망으로 뒤엉켰다.

애무하듯이 느리고 진득하게 움직이는 입술은 그녀의 손에서 한참을 떨어지지 않았다.

그날 저녁.

본체의 다이닝 룸에는 살벌한 정적이 흐르고 있었다. 한쪽은 완벽한 무표정으로, 다른 한쪽은 칼부림이라도 불사할 듯한 불편한 심기를 고스란히 드러냈다.

유려하고 거대한 대리석 식탁을 두고 태인과 재인은 마주 앉았다. 테이블 위에는 부랴부랴 준비한 큰 도련님과 작은 도련님을 위한 진수성찬이 차려져 있었다.

"여기 있었구나."

태인의 말에 재인이 조용하게 비틀린 웃음을 지었다. 제가 한 전화 때문에 찾아올 것이라 생각은 했지만, 바로 다음 날에 올 줄은 몰랐는데. 약혼식을 앞두고 오는 만행이라니.

희주는 형이 고작 저를 몸이나 섞는 한낱 여자라고 생각하는 줄 알겠지만, 생각보다 그녀의 존재가 형에게는 컸던 모양이다. 그걸 확인하고 나니 목이 졸리는 것 같은 기분이었다.

둘은 결코 잘 될 수 없어, 재인은 스스로 세뇌하듯 뇌까렸다. 비틀린 사람한테 받는 애정이 제대로 됐을 리 없다. 형은 영원히 희주를 겉돌게 만들 것이다.

일부러 서류 조작에, 비서진들까지 손을 좀 썼건만. 조금만 더 늦게 오지. 아직은……마음을 돌려놓기 부족한데.

제 탓이다. 희주가 형과의 관계를 고백해 온 그 말에 너무 화가 나서 충동적으로 형에게 전화를 걸었다. 스스로 도발한

꼴이니 자충수였다.

재인이 목구멍으로 넘어오는 쓴물을 삼키고 여유를 가장했다.

"정신없었나 봐, 약혼 깨지고 아버지한테도…… 깨지고. 너무 늦은 거 같네?"

태인의 반듯한 이마의 상처가 아물어가는 것을 보고 말했다.

"인정 안 할 수가 없네. 너도 서가(家)의 사람이라는 걸. 사람 뒤통수를 이렇게 칠 줄 알고."

"형한테 배운 게 많아. 내가."

살벌한 눈으로 으르렁대는 재인을 보더니 태인은 그저 가소롭다는 듯 평정을 유지한 얼굴로 피식 웃었다.

"한국에 오랜만에 와서 들떴나 본데. 경거망동하지 말고."

차고 서늘한 말투로 내뱉는 말에는 명백한 경고가 담겨 있다. 그리고 차갑게 명령했다.

"특히, 남의 것은 건들지 말고. 못 배운 사람처럼 굴지 마."

"남의 것?"

재인이 말의 뒤꼬리를 늘려 말하며 미간을 확 찌푸렸다.

"여긴 왜 왔어? 약혼식이 내일모레 아닌가?"

"가져갈 게 있어서."

둘의 대화는 분명 겉돌고 있었다. 하지만 두 사람이 누구를 지칭하는지는 명확했다.

재인이 곧 달려들기라도 할 듯이 태인을 쳐다보았다. 그러거나 말거나 태인은 길고 우아한 손가락으로 식사를 하기 시작했고, 재인은 그것이 못마땅한 듯 국을 숟가락으로 거칠게 휘적거렸다. 그러더니 숟가락을 탁 내려놓았다.

현관으로 나서자마자 통화 버튼을 눌렀다. 뚜루루, 끝을 향해 울리는 대기음이 멈출 기미는 보이지 않았다.

재인은 아까부터 보이지 않는 희주를 찾았지만, 어디에서도 그녀의 흔적을 찾을 수는 없었다.

전화도 안 받고. 어디 간 거야.

주먹을 꽉 말아 쥐고 그는 성큼성큼 정원을 헤집어 그녀를 찾아다녔다.

* * *

초조했다. 그가 도대체 무슨 생각으로 내려왔는지 모르겠다. 약혼식이 이틀 뒤라고 했다.

자신에게 벌을 주기 위해? 엄마에게 말하기라도 할 작정인가. 고작 저라는 존재 때문에 흠집이 난 자신의 인생에 대해 책임이라도 물을 예정이던가.

아니면, 나를…… 나를…….

"큰 도련님 무슨 일이시지? 약혼식이 코앞 아닌가?"

직원동에서 저녁을 먹던 고 씨 아저씨가 엄마에게 물어왔다.

"그러게, 약혼 앞두고 심란하신가?"

"살벌해서 어디 살겠나. 이렇게 도련님들 두 분만 있는 건 또 처음이잖아. 사이도 안 좋은데. 무슨 일이라도 생기는 거 아닌……."

희주의 엄마가 고 씨 아저씨의 어깨를 세게 내리쳤다.

"행여라도 그런 거 내색하기만 해요."

고 씨 아저씨가 맞은 어깨를 매만졌다.

희주는 태인과 재인 둘을 피해 직원동에 있다가 본채로 건너가 엄마와 뒷정리를 했다.

"식사도 거의 안 하셨네, 내가 못 살아."

둘의 모습은 다행히 보이지 않았다. 셋이 만나는 그림이 그려져 너무 불길했던 나머지 안도의 한숨을 크게 쉬고 말았다.

본채를 나와 직원동으로 가는 길에 호수 별장에 불이 환하게 들어온 게 보였다. 희주는 본채와 그곳을 번갈아 보았다. 머리가 뒤죽박죽된 것 같았다. 정신을 어디다 흘리고 온 듯 머릿속이 텅 빈 것 같기도 했다.

아, 핸드폰.

"엄마, 나 핸드폰 두고 왔어. 먼저가."

다이닝 룸에는 채도 낮은 간접 조명이 켜져 있었다.

제 앞에서 청혼이라도 하듯 무릎을 꿇었던 조금 전 남자의 모습이 생각났다. 그때 마음이 어땠더라. 무섭긴 했지만, 기뻤던 것 같은데. 그가 자신을 찾아와서.

다 잊었다면서, 괜찮았다면서 그를 보자마자 들었던 지독한 안심 같은 감정들은 어떻게 설명할 수 있을까. 희주는 그 질척한 감정이 단순한 변덕이 아니라, 마음속 깊은 곳에 있던 자신의 본심임을 알아버렸다. 입 밖에 낼 순 없지만.

여전히 그를 열망하고 좋아한다는 사실.

지금 이 바보 같은 행동을 설명할 수 있을까. 핸드폰 따위가 뭐라고. 이렇게 위험을 감수하고⋯⋯.

다이닝 룸을 지나 부엌으로 들어서는데 아일랜드 앞에 기대서서 자신의 핸드폰을 보고 있는 태인이 보였다. 희주는 걸음을 빨리해서 그가 손에 잡고 있던 핸드폰을 낚아챘다. 주지 않으려는 의도는 없는지 그가 순순히 빼앗겨 줬다.

"많이 친해졌나 봐. 재인이랑?"

"왜 남의 핸드폰을."

씩씩대는 그녀의 표정을 그가 물끄러미 응시했다. 자신의 물건에 관심을 가진 것을 본 적이 없는 태인이라서 그녀는 심히 당황했다. 내려다본 핸드폰은 잠금이 해제돼 있었다. 도대체 핸드폰 비밀번호는 어떻게 알았는지.

"건너오라던데? 호수 별장으로. 체했다고."

밥 먹지도 않았으면서 뭘 체했다는 거야. 빤히 보이는 재인의 불안함이 느껴졌다. 전화와 문자를 다 무시하고 있었으니 더 초조해하고 있을 텐데. 그래도 셋이 만나는 불상사는 피하고 싶어서 어쩔 수가 없었다.

태인에게도 변명을 해야 할까 하는 생각이 들었다. 하지만 딱히 좋은 말이 생각나지 않아 그만뒀다.

"신경 끄세요."

그를 보고 싶다는 욕망이 들끓으면서도 이렇게 막상 닥치니 겁이 나서 도망치고 싶어진다. 그대로 뒤돌아서 가려는 그녀의 손목을 당기자 몸이 휘청거렸다. 시야가 휘청하며 빙그르 돌더니 그가 기대서 있던 자리에 그녀가 서게 됐다.

그는 그대로 아일랜드 턱을 손으로 짚고 몸을 가까이 기울여 왔다. 희주를 품 안에 가둔 채로 그는 점점 더 밀착해 왔다. 희주는 말하는 것과 숨 쉬는 법을 잊은 듯 입을 뻐끔거렸다.

"왜? 재인이한테 가려고?"

그가 나지막이 속삭이는 그 말에 희주는 의심했다. 다음 말에서는 확신했다.

"너 보러 내가 여기까지 왔잖아."

피곤해 보이는 그의 핏발선 눈에서, 열이 오른 목소리에서, 물러 터질 듯한 농익은 질투를 읽었다.

그것을 깨달은 순간, 희주는 스스로를 나락에 처박는 실수를 하고 말 것임을 알았다.

내게 다정했던 너를, 너를 이용하면 이 남자를 괴롭게 할 수 있겠구나.

그 저열하고 추악한 생각을 멈추지 못했다.

"많이, 급했나 봐요?"

그는 그 말에 말없이 턱을 사리물었다.

"내가 당신 동생이랑 붙어먹기라도 할까 봐?"

바득 갈리는 소리가 나더니, 눈이 광기로 번쩍이며 한 손으로 그녀의 뺨을 우악스럽게 쥐었다.

난폭한 입맞춤이었다. 쑤시고, 헤집고, 훑었다.

남자를 괴롭게 했다는 감각에 아랫배에 열기가 고였다. 배 속이 지끈거렸다. 남자의 지독한 질투는 언제나 제게 쾌감과 고통 사이에서 배회했다. 아마도 오늘은 쾌감의 정점에 서 있는 듯했다. 이제 자신도 이 정도면 미쳤다는 걸 인정하지 않을 수 없다.

태인이 흉흉한 기세를 감추지 않고, 목과 귀를 뜯어낼 듯이 씹어 댔다. 귓바퀴를 깨물다가 혀를 안으로 집어넣었다.

"하웃…… 아파…… 아아!"

질척이는 젖은 소리가 고막에 달라붙어 견디기 힘들었다. 왈칵, 다리 사이에서 액을 토해내는 느낌에 그녀는 그의 팔을 꽉 붙잡았다.

"설마, 서재인이 나랑 이렇게 개같이 붙어먹었다는 걸 알고도 네 옆에 있을까?"

맞아, 그럴 리가 없다. 재인이는 나를 경멸할 거야. 몰랐으면 좋겠어.

"어떻게 생각해? 희주야. 어?"

갑자기 정신이 들고, 겁이 났다. 그를 자극하기 위해 재인의 이름을 들먹였다는 사실이 수치스러웠다. 눈물이 핑 돌고, 머리가 어찔해져 그를 밀쳐내려 했다. 태인이 그 손목을 잡아 세웠다. 그리고 그녀를 뒤의 아일랜드 상부로 밀어 넘어뜨렸다.

쾅, 그녀의 반항이 멎지 않자 그녀의 얼굴 옆쪽으로 주먹을 내리쳤다.

그의 눈이 분노로 번들거렸다. 여유를 잃고 이성을 잃은 모습은 흡사 자신의 먹이, 암컷을 뺏긴 듯한 짐승 같았다. 그는 미쳐 버릴 것 같은 눈을 하고서는 짓씹듯 내뱉었다.

"그 새끼랑 뭐 했어. 어?"

뱉은 말대로 상상이라도 하는 건지 격양된 감정이 고스란히 보였다. 솟구치는 분노로 눈이 돌아 버린 듯한 그는 마구잡이로 그녀의 옷을 헤집었다.

원피스의 앞섶을 풀어헤치고 속옷까지 벗겨 내고서 몸을 샅샅이 손으로 만져 헤집었다. 자신이 마지막으로 흔적을 남겼던 곳을 기억이라도 하듯이 눈과 손으로 더듬었다.

"미, 미쳤어요. 여기서, 으웃. 하지…… 마, 아아!"

최대한 소리를 죽이고 다급하게 말하느라 온몸이 시뻘겋게 달아올랐다. 몸부림을 쳐 봐도 그의 단단한 몸은 요지부동이었다. 그래도 저항이 멈추지 않자 그는 벨트를 풀어 그녀의 손목을 잡아 묶으며 말했다.

"미쳤어요? 풀어요. 얼른."

"왜? 묶고 하는 거 좋아했던 것 같은데? 그새 취향이 바뀌었어?"

"미친 새끼. 하아. 싫어."

"아, 이런. 입이 거칠어졌네? 김희주가 거친 거, 좋아하는 거는 내가 잘 알지."

벨트로 묶은 손을 머리 위로 올려 꽉 눌렀다.

"아앗, 아, 아파…… 흣."

다른 손으로는 고스란히 노출된 음부를 그는 손으로 헤집었다. 갈라진 틈을 중지와 검지로 활짝 열었다. 타인의 침입을 확인하는 듯한 표정이었다. 갈라지는 길로 그녀가 뱉어 낸 액이 얇은 실로 늘어졌다.

목에 코를 묻은 채로 소리 내 웃었다.

"하, 언제 또 이렇게 젖었대? 설레게."

그의 성기가 드나들던 구멍을 찾아 검지를 집어넣고는 손가락을 구부려 여기저기를 확인하는 듯 내벽을 긁었다. 오래가지 않아 손가락을 빼내자, 마개가 열린 듯 구멍에서 물을 뱉어 냈다.

그는 마치 황홀한 광경을 본다는 듯 그곳에서 눈을 떼지 못했다.

"그동안 내가 어떻게 견뎠는지 모르겠어, 너무 아찔해서 머리가 얼얼할 정도니."

적나라한 눈길로 그녀의 몸을 샅샅이 훑으며 맥박이 뛰는 모든 부분에 혀를 대고는 누르기를 반복했다.

"개같이 맨날 네 냄새가 나는 옷에 코 처박고 뱉어 낸 게 얼만지 알아?"

"하아, 제발, 그만해요. 여기서는 제발. 흐으윽……!"

그녀가 반항을 멈추고 절박한 표정으로 쉴 새 없이 눈물만 흘렸다. 얼마나 숨죽이고 헐떡이며 신음을 참았는지 목은 온통 푸른 혈관이 도드라지고 벌게졌다.

여자의 울음, 조용한 비명.

그는 이를 악문 채, 눈앞의 지옥일지, 천국일지 모를 장면을 쳐다보았다.

그 모습에 태인은 무기력함을 느꼈다.

아아, 이거였다. 잠시 죽은 듯한 기분.

김희주는 그걸 선사한다. 늪 속에 처박혀 죽음만 기다릴 것 같은 그런 상태.

크게 오르내리는 가슴으로 심호흡하며 태인은 엉망일 게 분명할 제 얼굴을 쓸어내렸다.

"내일, 서울로 올라갈 거야."

그가 그녀의 상체를 일으켜 세워 주었다. 그리고 몇 개 남아 있지 않은 원피스의 단추를 채웠다. 한바탕 쏟아 낸 분노로 갈무리하지 못한 손이 조금 떨리는 주제에 단정하고 다정한 손길이었다.

"같이 올라가."

"……"

희주에게서 시선을 떼지 않은 채로 그는 아일랜드 위에 내팽개쳐진 뜯겨진 팬티를 손에 쥐었다. 그는 야릇하게 웃으며 그것을 코로 가져가 한껏 들이켜더니 그대로 자기 팬츠 주머니로 넣었다.

"난 내가 알아서 이걸로 해결할게. 여기선 안 된다시니까."

무너져 내리는 얼굴로 남자는 애써 장난기를 담았다. 근사한 목소리를 가지면 저질스러운 말과 행동도 묻힌다는 걸 알게 해 주는 대목이었다.

충격적인 모습이라고 할 것까진 없었다. 그녀가 입었던 속옷을 항상 두고 가라고 했던 그였다. 새로운 속옷을 선물하며 남겨 둔 속옷으로 그가 무엇을 하는지는 눈앞에서 여러 번 봐서

놀랍지도 않았다.

"내 옆에 있어. 그러기로 했잖아."

그가 뱉어 낸 말 중에서 이해가 되는 것이 하나도 없다.

같이 서울로 올라가자는 말, 옆에 있으라는 말.

헝클어진 머리칼을 정돈해 주는 그의 까만 눈을 보았다. 재인과 닮았다. 정말 이상하다. 재인의 눈을 보면서 그를 떠올렸는데, 이제는 그의 눈을 보니 재인이 그려졌다.

뭐 하고 있을까. 연락도 안 받고 저를 찾으러 다니는 그를 피했다. 재인에게 그와의 관계를 들키기 싫어서. 그에게까진 최악으로 남고 싶지 않아서.

"응?"

재촉하는 물음에 정신을 차렸다.

"그렇게 하겠다고 한 적 없어요."

"그래? 희주 네가 날 좋아하는 줄 알았는데. 기다렸잖아. 말만 매번 끝내자고 해 놓고."

긴 속눈썹을 들어 올려 눈을 지그시 마주치며 달콤하게 속삭였다. 더운 숨이 자꾸 얼굴에 열을 오르게 했다.

"매번 진심이었어요. 그렇게 하고 싶었고. 그리고 당신 약혼은……."

"하지 말까?"

거짓말. 할 거잖아. 그러면서 왜 이렇게 위악 떨어. 희주는 눈앞의 남자에게 다시금 화가 치솟았다. 상처 주고 싶어 미쳐 버릴 것 같았다.

"아니요, 나 때문에 그럴 필요 없어요. 난 다 정리했어요."

그가 속아 줄까. 이 말에? 눈으로는 절절하게 좋아한다고, 당신이 다른 여자랑 약혼한다고 해서 너무 아팠다고 말하고 있는데.

"정리? 우리가 정리할 게 있었나?"

잔인하기 짝이 없는 이 남자는 배로 돌려준다. 희주가 어떻게 하면 상처받는지 알고 있다. 상처 주고 상처받는다. 그래서 우린 안 되는 걸까. 비틀린 마음이 요동쳤다.

"아, 없었나 봐요. 내가 착각했어. 이번엔 당신 혼자 올라가는 게 좋겠네요. 약혼식 또 망칠 순 없잖아요? 정리할 거 없는 여자 때문에 두 번씩이나."

희주는 차갑게 내뱉고는 그를 지나쳤다. 그리고 문을 열고 우두커니 서 있는 남자에게 말했다.

"근데, 나 올라가면 재인이랑 같이 갈 건데."

그냥, 알아 두라고요. 그녀는 뒤돌아서 덧붙이며 현관 밖으로 나섰다.

* * *

머리가 사고를 멈춘 것 같았다.

'큰 도련님은 점심쯤 서울로 출발하신대. 작은 도련님 아침은 따로 가져다드려야 할 것 같아. 이것 좀 호수 별장에 가져다줄래?'

벨을 눌러도 아무런 기척이 없다. 비밀번호를 누르고 들어간 거실에도 재인이 보이지 않았다.

"재인아."

울어서 쉰 목소리가 힘없이 흘러나왔다. 트레이를 부엌에 두고 테라스와 욕실을 확인했다. 침실에도 없었다.

밑으로 꺼져 버릴 것 같은 무력감. 침대 위에 걸터앉아, 호수 수면 위로 반짝이는 잔잔한 빛을 멍하니 바라보았다.

무기력하다. 그냥 이대로 시간이 흐르면, 또 괜찮아지지 않을까.

결국 어젯밤 한숨도 못 잤다. 온몸이 기운이 다 뜯겨 나간 것 같았다. 결국 침대 위로 쓰러지듯 몸을 뉘었다.

그렇게 몇 분, 몇십 분이 흘렀을까. 고장이라도 난 것처럼 나오기 시작하는 눈물이 멈출 줄을 몰랐다. 침대 위 이불로 만들어진 작은 언덕에서 간헐적인 떨림이 묻어나왔다.

그 모습을 물기가 어룽진 눈으로 한참을 쳐다보던 남자가 한숨을 푹 쉬었다. 이불을 걷어내자, 몸을 한껏 웅크리고 누워서 울고 있는 희주가 보였다.

큽큽, 숨을 들이켜며 울음을 참고 있던 그녀는 재인의 얼굴이 보이자 아이처럼 엉엉 소리 내 울었다.

땀에, 눈물에, 머리카락이 얼굴 여기저기 엉망으로 달라붙어 있다. 눈과 코가 빨개지고 우는 모습이 뭐가 그렇게 예쁜지. 이 짜증 나는 상황에도 더 짜증이 났다.

"흡, 나 어떻게 해. 끕…… 그 사람이, 다 잊은 줄 알았는데…… 그 사람을 보니까, 너무…….”

변명이라도 해야 할 텐데, 이 눈물의 이유를. 그럴 정신이 남아 있지 않았다. 재인은 태인과 저의 관계를 모를 텐데.

그의 새까만 눈동자가 그녀를 진심으로 걱정하는 것처럼 보여서 마음을 놓고 말았다. 마치 어떤 일이라도 이해해 줄 것 같은 그런 표정이어서, 숨겨지지도 않는 복잡하고 아픈 감정을 고스란히 드러냈다.

맞아, 그거 맞으니까. 울더라도 내 앞에서 울어. 까맣게 침잠한 눈동자 그렇게 말했다.

말을 띄엄띄엄 울먹이면서 내뱉는다. 뺨에 눈물 자국을 쉴 새 없이 만드는 그녀의 상체를 일으켜 세웠다. 얼굴에 붙은 머리카락을 떼어 주고 머리칼을 손으로 부드럽게 쓸어 넘겨 주었다.

그러는 동안 재인은 무표정한 얼굴이었지만 아슬아슬한 기운이 넘실거렸다. 그런 재인의 마음을 헤아리지 못한 채 희주는 그렇게 서럽게 울었다.

폭 껴안아 주고는 등을 쓰다듬는다. 재인의 손에서 떨림이 묻어나왔지만, 희주의 들썩임에 묻혀 버렸다.

얼마나 지났을까. 재인은 욕실에 물을 가득 받아 아로마 입욕제를 넣어준 뒤 온도를 체크했다.

“푹 담그고 나와. 그럼 기분이 한결 좋아질 거야.”

달래는 목소리. 보살핌이나 받는 어린애가 돼 버린 것 같은 기분이었다.

씻고 나온 그녀를 화장대 앞에 앉히고 머리를 말려 준다. 그 큰 손이 어찌나 섬세한지 두피부터 말리기 시작해서 보송하게 마무리했다.

엄살 피우는 건 엄마한테도 하지 않았던 것인데, 이게 뭐 하는 짓인가 싶다가도 그냥 그가 주는 대로 받고 싶었다. 염치없게.

다 말린 머리칼에 그가 입을 맞추고 눈을 감는다.

"재인아."

조심히 불러본다. 재인이 알았다. 태인과 그녀와의 관계를. 그리고 제 마음을. 그런데도 이렇게 다정하다.

한번 터진 눈물은 쉽게 흘러나와 계속해서 뺨을 덧그렸다.

상체를 한껏 숙여 뒤에서 끌어안아 거울 속의 그녀를 바라본다.

"가서 말해."

"……."

"말한 적 없잖아. 좋아한다고. 약혼하지 말라고. 곁에 있어 달라고. 있어?"

그들의 관계라면 뻔하다. 형의 뒤틀린 애정이, 겁 많은 희주가 제대로 된 관계를 유지했을 리 없다. 상처 주고 상처받았겠지. 상처에 무감한 태인과 달리 희주만 난도질당했겠지. 개새끼.

"그걸…… 어떻게 말해."

물기가 묻어나는 꽉 잠긴 목소리가 겨우 흘러나왔다.

"말할 수 있어. 네 진심이잖아."

부드러운 목소리로 말하며 정수리에 입술을 눌렀다.

"모르잖아. 형도 너랑 같은 마음일 수도 있잖아. 형도 진심을 말하는 게 서툴러. 상처가 많은 사람이야."

그녀를 돌려 세워서 그 앞에 쪼그리고 앉아 두 손을 잡았다. 재인의 큰 손에 비해 희주의 손이 너무 작았다.

"가서 말하고 와. 기다릴게."

입꼬리를 끌어 올려 웃는다. 재인은 어떤 마음으로 얘기하는 것일까. 자신과 그의 형이, 그런 사이라는 걸 알았는데도. 저를 경멸하거나 싫어하지 않는다.

재인의 마음을 그려 볼 때마다 희주는 겁이 났다. 재인을 통해 그를 보고 있는 게 들통날까 봐. 불순하게 이용하는 게 티 날까 봐. 그리고 재인이 상처받을까 봐.

하지만 사실은 알고 있다. 이런 알량한 자신의 걱정이 턱도 없이 비겁하다는 것을. 결국은 다 저를 위한 변명이었다. 그런 저의 생각을 읽었다는 듯이 따뜻한 손으로 뺨과 귀를 감싸고 다시 한번 말해 준다.

"너무 예뻐. 네 마음도 예쁘니까. 걱정하지 마."

문을 열고 그녀를 배웅하고는 뒤를 돌아보는 희주에게 상냥하게 웃어 주었다.

희주가 돌아보지 않을 정도로 멀어지자 재인은 서늘한 표정으로 문을 닫았다.

내가 바라는 건 희주의 행복이야. 그것뿐이야.

벽에 기댔던 몸을 미끄러뜨려 재인이 그대로 주저앉았다. 고개를 젖히고 머리를 쿵, 쿵 가볍게 찧었다.

그리고 천천히 상상하기 시작했다. 희주가 형에게 고백하는 장면을.

그의 예쁜 입매가 비틀리며 탄식 같은 웃음이 새어 나왔다.

안 봐도 뻔해. 무람없이 거절하겠지. 희주의 행복을 바란다고? 알고 있잖아. 형이 사랑, 같은 감정을 이해할 수 있는 그런 사람이 아니라는 걸. 희주가 상처받고 다시 너에게 돌아오기를 바라는 이기적인 행동이잖아.

그래, 나는 어리석은 형이 희주를 놓치길 바라. 그게 희주를 아프게 하더라도.

* * *

"나예요."

떠날 준비를 하고 있었는지 그가 손목의 시계를 채우고 있었다. 퉁퉁 붓고 붉은 기운이 번진 그녀의 눈가가 보였다. 태인은 그녀를 힐긋 본 뒤에 시계를 마저 채우고는 옷소매를 정리했다. 입가에는 잔잔한 미소가 떠올랐다.

그래, 넌 아직 날 좋아하잖아 희주야. 그렇게 쉽게 정리되는 마음이 아니잖아.

'근데, 나 올라가면 재인이랑 같이 갈 건데.'

어젯밤, 단조로웠던 그녀의 마지막 말을 떠올렸다. 인내심을 발휘한 건 벼랑 끝에 있는 그녀를 괜히 내던지고 싶지 않아서이다. 별것 아닌 약혼식을 세상이 끝나는 것처럼 생각하고 있는 희주를 더 몰아붙이고 싶지 않았다.

서재인과의 대화로 충분히 알았다. 아직 서재인은 김희주를 갖지 못했고, 희주와 저의 관계를 알고 있다.

그런데도 그는 모른 척하고 있었다. 김희주를 상처를 주기 싫은 거겠지. 그래서 네가 안 된다는 거야. 더럽게라도 뺏지 못하는 너의 그 순진함과 고고함에 감사하는 날이 올 줄이야.

희주가 아침에 호수 별장으로 들어가는 모습을 보았다. 서재인과 있는 그녀를 상상하면서 짐승의 피라도 뒤집어쓴 듯 역겨웠던 마음이 조금 가시는 기분이었다.

"이틀 뒤에는 올라와."

깔끔한 동작은 여전히 그녀의 시선을 사로잡았다. 그의 앞에선 이렇게 쉽게 들킨다.

"할 말이 있어요."

그제야 그는 그녀를 돌아보았다. 냉정한 얼굴. 도대체 종잡을 수 없는 그의 진심. 다정하다가 좋아하는 것 같다가. 다시 돌아보면 아니다.

"올라와서 해."

차가운 말투가 그녀의 심장을 움켜쥐고 흔든다. 내일은 그의 약혼식, 그런데 그다음 날 올라오라는 것은 무슨 말일까? 자신이 저번처럼 방해라도 할까 봐 그런 것일까.

슬그머니 비딱한 마음이 올라왔다. 억지로 누그러뜨리고 재인이 말한 대로 진심을 말하려 한다. 늘 전하는 데 실패한 자신의 마음을. 상처받을까 봐 한 번도 말하지 못했던 말.

"지금 해야 해요."

그녀는 울어서 쉰 목소리와 왈칵 조여든 목을 넓히려 마른침을 삼키며 말했다.

그게 뭐라고 이렇게 숨기고 있었는지.

"서재인이랑 놀다 보니 이제 내 말도 다 무시하는 거야?"

그가 정돈된 머리를 신경질적으로 쓸어 넘겼다. 태연했던 모습이 벗겨지고 불안정하고 사나운 본성이 울렁거리며 그녀에게 전달됐다.

"사랑해요."

재킷의 단추를 마저 채우던 그의 몸이 호흡마저 멈춘 듯 그대로 굳었다.

이 지독한 감정이 사랑이 아닐 리가 없잖아.

"가지 마요. 약혼식…… 그 여자랑 하지 마요. 좋아해요. 정말."

술에 취해, 꿈에, 매번 하던 말. 자신의 진심.

참았던 눈물이 울컥 터져 나왔다. 진심을 내뱉는 게 왜 이렇게 힘들까. 마음은 마음대로 하라고 있는 건데. 왜. 도대체.

그는 여전히 숨을 쉬는 법을 잊은 것처럼 가만히 있었다.

조용한 정적 속에 무거운 공기가 가득했다.

그는 마침내 묵직한 한숨을 조용히 뱉었다. 그리고 희주의 지척으로 다가왔다. 눈물을 너무 흘려 창백한 뺨을 들어 올렸다. 그는 무척이나 곤란한 표정으로 그녀를 쳐다보았다.

"희주야, 약혼은 그냥 할 때 돼서 하는 거야. 그래서 그런 것뿐이야. 네가 신경 쓸 일이 아니야."

달래는 말투를 쓴다. 내용은 처리해야 할 아주 하찮은 일이라는 것이었다.

사랑한다고 했다. 그를 처음 만난 순간부터 좋아했다. 수없이 몸을 섞으며 그와의 미래를 그려 보지 않았다면 거짓말이다. 그런데도 그럴 수 없는 자신의 처지가, 자신을 사랑하지 않는 그 때문에 애써 자신의 마음을 숨겼다.

겨우 용기를 냈는데, 되돌아오는 답은, 너와의 미래는 약혼, 그런 것으로 엮일 수 없다는 거절이었다. 옆에는 있어 주겠지만 그 이상은 곤란하다는 의미.

"다시 말하지만, 달라지는 건 없어."

그는 그녀를 스쳐 지나갔다. 알싸한 향기가 코끝에 닿았다.

재인이 하늘로 지나가는 전용기를 보며 묘한 표정을 지었다. 그건 어떻게 보면 태인의 우아하고 뒤틀린 미소와 비슷했다. 재인의 입가가 빨간 노을을 머금어 더 붉어졌다.

많이 울었으니, 속이 상했을 텐데. 오늘도 죽을 만들어 줄까? 피아노도 쳐 줘야겠다. 잠들 때 꽉 껴안고 뽀뽀도 몇 번 해야지.

여전히 희주가 아프다는 생각에 가슴이 쓰라리면서도, 희주의 곁에 아직은 머무를 수 있다는 생각에 벅차올랐다. 희주는 형을 좋아하니까 날 이용이라도 해 달라고 하면 돼.

순진한 김희주는 이런 저질인 자신의 마음을 모르겠지.

형 옆에서 행복하기를 바라는 것보다는, 네가 아파하기를 바란 내 진심을 알면 넌 나를 싫어할까? 도망갈까?

형의 말대로 저도 어쩔 수 없는 혐오스러운 서가(家)의 피가 흐르고 있나 보다 생각하며 피식, 비웃었다.

* * *

"같이 서울 올라가자."

갑자기 재인이 툭 이야기를 던졌다.

희주는 태인이 떠난 뒤 거의 실신하다시피 재인의 품에 안겨서 울었다. 그러다 재인은 어둑한 밤에 희주를 깨워 반강제적으로 밥을 먹이고 있었다.

내일은 그의 약혼식이다. 그러고 보니 캐리어 몇 개가 보였다. 가족 행사니까 아무래도 가야 하는 거겠지.

"내일 아침에 일찍 올라갈 거야."

희주의 불안한 모습이 고스란히 재인의 눈동자에 담긴다.

"형 때문에 네 인생을 불행하게 만들지 않았으면 좋겠어. 일하는 거 좋아했잖아."

둘은 시간을 보내는 동안 생각보다 많은 대화를 했다. 희주가 회사 얘기를 할 때마다 반짝이는 얼굴이 얼마나 예뻤는데.

그녀에게 그런 다른 종류의 행복이 있어 다행이라고 생각했다.

"무서워. 가서 내가 잘 할 수 있을까?"

태인도, 그리고 자신의 마음도.

"내가 지켜줄게. 옆에 있어 줄게."

희주는 그 고백 같은 말에 또 왈칵 울음을 터뜨렸다. 그 남자에게 그토록 듣고 싶었던 말이었다. 입술을 사리물고 튀어나오려는 울음을 꾹꾹 삼키며 희주는 재인을 바라보았다.

"나, 그 사람 좋아해."

고백. 어쩌면 홀가분해지고 싶다는 욕심에서 비롯된 일방적인 고해성사. 이 말이 너를 상처 입힐지 알면서도 멈출 수 없다.

"그래서 여기로 도망쳤어. 그 사람은 나를 사랑하지 않으니까. 더 비참해지기 싫어서, 잊어버리려고 노력했어. 정말로 열심히. 그런데……."

상실의 한가운데. 태풍과 파도가 들이닥치고 아무도 들일 수 없는 삭막한 그녀의 마음에 재인은 너무 쉽게 들어왔다. 무구한 애정을 무기로 침범한 재인은 비에 젖은 그녀를 감싸 안고 닦아 주었다. 마치 비바람이 몰아쳤던 그 파티장의 정원에서처럼.

우울하고 침잠했던 기분에 조금씩 빛을 덧칠해 준 재인과의 시간이 마치 어릴 때처럼 즐거워서 이대로도 좋다고 생각했다.

"다 잊어 가고 있다고 생각했는데……."

희주는 목에 올라온 뜨거운 덩어리를 삼키며 눈을 질끈 감았다.

그러자 눈앞에 따스한 장면들이 펼쳐졌다. 눈부시게 빛나는 태양, 그 아래 재인의 환한 미소. 그녀의 허리를 잡고 공중으로 가볍게 들어 올려 빙글빙글 돌리는 재인의 얼굴이⋯⋯태인의 얼굴로 오 버랩되었다.

너를 보며 그를 떠올렸던 나의 만행. 어쩌면 잊어 갔던 게 아 니라, 재인에게서 그의 흔적을 찾으며 욕망을 채운 게 아닐까. 그와 비슷한 면을 찾았고, 문득 태인이 떠오를 때면, 그가 주는 다정함을 가져와 태인에게서 받을 수 없는 애정으로 자신을 채 웠다.

"미안해. 미리 말하지 못해서."

네 형을, 태인을 오랫동안 좋아했다고 차마 말하지 못했다. 그가 경멸의 눈으로 쳐다볼까 봐. 모든 걸 알기 전에 너를 떠 나보내면 될 것이라 생각했다. 폐부까지 찔러오는 배덕감 따위 는 아무렇지 않았다. 죄책감 아래 감춰진 것은 아프고 싶지 않 다는 이기심이었으니까.

당장 눈앞에 보이는 안온함에 차라리 눈이 멀고 싶다는 마 음. 재인이 어떤 눈으로 자신을 보는지 눈치챘음에도 끌어당기 는 대로 가 버리고 싶다. 그래도 된다고 마음속에서 속삭였다. 우린 친구였잖아. 이 정도는 괜찮아. 그래, 조금만⋯⋯고통을 잊고 싶은 간사한 속삭임이 계속 귓가에 울렸다.

물기가 차오른 희주의 눈동자에 재인의 모습이 물속에 잠긴 듯 일렁거렸다.

"⋯⋯ 앞으로도 계속 변하지 않으면 어떡하지? 그 사람을 잊지 못하면 어떻게 해? 나도 내가 답답해…… 나 별로지? 바보 같지…….”

태인은 희주의 고요를 비웃듯이 폭풍처럼 그녀를 다시 휩쓸고 지나갔다. 아마도 그녀는 아주 오랫동안 태인에게 벗어나지 못한 채 괴로워할 것이다.

차마 입 밖으로 낼 수 없었던 말을 재인의 곁에 있어 주겠다는 제안에 줄줄이 내뱉는다. 그 저변에는 비겁하게 고백하고 확답을 듣고 싶은 마음이 있었다. 그러면 자신의 이 저열한 욕망이 조금은 용서되지 않을까.

말해 줘. 이래도 내 옆에 있어 줄 수 있어?

“희주야, 무슨 일이 있어도 네 옆에 있을 거야. 하고 싶은 대로 해. 복수하든, 대신으로 이용하든.”

간절한 시선, 한 치의 망설임도 없는 말. 대체 넌 언제부터 모든 걸 알고 있었으며, 어떻게 내게 이럴 수가 있는지.

모든 궁금증을 담아 그의 진심을 한 번 더 확인했다. 교활하다고, 최악이라도 욕해도 더는 상처 받기 싫어.

“재인아, 넌…… 내게 왜 이렇게까지 해?”

상체를 숙이고 재인이 고개를 기울여 코앞으로 다가왔다. 그 숨결이 녹아내릴 듯 뜨거웠다.

입술 사이로 서로의 숨이 섞이는 팽팽한 긴장감 속에 그가 입을 열었다.

“알고 있잖아.”

부드럽게 겹쳐지는 입술이 촉촉하게 젖어갔다. 아랫입술을,

윗입술을 차례로 머금으며 부드럽게 그 안을 열고 들어왔다. 뜨거운 호흡이 섞인 입 안이 달아졌다. 입천장을 부드럽게 훑쓸고 볼 안쪽을, 치열을 훑는 야릇한 움직임에 희주의 입에서 신음이 흘러나왔다.

재인은 절박하게 그녀의 손을 잡아 왔다. 손가락을 움직여 맞물려 꽉 잡아 틈을 주지 않으며 입술을 떼지 않았다. 마치 사춘기 소년처럼 애절한 몸짓이었다.

어찔한 숨을 뱉으려 그를 밀어내면 코와 뺨과 이마에 입술을 느릿하게 누르면서 잠시도 떨어지지 않았다. 그리고 다시 혀를 얽은 진득한 입맞춤을 계속 이어 나갔다.

강렬하고 애틋한 입맞춤 끝에 겨우 떨어진 재인이 번들거리는 입술을 한 채 턱을 괴고 그녀를 쳐다보았다. 희주는 선을 넘고 만 자신의 행동에 당혹감과 두려움이 동시에 밀려와 시선을 내리깔았다.

얄팍한 도덕심을 핑계로 그를 밀어내기 싫어서 그의 마음을 모른 척 해왔는데. 그런데 지금은 이렇게 당당하게 이용해도 되겠냐고 물은 자신은 도대체 나중에 어떤 벌을 감내해야 하는 걸까.

송곳이 심장을 찌르는 것처럼 따끔따끔했다.

재인은 그런 희주의 생각이 읽었다는 듯이 귀와 뺨을 감싸고는 입술을 다시 맞춰왔다. 그리고 자신의 마음을 입 밖으로 내어 고백했다. 14년간 숨겨온 자신의 지독한 사랑을.

"대신, 나도 내 마음을 숨기지 않을 거야. 너무 오랫동안 숨겨

와서……그래서, 꽉 차서 더 담을 데가 없거든."

아아, 정말 너는 나를.

"왜 울어? 싫어서?"

"아니, 미안해서."

"미안해서 울면 안 돼."

"왜?"

"너무 예쁘니까."

그는 그녀를 품 안으로 데려와 끌어안았다.

너도, 나도 다 행복할 거야. 걱정하지 마.

그녀의 어딘가에 새겨지길 바라듯이 내내 귓가에 속삭여 주었다.

3. 끝 혹은 시작

"뭐 해?"

재인은 전용기에 들어서서 머뭇머뭇 서 있는 희주의 등을 가볍게 밀어 자리로 앉혔다.

대학 졸업 여행으로 다슬과 제주도에 간 이후 두 번째로 타는 비행기였다.

하지만 처음 타 보는 것처럼 놀랄 수밖에 없었다. 원목 바닥, 크림색 가죽 시트와 클래식한 가구를 배치한 인테리어는 좀처럼 비행기 같아 보이지 않았다. 은은한 조명, 커다란 티브이 모니터, 미니바까지. 언젠가 영화에서 보았던 호화로운 열차 칸 같았다.

"신기해서."

어색해하는 그녀와 달리 그는 편안해 보였다. '뭐가'라고 말하며 콧잔등을 찡긋한 재인이 미니바로 가서 물 한잔을 따라 그녀에게 건넸다.

이륙한 비행기의 창밖으로 넓디넓은 땅과 호수가 보이고, 별장 건물이 콕콕 박힌 듯 작게 보였다. 위에서 바라보면 이런 느낌이었나, 멍하니 멀어지는 별장의 모습을 바라보았다. 아득한 광경을 보고 있자니 숨도 못 쉬게 불안하고 초조했던 감정이 그녀를 짓눌렀던 게 거짓말 같았다.

결국, 재인이 내민 손을 잡았다.

어젯밤 재인의 고백 후, 함께 짐을 챙기고 떠날 준비를 했다. 폭풍과 같은 시간을 보낸 뒤라 그럴까. 마침내 자신이 초연해진 건 아닐까. 말도 안 되는 짓을 벌인 데에 대한 자책도 불안감도 피곤함에 미뤄 둔 건지 속절없이 노곤해졌다.

감당도, 가늠도 할 수 없는 큰일이라 그런 걸까.

재인은 그런 희주의 작은 뒤통수를 바라보다가 머리를 부드럽게 쓸었다. 그녀가 돌아보자 희주의 엄마가 출발하기 전 싸주었던 과일 통에서 사과를 포크로 찍어 건넸다.

재인은 근사한 슈트 차림이었다.

"도착하면 난 바로 호텔로 가야 해."

그의 약혼식장으로 가는 거겠지.

뜨거운 덩어리가 목구멍을 거슬러 올라왔다. 희주는 내색하지 않고 사과를 베어 물며 고개를 끄덕였다.

"황 비서가 나와 있을 거야. 차 타고 가 있어."

"어딜?"

"우리 집."

그러고 보니 정말 속수무책이었다. 원룸 보증금을 빼고 호윤에게 빌려준 대출을 갚고 내려왔다. 당장 머물 곳도 없는데 지금 이렇게 서울로 가고 있다니.

호사로운 전용기를 타고 있자니 또 다른 종류의 걱정이 가슴 한쪽을 묵직하게 눌렀다.

재인 역시 서산의 도련님이다. 서 회장과 한윤아의 아들.

이게 말이 되는 걸까.

저조차도 이해가 되지 않는 상황인데, 알면 얼마나 기가 막혀 할까. 그들이 아니라도 이해해 줄 사람은 있을까.

"같이 있겠다고 했잖아."

동물적인 감각인 걸까. 뒷걸음치려는 그녀를 단숨에 꿰고는 손을 잡아 왔다. 응? 그렇게 재차 약속을 확인시키며, 손등에 입술을 누른다.

"알고 있겠지만, 난 형이랑 남보다 못한 사이야. 괜한 생각 하지 않았으면 좋겠어. 네가 죄책감에 괴로워할 필요 없단 얘기야."

애초에 태인은 재인을 괴롭히기 위해 희주를 만났다. 그 사실은 그녀에게 감당하지 못할 고통이 될 것이 분명했다. 지금도 이렇게 괴로워하는데……죽을 때까지 몰랐으면 했다.

"만약 잘 안 되면, 힘들면 말해. 내가 다 버리고 나올게. 호적 과 달라고 하지 뭐. 어차피 미국에 오래 있어서 나 없는 거나 마찬가지야. 재활 치료 안 받았으면 영영 한국에는 못 왔을지도 모르는걸?"

희주의 표정이 어둡게 가라앉자 장난 투로 마무리한다. 하지만 그 무게가 얼마만큼 큰지 아는 희주는 웃을 수 없었다.

그는 잡은 손에 얼마간 힘을 주는 듯하더니, 뭔가 생각하는 듯 골몰했다.

"부모님은…… 내가 없어도 될 거야. 난 그냥 김희주 옆에 있는 재인 할게. 아니면 네 성을 나 줘. 김재인. 어때?"

크게 문제 될 것 없다는 재인의 가벼운 태도.

희주는 입 안이 까끌거렸다. 그가 원하는 걸 줄 수 없어서. 저 마음에 보답할 수 있는 마음이 자신에게 남아 있지 않다. 어제 그 잔인한 말에 재인은 알고 있다고 했고, 상관없다고 했다.

애써 노력하는 재인에게 지금 그녀가 보여 줄 수 있는 건 버석거리는 웃음밖에 없었다.

그것마저 좋다는 듯 그는 상냥하게 웃는다.

웃는 재인의 뒤로 푸르고 깨끗한 하늘이 보였다.

재인의 아파트는 태인의 가장 높은 층에 있던 펜트하우스와 달랐다. 창밖으로 푸른 나무들의 머리가 보이는 저층이었다.

"쓰실 곳은 이 방입니다."

황 비서라는 사람은 방을 안내하며 캐리어를 들여 주었다.

자신이 쓸 방이라는 곳 역시 창문으로 잎사귀가 무성한 나무가 그림처럼 담겨 있었다.

널찍한 방은 전체적으로 포근해 보이는 밝은 베이지 컬러와 우드 재질로 꾸며져 있었다. 가운데에는 포인트가 되는 오렌지 컬러의 소파와 값비싸 보이는 가구들이 적절하게 배치돼 있었다.

"마음에 드세요? 도련님이 직접 다 고르셨어요."

오늘내일해서 꾸민 방이 아니었다.

너는 내가 이곳에 올 줄 알고 있었던 걸까.

희주는 모르는 세계에라도 발을 디딘 듯이 방 안에 우뚝 서 있었다.

"필요하신 일 있으면 연락 주세요. 그럼, 이만."

황 비서는 당혹스러운 듯 서 있는 그녀의 뒤에 가벼운 묵례를 하고 밖으로 나갔다.

* * *

최세연이 참석하는 파티.

정계, 재계, 법조계의 2세, 3세들이 모여 우아나 고상을 떠는 그런 모임. 자신의 옆의 액세서리를 과시하고, 인맥과 추문을 확인하기 위한 장소. 태인도 필요에 의해 종종 참석하고, 어울리지만 파트너와 참석한 건 처음이다.

"인상 좀 풀지 그래요?"

"파티 좀 줄일 생각은 없어?"

"고작 두 번째 모임이에요. 그것도 약혼식 뒤풀이는 말도 안 하고 그냥 사라졌던 거 기억 안 나요?"

둘은 이제 공식적인 파트너였다. 약혼식을 마치고 이제 일주일이 지났다. 둘의 등장은 모두의 시선을 사로잡았다. 태인과 함께하는 저에게 쏟아지는 질투와 부러움의 시선을 세연은 마음껏 만끽했다.

태인은 반대였다. 자신의 팔 위로 올라온 손이, 더듬는 손길이 너무 소름 끼쳐 식은땀이 날 정도였다. 괜히 거래한 게 아닌가? 실없는 생각이 들 정도로 별로였다.

그들만큼 주목받는 또 다른 사람의 등장인 듯 장내가 술렁였다. 태인은 동조하지 않고 서버가 내려놓은 샴페인 잔을 들었다.

취하기라도 해야지, 이거 원 역겨워서 견딜 수가 있나.

그때, 최세연이 놀란 목소리로 그의 팔을 잡은 손에 힘을 주었다.

"어머, 당신 동생도 저기 왔네! 근데 그 옆이……."

서재인? 그 새끼가 여길 왜.

상황 파악이 빠른 세연은 그 상황을 캐치하고는 말 꼬리를 늘리며 빙글거리는 투로 말했다.

"좀 낯이 익은데?"

천천히 세연의 시선이 있는 곳으로 고개를 돌렸다. 이미 더 없는 불쾌감이 엉겨 있는 시선으로.

짜증을 머금은 그의 낯이 순식간에 굳었다. 이내 싸늘하게 식으며 비틀린 탄식이 흘러나왔다.

하, 진짜로. 이것들이.

충격에 잠시 뚝 멎었던 호흡이 서서히 가팔라진다. 권태로운 지겨움을 견디던 얼굴에 분노가 넘실거렸다. 잔을 잡은 손에 힘이 들어갔다. 담긴 황금빛 액체가 물결쳤다.

감히 누굴 데리고.

속이 비틀어지는 기분. 창자가 뒤집히는 것 같다. 꺼내서 찢어 버리고 싶을 정도로.

인내를 위해 그는 다시 잔을 들어 마시고 놓기를 두어 번 했다. 최세연이 경직된 그의 두툼한 팔의 근육을 은근히 쓸어내리며 조용히 말했다.

"조심해요. 저번처럼 파티에서 그렇게 빠져나가면 나 가만 안 있을 거예요. 하긴 뭐 지금은 각자의 파트너가 있으니……."

최세연이 초조하게 말했다. 얼마간은 즐거운 듯도 보였다.

"당신 애인 안 그렇게 생겨서 보기보다 대담하다. 아니면 혹시 끝났어요?"

"끝?"

그 말에 실소하며 긁는 듯한 목소리가 튀어나왔다.

태인은 흉흉한 눈빛으로 둘을 응시했다. 정확히는 희주를.

팔짱을 끼고 있다.

소리 내 웃고 있다.

뭐가 그렇게 즐거운 건지.

그 작고 가녀린 어깨를 내주었다.

서재인 저 새끼한테.

사람들의 흥미 어린 불편한 시선들을 느꼈는지 희주가 재인의 옷소매를 당겼다. 재인이 '응?' 하는 얼굴로 그녀에게 상체를 기울이자 귓가에 '가면 안 돼?'라고 말한다.

분명히 먼 거리인데, 너무 생생하게 희주의 표정이, 입 모양이 다 보였다. 재인이 다시 그녀의 어깨를 부드럽게 감싸더니 파티장을 퇴장한다.

둘만의 세계. 그는 보이지도 않는다는 듯이.

그제야 정신을 차린 그가 본능적으로 그 뒤를 따라가려고 몸을 움직였다. 최세연이 그녀의 팔짱을 더 단단하게 감아왔다.

이건, 도저히…….

"가지 마요. 가면. 나 가만 안 있어."

이런, 씹. 이거 어떡하지.

태인이 잡힌 팔을 한번 싸늘하게 내려다보았다. 시퍼런 안광이 다시 무감하게 돌아왔다. 그는 자신의 팔을 잡은 세연의 손목을 강하게 잡고 뗐다. 그리고 힘없이 툭 떨어뜨렸다.

입꼬리를 올려 작위적인 미소를 지은 뒤 곤란하다는 얼굴을 했다.

"화장실 가는 거야."

최세연이 의심의 눈초리로 쳐다보자 그녀에게 한 걸음 다가가서 귓가에 조소를 섞어 말했다. 내뱉은 숨은 뜨거운데 냉기가 도는 그런 말투로.

"같이 가든가. 안 그래도 내 좆 보고 싶어서 난리 쳤잖아. 만지게는 못하지만 보여 줄 순 있어."

그의 상스러운 언행을 처음들은 세연이 그를 황당하게 쳐다보았다. 그의 우아한 뒷모습을 바라보는 세연의 빨갛게 칠한 입술이 씰룩거렸다.

"아, 정말 아까워서 어떡하지. 너무 내 스타일인데."

성큼성큼 걸어 나와 로비로 향했다. 호텔 입구에는 발렛 된 차가 나왔고, 희주를 에스코트한 후 재인이 운전석에 탔다. 차를 탄 그들이 사라지는 건 순식간이었다.

희주에게 전화를 걸어도 들려오는 건 음성 메시지를 남기라는 좆같은 말뿐이었다.

검고 깊은 눈에 이채가 어린다. 주변의 시선들이 그를 향한다. 애가 닳아도 할 수 있는 건 없다.

씨발, 씨발, 씨발!

고요해 보이는 외관 속, 태인의 내부에서는 소란을 넘은 난동이 일어났다. 불이라도 지르고 싶은 심정이었다. 누구라도 잡아다가 족치면 좀 나아지려나.

아까 소리 내 웃던 모습이 떠오른다. 말갛게 웃어 주던 그 얼굴. 본 적이 없는데…… 나는.

하아-, 하-, 언제부터 참고 있었는지 모를 참았던 숨이 터져 나왔다. 웃는 얼굴을 상기하자 들끓던 살기가 우습게 무기력해졌다.

다 때려치우고 싶어.

그만하면 안 되나.

왜 나는 어째서 이렇게까지 해야 하는 거지.

도대체. 왜.

바닥에서부터 검은 아지랑이를 피우며 스멀스멀 올라오는 시꺼먼 환영이 그의 눈앞에 아른거렸다. 이내 잔인한 환청이 들린다.

태인아, 다 죽여 줘. 우리 아들. 태인아.

* * *

"아, 그냥 같이 있지."

볼멘소리가 재인에게서 나온다.

부동산에 들러 집을 알아본다고 하니, 같이 나와서 저렇게 계속 투덜댄다.

재인은 어떻게든 설득하려고 했지만 꽤나 강경하게 나오는 그녀에게 답답함을 느끼는지 가슴을 팡팡 쳐 대고, 머리를 감싸며 괴로워했다. 확고한 결심을 했는지 입을 꾹 다문 채 밖으로 나가는 희주를 헐레벌떡 따라 나온 터였다.

안진에서 돌아온 직후 재인의 집에서 지낸 지 2주가 지났다. 나와야겠다는 결심을 한 건 이틀 전, 태인과 만나고 난 뒤 집으로 들어가는 자신의 모습이 처참했기 때문이다. 만약, 재인이 봤다면 얼마나 큰 고통일지 상상하기조차 싫었다.

정작 더 큰 이유는 따로 있었다. 태인은 그녀에게 기다리라고 했다. 말로는 싫다고 했지만, 태인이 다시 그녀를 찾아오면 바보 같은 자신이 덥석 그 손을 잡고 말리라는 생각이 들었다. 예전처럼, 늘 그랬던 것처럼. 지독하게 미련스러운 사랑 때문에.

그러니 그 집에서 희주는 나와야 했다. 재인을, 저를 더 비참하게 만들기 싫으니까.

집을 보는 족족 재인은 단점을 나열하며 퇴짜를 놓았다.

'공동 현관 비밀번호? 지문도 아니고? 털리기 딱 좋아.'

'여기는 골목에 CCTV도 없어. 탈락.'

'여기는 스파이더맨의 성지네. 배관이 너무 낮아 도둑 오십쇼, 하는 것 같아. 안 돼.'

여기는, 여기는, 여기는…… 계속해서 트집을 잡는 바람에 부동산 중개인의 표정이 점점 굳어 갔다. 민망해진 희주가 더 이상 둘러보기를 포기하고는 늦은 점심을 먹자며 식당으로 그를 데려갔다.

재인은 백반집엔 처음 오는 건지 연신 두리번거렸다.

"좋아해? 이런데?"

그는 약간 설레는 듯한 표정이었다. 희주가 좋아하는 것을 하나 안 듯한 기분이어서.

"응. 집밥 먹고 싶을 때?"

"주로 어떤 거 시켜?"

그는 테이블에 두 팔을 교차시켜 올려놓고는 책을 정독하듯이 메뉴를 뚫어져라 쳐다본다. 그게 또 귀여워서 희주는 웃었다. 재인 역시 집을 기어코 나가려는 희주에게 서운함을 잊은 채 뭐가 맛있냐, 어떤 음식을 좋아하냐, 물어왔다.

화기애애하던 분위기는 티브이에서 흘러나오는 토크쇼에 의해 중단되었다.

　—얼마 전 서태인 전무와 최세연 상무의 약혼식 사진이 공개됐습니다. 불화설을 일축하듯 다정한 모습인데요? 최세연 씨가 약혼식 때 입은 원피스는 벌써 품절이라고 합니다. 약혼 예물로 착용한 주얼리 브랜드 역시 주문량이 엄청나다고 하는데요…….

이어서 약혼식에 참석했던 재인의 모습이 담긴 자료 화면을 보여 주며 재인의 근황을 다뤘다. 이어서 패널들은 서 회장의 건강 악화 소식을 전하면서, 후계 자리를 두고 진흙탕 싸움으로 번질 가능성을 언급했다.

늦은 점심시간, 가십성의 시사 토크쇼에 식사하던 식당 안의 사람들이 한마디씩 보탰다.

"야, 막내아들도 훤칠하게 잘생겼네. 저기 서 회장은 밥 안 먹어도 배부르겠어?"

"그럼 뭘 해. 이제 경영권 놓고 더러운 싸움이나 벌일 텐데. 게다가 저기 서재인이는 정식 핏줄도 아니잖아. 그 서산백화점 모델 하던 여자가 늙은 회장한테 몸 팔아서 낳은 애인데 제대로 구실이나 하겠어?"

그 말을 들은 희주는 가슴이 철렁거렸다. 정작 까만 볼캡을 눌러쓴 재인은 그 말에 신경도 쓰지 않는 듯했다. 당사자가 있는 마당에 주의를 줄 수도 없고. 야속한 마음에 뒤에서 조용히 아저씨들을 째려보았다.

재인의 눈치를 살피던 희주가 서먹한 분위기를 전환하려 말문을 열었다.

"맛있어?"

제육볶음을 입 안에 넣고 음미해 보던 재인이 희주의 앞으로도 접시를 밀어주었다.

"응. 이제 김희주가 어떤 거 좋아하는지 알겠어. 엄청 자극적인 거 좋아하네. 안 그렇게 생겨 가지고."

재인이 옅게 웃으며 장난스럽게 말했다.

저런 말 듣고도 아무렇지 않을 리 없는데, 희주는 상추에 고기를 싸면서, 저 아저씨들 입을 이 쌈으로 틀어막고 싶다고 생각했다. 동시에 어떻게 위로해야 하나 머릿속으로 고민 중이었다. 일단 최대한 담담한 목소리로 분위기를 전환시키려고 했다.

"네 얼굴 미국에서만 먹히는 줄 알았는데, 한국에서도 너 잘생겼다고 난리야. 너 지나다니면 사람들이 다 쳐다보는 거 알지."

희주가 재인의 기분을 풀어주려는 듯 바짝 얼굴을 들이대고 찡긋거렸다.

그런 그녀의 말을 어떻게 들었는지 재인은 젓가락을 내려놓고 희주를 물끄러미 쳐다보았다. 저 말을 들은 희주가 자신과 있기 부담스러워졌나 싶었다. 겁이 나면 극단적 생각에 도망가려고 하는 희주를 알기에 오히려 그는 초조해졌다.

 "부담스러워 나랑 다니는 거? 사람들이 알아볼까 봐? 그래도 데이트는 해야지. 모자 쓰고, 마스크 쓰면 돼. 해 보고 싶은 게 얼마나 많은데."

 재인은 아무렇지 않게 말했다.

 "재인아. 그게……."

 "도망갈 생각 하지 마. 내가 도와준댔잖아. 이용하랬잖아."

 다소 강경한 말투였다. 순식간에 분위기가 바뀌었다. 가슴이 선득해진 느낌에 희주는 젓가락을 슬그머니 내려놓았다. 얼마 전 태인과 만났던 일을 떠올리며 고개를 저었다. 더는 안 돼. 돌이킬 수 없는 지경에 이르지 말고 이제라도 바로잡아야 한다.

 "그건 내가 알아서 해."

 "어떻게 알아서 할 건데?"

 "……."

 추궁하는 듯한 눈빛과 말투가 갑자기 서늘해졌다.

 "뭘 알아서 한다는 거야? 형이 널 그냥 두고 볼 것 같아? 이틀 전에도 형한테 끌려갔다 왔잖아!"

 재인믄 말하고 아차 싶어서 손을 들어 얼굴을 쓸어내렸다.

 "아, 미안. 미안해…… 그냥…… 이건, 잊어버려."

"……알고 있었어?"

어떻게 몰라. 그렇게 형의 냄새를, 흔적을 달고 와서는 계속 우는 너를.

재인이 울지 않으려 붉어진 눈가를 애처롭게 손으로 꾹꾹 눌렀다.

희주는 치밀어 오르는 수치심에 지금 당장 발밑으로 꺼져 버리고 싶었다.

회사로 다시 출근하던 날, 희주는 태인을 다시 만났다.

* * *

"김희주는, 어디 있지? 퇴근했나?"

태인은 외부 출장 일정을 마치고 집무실로 돌아왔다. 넥타이를 끌어 내리고 재킷을 벗었다. 원체 흐트러진 걸 싫어하는 성격인데, 요즘은 집무실만 들어오면 갑갑한 듯이 그는 넥타이를 풀고 목 끝까지 잠근 셔츠 단추를 풀었다.

대답이 없자 태인이 박 실장을 돌아다보았다. 그는 어안이 벙벙해 보였다. 박 실장은 그런 표정을 갈무리하고 이내 그를 일깨워 준다.

"다시, 사람을 붙일까요?"

아아, 내가 그만두라고 했지. 다 팽개치고 짐승같이 달려가 그녀를 물어뜯을까 봐 겁나서. 요즘 계속 그런 상태라. 감당 안 될 것 같으니 감시인을 떼라고 했었지…….

"이러다 아버지보다 내가 먼저 미쳐 버릴 수도 있겠어."

'섬망 증상이 점점 심해지고 있습니다. 벤조다이아제핀을 처방했더니 더 눈에 띄게 악화…….'

조금 전, 돌아오는 길에 최 박사에게서 서 회장의 상태를 보고받았다. 이제 요양원에 처넣을 일만 남았는데. 한윤아의 오빠 한윤철이 만든 비자금과 뇌물 횡령 정황 서류도 다 검찰에 넘길 준비가 되었다.

욕심만 앞섰지, 일 처리가 워낙 허술해 많은 공을 들이지 않고서도 쉽게 잡아냈다. 이 일련의 사건들이 다 터지면 주가가 일단 휘청이겠지만, 어떻게 회복해야 할지도 준비해 뒀으니까…….

'사랑해요.'

심장을 비트는 생각을 애써 밀어 집어넣는다. 서 회장 건강이 갑작스럽게 악화되자 한윤아와 그의 오빠, 한윤철이 분주하게 움직였다. 서재인을 이리저리 끌고 다니면서 장사하는 꼴이란. 그런 거라면 질색할 줄 알았는데 서재인이 고분고분한 것도 웃기고.

무슨 속셈인 걸까. 일이 다 끝나면…… 서재인이 혼자 그냥 어디든 눈앞에서 사라진다면 그에게 넓은 아량도 베풀 수 있을 것 같다. 영원히 자신과 희주의 눈앞에 나타나지 않는다면.

"한윤철 상무가 우호 지분을 끌어들이려 이번 주 JK파트너스 사장을 만난다고 합니다."

둘을 파티장에서 본 이후로 일주일이 지나고 있었다. 그냥 내버려 둬도 진짜 문제가 없을까. 서재인이랑 뭐 하면서 지내는 거지.

눈매가 서서히 찌푸려진다. 경련하는 눈가를 멈추기 위해 눈을 감았다가 떴다.

함께 있었던 모습이 자꾸 머릿속에 맴돌아 밤에는 약이 없으면 잠조차 안 올 정도다. 둘 다 순진한 구석이 있으니, 게다가 김희주는 절 좋아하지 않는가. 앞뒤 분간 못 하고 제 동생이랑 뒹굴진 않았겠지…… 맞아? 확실해?

왜 이렇게 심장이 벌렁벌렁하고 불안해 미칠 지경인지. 눈앞에 있으면 망가뜨리지 않을 자신이 없었다. 그래서…… 그래서 간신히 참고 있다. 인내는 신물이 나도록 자신이 제일 잘하는 것이니까. 그들에게 고통을 그대로 돌려주기 위해 지금껏 껍데기 같은 삶을 살며 기다렸는데.

고작 그 여자 하나 때문에 다 망칠 순 없잖아.

담배를 찾는 손이 미세하게 떨려왔다. 눈이고 손이고 다 떨리는 꼬라지를 보자니 이러다 병신 되는 건 아닌가 싶은데. 허탈한 조소가 입가에 머물렀다.

"전무님?"

생각에 빠진 것 같은 태인을 부르며 환기시켰다.

"듣고 있어요."

"그리고 이번 주말에는 차세연 상무와 CH회장님 내외분과 골프 라운딩이 있습니다. 끝나고 나서는 국토부 장관과……."

또 차세연. 헛웃음이 터졌다. 3개월짜리 약혼에 무슨 이렇게 인형 놀이를 빡세게 시키는지.

"차세연한테 지분 매각 계획 언제 발표할 건지 재촉 좀 해요. 인내심이 바닥날 것 같아."

넥타이도 없는데 어쩐지 목이 조여 오는 느낌이라 다시 목깃을 만지작거렸다. 목이 졸리는 불유쾌한 기분을 뭐라도 해서 눌러야 했다.

저녁 약속 장소에 가기 위해 회사 로비로 걸어 나왔다. 바로 차에 타지 않고 정원 흡연 구역에서 잠깐 담배를 피우겠다는 제스처를 취했다.

푸르스름해지는 하늘을 향해 위압적으로 솟은 서산의 신사옥이 오늘따라 그를 짓누를 것만 같은 느낌이었다.

머릿속으로는 온갖 상념을 담고 있으면서 담배를 피우는 손길이 무심하다.

시선을 의미 없이 돌리는데, 내내 머릿속을 괴롭히던 여자가 한순간에 눈에 담긴다.

핸드폰에 귀를 대면서 건물 밖으로 나오는 김희주였다.

고혹적인 미소를 지으며 단정한 걸음을 옮기는 그녀의 모습이 그를 화나게 했다. 그러면서도 저 웃는 얼굴을 제 머릿속에 각인이라도 하듯 쑤셔 넣는다. 나중에 자신의 앞에서도 저렇게 웃어 보라며 협박이라도 할 요량처럼.

점점 더 환하게 웃는 모습을 보자니 심장이 지끈 조여드는 느낌에 가슴팍에 손을 대었다.

환장할 만큼 예뻐서, 짜증 나서, 당장 다가가서 전화기부터 뺏고 싶은데…….

왜, 안 되지? 뭐 때문에, 이렇게 참고 있어. 원래 내 여자인데. 내 것인데.

그는 퓨즈가 나간 듯, 담배를 성급하게 비벼 끄고 차가 세워진 곳으로 갔다.

"키 줘요."

"네?"

"차 키 달라고."

"전무님 지금, 일원 홀딩스 부회장님과 약속이…….".

무섭도록 서늘한 표정에, 반쯤 정신이 나간 것 같은 눈동자에 박 실장은 차 키를 건네주고 말았다.

그는 보닛을 성큼 돌아 운전석으로 타고 차를 출발시켰다.

바랐던 일이다. 이러려고 그녀를 수도 없이 가졌다. 줘 버려도 상관없다고 생각하지 않았던가. 자신이 길들인 몸을 서재인이 보고 고통스러워하기를 바랐었는데.

그걸 재인이 알고 무너지는 걸 보고 싶었던 게 아닌가. 지금은 더할 나위 없이 아주 좋은 진행 상황이었다. 손쉽게 아버지를 처리하고, 한윤아, 그리고 서재인까지. 너무 완벽해. 그런데.

거슬려.

저랑 붙어먹은 것도 상관없다는 듯 김희주 옆에 있는 서재인이.

저를 좋아하면서도 자극해 보겠다고 재인의 옆에 있는 김희주가.

그 둘이 같이 있는 게.

무익한 충동이 분탕 쳤다.

* * *

"희주 씨 오랜만이야. 얼굴 좋아졌네?"

예의상 하는 말들이 오고 갔다. 복귀와 함께 두 달간 공백을 메우기 위해 진행되고 있는 프로젝트의 흐름을 파악하느라 하루가 빨리 갔다. 피곤했지만 오랜만의 출근에 설레기도 했다. 기분 좋은 에너지가 생기는 느낌이랄까.

아침에는 데려다주겠다며 떼를 쓰는 재인을 겨우 말리고 왔다. 재인은 5시에 일어나 운동하고 와서는 희주를 깨운다. 그녀가 샤워할 동안 토스트를 굽고 커피를 내려 주고는 마주 앉았다.

'회사에서 어떨지 궁금하다. 억울해. 나도 조금만 더 나이 많았으면 같이 회사 다니는 건데.'

'똑같지, 뭐. 오랜만에 일할 생각 하니까 떨려. 근데 이제 잘할 수 있을 것 같아. 술도 좀 많이 늘어서 비버리지 파트에서 주량 탑 3안에 들 수도.'

재인이 피식 웃고는 금주령을 내려야겠다고 잔소리했다.

'근데 옷이 너무 야하다. 바꿔 입어.'

스트라이프 셔츠에 블랙 스커트 차림이었는데 그는 차림새를 훑으며 미간을 찌푸렸다.

별것 아닌 소소했던 아침의 대화를 상기하며 미소 지었다.

"희주 대리, 조만간 다시 환영회 해야지. 오늘은 일찍 들어가자고."

오 팀장의 말에 희주는 놓았던 정신을 챙기며 한 박자 늦게 인사를 고했다.

"네. 들어가세요. 내일 뵐게요."

7시. 벌써 어둑해진다. 해가 벌써 짧아진 건가. 로비를 나오는데 손에 든 핸드폰에서 진동이 울렸다. 발신자를 확인하는 희주의 입가에 옅은 미소가 걸렸다.

"응, 나 이제 퇴근해."

─밥 차려놨으니까 데워서 먹기만 하면 돼. 먼저 자. 모임이 좀 늦어질 것 같네.

"알았어."

─그게 다야? 할 말 없어?

"없는데?"

휴, 작은 한숨 소리가 전화 너머로 들린다.

─치사하다. 치사해. 일찍 오라고 하지. 아까 사진 보낸 거 못 봤어? 여기 여자들도 있는 거 알면서, 질투도 안 하고.

전화가 툭 끊긴다. 그리고 문자로 삐졌다는 뜻이 담긴 듯한 이모티콘이 전송됐다. 웃음이 나온다. 동시에 이래도 되는 걸까, 라는 생각이 떠올라 올라갔던 입꼬리가 제자리를 찾았다.

바람이 닿는 살갗이 기분 좋게 저려왔다.

간질거리는 바람에 바닥을 보며 버스 정류장으로 걸어가는데 익숙한 향기에 걸음을 멈췄다. 거의 습관처럼 반사적으로 두근대는 심장이었다.

서서히 시선을 고개를 들어 보자 그가 서 있었다.

그 언젠가 희주를 데리러 왔던 것처럼.

남자의 휘어지는 눈매가 왜 자신을 그리워했던 것처럼 보이는지. 자신은 어디가 고장 나서 눈물이 차오르는지. 이해 못할 이 지독한 감정이 또 그녀를 괴롭게 했다.

그가 걸어왔다. 희주는 딱 그만큼 물러났다.

좁혀지지 않는 간격.

우리 사이엔 말해도 통하지 않는 그런 진심만 있어. 서로에게 상처만 남겼잖아.

멀어지는 희주를 보며 실소를 내뱉은 그는 성큼성큼 다가와 그녀의 손목을 낚아채 어깨를 감싸 안았다.

벗어나려는 몸부림에 그녀의 귀에 대고 말한다.

"회사 근처잖아. 이제 들켜도 상관없어?"

그는 조수석에 그녀를 밀어 넣고 운전석에 탔다.

"집에 데려다줘요. 당신 집에 안 가."

희주는 포기한 듯 안전벨트를 매며 덤덤하게 말했다.

"서재인 집?"

"네."

무덤덤하게 대꾸했다.

"재미있어? 형제 번갈아서 만나는 기분이 어때? 김희주 도덕심이 그렇게 바닥인 줄은 몰랐는데."

"……."

"아무리 우리 집이 콩가루 집안이어도 그렇지. 너까지 보탤 필요가 있을까 싶어."

이 남자는 또 자신의 속을 뒤집는다. 휘둘리지 말아야 하면서도 또 속수무책이다. 죄책감과 수치심은 분노 앞에 또 사라진다.

"재미? 엄청 좋아요. 어려서 그런가, 펄펄 뛸 때잖아요. 운동도 해서 체력도 좋…… 꺅……!"

무감한 표정으로 그가 핸들을 크게 돌려 큰 도로를 벗어났다. 으슥한 인적 드문 곳에 차를 세우고는 그는 사나운 기운을 숨기지 않았다.

그의 관자놀이에서, 턱에서 시퍼런 힘줄이 불끈거렸다.

달칵, 안전벨트를 푼 그는 여유를 잃고 성급하게 희주 쪽으로 상체를 기울여왔다.

"희주야, 거짓말해서 날 자극하는 거야? 왜?"

희주는 놀란 가슴을 진정하기 위해 숨을 고르고 있었다. 그는 식은땀이 나는 그녀의 목덜미를 어루만지면서 달래듯이 말했다.

"거짓말이라고 말해. 그럼 참아 줄게."

그는 분노가 일렁이는 와중에도 차분하게 거래를 해 왔다. 마치 그것이 사실이어야만 한다는 듯이.

"당신, 약혼녀한테 가. 나한테 이러지 말고."

희주는 목을 어루만지는 손을 얼굴을 틀어 피했다.

"질투해? 내가, 말했잖아. 내가 만지는 건 너밖에 없다고."

화를 삭인 그는 어딘가 음울해 보이는 얼굴로 그는 희주의 뺨을 쓸었다. 그 말에 희주가 소리 내서 헛웃음을 짧게 내뱉었다. 끝까지 그런 취급. 지긋지긋해.

"고마워해야 하나요? 근데 미안해서 어쩌죠? 난 아닌데."

희주는 벨트를 풀고 문손잡이를 잡았다. 태인이 그 손목을 틀어잡고 그녀를 거칠게 돌려세웠다.

"여전히 넌 날 자극하는 게 재밌나 봐. 이 뒤에는 내가 어떻게 하는지 알면서 그러는 거 보니, 너도 많이 하고 싶었던 거였어? 말로 해도 돼. 왜 부끄러워?"

코끝이 맞닿은 채로 그는 으르렁거렸다.

"놔요, 손대지 마요."

두 사람이 내뱉는 거친 숨소리가 긴장감을 높이고, 사나운 공기가 밀도를 채웠다.

"오랜만에 차 안은 어때?"

순식간에 그가 희주를 들어 자신의 앞으로 앉혔다. 벌어진 다리 때문에 스커트가 팽팽하게 허벅지 끝까지 말려 올라갔다.

"미쳤어? 이거 놔. 내릴 거야."

당황한 희주가 발버둥 치다 몸이 뒤로 기울어 핸들의 클랙슨을 누르고 말았다. 빠앙- 하는 경적이 적막한 도로 위를 점령했다.

희주가 본능적으로 귀를 막고 몸을 그의 앞으로 수그리자, 그게 낮게 웃으며 목덜미에 입술을 눌렀다.

"자랑하고 싶은 거야?"

이 상황을 즐기는 듯 태인은 희주의 허리를 잡고 당겨 혀로 길게 그녀의 목을 핥았다. 그는 낮은 신음을 흘리며 가는 목덜미에 얼굴을 파묻었다. 강박이라도 있는 듯 그는 숨을 크게 들이마시기를 반복했다.

"정말, 얼마나 그리웠는지 알아?"

이제 좀 제대로 된 숨을 쉴 수 있는 건지 몸에 전율이 흐른다. 계속 목을 죄고 있다가 풀어진 느낌에, 숨 쉬는 게 이렇게 달콤한 일인지 몰랐는데 말이다.

"하, 하지 마…… 하아."

희주는 그제야 겁을 먹고 태인을 자극하지 않으려 노력했다. 떨리는 몸을 잔뜩 굳히고, 억눌린 목소리로 제법 차분하게 굴었다.

"놔요. 싫어. 여기서."

질색하는 듯한 그녀의 기세에 그가 숨을 잠시 멈추었다. 여전히 부드럽고 연약한 목에 입술을 내린 채였다. 그가 서서히 묻은 얼굴을 떼고 그녀와 마주했다. 그의 새까만 눈동자가 일렁였다.

그 안에 담긴 건 질책과 원망, 그리고 배신감이었다.

"날 사랑한다고 했잖아."

"……."

"사랑한다면 옆에 있어야지."

애달픈 목소리. 쓰게 웃으며 말하는 그를 보자 숨이 턱 막혔다.

기나긴 침묵, 거칠어지는 숨소리만 난무하는 차 안에서 묘한 긴장감이 돌았다. 그는 손가락을 들어 그녀의 입술 위를 덧그리다가 흐트러진 머리칼을 정성스럽게 넘겨 주었다. 마치 그리워하는 연인을 오랜만에 본 것처럼 애틋한 몸짓이었다.

"날 사랑해요?"

감당할 수 없을 정도로 심장이 뛰었다.

당신도 말해. 깊숙이 숨겨 놨던 감정 그게 사랑이라고.

야릇하고 매혹적인 얼굴로 그는 눈을 접어 웃었다.

"거짓말이라도 원해?"

투툭, 움켜쥔 심장이 짓눌렸다.

그럼, 왜? 그런 말 따위를 내뱉을 거면서 배신감 같은 기색을 보이다니. 지독한 이기적인 남자에게 갈가리 찢겨진 것만 같은 기분이 들었다.

"내가 지금 네 사랑 놀음에 놀아날 때가 아니야. 그래도 네가 원한다면 노력해 볼게. 그러니까 끝날 때까지 얌전히 기다려."

난도질도 그런 난도질이 없었다. 남자의 입에서 흘러나오는 잔인하기 짝이 없는 말에 희주는 속이 헤집어진 기분이었다. 적선하는 듯한 말투. 사랑을 구걸해서 받는 비참함. 여전히 저 남자는 자신을 가지고 놀았다.

4년을 그렇게 휘둘렸으면서 절박해진 마음에. 다시 멍청하게.

이럴 거면 왜 기대하게 하는지. 왜 자꾸 찾아와서 저밖에 없다는 식으로 구는지. 왜 사랑할지도 모른다는 착각을 하게 하는지.

답은 알고 있다. 그렇게 시작된 관계니까.

"왜요? 섹스는 해야 하니까? 당신 말대로 나밖에 못 하니까 맨날 다리나 벌리라는 거야? 당신 옆에는 다른 여자를 세우고?"

"곧 끝나, 오래 안 걸려."

"……"

희주가 말이 없자 그는 어쩔 수 없이 한숨을 뱉으며 부연했다.

"3개월도 안 걸릴 거야."

태인은 핸들을 꽉 쥐었다. 그리고 이런 구질구질한 말을 하는 스스로를 비웃었다. 굳이 이런 얘기를 하면서까지 안심시켜 주고 싶었다. 아니면 저의 불안함을 해소하기 위해서일지도. 자신을 꼴사납게 만드는 이 여자를 이제 인정하지 않을 수 없었다. 가져야겠다. 이 여자를 온전히 다.

희주는 고개를 떨궜다. 그리고 작게 실소했다.

"왜요? 갑자기 그때 되면 갑자기 날 좋아하기라도 할 것 같아요?"

"……"

그는 짜증스럽게 숨을 내뱉으며 고개를 떨구고 흔들었다. 참고 있으니 그만하라는 뜻이었다.

"그러면 나도 하고 싶은 거 하면서 기다려도 돼요? 기다리는 거 나 이골 날 만큼 잘하는데, 이번엔 좀 지루할 것 같아서."

그의 눈썹이 꿈틀거렸고 눈동자는 짙어졌다.

"그게 설마 서재인이랑 놀겠다는 건 아니길 바라. 지난번에 파티도 같이 왔던데. 정도껏 하는 게 좋을 거야. 내가 아주 심하게 자극받고 있으니까."

희주는 한쪽 입꼬리를 비틀어 웃었다.

"왜요? 안 돼요? 당신이랑 다르게 얼마나 다정…… 윽!"

그는 말이 끝나기도 전에 희주의 어깨를 이로 물었다. 동시에 허벅지를 타고 올라가 팬티 끝을 손가락으로 들었다. 내려놓을 때는 손끝으로는 부드러운 살점을 긁었다.

"오랜만이라서 아플지도 모르니까. 잘 풀어 줄게."

언제 애절한 표정을 했냐는 듯 지독한 색으로 물든 표정이다.

"미친 소리 그만하고. 으읏."

허벅지를 벌리고 그의 앞에 앉은 희주의 속옷 안으로 손가락이 침범했다. 메마른 둔덕을 어루만지며 그녀의 셔츠 위로 가슴을 물었다. 물었던 부위의 옷 색이 점차 짙어졌다.

"단추 풀어. 보시다시피 내가 지금 손이 없네."

한 손은 엉덩이를 감아 당기고 한 손은 벌어진 음부를 가르는 그가 말했다.

"당신 미쳤어요? 이거 지금 억지로……아아……."

그는 팬티를 밴드를 끌어당겨 옆으로 당기면서 중지를 밀부를 아래위로 쓸었다.

"억지로 시작한 적 많지. 그러다 나중에 희주 네가 더 흥분했잖아. 좋다고 더해 달라고. 넣어 달라고, 가게 해 달라고 빌었잖아."

그의 손가락이 꽉 물린 살점을 비집고 안으로 들어가며 음란하게 지껄였다. 희주는 그 침입에 신음을 흘리면서도 그가 정말로 뜯어 버릴까 봐 두 손으로 셔츠 앞섶을 꽉 쥐었다.

"얼른 풀어. 풀어 헤치고 밖으로 돌아다니고 싶은 게 아니라면."

미친 새끼. 그렇게 중얼거리는 희주가 귀엽다는 듯 그는 소리 내 웃었다. 의미 없는 발버둥이 계속되자 얽어오는 힘이 더 육중해졌다.

찌-익, 투둑, 희주에게 경고라도 하듯이 그는 팬티를 찢었다. 그리고 너덜너덜해진 팬티를 손가락에 걸어 희주의 눈앞에 보여 주었다.

"이렇게 되고 싶지 않으면 얼른 벗어. 응?"

터지지 못한 눌린 화기 때문에 눈물이 핑 돌았다. 그는 허리 위로 말려간 스커트 아래로 드러난 음부를 왔다 갔다 하는 자신의 손을 보여 주듯이 느리게 움직였다. 훌쩍거리는 젖은 물소리가, 쩍쩍 손가락에 달라붙는 소리가 징그럽게 차 안에서 울렸다.

"아, 흑. 흐으…… 제발……."

손을 멈추지 않은 채 태인이 가슴 앞부분의 셔츠를 입으로 물고 재촉하듯 희주를 보았다. 척추가 녹아내리는 듯한 쾌락에 희주는 덜덜 떨리는 손으로 단추로 손을 가져갔다. 그동안 그는 더 강렬한 감각을 그녀에게 전해 주었다. 맞닿은 몸이 둥둥 울렸다.

마침내 벌어진 셔츠 사이로 그는 고개를 파묻었다. 뜨거운 숨결에 소름이 돋고 아랫배가 뜨끈해졌다.

수도 없이 몸을 섞은 남자와 여자는 서로의 몸에 능숙하다. 그녀의 몸을 잘 아는 이 남자는 단숨에 고통과 같은 절정에 이르게 한다. 지긋지긋한 열병 같은 이 관계를 벗어나지 못할 것만 같은 기분이 들었다.

브래지어 위로 봉긋하게 올라온 가슴 둔덕을 입으로 가득 베어 물었다. 츕. 추읍. 입술로 머금고, 혀로 핥으며, 이로 깨물고 씹었다. 희주는 그의 어깨를 잡고 받은 숨을 내뱉었다. 그에게 밀착해 팔딱이며 더 떨리는 몸을 그에게 더 파묻었다.

"웃…… 아!"

붙잡고 있는 남자의 팔이 단단하게 힘이 들어갔다. 위아래로 털어대는 손에 정신을 차릴 수가 없었다. 어떻게 빨리해 줬으면 하는 마음에 본능적으로 엉덩이를 들썩였다. 음부에서 사방으로 튀는 물이 그의 바지를, 시트를 적셔갔다.

"하아, 왜 이렇게 줄줄 새? 응?"

그는 여전히 풍만한 가슴 사이를 배회하며 뜨거운 숨을 내쉬었다.

"으응. 아…… 홋!"

아찔하고 지독한 쾌감의 정점에 다다른 듯 눈앞이 새하얗게 물들었다. 아아, 열기로 축축한 목을 젖히자 눈물이 관자놀이를 타고 흘러내렸다. 움찔, 실낱같은 애액들이 그의 바지 위로 후드득, 떨어지는 소리가, 그 느낌이 너무 선명했다. 절정을 맞은 그녀는 그의 가슴팍에 쓰러지듯 기대어 바들거렸다.

태인의 두툼한 가슴팍이 사납게 오르내리는 게 느껴졌다. 그는 몸에 내리 앉은 그녀의 배 사이로 손을 집어넣어 버클을 풀고 브리프를 내렸다. 퉁, 하고 올라오는 뜨거운 살덩이가 그녀의 배와 그의 사이에 자리했다.

절정의 여운이 가시기도 전에 태인은 그녀의 양 무릎 뒤를 잡고 차 전면을 보게 했다. 전면 유리창이 앞에 보이자 희주가 기겁했다. 시야에 환하게 보이는 외부가, 누군가 볼지 모른다는 불안감이 공포를 가져왔다.

"미, 미쳤어! 내려 줘."

그는 그대로 손에 힘을 풀었다.

쩌억, 하는 소리를 내며 꼿꼿이 서 있던 기둥이 그녀의 안으로 사라졌다.

"흐읍!"

벼락같은 자극이었다. 희주는 숨을 멈추고 유리창을 손바닥으로 짚었다.

"보, 보여. 흐으, 으응읏……!"

"안 보여, 걱정 마. 한두 번도 아니면서. 뭘 또 모르는 척해. 귀엽게."

귓불을 씹으며 그는 그녀의 골반을 눌러 더 짓쳐 넣었다.

"좀 적극적으로 해 봐. 그때 약혼식 때처럼. 응? 사람 정신 못 차리게 하더니."

뒤에서 마구 밀어붙이는 힘에 차가 앞으로 나갈 것만 같은 착각이 들었다.

"이렇게 우리가 잘 맞는데 어떻게 그만둬? 어?"

들썩들썩, 차체가 움직일 정도로 요란한 움직임이었다. 뜨거운 불기둥이 배 속을 마구잡이로 헤집었다. 리드미컬한 그의 허리 짓이 그녀가 느끼는 예민한 곳만 집요하게 찔러 왔다. 정확한 스팟을 연달아 찍어 대는 통에 버티지 못하고 배 안이 홀쭉하게 수축했다. 그의 것을 빨아당기듯 쥐어짜자 등 뒤로 '큿' 하는 짧은 신음과 함께 바짝 굳었다.

그는 희주의 몸 안 구석구석에 그의 뜨거운 흔적을 한참을 길게 뿌렸다. 그 느낌이 너무 아득한 동시에 불이 붙은 듯한 홧홧한 느낌이었다. 배 안쪽이 타 버릴 듯한 느낌, 주체할 수 없는 쾌락에 점철된 희주는 손으로 앞 유리를 짚은 채로 허리를 움직였다.

유리창에 비친 자신과 눈이 마주쳤다. 풀린 동공, 벌어진 입가, 다리 사이로 드러났다 사라지는 그의 것. 그 천박한 모습에 본능적으로 눈을 질끈 감았다. 그는 엉덩이를 양옆으로 벌리다 손으로 내리치며 입으로는 어깨를 짓씹었다.

"거짓말 금방 들통날걸. 왜 하는지 모르겠어. 이렇게 아무런 흔적이 없잖아. 순진한 개새끼 같은 재인이는 너랑 이렇게 못 놀아."

잔뜩 억눌린 목소리로 뱉은 그는, 그런 소리에 스스로 화나기라도 한 듯 무자비한 움직임이 이어갔다.

"생으로 하는 건 너무 오랜만이라 흥분했나 봐. 지금 또 쌌어. 조루 되는 거 아닌가 몰라."

큰일인데? 그는 맑게 웃으며 새하얀 등을 깨물었다. 그제야 희주는 배 속에서 뜨겁게 흔들리는 정사액을 느꼈다.

"네가 없어서 내가 혼자 미친 새끼처럼 흔들어 대니까 콘돔을 쓸 일이 있어야지."

한 폭으로 겹친 몸이 함께 흔들리는 움직임은 오랫동안 멈추지 않았다. 푸르스름한 하늘이 시꺼멓게 변할 동안 그는 그녀를 놓아주지 않았다.

검은 괴물 같은 세단이 재인의 집 앞에 섰다.

후, 숨을 크게 들이켠 뒤 운전석에서 못마땅한 얼굴로 욕을 짓씹는 소리가 들렸다.

"굳이 이 집에 기어들어 가겠지? 나 열 받으라고?"

"……"

희주는 오는 내내 한마디도 하지 않았다. 고집스레 창밖만 보는 희주의 어깨를 잡고 돌리고는 그가 퍽 다정한 소리로 말한다.

"아무 일 없다는 거 알아. 네가 무슨 놀이를 하는지도 알겠어. 그래도 나왔으면 좋겠어. 집은 알아서 해 줄 테니까."

자신답지 않게 퍽 애절한 애원이다. 사실은 그냥 잡았다가 가둬 두어야 했다. 그것만은 피하고 싶으니까. 그러니까 네가 날 더 화나게 하지 않았으면. 내가 너를 더 이상 망가뜨리지 않게.

희주가 입을 꾹 다물고 그의 시선을 피해 내리깔았다. 그는 그런 그녀를 바라보다 깊은숨을 터트렸다.

"좋아, 아주 잠시, 네가 하고 싶은 대로 해도 좋겠지. 서재인을…… 좋아하는 건 아니잖아?"

하얗게 질린 그녀의 눈에 고작 그딴 소리나 하냐는 질책과 혐오가 담겼다.

"다 끝나면 원래대로 돌아가는 거야. 만약……."

그가 핸들을 쥔 손을 놓고 고집스레 시선을 피하는 그녀의 얼굴을 그러쥐었다.

"정리가 다 됐는데도 네가 오지 않는다면, 난 서재인을 죽여 버릴 거야."

희주는 그 유치한 살기에 어이가 없었다. 사랑하지도 않는다 면서 오직 그의 쾌락을 위해 옆에 있어 달라는 남자가 너무 미 웠다.

희주는 그를 말없이 쏘아보았다. 긴 침묵의 대치가 이어졌다.

키스하려고 다가오는 그를 고개를 틀어 비꼈다.

"생각해 볼게요. 그동안 당신도 나 찾아오지 마요. 싫어요. 이런 거."

이 상황을 빨리 끝내고 싶어 무슨 말을 지껄이는지도 모를 말이 나왔다.

힘없이 말하고는 희주는 차에서 내려 아파트 입구로 걸어 들 어갔다. 그냥 너무 피곤했다. 정말. 자신의 행동을 곱씹으며 비 난하고 혐오하기도 지쳤다.

태인은 핸들에 팔을 괴고 비틀거리는 인영이 사라진 뒤에도 그 자리를 한참을 바라보았다.

속옷이 없는 밑에서는 아직도 그의 것이 흘러나오는 것 같다.

정사의 여운이 가시지 않았는지 몸이 뜨겁다. 얼굴도 엉망일 텐데. 차라리 밖에서 자고 올까 하는 생각도 했지만, 지금은 너무 한 걸음 디디기가 힘이 들었다.

재인이가 집에 없길 바라면서. 그녀는 문을 열었다.

힘이 들어가지 않는 다리를 억지로 이끌고 욕실로 들어갔다. 다행이다. 아직 오지 않아서. 엉망인 나를 보면 넌 더 비참했을 텐데. 아니 비참한 건 내 쪽인가.

* * *

체기가 도는 것 같았다.

한없이 맑은 하늘과 신선한 가을날의 공기가 무의미했다. 둘은 식당을 나와 재인의 차가 주차된 곳으로 가고 있었다.

뭐라도 말해야 하는데, 재인이가 자신을 어떻게 생각할지 너무 걱정되는데. 뭐라고 말하든 변명이 될 것 같았다.

더 이상 곁에 있으면 안 돼.

재인이 주는 그 온전한 애정이 너무 기분 좋으면서도 태인이 돌아오면 그의 품에 안기고 만다. 진창을 기어 다니는 기분이다.

이미 파고들고 있는 혼란스러운 감정을 멈추고 싶었다. 저 사랑스러운 남자에게 위로 이상의 것을 받고 더 원할까 봐, 더 달라고 말할까 봐 무서웠다. 그러면 안 되는 거잖아 정말. 그 악스러운 공포심이 마음이 뱃속을 마구 두들겨 댄다.

재인이 걸어가다가 갑자기 멈추어 선다. 나무 그늘 밑에 그녀의 어깨를 잡고 잠시 멈추게 했다. '잠깐만'이라고 말한 뒤 어디론가 뛰어간다. 그녀에게 가볍게 뛰어오는 그의 손에는 테이크아웃 해 온 커피가 들려 있다. 그녀의 손에 쥐여 준다. 정작 본인은 마시지도 않으면서.

"맨날 마시잖아. 밥 먹은 다음에."

그는 쓸쓸하게 말하고는 그녀의 손을 잡았다. 꽉 말아 쥔 손에서 불안함이 느껴졌다. 사소한 습관까지도 알고 챙겨 주는 이 아이를 나는 어쩌자고 이렇게 진흙탕에 끌어들인 걸까.

꽉 맞물려 잡은 손의 손마디가 아프고 저려왔지만 빼지 않았다. 희주가 조금 앞서 걷는 그의 뒷모습을 바라보며 말했다.

"재인아, 내가 생각해 봤는데 내가 그때 제정신이 아니어서…… 그러니까 우리 이제……."

희주가 말을 맺지 못하게 재인이 가로채며 초조하게 말했다.

"미안해. 너 하고 싶은 대로 하라고 해 놓고. 이용하라고 했으면서. 내가 너무 못나게 굴었지?"

아니야, 재인아 그게 아니야.

"난, 널 혼자 둘 수 없어. 그러니까……."

희주는 심장이 지끈거리고 눈물이 날 것 같았다. 이건 도대체 무슨 감정이야. 안 돼. 제발.

"아냐, 재인아 내가 너무 미안해서…… 너한테 못 할 짓이어서."

그는 걷던 걸음을 멈추고 섰다. 머리를 넘기고 후- 숨을 크게 뱉었다. 그리고 그녀의 어깨를 잡고 담담한 투로 말했다.

"미안하면…… 제발 밀어내지 마. 더 욕심 안 낼게. 조금이라도 좋아. 지금 너 없으면 나 죽어."

응? 재차 확인받는 물음을 던진다. 고통스러운 표정으로 내뱉는 물기 어린 목소리. 그 처참하고 절절한 고백이 명료하고 담담하게 흘러나오는데, 희주는 어떻게 해야 할지 몰랐다.

그만둬야 하는 게 맞다는 걸 알고 있는데. 이렇게 사랑받아 본 것이 처음이라서. 거절도 어떻게 해야 하는지 모르겠다. 너를 잘라 낼 수 없어서. 아니 그만두게 하고 싶지 않아서. 내가 이렇게 이기적인데 너는 어째서 이렇게 나를…….

차라리 내가 널 사랑했다면.

재인의 눈가가 빨갛다.

그 와중에 희주의 침대 시트를 갈아 주고 정리해 주는 그의 심정을 차마 그녀는 헤아리지 못하겠다.

"얼른 자, 피곤하잖아."

"누가 할 소리를 해. 잠은 자는 거야?"

재인의 눈자위가 푹 꺼졌다. 잘생긴 얼굴에 살도 내리고, 이게 다 저 때문이라고 생각하니 걱정할 염치가 있나 싶기도 했다.

"요즘 모임도 많고, 대학원 적응하기가 좀 힘들어서 그래. 걱정하지 말고 푹 자."

"너 바보야? 너 화도 안 나? 나 같으면 나 같은 애 뒤도 안 돌아보고 버렸을 거야. 나도 내가 싫은데……."

결국 울음을 터뜨리며 폭발했다. 맹목적인 저 사랑이 버겁다.

그런 사랑을 받을 자격이 없다. 저는 이기적이고, 경솔하고, 교활하다.

"나 바보 아니야. 그리고 화도 엄청나. 근데도 네가 없으면 안 되니까."

그는 서 있는 희주를 데려와 침대 위로 앉혔다.

"네 잘못이 아니야. 널 좋아하는 내 욕심 때문이야. 그러니까 나한테 좀 이용당해 줘라."

희주의 이마에 입술을 눌렀다. 그의 새까만 눈동자는 흔들림이 없이 깊기만 했다.

"옆에 있기로 했으면 철저히 그렇게 하는 거야. 네가 아프지 않을 때 가게 해 줄게. 난 그 아주 작은 시간이라도 좋아. 그러니까 그렇게 아파하면서 떠나려고 하지 마……. 나 죽는 꼴 보고 싶지 않으면."

희미하게 웃으며 장난식으로 말을 마친 뒤, 그녀가 침대에 눕는 걸 보고 불을 끄고 나갔다. 그 슬픈 기색이 너무나 선명하게 느껴져 아득한 두통이 한참 동안 그녀를 점령했다.

* * *

서늘해진 바람이 열린 창문으로 들어왔다.

고요한 아침의 풍경에 왠지 모르게 가슴이 아려 왔다. 창밖의 나무가 조금씩 불그스름하게 변하고, 방 안의 적막이 평화롭다.

이 방을 나가면 무한한 애정과 긍정이 저에게로 쏟아질 것을 알고 있다. 사랑이라는 말이 지독하기 짝이 없는 단어가 아니라는 걸 알려 주는 그가 있다.

이 세상은 그가 있는 곳과는 달리 따뜻했다.

모든 게 피곤하게 느껴졌다. 언제, 어디서 다가올지 모르는 불안을 누르고 내가 너에게 잠시 기대는 걸 허락해 줘. 눈을 감고 잠시 쉬고 싶어. 너무 지쳤어.

고작 이런 마음으로 네 곁에 머무는 이기적인 나를 용서해 줘.

* * *

"해외 지사 공석 뜬 거 공지 사항에 올라왔더라?"

희주는 심장이 세차게 뛰는 걸 느꼈다.

점심시간의 주제는 해외 법인 직원 모집 소식이었다. 입사 초기부터 해외 근무가 얼마나 좋은 복지를 제공하는지, 커리어에 얼마나 도움이 되는지 들어서 알고 있었다.

지원 최저 연차 조건과 어학 성적, 추천서 등으로 거르고, 두 차례의 인터뷰를 거쳐야 하는 다소 까다로운 절차에도 노리는 사람들이 많았다.

"뉴욕 지사가 제일 치열하겠지? 나도 결혼만 앞두고 있지 않으면 지원할 텐데. 어떻게 지금이라도 물려? 아, 뉴욕에서 에싸 베이글 먹고 센트럴 파크 산책하고 싶다."

정유연 과장이 아쉬워하며 농담조로 말을 던졌다. 희주는 빠르게 뛰던 심장이 원래대로 차분하게 돌아온 것을 느꼈다.

박동 속도를 조절이라도 할 수 있게라도 된 걸까. 희주는 말도 안 되는 생각에 조용히 웃음을 흘렸다. 그리고 연어와 밥, 고추냉이 조금을 한 번에 숟가락에 퍼 올렸다. 왜인지 자꾸 입술 사이로 웃음이 새어 나올 것 같았다.

그 모습을 흘긋 보던 유연이 희주에게 물었다.

"희주 대리도 지원할 거지?"

'얌전하게 기다려.'

기다리라는 엄포. 누구 마음대로. 싫어.

희주의 눈에서 절망이 아닌 다른 것으로 채워졌다. 도무지 진전이 보이지 않던 자신의 마음에 무언가가 나타나는 것 같았다. 아닐지도 모르겠지만.

"네. 해 보려고요."

이 지긋지긋한 곳에서 한번 벗어나 보려고. 원망도 너무 지겨워서.

희주는 내동댕이쳐졌던 몸을 일으켰다. 만신창이가 됐지만 못 걸을 정도는 아니야.

어째선지 재인의 얼굴이 떠오른다. 자신이 떠난다면 슬퍼할 그 얼굴이. 그때가 되면 아프지 않아서 떠나는 것이라 말해 줘야겠다.

* * *

탕, 탱탱탱······.

은빛 식기가 테이블 밑으로 나뒹구는 소리가 들렸다. 가족 모임 식사 자리에서 서 회장이 발작했다. 기골이 장대했던 그는 믿기지 않을 정도로 야위어 있었다.

"송지윤…… 지윤아…… 내가, 헉…… 끕…… 더러운 년. 어딜 가…… 잡아! ……컥."

공포 혹은 분노에 질린 눈동자로 그는 진주와 윤아를 번갈아 보았다. 그리고 돌연 허공을 노려보며 숨이 꼴딱꼴딱 넘어가면서도 소리를 질렀다.

"여보, 정신 좀 차려 봐요. 나 윤아예요, 윤아."

그 아수라장을 보던 태인은 냅킨을 들어 우아한 동작으로 입가를 닦았다.

"최 박사님한테 연락 넣으세요."

차분한 목소리로 서 회장의 비서, 윤 실장에게 지시했다. 그는 고개를 까딱 숙여 보이고는, 경호원들에게 눈짓했다. 그들은 우르르 발작하는 서 회장을 붙잡았다. 그 모습을 보며 윤 실장은 안주머니에서 핸드폰을 꺼내 통화를 시도했다. 그 역시 태인의 사람이 된 지 오래였다.

윤아와 경호원들이 서 회장을 부축해 방 안으로 옮겼다. 곧 방문한 최 박사가 진정제를 놓아주자 서 회장은 잠에 빠져들었다.

그렇게 식사를 마무리하지 못한 채, 태인과 재인, 진주. 세 형제는 본가의 별채 공간에 모였다.

"어떻게 해? 병원에서는 그냥 신경 쇠약이라면서 원인도 모른다고 그러고. 말이 돼? 지금 의학 기술이 그 정도라고?

병원을 옮겨 봐, 오빠."

"우리 병원에서 다른 데 옮기면 말만 나와."

태인이 라이터를 켜고 입술에 문 담배에 불을 붙였다. 새빨갛게 타들어 가는 불빛을 문 입술이 설핏 만족스러워 보였다.

"……그리고 원인을 모르는 병이 있을 수도 있지. 예전에 재인이도 그랬잖아. 세 살이었나?"

어머니가 살을 너에게 던진다는 소리를 듣고, 내쳐졌잖아. 기억하지? 눈으로 그렇게 말하며 재인에게 시선을 던졌다.

"아 참, 오빠, 왜 옛날 일을 꺼내고 그래……."

"옛날 일?"

그가 담배를 쥔 손으로 이마를 문지르며 진주를 곤란하다는 듯 쳐다보았다. 진주가 혈육이라서 저와 같은 어머니를 가져서 곁이라면 곁을 내준 게 아니었다. 단지, 그녀가 어머니의 외양을 하고 있다는 이유로 태인은 그녀에게 모질 수 없었던 것이다. 그런데 그것도 모르는 철없는 동생이 까불면, 어떻게 나올지 저도 모르겠다.

명백한 경고의 태세에 진주는 실수했다는 듯 두 팔을 들어 보이고는 그의 시선을 피해 몸을 돌렸다.

재인은 그런 태인의 분노를 차갑게 바라보며 생각했다.

재인이 보기엔 태인의 삶에는 선명한 증오밖에 없었다. 유일하게 자신에게만 그 증오를 감추지 않고, 그를 괴롭혔다. 그래서 재인은 알 수 있었다. 언젠가는 태인이 자신의 식구들을 다 망가뜨릴 것임을. 그러기 위해 이때까지 살아왔음을.

끝 혹은 시작 109

아버지의 저 병 뒤에는 틀림없이 형이 있을 것이다. 큰어머니와 비슷한 섬망 증상.

당시 형이 의대를 선택한 것을 두고 사람들은 갖은 의구심을 제기했다. 경영에는 관심이 없는 건가, 똑똑한 머리를 자랑하려고 그러나, 아니면 의사이던 조모의 피가 흐르는 것인가, 온갖 추측들이 난무했다. 아홉 살 적에 재인은 그런 태인의 서재에 우연히 들어갔다가 논문 한 편을 발견했다.

〈약물 유도에 의한 정신병적 증상에 관한 연구〉

태인이 미국 지사에 있을 때 이렇다 할 신약도 개발하지 못한 중소기업이던 일라사이언스에 과감한 투자금을 밀어 넣고, 그 논문의 저자가 그곳의 수석 연구원으로 입사한 것이 우연일까.

엄마와 외삼촌을 밀어내기 위해는 별 수고를 들이지 않아도 됐겠지. 모르는 제가 봐도 그들은 욕심만 앞섰고 불법적인 일의 뒤처리는 깔끔하지 못했다.

악어처럼 늪에 침잠해 있던 그가 슬슬 물밑으로 나오는 것 같았다. 그들을 다 집어삼키기 위해.

상관없어.

재인은 저 역시 미친 것 같다는 생각을 종종 한다.

조금은 안타깝긴 한가. 그들이 한 짓에 대한 죗값이라고 생각하면 엄마를 비롯한 친척들에게 아무런 감정이 들지 않았다. 저를 이용해 태인의 어머니를 그렇게 만든 건 사실이니까. 혈육에 대한 애정이 이렇게 없는 건 집안 내력일까, 라는 생각도 들고.

그런데, 괴로워했던 희주가 떠오르자 숨도 못 쉴 정도로 힘들다. 태인은 자신이 망가지길 바라면서 희주를 찾아내 결국 가졌다.

훅, 숨이 버거울 정도로 몰아쳐 폐가 고통을 호소했다. 성공했네. 나쁜 저질스러운 새끼. 나만 괴롭히지 왜! 왜 희주를 끌어들여. 죽여 버리고 싶어. 재인은 어금니를 눌러 물며 태인을 바라보았다.

두 남자의 들끓는 감정들이 공간을 잠식했다.

오랜만에 가족끼리 모인 식사를 망쳐 버린 뒤라 서먹한 건지, 아니면 이들의 분위기가 원래 이랬는지는 알 수 없다. 성인이 된 뒤 이렇게 이 집에서 모인 건 처음이니까. 진주는 분위기를 전환시키려 노력했다.

"와인 어때? 로칠드 사 왔어. 저녁 식사 자리에서 땄어야 했는데⋯⋯."

진주가 프랑스에서 가져온 샤또 라피트 로칠드 와인을 오픈하며 말했다.

"근데 아쉽게도 오빠 혼자 마셔야겠다. 이 서진주가 술을 못 마시게 되는 날이 올 줄이야."

진주가 고개를 절레절레 흔들며 볼록 나온 배를 눈짓으로 알렸다. 임신 6개월 차의 그녀의 배가 알아볼 만큼 나와 있었다.

"아! 재인이도 못 마시지? 우리 정말 불쌍하네. 이 맛있는 걸. 같이 우유나 마시자."

기분이라도 낼 겸? 진주가 와인 잔에 우유를 따르며 말했다.

재인이 대답 대신 희미하게 웃었다. 술은 질리도록 먹었는지 마시기도 싫다. 희주의 입 안에 있는 남은 알코올 향기라면 몰라도. 금주령을 내린 그에게 와인 한 잔만 허락해 달라고 조르던 희주가 떠올랐다.

태인이 진주에게 와인 잔을 건네받으며, 무섭게 굳은 얼굴로 실실 쪼개는 재인을 바라보았다.

"엇, 잠깐 난 조슈아 전화가 와서. 받고 올게."

진주는 나가고 둘 사이에는 정적이 흘렀다. 공기는 긴장으로 빽빽하게 차 있었다.

"얼굴 좋아 보이네."

가만히 재인을 바라보던 태인이 서늘한 음성으로 살벌한 침묵을 깼다. 재인은 눈을 내리깐 채 눈썹을 크게 치켜떴다 내렸다. 그리고 잠깐의 침묵 뒤에 인위적인 웃음을 만들며 선뜻 대답했다.

"응. 좋으니까…… 재미있어. 같이 밥 먹고, 영화 보고, 데이트하고 그렇게……."

"그만."

태인이 담배를 비벼 끄고 와인 잔을 들어 올리며 말을 잘랐다. 한쪽 입술 끝을 올린 채로 그는 섬찟하기까지 한 눈에 힘을 실어 재인을 바라보았다.

"천박한 핏줄이 섞여서 그런가? 지금 어머니도 그러셨지. 아내가 있는 남자의 집에 들어와서 비위도 좋게 침대에서 뒹굴던데. 배운 게 워낙 없으셔서 그러셨는지도."

말을 마친 그는 와인 잔을 느긋하게 돌렸다.

"못 배운 것처럼 굴지 말라고 했을 텐데. 남의 것은 탐하지 말라고."

"형수님은 최세연 씨 아닌가?"

"……재인아."

태인이 쥐었던 와인 잔을 내려놓고 소파에 몸을 묻고 말을 이었다.

"김희주는 내 밑에 깔려서 이거 물고 밤새도록 좋다고 울던 여자야. 밤새 싸질러 뱉어 낸 걸 받아먹고도 더 달라고 하는데…… 내 걸 물 때는 볼록한 그 뺨이 얼마나 사랑스러운지 알아?"

낮고 건조한 목소리로 저런 음란한 말을 지껄인다. 재인이 듣고 있는 내내 몸을 경직시키고 멈칫하더니, 힘을 풀고 그냥 픽, 웃었다.

"어지간히 불안한가 보네."

"뭐?"

"왜 그런 식으로 얘기해?"

태인은 그 건방을 받아주며 어디 한번 지껄여 보라는 듯 다리를 꼬았다.

"그렇게 말하면 내가 희주를 떠날 줄 알아? 아니면 겁나? 나한테 올까 봐?"

태인의 매끈한 미간에 옅은 금이 그어졌다. 절대 흔들림 없는 저 눈에 속이 뒤엉켰다. 분명히 괴로워하고 힘들어해야 하는데, 왜 불안감과 두려움이 자신의 몫인지.

"나, 희주 옆에서 절대 안 떨어져. 난 희주가 진창을 굴러도 들어가서 감싸 안아 줄 거야. 그곳이 지옥인지도 모르게 내가 막아 줄 거야. 난 아무렇지도 않아⋯⋯. 희주는 그냥 희주야."

올곧고 담담한 말투에 속이 한 번 더 뒤틀린다. 태인은 힘줄이 잔뜩 불거진 목에 침을 억지로 삼키며 차갑게 읊조렸다.

"둘이 아직 자진 않았나 보네."

"상상에 맡길게."

기가 찬 웃음을 터트린 태인이 고개를 떨구고 어깨를 들썩이며 웃었다. 한참을 그렇게 웃더니 느릿하게 동공을 바짝 조였다. 물어뜯을 사냥감을 발견한 맹수처럼.

"적당히 하는 게 어떨까? 조심하는 게 좋지 않겠어?⋯⋯아버지 봤잖아?"

"형이나 조심해. 내가 아직 희주한테 말 안 한 게 있잖아."

"⋯⋯."

"형이, 나 때문에 희주한테 접근했다는 거 말이야. 그걸 희주가 알게 되면 어떨 거 같아?"

별거 아니어야 하는데. 태인은 순간 아연해졌다. 폭풍이 순식간에 휩쓸고 간 것처럼 몸 안이 텅 빈 것 같았다. 자신답지 않게 다급하게 말을 뱉었다.

"말해. 그딴 협박에 내가⋯⋯."

재인의 비뚜름한 입에서 작은 웃음이 흘러나왔다.

"희주가 어떻게 되든 상관없다는 형의 마음. 잘 알겠어. 고작 그런 마음이야. 형은."

쾅! 재인의 머리가 벽으로 부딪혔다. 육중한 몸들끼리 부딪힌 터라 거실이 크게 울렸다. 태인이 재인의 멱살을 잡고 벽으로 밀어붙인 채 살벌하게 노려보았다.

"봐주는 것도 한계가 있어."

부딪힌 뒤통수가 얼얼한지, 재인은 정신을 차리려 혀를 꽉 깨물고 빨갛게 나오는 피를 바닥으로 퉤, 뱉으며 말했다.

"어차피 말할 생각은 없었어. 아파할 테니까. 그러니까 끝까지 잘 숨겨. 들키지 말고."

재인이 한 마디 한 마디 할 때마다 수렁으로 처박히는 기분이었다. 네가 뭔데, 감히 나를.

"내가 괴로워서 물러날 거라고 생각하면 오산이야. 걘 상처가 많거든. 보듬어 주고 행복하게 해 줄 거야."

쿠당탕! 재인의 멱살을 잡아 그대로 소파 쪽으로 날려 버렸다. 재인은 상체를 일으켜 아랑곳하지 않고 말을 이었다. 벌어진 입에서 새어 나오는 새빨간 피가 시각을 자극했다.

"너같이 미친 사이코패스 옆에 못 둬!"

재인이 목소리를 높였다. 그와 동시에 태인이 살기를 띠고 재인의 위로 올라가 주먹을 들려고 할 때였다.

"오빠!"

바들, 허공에서 멈춘 주먹이 분노로 떨렸다. 시공간이 정지해 버린 듯 공중에서 살기 넘치는 시선이 한데 엉켜 들었다. 잠시 뒤, 태인이 차갑게 식은 눈동자로 실소를 내뱉었다. 애새끼한테 휘둘리는 작태란. 자신의 꼴사나운 모습을 인정하며,

그는 서서히 몸에 힘을 풀었다.

진주가 배를 들이밀며 태교 좀 잘하게 해 달라며 태인을 낑 낑거리며 떼어 냈다.

"미쳤어! 둘 다."

재인이 일어나 옷을 탁탁, 쳐 내렸다. 그리고 태인을 스쳐 지나가며 단단한 음성으로 말했다.

"형은 희주한테 어둡고 칙칙한, 질척이는 진창이야. 내가 꺼 내 줄 거야."

애써 가라앉혔던 분노가 재인의 한마디에 발작하듯 불이 붙 는다.

그래, 자신이 여자를 진창으로 끌어당겼다. 난 거기서 벗어 날 수 없으니까. 그 여자가 얼쩡거리길래 데려온 것뿐이야. 그 런데 그게 왜? 내가 좋다는 여자를 가진 것뿐이다. 서재인 때 문이 아니다. 말하면 이해해 줄 거야. 처음엔 그랬어도 이제는 아니라고 말해 주면…….

"희주? 그 김희주? 무슨 일인데 그래? 어 오빠?"

진주가 희주를 떠올리며 이 상황을 짐작하려고 노력했다.

"건방지게 저 새끼가 내 걸 건드리려고 해 자꾸. 어떡하지 진주야. 죽여 버리고 싶은데 내가 재인이를."

울분에 찬 목소리였다. 그렇게 쉽게 죽이면 안 되는데. 고통 스럽게 하려고 내가 버려 둔 건데. 근데…… 그냥 지금은 사라 졌으면 좋겠어. 내 앞에서, 그 여자 앞에서.

타는 듯한 갈증에 와인을 병째로 들이마셨다. 그리고 그대로 테이블에 내리치자 와인 병이 산산조각이 났다.

"오, 오빠."

찢긴 살갗에서 피가 뚝뚝 떨어졌다.

김희주는 자신을 좋아한다. 날 사랑한다고 했어. 날 기다릴 거야. 결국은 내 옆에 있을 테지.

* * *

시간은 빨리 흘러갔다.

그를 못 본 지도 한 달이 넘었다. 거짓말처럼 마주치는 일은 단 한 번도 없었다. 그의 호의인 걸까? 아니면 신의 자비로움인 걸까?

[서태인-차세연 결혼 전 동침? ……새벽에 호텔에서 나온 사연은?]

분주한 출근 시간이 조금 지난 뒤 사람들은 본격적으로 기사에 대해 떠들기 시작했다.

"커뮤실에 몸담았던 자로서 보자면 백 퍼 사전 협의된 사진이야. 너무 근접하게 찍혔고, 얼굴이 너무 또렷이 보여. 마치 어디에 카메라가 있는지 아는 것처럼?"

"에이 설마, 이런 걸 보여 줘서 무슨 득이 될 거라고?"

"아, 그래도 상상하게 된다. 이 그림."

죽을 만큼 힘든 시기가 지난 걸까. 아니면 면역이 되는 걸까. 자극에 둔해지기라도 한 걸까.

예전에는 태인의 일이라면 손부터 떨리고 목구멍이 꽉 죄어오는 느낌이었다. 무너지며 아무것도 못 할 정도로 힘들었다. 하지만 지금은 그 지독한 감정보다는 공허감이 밀려왔다.

하지만 어김없이 쓰려 오는 가슴을 누르고는 떨리는 손으로 커피 잔을 들어 마셨다. 견딜 만한데? 희주는 애써 그렇게 생각하며 창밖을 내다봤다. 억지스럽든 아니든, 노력하기로 했으니까. 사무실에서 떠들어 대는 그에 대한 소문이 윙윙, 뭉개져서 흩어졌다.

떠날 것이니까. 구질구질한 자신을 벗어나고, 지독한 남자에게서, 사랑에서 도망칠 것이니까.

완전하게 잊는 것. 내게 남은 모든 그 남자에 대한 감정들을 다 비워 내는 것. 그게 안 되면 묻어두고 덮어 버리기라도 하면 돼. 그게 인생의 목표라도 되는 양 희주는 억지스레 미소를 지었다. 아직 심장은 쿵쿵 울리며 뛰었지만, 드러난 표정만큼은 태연했다.

* * *

"알았어, 알았어요. 지금 가요. 네네."

치밀어 오르는 짜증을 한껏 감췄지만, 완벽히 갈무리하지는 못했다. 재인은 통화가 종료된 핸드폰을 툭 소파에 던진다. 그리고 살짝 미간을 찌푸리고는 고개를 숙이고 이마를 매만졌다.

한윤아가 호텔로 불러냈다.

희주와 있을 수 있는 황금 같은 주말 시간을 뺏겼다는 사실에 씁쓸함을 애써 삼킨다. 어차피 생일 축하는 핑계이고, 그들의 탐욕을 채우기 위해 만들어진 자리일 텐데.

오늘은 자신의 생일. 태어나지 말았어야 할지도 모른 내가 결국은 세상에 나온 날. 모두를 불행으로 밀어 넣은 어머니가, 나를 기어코 낳은 날.

재인은 재킷에 팔을 넣으며 조소했다.

언제부터 저를 그렇게 위했다고. 저는 그들의 욕심을 위한 들러리 아니었던가.

한윤아의 도움을 받아 처리할 일도 몇 개 있으니, 아직은 입안의 혀같이 구는 아들인 척 그 역할을 다하고 있었다. 그래야 같이 있는 희주도 당장에 눈치 못 챌 테고. 희주가 내게 맘을 열 때까지 모르는 게 제일 좋긴 한데.

똑똑.

재인은 희주의 방문을 노크했다.

오후 1시가 넘은 시간이지만 희주는 아직 침대를 배회했다. 자정에 케이크를 불고, 새벽까지 영화를 봤다. 게다가 생일 턱으로 인심을 쓰며 특별히 금주령을 풀고 와인까지 마시게 해 줬다.

한참을 홀짝이던 희주는 역시 지금까지 힘들어하고 있었다. 새하얀 침대에 묻혀 있는 희주의 하얀 피부가 빛이 났다.

너무 예뻐. 이건 각인된 건가? 머릿속에? 저절로 드는 반사적인 생각이, 마치 파블로프의 개 같다고 여기며 그는 침대에 걸터앉았다.

"어디 가?"

기척을 느낀 희주가 재인의 차림을 보고 잠긴 목소리로 말했다. 이내 재인의 일정을 떠올린 듯 작게 '아' 탄성을 뱉고 고개를 끄덕인다.

오늘 한윤아와 약속이 있다고 했었지. 그의 어머니의 청초한 얼굴과 재인의 얼굴이 겹쳐 보인다. 깔끔한 캐주얼 슈트 차림인 재인에게서 좋은 향기가 감돌았다.

재인은 싱긋 웃어 보이고는 창밖으로 시선을 던진다. 그 장면이 마치 아주 느린 장면처럼 흘러가 희주는 아직 꿈을 꾸는 듯했다. 선명한 윤곽을 그리는 남성적인 옆모습이 오늘따라 낯설었다.

희주는 그 나른함을 핑계로 농밀한 분위기를 풍기는 재인을 빤히 쳐다보았다.

눈매가 가늘게 찌푸려지고 그 안의 눈동자가 쓸쓸해졌다. 애처로워 보인다. 무슨 생각을 하는지 궁금해졌다. 예전처럼 열 살의 재인에게 했듯 안아 주고 싶다고 생각했다. 그가 지금의 자신을 안아 주는 것처럼.

그는 고개를 돌려 다시 희주를 보았다. 길게 내린 속눈썹으로 그늘을 만들며 근사한 미소를 지었다.

"금방 갔다 올게."

희주는 퍼뜩 정신이 차리고 몸을 일으켜 침대 헤드에 기대앉았다.

떠날 것이라 생각하며 지나치게 경계심을 푼 탓에 지금과 같은 상황이 많아 당황스러웠다. 조심해야지. 그렇게 생각하며 머쓱하게 말했다.

"생일 선물 가지고 싶은 거 없어?"

그 말에 재인은 그녀를 어깨를 가져와 꼭 끌어안았다. 한참 뒤에 몸을 뗀 뒤에 그가 검지로 자신의 볼을 들이밀며 톡톡, 가볍게 두들겼다.

희주는 바짝 다가온 얼굴을 손바닥으로 밀어내며 침대에서 일어났다.

"얼른 가. 늦겠다."

작게 소리 내 웃으며 뒤따라 일어난 그는 희주의 머리칼을 어루만지면서 '다녀올게'라고 속삭였다.

순간, 가슴을 무언가가 주욱, 긋고 지나간 듯했다.

재인이 나간 뒤에 희주도 외출 준비를 하고 백화점으로 나왔다.

희주는 이름도 제대로 모르는 고가의 명품들을 두르고 다니는 재인이었다. 그런 건 살 엄두도 못 내지만, 그래도 최소한 성의는 보이고 싶은 마음에 쇼핑을 나섰다. 그리고 기분전환도 할 겸.

직장 동료가 알려준 요즘 젊은 남자들이 좋아한다는 의류 브랜드 매장이었다. 물론 재인은 제가 사 준 거라면 뭐든 좋아할

게 틀림없었다. 그의 맹목적인 사랑을 언제 부담스러워했냐는 듯이 자연스럽게 받아들이고 있었다.

헷갈렸다. 끔찍한 갈망이 점차 사그라지는 이유가, 끝이 정해져 있는 시간 때문인 건지, 온전한 애정에 결핍이 채워지는 건지.

무엇이든 간에 작별의 시간이 다가오는 건 똑같았다.

옷이 진열된 행거에서 고민하는 희주에게 점원이 다가왔다.

"남자 친구 옷 고르시는 거예요?"

남자 친구. 그 말에 설렘과 동시에 죄책감이 물씬 다가왔다.

"아, 아니, 네…… 선물로."

"이건 어떠세요? 요즘 젊은 분들은 이렇게 심플한 걸 좋아하시거든요. 몸이 좋으시면 이렇게 클래식할수록……."

네이비색의 집업 스웨트 셔츠였다. 미니멀한 디자인이 운동하러 갈 때 입으면 좋겠다 싶어 골랐다. 사이즈를 체크한 뒤 계산하고 포장을 요청했다.

포장되기를 기다리면서 매장을 괜스레 한 번 더 둘러보았다.

"나도 좀 골라 줄래요?"

낮은 음성이 그녀의 어깨로 내려앉았다. 그리고 시야에 들어온 그의 큰 손이 옷을 하나 빼서 살펴본다. 쿵쿵, 몸 전체가 뛰었다. 순간 호흡을 멈추고 그 심장을 견뎌냈다.

희주는 아무렇지 않은 척 그를 돌아보며 담담하게 말했다.

"뭐예요? 이런 식으로 나타나지 않기로 했잖아요."

"여기 김희주가 전세 냈나? 나도 쇼핑하는 중인데?"

그는 매장을 느긋하게 둘러보며 부드럽고 느리게 말했다. 누가 봐도 뻔한 거짓말이었다. 퍼스널 쇼퍼가 그의 드레스 룸을 채워 준다는 사실을 알고 있다. 직접 쇼핑한다고 하더라도 이런 매장에 올 사람이 아니었다.

마침 직원이 와서 희주에게 포장된 쇼핑백을 건넸다.

"그건 누구 거야?"

"몰라도 돼요."

"슬프네. 난 김희주한테 선물 하나 받아 본 적 없는데."

빙글대듯 말한 그는 상처받은 듯한 표정을 지어 보인다.

그의 생일마다, 크리스마스마다 선물을 샀었다. 단지 전해 줄 수가 없을 뿐이었다. 그의 생일에 집무실에 쌓인, 집에 차고 넘쳤던 수많은 진귀한 선물들을 보자 자신의 것이 너무 초라했다. 그래서 주지 못했다. 그것 또한 자신의 자격지심이었을까?

그런 게 지금 와서 무슨 소용이지. 희주는 쓰게 웃으며 그에게서 몸을 돌렸다.

태인은 눈짓으로 박 실장을 불러 무어라 지시하더니, 매장 밖을 서둘러 벗어나는 희주의 뒤를 홀로 따라갔다.

백화점을 둘러보는 내내 남자가 어느 정도 간격을 유지한 채 따라다녔다. 정말 쇼핑하러 왔다는 듯 뻔뻔하게 굴었다.

쇼핑을 마치고는 백화점 근처의 유명한 에스프레소 바에서 커피와 달콤한 케이크를 먹을 예정이었다. 남자가 따라오는 게 거슬렸지만, 계획을 변경하고 싶진 않았다.

그린 컬러의 빈티지한 의자가 마련된 야외 테라스에 있는 카

페에 자리를 잡고 따듯한 커피 한잔과 레몬 파운드케이크를 주
문했다.

맞은편에 보이는 성당 뒤로 하늘이 예쁘게 보였다. ·

지금 제 앞에 앉은 남자만 아니라면 좀 편안할 것 같은데.
비어 있는 자리도 많건만 왜 여길.

"앉으라고 한 적 없는데요?"

레몬 아이싱이 올려진 파운드케이크 모서리에 포크를 집어
넣으며 차갑게 말했다. 그는 그녀의 손을 잡아 포크를 뺏어 자
신의 입으로 가져갔다. 역시나 단 걸 싫어하는 그는 미간을 살
짝 찌푸렸다.

태인이 그 포크를 다시 그녀의 손에 쥐여 주며 제법 다정한
눈으로 그녀를 쳐다보았다. 내리깐 희주의 눈동자가 크게 흔들
렸다.

"그때도 이랬어요."

그녀는 시선을 떨구고 선선하게 웃었다. 너무 똑같아서.

"나한테 방에 들어오라 해 놓고 금방 쫓아냈던 거 기억 안
나요?"

아아, 기억나지. 네 손을 만지고 싶어서 먹기도 싫은 케이크
를 억지로 집어넣었던 그때.

그날의 전율이 아직도 생생하다. 스스로 여자의 손을 잡은
건 아마도 네가 처음이라서. 근데 처음 겪는 그 경험에, 뒷골
을 할퀴는 그 전율에 그대로 짐승같이 달려들까 봐, 너에게 도
망가라고 한 것뿐인데. 저릿한 손을 태인이 움켜쥐었다 폈다.

"나쁜 놈이었네."

둘 사이로 아늑하고 시원한 바람이 지나갔다. 떨어진 단풍만큼이나 쓸쓸해 보이는 두 사람의 얼굴에는 그리움인지 빛바랜 기억일지 모를 상념이 드리웠다.

곧 직원이 다가와 그들이 앉은 테이블로 다양한 디저트를 놓기 시작했다.

"많이 먹어."

"한가한가 봐요. 엄청 바쁘시다는 소문이 들리던데 거짓말인가?"

"바빠, 이틀에 네 시간 정도는 자나?"

그제야 올려다본 그의 얼굴에서 핏발선 붉은 눈동자가 보였다.

"그럼, 이럴 시간에 잠을……."

말을 마치기도 전에 박 실장이 그에게 다가와 전화기를 건넨다. 불쾌한 표정으로 박 실장을 올려다보자 그가 손으로 입을 가리고 귓가에 뭐라고 속삭였다.

그는 핸드폰을 들고 일어나면서 멀어졌다.

"전화하지 말라고…… 하, 알았어. 곧 가지."

그는 짜증스러운 표정으로 미간을 한번 꾹 누르더니 한숨을 쉬었다. 그리고 희주의 앞으로 걸어와 다시 자리에 앉았다.

"가 봐야 해."

남자답지 않은 착잡한 표정이었다.

"오라고 한 적 없어요."

그는 옅게 웃었다. 그리고 카드를 테이블 위로 놓으며 예쁜 걸 사라고 했다. 멀어지는 그와 그 뒤를 따르는 박 실장이 보였다. 박 실장이 들고 있는, 자신과 같은 브랜드의 종이 가방이 거슬렸다.

희주는 불편하게 두근거리는 심장을 내리누르며 포크를 잡고 케이크를 떠서 입 안으로 넣었다. 새콤한 레몬 맛이 기분이 좋았다.

괜찮아. 이렇게만 하면 돼.

구질구질하고, 거지 같은 이 상황을 끝내고.

어서 빨리, 떠나야겠어.

희주는 태인이 준 카드를 구겨서 쓰레기통에 버리고는 걸어 나갔다.

* * *

일요일 오전.

늦은 아침을 먹기 위해 나온 SI호텔 라운지.

희주는 이 상황이 당황스러웠다. 재인도 마찬가지였다. 오직, 태인만 여유를 가지고 느긋하게 커피잔을 들고 있었다.

재인과 희주가 있는 자리에, 태인이 불현듯 나타나 합류했다. 분명 우연은 아니었다.

셋이 이렇게 한자리에 모인 건 처음이다. 언젠가 이런 날이 닥치리라 예상했지만, 이렇게 황당함이 먼저 덮칠지는 예상하지 못했다. 조금 더 무섭고 날 선 숨 막히는 분위기일 것으로 막연하게 생각했다. 물론 당황함이 앞섰을 뿐이지 불편하고 힘든 자리임은 분명했다.

사람들이 지나가면서 그들을 흘긋 쳐다보며 지나가다가, 확인차 다시 고개를 돌려 보기를 반복했다. 평소라면, 잘생긴 두 명의 외모 탓이라고 생각했을 것이다. 하지만…… 오늘은…….

아마도 재인과 태인이 같은 옷을 입고 있었기 때문일 것이다. 정확히는 오늘 아침 희주가 재인에게 생일선물로 준 네이비색 스웨트 셔츠를.

난감한 기색이 희주의 얼굴에 고스란히 드러났다. 쇼핑하러 느닷없이 나타났을 때 알아봤어야 했는데.

언제 어디서나 눈에 띄는 외모의 남자 둘이 호텔 라운지에서 같은 옷을 입은 모습은 충분히 오해를 자아낼 만한 모습이었다. 희주는 자신이 마치 이방인이 된 것 같은 기분을 느꼈다.

"뭐야? ……이거? ……설명 좀 해 줄래?"

재인이 자신의 옷을 한번, 태인의 옷을 한번 쳐다보고는, 눈을 가늘게 뜨고 희주를 보았다. 그의 얼굴이 경련으로 살짝 떨리는 것도 같았다.

"몰라…… 나는 네 것만 샀는데……."

희주는 억울한 표정으로 태인을 흘겼다.

"나도 선물 받았어."

태인이 재인을 힐긋 쳐다보며 심드렁하게 말했다.

"뭐?"

다시 재인이 희주를 원망의 눈초리로 쳐다봤다. 화를 삭이는 눈에 분노로 인한 물기가 어렸다.

"나, 아냐."

희주는 칼 같은 목소리로 대답했다. 그리고 한심한 짓 그만 하는 게 좋겠다는 눈으로 다시 태인을 쏘아보았다.

재미없네. 태인은 그렇게 중얼거리고는 고개를 돌려 건너편 테이블에 있는 박 실장을 쳐다보았다.

"박 실장이 사 줬어."

태인이 한쪽 눈썹을 삐딱하게 올리며 실토했다.

"정확히는 사다 줬고. 누가 골라 주길래. 원래는…… 내 걸 샀을 테니까."

태인은 손가락으로 자신의 턱을 느리게 문지르며 희주를 쳐 다보았다.

재인 역시 희주를 바라보았다. 속은 어떨지 몰라도 그녀는 크게 동요하지 않는 모습이었다. 의외로 초연하고 무덤덤하기 까지 해 그는 안도의 숨이 터져 나올 것 같았다.

그 시선들을 받아 내며 희주는 따뜻한 커피를 한 모금 마시 고 내려놓았다.

"착각도 지나치면 병이에요."

그녀에게서 나온 말은 지나치게 차갑고, 건조했다. 눈을 내 리깐 채 그를 외면했다. 태인은 그런 그녀를 빤히 보다가 어떤 감정의 표현도 하지 않고 자리에서 일어났다. 그리고 상체를 굽혀 희주의 손을 잡아 손등에 가볍게 입술을 눌렀다. 희주는 다급히 손을 빼려고 했지만, 꽉 잡힌 손은 요지부동이었다.

재인이 동시에 미간을 꽉 찌푸리며 일어났다. 태인은 그런 재인을 완벽히 무시하며 오직 희주를 응시했다.

"얼마 안 남았어. 끝나면 같이 여행이라도 갈까?"

희주는 잡히지 않은 손끝을, 바스락 떨었다.

찰나간 동요하는 모습을 두 남자는 기민하게 알아차렸다. 태인은 이내 만족스러운 미소를 흘리고는 곧 손을 놓아주었다. 하지만 곧 언제 웃었냐는 듯 무표정으로 돌아왔다.

"귀여워서 봐주는 것도 한계가 있어. 적당히 해. 나중에 어떻게 감당하려고 그래. 응?"

손목을 들어 시계를 확인한 그는 스산한 목소리로 경고한 뒤 라운지를 빠져나갔다. 재인이 그 모습을 흉흉한 눈빛으로 보더니 소파에 털썩 주저앉았다.

도발인 걸 안다. 같이 있었다는 걸 보여 주려고 하는 행동이 겠지. 아직도 그에게 흔들리는 희주를 보여 주고 싶었겠지.

의도가 빤히 보이는데도 속이 쓰린 건 어쩔 수 없다. 그러지 말아야지 하면서도 희주의 흔들리는 모습에 묘한 서운함을 느꼈다. 조금은 자신에게 마음을 열었다고 생각했는데…….

재인은 그 자리에서 마음과 같이 길길이 날뛰지 못한 채, 머리를 거칠게 쓸어 넘기며 한숨만 연거푸 뱉었다.

"내 생일 파티 다 망했어. 다시 해."

그리고 희주의 손등을 가져와 물티슈로 벅벅 닦아내며 격분한 숨을 토해 냈다.

생일파티를 망쳤다며 그는 계속 침울해했다.

어느 정도 꾸며 내는 과장된 속상함이 보였지만, 희주는 그냥 그 연기에 속아 넘어가 주고 싶었다.

얼마 남지 않았으니까.

"다음 주말? 언제?"

할 말도 있으니까.

뉴욕 지사 서류 심사를 통과하고 해당 부서 인터뷰도 마친 상태였다. 긍정적인 결과를 기대해도 될 것 같다고, 추천서를 써 준 부서 이사님의 격려도 들었다. 사실은 걱정했었다. 지독한 집착을 보이는 그가 방해할까 봐. 하지만 우려가 무색할 정도로 막힘없이 진행되고 있었다.

그동안 벗어나는 게 버겁기만 했었는데, 이렇게 쉽게. 어처구니없는 마음에 실소가 흘러나왔다.

재인이에게는 말해야 하는데, 쉽게 입이 떨어지지 않았다. 더 조심해야 했다. 심장에 무거운 돌덩이를 치워 주고는 약해진 그 틈을 타 자꾸 들어오려고 하니까.

* * *

쌀쌀한 바람이 코끝에 닿았다.

울긋불긋하게 물든 교정을 4년 동안 계절마다 봐왔는데, 처음 본 것처럼 낯설었다.

그때도 이렇게 예뻤나?

학교 다닐 때는 공부에만 매달려 못 느끼던 것이 지금 새삼 예쁘게 보여 이상한 기분이었다.

주말인데도 시험 시간이라 그런지 학생들이 제법 많았다. 질끈 머리를 묶은 여학생들이 두꺼운 전공 서적을 들고 다니는 걸 보며 과거의 자신이 떠올라 입가에 옅은 미소가 드리웠다.

서산재단의 장학생 신분으로 가난한 제 처지가 들킬까 봐 꼭꼭 숨기면서 다녔던 때를 떠올렸다. 습득된 가난이 마치 죄인 것처럼.

내내 형편이 어려웠던 그녀는 감정을 솔직하게 표현하는 게 불편했다. 그러는 동안 자괴감과 자기혐오, 열등감이 그녀의 인생을 내내 잠식했다.

그래서 그렇게 아팠던 것일까. 자신이 좋아하던 남자가 그녀를 원하는데 상대가 제 마음은 필요 없다 해서 더 초라해졌다. 그런데도 멍청하게 그를 사랑했고 끝내 상처받고 떨어졌다.

결국 사랑받지 못했다는 패배감과 비참함에 젖어 도망가려 하는데, 저를 향한 한결같은 재인의 마음이 부담스러운 한편 부러웠다. 비뚤어진 그녀가 절대 가질 수 없는 그런 것. 자신은 지금, 이 순간에도 태인이 괴로워하고 고통스러웠으면 좋겠다고 생각하니까. 그리고…….

만약에, 네가 그의 동생이 아니라면.

부끄럽고, 창피한 가정들이 머릿속을 부유했다. 그렇지만 마음을 확인하지 않을 것이다. 알아도 소용없으니까. 고민하지도 않을 거야.

그러니까 이제는 정말로…….

헙!

뒤에서 옭아매는 단단한, 그리고 따뜻한 체온. 포근한 향기.

"뭘 그렇게 봐? 질투 나게."

뛰어온 건지, 밭은 숨소리가 머리 위로 떨어졌다.

지난번에 망친 생일 파티 다시 하자 했는데, 재인이 수업이 주말에도 잡힌 터라 불만을 토로했다. 그래서 희주가 끝나는 시간에 맞춰서 학교로 갈게, 라고 했더니 진짜냐며, 활짝 웃으며 좋아했다. 그럴 때 보면 영락없는 아이 같은데…….

감싼 팔을 힘주어 내리고 뒤돌아보자 산뜻한 남자가 보였다. 블루옥스퍼드 셔츠에 화이트팬츠를 입고 있는 그는 마치 청춘 스타 같은 느낌이었다.

싱그러운 소년과 반듯한 청년의 사이, 그러면서도 묘하게 색기가 도는 건 아마도 큰 키와 다부진 몸 때문이겠지. 셔츠와 팬츠 위로도 각각의 근육들이 존재감을 드러내고 있었다.

그제야 희주는 자신의 모습이 신경 쓰였다.

무릎까지 오는 원피스는 단정한 라운드넥에 블랙 원 톤으로 단아한 느낌을 주었다. 머리를 내리고 화장도 좀 했는데…… 나름 신경 쓴다고 하고 온 게 아무래도 조금 나이가 들어 보이는 것 같아 걱정됐다. 주변에서 자꾸 힐끔거리기도 하고. 누가 봐도 그보다 나이가 많은 여자라고 생각할 것 같았다.

희주가 옷 선택의 실수를 생각하고 있는 동안, 재인은 주변을 살피더니 희주 쪽으로 시선을 돌리는 남자들을 살벌한 눈으로 하나씩 꽉꽉 찍어 눌러 보았다.

그러다가 재인은 희주의 어깨를 감싸고 주차된 곳으로 이동했다. 가는 와중에 희주의 얼굴을 자꾸 몸 쪽으로 묻게 한다.

"답답해 왜 이래."

화장도 뭉개진다고.

"교내 구경은 취소야. 가만히 있어. 눈 달린 새끼들이 자꾸 쳐다보니까. 아니 뭘 이렇게 예쁘게 하고 왔대."

그는 정말로 차 안으로 들어갈 때까지 그녀를 품에 묻고 끌어안다시피 해서 갔다.

"어디 갈까?"

핸들에 팔을 교차시켜 그 위에 얼굴을 묻으며 희주를 바라본다. 그 설렘이 숨겨지지 않는지 얼굴이 한껏 상기됐다.

"정해 놓은 거 아냐?"

안전벨트를 채우며 희주가 대꾸했다.

"응, 그래도 혹시나 가 보고 싶은데, 있을까 봐. 예의상?"

그는 생긋 웃고는 시동을 걸고 부드럽게 차를 출발시켰다. 예전에 한껏 꾸미고 트럭을 몰던 모습이 겹쳐 보여 희주는 저도 모르게 웃고 말았다.

도착한 곳은 옛 한옥을 정취를 가지고 있는 정원이 고풍스러운 곳이었다. 직원이 프라이빗하게 즐길 수 있는 방으로 그들을 안내해 주자 재인이 메뉴도 보지 않고 숙지한 것들을 시켰다.

"집밥 좋아한다 했잖아."

솥밥과 소갈비찜, 돼지 장작 불고기, 더덕구이, 나물 반찬과 찌개가 말 그대로 상을 가득 메웠다.

"저번에 먹었던 거랑 비슷한지 먹어 봐."

백반집에서 제육볶음에 희주의 젓가락이 자주 갔던 걸 떠올리는지 매콤한 양념이 된 구운 불고기를 그녀의 하얀 밥 위에 올려준다.

재인의 마음을 알겠기에 희주의 얼굴에 미소가 그려졌다. 동시에 그 마음에 뭉클해서 또 눈물이 나오려고 했다.

좋아하는 것 중에 비슷하고 더 좋은 걸 찾았겠지.

조여드는 목구멍에 애써 밥을 넣었다.

"체해. 물 마셔. 왜 그래. 뭐가 또 슬퍼."

물을 희주 앞으로 밀어주고는, 심상치 않은 느낌에 숟가락을 놓고 몸을 일으켜 그녀의 옆으로 앉았다.

진짜 이럴 때 어린애가 된 기분이다. 하루에도 수십 번 기분이 오락가락. 감정에 치우쳐 어른답지 못한 모습이 정말 마음에 안 든다.

정확히는 남자 둘 앞에서는 언제나 감정대로 하고 마는 자신이 한심하다 못해 저주스러워서. 그래서 결국은 도망까지 가야만 하는 현실이 답답해서.

"미안해서."

그렇지만 한마디로 뱉어낸다. 그 말밖에 할 수가 없으니까. 자꾸 재인에게 기대려는 자신이 너무 끔찍하다.

"그러지 말라고 해도 미안해할 거 아니까……."

재인은 그녀를 뒤통수를 당겨와 끌어안았다.

"미안하면, 이제…… 날 그냥 좋아해 봐. 그럼 편해진다니까. 아무 생각하지 말고 그냥 나 한번 믿어봐."

차 안에서 재인은 희주의 눈치를 살폈다.

너무 또 부담스럽게 했나. 그만하자고 하면 어떡하지. 집을 나가겠다고 하면…….

희주는 계속 창밖만 응시했다. 재인이 이따금 걸어오는 답변에는 짧은 대답만이 돌아왔다.

하아-. 재인은 상념이 들킬까 봐 한숨조차 조용히 흘려보냈다.

한강 근처에 차를 세우고 재인은 조금 걷자고 했다. 오늘의 데이트 코스는 괜찮았나 곱씹으면서. 마지막에 자신이 그 말만 안 했어도 이렇게 불안하지는 않을 텐데 생각하면서.

"재인아."

재인의 가슴이 덜컥 내려앉았다. 어떻게 설득해야 하지. 저 예쁜 눈에서 또 눈물을 뽑아낼 걸 생각하니 마음이 벌써부터 아려왔다. 나는 도저히 너를 보낼 수가 없는데. 지옥에 간다면 거기까지 따라갈 거야.

잔뜩 흐려지는 마음을 다잡고 대답한다.

"응."

희주는 멈추어 서서 강가를 바라보았다. 아니 하늘을 보는 건가.

쌀쌀한 바람이 그녀의 매끄러운 머리칼을 비집고 지나간다.

"나는 지독한 사랑밖에 몰라. 그래서 너 때문에 내가……내가 자꾸 나쁜 사람이 되는 것 같아 힘들어. 이제 정말 그만하고 싶어."

그녀가 슬프게 웃으며 재인을 돌아다보았다. 그는 고개를 떨구고 말없이 침울한 얼굴로 목울대를 크게 일렁였다.

태인과 재인은 떨어져서 생각할 수 없는 존재였다. 복잡하게 얽혀 버리고 만 실타래는 그녀가 그 둘과 떨어져야 끝난다.

"부담돼서 그래? 아냐, 나 되게 나쁜 사람이야. 너를 좋아해서 이렇게 괴롭히고 있잖아. 그냥…… 옆에 있을게……. 아무것도 해 달라고 안 해."

힘겹게 내뱉는 말에는 울음이 섞여 있었다.

사실은 네가 그 사람 동생이 아니었으면 해서. 그렇지 않았다면 좋았을걸. 너랑 함께하는 평온하고 순탄한 날들을 보내며, 그 시간이 계속되면 좋겠다는 허황된 꿈을 가끔 그렸다고.

하지만 정말 그건 상상이어야만 하니까.

"아픈 건 싫고, 복잡한 건 더 싫어. 혼자 있고 싶어. 나, 그냥 가게 해 줘."

* * *

강의실 창문 밖으로 보이는 하늘이 심상치 않았다.

비라도 오려는 걸까.

"지난번에 내준 케이스 스터디 피드백부터 시작하겠습니다. 스타트업 A회사의 CEO가 새로운 사업을 진행하면서 경쟁업체인 B를 분석한 결과……."

지긋하게 들리는 교수의 목소리는 섬처럼 떨어져 있는 재인의 귓가에서 흩어졌다. 펜대를 굴리며 무심하게 속눈썹을 내리깐 그의 눈 아래 깊은 음영이 졌다. 도톰한 입술은 살짝 삐져나왔다. 머릿속으로 누군가를 음미하고 훑어보기 위한 습관이었다.

'아픈 건 싫고, 복잡한 건 더 싫어. 혼자 있고 싶어. 나, 그냥 가게 해 줘.'

그녀의 고요하고 나긋한 목소리가, 촉촉하게 젖었던 눈가, 서늘한 바람에 솜털이 돋았던 목덜미, 슬픔을 말했던 빨간 입술이 어른거린다.

느릿하게 되새기는 동안 이내 부드럽게 눈매를 휘며 그는 미소 지었다.

고민은 무의미하고 어리석다. 희주의 폭탄선언 이후 재인은 전혀 동요하지 않았다.

그 해로운 존재를 떠나겠다는 결심만으로 충분해.

희주가 혼자 가겠다면, 그런 척 보내 줄 생각이었다.

따라가면 되니까.

출발점만 다른 거야. 늘 그랬듯 너를 찾아갈 거야. 나는 너를 만난 이후로 단 한 순간도 네가 없는 세상을 생각한 적 없다.

조용히 지켜볼게. 네가 괜찮아질 때까지. 나를 알아줄 때까지.

"저기, 수업 끝나고 뭐 할 거예요? 맥주나 한잔하러 갈래요?"

매끄러운 목소리. 눈을 들어 올리니 완벽하게 세팅된 여자가 불그스름한 뺨으로 미소를 짓고 있었다. 같이 수업 듣던 첫 시간에서 자기소개를 나눴던 것을 떠올렸다. 미술관 큐레이터라고 했던가?

"아뇨. 여자 친구랑 약속이 있어서."

재인은 무심하게 답하고는 페이퍼와 태블릿을 챙겨 일어났다.

주차된 SUV에 올라타 운전석에 앉아 벨트를 맨다. 철컥, 거리는 소리와 함께 뒤통수 한가운데 꽂히는 생각.

그런데, 형이. 이렇게 쉽게 희주를 놓는 건가.

등줄기 타고 올라오는 불쾌한 감각에 핸들을 쥔 손에 힘이 잔뜩 들어갔다. 룸미러에 비친 눈빛이 날카로웠다.

이렇게 쉽게 형의 손아귀에 다 쥐어질지는 몰랐다. 아니, 쉬운 건 아니었지. 그의 길고 길었던 지독한 인내가 마침내 그들을 집어삼키고 있었다. 언제까지나 군림할 것 같은 아버지는 신경 쇠약이라는 거짓된 병을 얻은 채 요양원행을 앞두고 있다.

큰어머니와 같은 길을 걷게 하고 싶었던 걸까. 한윤아와 외삼촌들 역시 형의 처분을 앞두고 있다. 굳이 그들에게 알리지 않았다. 형의 복수를 방해할 생각은 없었다. 그래야 그도 서산에서 벗어날 수 있으니까.

형이 분주하게 일 처리를 하는 동안 해야 할 건, 오직 희주의 마음만 돌려놓는 일이다. 그리고 같이 사라져 줄게.

온전히 기댈 곳은 나밖에 없다는 걸 알려 주면 돼. 시간이 걸리더라도 내 품이 따뜻했다는 걸 기억하고 다시 돌아올 수 있게. 그리고 마침내 형을 다 잊을 수 있게.

재인의 입꼬리가 서서히 올라갔다.

주머니에서 핸드폰을 꺼내 액정을 환하게 만들었다. 배경 화면을 차지한 희주의 사진에 미소 짓고는 메신저 앱을 실행시켰다.

[바로 퇴근할 거지? 데리러 갈게.]

메시지를 읽은 창에 텍스트를 작성하다 지우는지, 점 세 개가 나타나다 사라지기를 반복했다. 뭐가 그렇게 고민인 건지.

재인은 한 번 더 쐐기를 박았다.

[이제 곧 떠날 거면서 야박하게 굴지 말기. 나 출발한다.]

4. 원점

"거지 같은 것들을 먼저 치우고 일을 진행할 걸 그랬나. 근본 없는 것들이라 그런지 너무 질겨."

집무실은 어둠이 내려앉아 있었다. 태인이 빛을 보면 두통이 인다며 블라인드를 내린 탓이었다.

잇따른 릴레이 회의를 마치고 들어온 태인은 조금 지쳐 보였다. 머리도 아픈지 약을 입에 털어 넣고는 물을 마셨다. 윗선의 지지부진한 일 처리, 한윤아와 한윤철의 방해 공작에 생각보다 늦어지고 있는 후계 구도에 언짢은 기색이 역력했다.

한윤아의 조력하에 그녀의 큰 오빠, 한윤철 서산건설 상무이사가 각종 공사에서 이중장부를 이용해 분식회계를 통해 비자금을 조성했다는 증거.

정·재계와 뇌물을 주고받으며 해 처먹은 게 얼마나 많은지. 임직원은 물론이고, 사돈에 팔촌까지 동원해 차명계좌를 유가증권, 현금 등으로 분산시켜 놓은 증거 서류도 준비된 상태였다.

그런데도 검찰과 언론에 자료를 넘기는 타이밍을 재고 있는 건, 사건이 터지면 태인 역시 소환 조사를 피해 갈 수 없기 때문이었다. 매끄럽게 부회장으로 취임하기 위해 먼저 처리해야 할 일들이 많았다.

요즘 그는 저러다 죽지 않을까 싶을 정도로 극도로 자신을 몰아붙이고 있었다. 후계 구도를 마무리 짓기 위해 각계인사를 만나며 우호적인 여론을 조성하고, 지배 구조 개편, 차세연과의 비밀리에 한 계약까지 진행하느라 하루에 두어 시간도 자지 못하는 날들이 이어졌다.

속도 조절을 하지 않고 밀어붙이는 건 조금이라도 일을 빨리 끝내고 싶어서라는 걸 안다. 그 여자한테 하루빨리 돌아가고 싶어서라는 것도 짐작할 수 있고.

박 실장은 태인의 기분이 좋은 것은 바라지도 않았다. 단지 나쁘지만 않기만을 간절히 바랐지만 역시 그의 바람은 무색해졌다. 하지만 더는 보고를 미룰 수 없었다. 더 늦었다간 무슨 일이 일어날지 몰라서. 쿵쾅거리는 심장을 조금 누른 뒤에 항상 그랬듯 부드러운 음성으로 말을 시작했다.

"작은 도련님이 최근 뉴욕 아파트와 펜실베이니아 주에 땅을 구매했다고 합니다."

뭐 하는 걸까. 서재인이 지금.

태어난 순간부터 상속되었던 회사 지분을 팔아 현금화시키질 않나. 서재인 이름 앞으로 된 한국의 재산들을 하나씩 처분하고 있었다.

서산의 흔적, 한국에서의 생활을 청산하려는 듯 그렇게…… 도망치는 건가?

한윤아와 엮어서 나란히 감옥으로 치워 버리는 그림도 생각했으나. 김희주가 쓸데없이 신경 쓸 것 같기도 하고. 멀리 사라지는 것도 나쁘지 않지. 근데…… 김희주를 두고 간다고? 그렇게 개새끼처럼 뭐라도 물어 뜯어 놓을 듯 짖어 댄 것치고는…….

생각을 이어 나가면서도 태인은 쌓인 서류를 자리 앞으로 내려놓고 결재를 위해 펜을 들었다.

지끈, 약을 먹어도 두통이 가시지 않았다. 힘들다. 쉬고 싶다. 부드러운 품에 파묻혀서 잠을 좀 잤으면. 그런 망상 따위를 하며 검토를 마친 서류에 사인을 하고 다음 서류를 집으려고 할 때였다.

박 실장이 올 것이 왔다는 듯 침을 한번 꿀꺽 삼키고는 들고 있던 결재판을 내밀었다.

"전무님, 그리고…… 최근 승인된 해외 지사 발령사항입니다."

사색이 된 박 실장이 내민 서류를 흘긋 쳐다보았다.

"본부장 결재까지 난 서류를 내가 굳이 봐야 해요? 나 피곤한데…… 할 일이 이렇게 많은데 이런 건 넘어가도 되지 않나?"

책상 위에 가득 쌓인 서류를 훑으며 그답지 않은 엄살을 부렸다. 그도 그럴 것이 엄청난 일을 감당하고 있는 와중에 최소한의 서류만 검토했고, 결재 라인이 다른 서류와 중요하지 않은 사안은 아예 배제하고 있었다.

귀찮음과 피곤함이 묻어나는 얼굴로 박 실장이 건넨 결재판을 예의상 펼쳤다.

"저…… 그게…… 김희주 씨도 명단에 있습니다. 뉴욕 지사로……."

박 실장은 그 소식을 접하고 간담이 서늘해졌던 것을 떠올렸다.

회사 카페테리아였다. 밤을 새웠던 태인이 사무실에서 눈을 붙이겠다는 30분의 여유에 감사하며, 주문한 커피를 기다리고 있었다.

'왜, 거기 SS비버리지 마케팅 파트 여신, 이번에 뉴욕 지사 간다며?'

박 실장은 핸드폰으로 인터넷 뉴스 뒤적거리던 손가락을 뚝, 멈췄다. 제발 자신이 잘못 들었기를 바라며 그 직원들에게 다가가 다그쳤다.

'누가? 누가 가요? 미국에?'

박 실장은 김희주의 미국 지사 최종 컨펌 사실을 확인하고는 아연실색했다. 태인이 어떻게 나올지 예상할 수 있었던 까닭이다.

게다가 최근 미국의 부동산을 사들이고 있는 서재인이랑 묶어서 생각할 게 뻔한데.

최근 지분 매각 인수 리스크와 규제 관련 불확실성을 검토하고, 컨트롤타워 개편 시나리오 건으로 바빴던 터라 제대로 챙기지 못한 탓이다. 임원급도 아니고 일개 직원의 승인 사인 여부를 신경 쓸 것은 아니었지만, 김희주라면 얘기가 달라졌다.

불행히도 박 실장의 예상이 정확히 맞아떨어질 예정인 모양이다.

태인이 잘못 들은 거냐는 듯이 고개를 서서히 들어 박 실장을 응시했다.

"죄송합니다."

태인은 표정 없이 다시 서류로 눈을 돌렸다. 결재 사인이 칸칸이 나열된 첫 장을 넘겼다. 그리고 그다음 페이지도. 그다음 장.

마침내 김희주 이름 석 자를 발견한 태인이 한참을 뚫어져라 쳐다보았다.

왜?

태인은 눈을 내리깔고 생각에 잠겼다.

공교로운 우연인가. 미국으로 떠나는 둘. 뭐가 생겼나 둘 사이에.

그럴 리가. 그녀는 저를 사랑한다고 말했다. 그렇게 쉽게…….

다음 생각에 미치자, 그는 숨 쉬는 방법을 잊은 듯이 뚝 호흡을 끊었다. 그렇게 가벼운 마음이었을까. 그렇게 쉽게 흔들릴 만큼.

그는 참았던 숨을 내뱉으며 웃음을 터트렸다.

그렇게 그와 붙어먹고 서재인에게 간다라……새삼 그녀의 대담한 행보에 어이가 없었다.

"죽여 버릴까. 그냥?"

"전무님."

"그냥. 그게 쉽겠어."

얼음장 같은 차가운 얼굴과 소름 끼치도록 낮은 음성.

이대로 고스란히 출국일까지 몰랐으면 진짜 미쳐서 날뛰었겠는데.

태인이 한참 동안 말이 없었다. 그리고 일어나 창가의 블라인드를 걷었다. 들어오는 빛에 잔뜩 미간을 찌푸렸다. 주머니에 떨리는 손을 꽂아 넣고 보기만 해도 아찔한 땅을 내려다보며, 그 아래 처박히는 상상을 했다.

지금 자신의 기분을 이해하기 위해서.

"차세연에게 인형 놀이는 끝났다고 전해요."

분노가 짙게 드리운 눈은 서늘하기만 했다. 모든 신경이 타들어 가는 듯 그의 머릿속은 한 가지 생각으로 가득했다.

"그냥 보여 주면 되겠지."

누구 여자인지. 도망가려는 너에게도. 자꾸 내 것을 탐하는 나의 철없는 동생에게도.

내가 아버지를 이해하는 날이 올 줄이야.

로비에서 도발적인 매력을 가감 없이 드러내고 있는 남자.

"저기 서재인 아니야? 서 전무 동생."

블랙 슈트 차림으로 소파에 힘을 빼고 앉아 있는 남자는 주의를 끌었다. 깔끔하게 넘긴 머리, 윤기가 흐르는 갈색 피부, 옷으로도 숨겨지지 않는 압도적인 피지컬이 다소 선정적으로 느껴졌다.

로비를 오고 가던 사람들, 유리 벽 건물 바깥에서 오가는 사람들도 시선을 사로잡는 그 자태에서 눈을 떼지 못했다.

어쩌자고 여길 와.

"어, 이쪽 보는데? 희주 씨 보나?"

"맞다. 서 전무님이랑 아니까, 당연히 아는 사이겠죠."

하, 진짜 미치겠다.

지루하고 나른해 보이는 야생의 맹수처럼 늘어져 있던 재인이 눈을 반짝이는 강아지같이 변하는 건 한순간이었다.

그녀를 발견하고는 상큼하게 웃어 보이고는 성큼성큼 다가왔다.

"안녕하세요."

그는 같이 퇴근하러 나왔던 그녀의 주변의 사람들에게 넉살 좋게 인사한다.

"아 여긴 어쩐 일이세요. 서 전무님 만나러? 아님, 희주 대리 보러 오신 건가?"

"네, 누나 보러 왔어요."

뒤편의 남자 직원에게 지그시 시선을 던진 뒤, 생긋 미소 지으며 그녀의 어깨를 잡아당긴다.

미쳤어. 너.

"아, 집안끼리 아신다는 소문은 익히 들어 알고 있어요. 친하신가 봐요?"

"네, 친하죠. 엄청."

서글서글하게 웃으며 말하는 재인의 근사한 미소에 여직원들은 홀린 듯이 그를 올려다보았다. 하지만 희주는 눈에 힘을 주며 경고했다.

하지 마.

그러나 결국.

"게다가 누나가 내 첫사랑이거든요. 그래서 좀 애틋해요."

재인이 농담한다고 여겼기를 바라며 희주는 허둥지둥 그를 데리고 회사를 나왔다.

"미쳤어. 여기까지 오면 어떻게 해? 밖에서 기다리라고 했잖아. 어쩌자고 그런 소리를 해."

희주는 차에 타자마자 놀란 마음에 다다다 잔소리했다.

"미안, 너무 들떴어. 그리고 사실이야. 나는 네가 첫사랑이고 애틋해 죽는다고. 이제 떠날 텐데 더 그렇지."

그는 희주에게 안전벨트를 채워 주며 서운한 기색을 숨기지 않으면서도, 짐짓 반성하는 듯한 말투로 말했다.

내일 또 시끄러운 이야깃거리를 하나 던져 주는구나. 낮은 한숨을 쉬었다. 형제가 어쩜 이렇게 비슷한지. 그녀는 놀란 가슴을 진정시키며 머리를 절레절레 흔들었다. 또한 그런 생각을 하는 자신에게도 어이가 없어서 실없는 웃음이 뒤늦게 터져 나왔다.

예전이라면 둘을 비교하는 것조차 죄책감에 시달리며 괴로워했을 것이다. 그런데 얼마 안 있으면 볼 일이 없을 거라는 생각 때문인지, 금기를 깨 버리는 느낌이었다.

오래 고민하기 싫었다. 그녀 자신을 좀먹는 상상은 더 하지 않기로 했으니까.

"어디 가?"

"맛있는 거 먹으러. 조용히, 둘이."

한쪽 면이 모두 통창으로 도시의 야경이 내려다보이는 최고층의 파인다이닝 레스토랑이었다. 집에 가서 먹자고 재차 말하던 희주의 말을 무시하고 올 때부터 이상하다고는 생각했다.

"뭐야? 여기 왜 사람이 없어? 설마⋯⋯."

"밖은 통 안 나오려고 하니까. 나, 사람들이 알아볼까 봐 불편해하잖아."

지난번에 밥 먹으러 레스토랑에 갔을 때였다. 누가 재인을 알아보고 사진을 찍었고, 다행히 눈치챈 그가 정중하고 살벌하게 지워 달라고 요구했다. 그 뒤로 희주는 재인과 나가는 걸 꺼려 했다.

"얼마 안 남았잖아. 미국 가는 거. 한국에서는 많이 시간 못

보낸 게 아쉬워서 그래."

미국으로 가겠다는 말을 한 날, 의외로 재인은 순순하게 저를 보내 준다고 했다. 언제든 아프면 그를 찾으라는 말을 덧붙이면서. 그러면서 한국에서 남은 시간은 최대한 자신에게 양보하라고 했다.

창가를 쓰윽 둘러보았다. 한강을 둘러싼 스카이라인들이 화려하게 반짝였다.

"맨해튼도 야경 좋은데. 보여 주고 싶다고 생각했었어."

말을 뱉으며 재인은 뉴욕에서 희주와 조우한 뒤 어디 어디로 데려갈지 생각한 리스트들을 떠올렸다.

"뉴욕은 어디가 좋아? 맛집이랑……. 아, 아니다 너 가는 곳이면 많이 비싼 데겠지?"

"내가 사 줄게. 연락해."

재인이 미국으로 따라온다는 계획을 알 턱이 없는 그녀는 그저 농담이라 생각하며 적당한 웃음을 흘렸다. 혹은 아주 먼 나중의 일이 될 것이라 막연히 상상하면서.

지금 그는 대학원을 다니며 한윤아가 만든 자리에 충실하고 있었기에 회사 경영을 위한 준비를 하는 줄로만 알았다. 그런 화기애애한 분위기 속에서 누군가가 그들에게 다가오는 것도 모르고 서로에게 집중했다.

끽, 의자가 거칠게 끌리는 소리가 났다.

"내 회사에서까지 장난질하는 건, 좀 그렇지 않아?"

등줄기가 섬뜩해지는 낮은 목소리가 바로 옆에서 들려왔다.

익숙한 그의 체향과 함께. 태인은 검지로 자신의 머리를 콕콕 느리게 두 번 두들기며 재인을 바라보았다.

"생각이 그렇게 없어서야."

그는 느긋하게 의자에 앉아 다리를 꼬았다. 그리고 손을 들어 직원에게 메뉴를 요청한 뒤 매끄럽게 주문까지 마쳤다.

무거운 공기 속에 살벌한 침묵이 공간을 잠식했다.

"귀여운 짓은 여기까지만 해. 이 정도면 충분히 재밌게 논 것 같은데? 내가 장단도 맞춰 줬잖아. 네 장난질에."

서늘한 음성으로 말하며 희주를 바라보는 눈에는 이채가 어렸다.

당황함이 어느 정도 가시자 그녀는 진한 불쾌감을 드러냈다. 우리가 뭔데. 그가 먼저 다 끝내 버리고, 싫다고 하지 않았나.

"데리러 왔어. 다 끝났으니까, 가자."

그 말에 그녀는 물을 마시려던 것을 멈칫하며, 작게 찌푸리더니 웃었다. 정확히는 비웃음 같은 종류의 것으로.

미국으로 간다는 것 때문에 이러는 걸까? 설사 이제 알았다 하더라도 그의 옆에 있어야 할 이유는 없다. 그의 집착에 못 이기는 척 다시 돌아가고 싶지 않았다.

고백도 하고, 그를 잊기 위해 재인의 마음을 발판까지 삼았는데 그 진창에 다시 발을 디디면 안 될 것 같았다. 희주는 자신의 마음에 지독한 안도감이 들었다.

다행이네.

희주는 그렇게 생각하며 물 잔을 내려놓았다.

뭐가 웃긴 걸까. 그는 소파 팔걸이에 팔꿈치를 괴고 관자놀이를 문지르며 희주를 탐색했다. 무슨 생각으로 떠나려고 한 건지. 너무 늦어서 마음이 많이 상했다는 건 알겠지만.

그녀는 철저히 그를 무시하기로 한 듯이 샐러드를 입에 담았다. 단 한 순간도 눈길을 주지 않자 그는 조금 짜증이 치밀었다. 저도 떠나려고 한 주제에 조금 투정이 심한 것 같다는 생각도 들고.

그래도 참아 줘야지. 여기서 데리고 나가면…….

"안 가요. 당신이랑."

눈썹을 살짝 들어 올렸다 제자리에 놓은 그의 눈빛은 의외로 담담했다.

"기다린다고 했잖아."

그는 매혹적으로 미소 지었다. 그녀를 홀리게라도 하려는 듯이. 그녀가 언제나 넋 놓고 바라보았던 그 모습을 기억하며.

"착각하지 말라고 했잖아요. 그런 적 없어요."

그녀는 또박또박 차분하게 말했다.

"왜? 둘이서 도망이라도 가려고?"

둘? 의아한 말에 희주는 재인을 흘긋 쳐다보았다. 재인은 뭔가 잘못됐다고 생각하는 듯 찡그리며 태인을 노려보았다. 턱 근육이 울근불근 움직였다.

삭막하다 못해 살벌한 기운이 넘실거리는 공간에서 직원의 서빙을 받았다. 예술 작품 같은 플레이트가 나왔지만, 도저히 먹을 수 없는 분위기였다.

태인은 희주가 아까부터 붕대 감고 있던 자신의 손에 자꾸 시선을 두는 게 제법 마음에 들었다.

김희주의 미국발령 건 승인을 뒤집기 위해 본부장을 만났고, 그는 인사부서에 알아보겠다고 말했다. 확답이 아닌 탓에 분이 풀리지 않아 마시고 있던 찻잔을 그대로 책상으로 내리쳤다. 손이 요즘 멀쩡할 날이 없어 짜증이 났었는데, 지금 그게 여자의 시선을 사로잡아서 기분이 나쁘지 않았다.

반대로 희주는 질식할 것 같은 기분에 숨이 막혀 왔다. 이 정도면 오래 참았다는 생각이 들었다.

"재인아, 우린 그만 일어나자. 나 못 먹겠어."

태인을 향해 노골적으로 드러내는 거부감에도 그는 아무런 감흥 없이 명령했다.

"앉아."

아랑곳하지 않고 희주가 핸드백을 들고 걸음을 옮기려고 할 때였다. 파직, 소리와 함께 부스스 유리 조각이 떨어지는 소리가 들렸다. 태인이 손에 잡은 잔을 일그러뜨렸다. 피가 순식간에 하얀 붕대에 배어났다.

희주는 그 모습에 아연한 얼굴이었다가 그에게서 눈을 떼고 다시 냉정하게 말했다.

"가자. 얼른."

그 말과 동시에 그는 이번에는 무심하게 스테이크 칼로 손등을 깊게 그었다. 그리고 피가 철철 흐르는 손으로 희주 앞으로 막았다. 옷소매를 적시고도 흥건한 피는 바닥으로 뚝뚝 떨어졌다.

그 장면이 너무 기괴해 희주는 한동안 입을 벌린 채 비명조차 지르지 못했다. 벌어진 살갗으로 피가 펑펑 솟구칠 때까지 뇌관이 정지한 것 같았다.

"미, 미쳤어요! 연락…… 재인아, 아니…… 박 실장님!"

그는 특유의 나른한 눈으로 느리게 그녀를 올려다보았다. 그리고 다가오는 박 실장을 눈짓으로 저지했다. 그런 후 제 앞에서 파리해져 지혈하려는 듯 냅킨을 들어 다가오는 그녀의 모습을 감상했다.

셔츠와 재킷의 소매를 질척하게 적신 피가 그녀의 손에도 닿았다.

재인은 태인의 지독하기 짝이 없는 행태에 얼굴을 일그러뜨리고 굳은 채 서 있었다. 미친 새끼 일부러.

"재인아 얼른 전화! ……아니, 병원부터."

재인이 그 말에 핸드폰을 꺼내 액정에 번호를 누르려고 할 때였다.

"소란 떨지 말고 앉아. 식사해야지. 살이 왜 또 이렇게 빠졌어."

그는 혀를 찼다. 그리고 희주의 가는 팔을 잡아 끌어내리며 그녀를 자리에 앉혔다. 그러고는 희주가 들고 있던 냅킨을 당겨 자신의 손등에 아무렇게나 둘렀다. 그러면서 배어나는 피가 찝찝하고 더럽다는 듯이 미간을 찌푸렸다.

천은 빨간 물에 담가 염색이라도 하는 것처럼 축축해졌다.

"먹고 갈 거야. 앉아."

이 미친 남자 앞에서 희주는 기가 질렸다. 온몸의 피가, 힘이 모조리 빠지는 느낌이었다.

희주는 벌벌 떨리는 몸으로 의자에 털썩 주저앉았다. 재인 역시 실소와 함께 자리로 앉았다. 정작 피를 흘리고 있는 그는 '아'라는 작은 소리를 건조하게 내뱉었다. 하지만 신체적인 반응은 여실히 나타났다.

피를 많이 흘린 건지 어디 신경을 다친 건지 그의 이마는 벌겋게 달아올라 푸른 핏줄이 형형히 섰다. 그런데 저런 장난스러운 엄살 같은 소리라니. 정말인지 귀를 막고 눈을 감고 비명을 지르고 싶었다.

"나 좀 먹여 줄래? 손이 아파서."

여전히 웃음기가 도는 얼굴로 그는 짓궂게 말했다. 희주는 음식은 건드리지도 못하고 덜덜 떨리는 손으로 잡고만 있던 커트러리를 내려놓았다.

"가요. 제발 가요. 병원에 가요."

느릿하게 식기를 떨군 그는 테이블 위로 팔을 올려 턱을 괴고 그녀를 빤히 보았다.

"그럼 키스해 줘."

재인이 소리치며 벌떡 일어났다.

"미친 새끼."

절절 끓어오르는 열에 뇌가 녹아 버릴 것 같았다. 재인은 어

떻게 해야 희주를 안전하게 데리고 나갈 수 있을까 하는 생각
밖에 없었다.

그때.

짜악!

태인의 고개가 돌아갔다.

희주가 일어나 태인의 뺨을 힘껏 내리쳤다. 머리가 이상해진
것 같았다. 이 지옥 같은 시간을, 공간을 빨리 벗어나고 싶었다.

"가. 가자고 치료받으면 뭐든 해 줄게. 얼른 가."

눈에서 굵은 물방울을 투두둑 떨어뜨리며 소리쳤다. 태인은
제법 세게 맞아 돌아간 얼굴을 손으로 문질렀다. 주욱 길게 핏
자국이 남는 근사한 얼굴이 위화감을 자아냈다.

그러더니 순순히 테이블을 일어나 희주의 뒤통수를 감싸 안
았다. 그녀의 머리에 얼굴을 묻으며 숨을 들이마셨다. 마침내
원하는 것을 얻은 듯한 만족스러운 얼굴로.

"그러면, 가야지."

어깨를 감싸 안고 "뭐 해 줄 거야?" 희주의 귓가에 입을 붙
이고 속삭였지만 재인에게 들리지 않을 거리는 아니었다.

"김희주."

재인이 단호한 목소리로 그녀를 잡았다.

"집에 가 있어. 금방 갈게."

애처로울 정도로 떨리는 목소리. 그녀는 차마 재인을 볼 용
기가 나지 않아 시선을 마주하지 않으며 말했다.

"얼른 가자. 나 너무 아파."

태인이 입술을 비틀어 웃으며 속살거렸다. 오직 저만 신경 쓰는 여자의 모습에 그의 입가에는 위험한 미소가 걸렸다.

재인이 결국 참지 못하고 성큼 따라나서며 희주의 손목을 잡았다. 동시에 태인이 벌건 피가 나오는 손으로 재인의 손목을 잡자 후드득 피가 무섭게 바닥으로 떨어졌다.

두 남자는 서로를 마주 보았다. 태인은 이마에 붉은 핏대가 형형하게 타오른 주제에 싱긋 웃고 있었고, 재인은 고통으로 일그러진 얼굴로 그를 마주 보았다.

희주는 쓰러질 것 같은 충격에 휩싸였다. 이렇게 지독한 광경은 본 적이 없다.

"재인아, 제발. 제발…… 보내줘…… 어?"

자신이 무슨 말을 하고 있는지조차 깨닫지 못한 채 내뱉었다. 얼른 빨리 눈앞에서 이 잔인한 장면을 치우고 싶었다.

재인이 그 간절한 애원에 손에 힘을 풀었다. 툭, 힘없이 떨어지는 손. 그는 자리에 굳어서 고개를 떨궜다. 울 것 같은 일그러진 얼굴로 그는 할 수 있는 말을 했다.

"기다릴게. 빨리 와."

그날 밤이, 다음 날 밤이 되던 날까지, 희주는 집에 들어오지 않았다.

* * *

어두컴컴한 희주의 방 안에서 뜬눈으로 밤을 새운 재인은 눈을 느리게 깜빡였다.

조금 더 신중했어야 했다. 형이 이렇게까지 희주의 일에 눈이 뒤집힐 줄은 미처 몰랐다. 그동안 그렇다 할 반응이 없었기에 방심한 탓이다.

급한 마음에, 네가 날 보는 눈빛이 달라져서, 너무 일찍 행복을 그렸나. 나는 왜 이렇게 등신 같은 건지.

심장이 튀어나올 듯이 격동했다.

'재인아 제발, 제발⋯⋯.'

절절한 목소리가 떠올라 심장을 날카롭게 파고들자 그는 손등으로 눈을 가렸다.

네가 못 가게 그냥 매달릴걸. 이렇게 괴롭게 있을 줄 알았으면, 나도 손이라도 찌를걸 그랬어. 뭐라도 할걸.

그는 소파에서 일어났다. 차 키를 들고 달려 나갔다.

태인의 집.

문은 열리지 않았다.

재인은 그 문 앞을 꼬박 하루 동안 지킨 뒤에야 알게 됐다.

태인과 희주는 그 안에 없다는 것을.

그가 희주를 데리고 사라졌다는 사실을.

* * *

뚝, 투둑, 툭⋯⋯.

선혈이 그들의 걸음걸이마다 흔적을 남겼다.

그는 희주의 경련하듯 떨리는 어깨를 꽉 감싸 안았다. 희주는 애써 그 손을 보지 않으려 노력하면서도 모든 감각과 신경이 그쪽으로 쏠리는 것을 막을 수 없었다.

자신의 상태를 망각한 건지 그는 차 문을 직접 열어 주기까지 했다. 차의 뒷좌석에 그녀와 함께 탄 그의 표정은 태연했다.

그와 별개로 거칠어진 숨소리와 이마와 목에 바짝 오른 벌건 핏대가 그에게도 고통이 스몄다는 것을 보여 주었다.

"박 실장님, 얼른 병원으로 가 주세요, 빨리요…… 피가……."

희주는 제 얼굴색을 잃어버린 지 오래였다. 제 피가 빠져나간 듯 허옇게 질려 있었다.

"그냥 집으로 가요. 피곤해."

"전무님, 병원에 가셔야……."

"집으로 가라고 했어요."

단호한 말투로 그는 일갈했다.

"미쳤어요? 병원 간다고 했잖아!"

"병원 가서 치료받는 동안 네가 도망가면 어떻게 해."

그는 말 같지도 않은 소리를 진지하게 하며 뭐라 대꾸도 할 수 없게 만들었다. 희주는 실소하며 고개를 떨궜다.

그는 마치 이성을 놓은 것 같았다. 맞아, 이런 미친 남자였다. 왜 잊고 있었을까. 제정신이 아니야. 어떻게 하면 좋아. 수습되지 않는 상황에 희주는 낙담했다.

"최 박사 부를 거야. 걱정 마."

그는 셔츠가 미어질 듯 크게 오른 숨을 뱉으며 그녀의 뒤통수를 달래듯 쓰다듬었다.

집에 도착하자 대기하고 있던 최 박사가 손을 보더니 질겁했다.

"병원에 가셔야 할 것 같습니다."

그는 성가시다는 듯이 소파에 주저앉아 바닥에 떨어지는 피가 더럽다는 듯이 보고 있었다.

"지저분한 거 싫으니까 얼른 멈추게나 해요."

희주는 얼마간 떨어진 자리에서 벌서는 것처럼 서서 떨리는 몸을 양팔로 끌어안았다. 심각하니 병원에 가 봐야 할 것 같다는 최 박사의 권유에도 그는 미동도 하지 않았다. 치료받는 동안 간간이 눈썹을 찡그리며 희주를 쳐다볼 뿐이었다.

속이 울렁거렸다. 비릿한 피 냄새가 코 점막에 달라붙었고 시각적인 자극에 머리가 어떻게 될 것만 같았다.

최 박사가 응급 처치를 끝낸 후 내일은 꼭 병원에 들를 것을 다시 한번 당부했다. 분위기가 심상치 않은 걸 느꼈는지 떨고 있는 희주에게 눈길조차 주지 않고 얼른 사라졌다.

"뭐 해? 이리 와 앉아."

"나, 갈래요. 내일 병원 꼭 가요."

"장난해? 넌 꼭 이러더라. 사람 미쳐 버리게 해 놓고 도망가려고 하는 거."

화가 치민 듯 그가 성큼 다가와 그녀의 양팔을 잡았다. 흠칫 떠는 그녀의 눈동자에 담긴 건 오직 공포였다.

무서워.

그 표정에 기분이 더 상했는지 그는 얼굴을 바짝 대고 으르렁거렸다. 벌게진 눈으로 인상을 쓴 그는 앞의 여자를 물어뜯을 것만 같았다.

그동안 그가 질투에 미쳐, 집착 같은 행동을 보인 적도 많았지만 이렇게까지 광기를 표출하듯 자기 파괴적인 짓까지 저지르진 않았다.

아마도 재인이 때문일 것이다. 내가…… 내가 그 애 옆에 있어서…… 괜히…….

이제 와서 바보 같았던 제 행동을 깨닫고 희주는 아득해졌다.

"무슨 오해인지는 모르겠지만 난 혼자 가는 거예요. 우리는……."

"웃어 봐."

낮게 깔린 목소리가 거친 호흡과 함께 흘러나왔다.

"대체, 나한테 왜 이래요? 왜 이렇게까지 해요."

"웃어 보라고. 아까 거기서 그랬듯이."

팔을 움켜쥔 손에 힘을 주자 붕대를 감은 손에 상처에 다시 피가 스몄다. 그 모습에 희주가 흐느끼며 눈을 감았다. 눈물이 뺨에서 흘러내리자 그는 허탈한 표정이었다.

"날 자극 하려고 만난 주제에 그렇게 예쁘게 웃고 있으면 내가 기분이 어떻겠어? 장난도 정도가 있지."

심장이 차갑게 식는 듯했다. 자신의 추악한 감정이 그에게 들킨 것만 같았다. 그가 지금 자신의 표정을 보면 안 될 것 같아 고개를 바닥으로 내렸다. 하지만 그마저도 허락되지 않았다.

휙, 턱이 아프게 들렸다. 질책의 시선이 따갑게 내리꽂혔다. 왜 그런 얼굴이야. 정말 서재인을 좋아하기라도 한 거야?

치뜬 사나운 눈이 그렇게 말하기만 해 보라는 듯 경고하는 듯했다. 그의 표정을 읽기라도 한 듯 희주는 입술을 꾹 내리눌렀다.

"못 웃겠으면 입이라도 벌려."

입술이 빨리기 시작했다. 혀가 미끄러지듯이 들어와 입 안 곳곳을 유영하며 그녀의 것을 누르고 당겼다. 뜨겁고 보드라운 점막을 찌르고, 입 안을 헤집으며 나오는 침을 모조리 마실 듯이 게걸스럽게 빨아당겼다.

"흐으……."

희주는 팔다리를 마구 움직이며 그의 등을 퍽퍽 쳐 댔다. 이미 정신이 나간 듯한 그는 가소로운 저항을 가뿐히 무시했다. 그래서 그녀는 그의 혀를 콱, 깨물었다.

얼마간 흠칫하던 그가 입술을 떼고 작게 웃었다. 벌어진 입 안에서 새빨간 피가 붉은 혀를 적시는 게 보였다. 자신의 입 안 또한 마찬가지일 것이다.

쿵, 쿵, 쿵…… 심장이 요란하게 쿵쾅거렸다.

지독히도 선명한 붉은색이 공포와 흥분을 자아내 사람을

미치게 하는 걸까?

미쳤어. 정말 미친 거야. 벗어나야 해.

머릿속에는 그 말밖에 떠오르지 않았다. 그렇게 사랑했던 남자였는데, 지금은 두렵고 무섭기만 했다. 희주는 더없이 잔혹한 장면에 머리가 멍해질 정도였다.

온몸으로 거부하는 그녀를 묘하게 쳐다보던 태인이 어디론가 걸어갔다. 희주는 그 틈을 타 거실을 벗어나 빠르게 현관으로 걸어갔다.

'기다릴게. 빨리 와.'

그 따뜻한 품에 안겨서 이 지옥 같은 상황을 지워 버리고 싶어.

희주는 후들거리는 다리를 바짝 세우고 복도의 벽을 짚어 걸음을 옮겼다.

조금만 더…….

도어 록을 잡으려는 순간, 희주는 뒤로 훅 딸려갔다. 등 뒤로 바짝 밀착한 그의 단단한 몸이 닿았다. 서늘하면서도 맹렬한 기운이 온몸으로 전해졌다.

"어디 가?"

셔츠를 파고든 손이 기어 올라와 가녀린 목을 그러잡았다. 힘이 들어가지도 않았는데 목이 졸리는 느낌에 희주의 안색은 파리하게 질려 갔다. 숨도 제대로 쉬지 못하는 입에서는 흐느낌조차 건조하게 흘러나왔다. 뜨거운 숨결인데도 스치는 부위에서는 소름이 돋아났다.

"가지 마. 나랑 놀아."

지독히도 낮은 목소리.

귓가에, 목덜미에, 뺨에 낙인을 찍듯 입술을 누르는 행동이 지금 상황과 어울리지 않게 애틋했다. 그러고는 뒤통수를 한 손에 잡고 돌려 입술을 부딪쳐 왔다. 느릿하고 부드럽게 입술을 삼키는 행동임에도 불구하고 희주에게는 난폭하게만 느껴졌다.

밀고 들어오는 뜨겁고 축축한 혀가 이물감이 느껴지는, 알약 같은 것을 가져왔다. 그것은 그가 넘겨주는 타액과 함께 목구멍으로 넘어갔다.

"하아…… 뭐…… 으흡……."

그제야 정신을 차린 희주는 고개를 저으며 뱉어내려 했지만 틈도 없이 맞물린 입술 탓에 그럴 수 없었다. 두 입술에서 비집고 나온 질척한 타액은 턱으로 흘러내렸다. 입술과 혀가 얼얼해진 자리에는 통증이 덮쳤다.

몸부림 끝에 힘을 잃은 희주가 안간힘으로 눈을 떠 희미하게 보이는 그의 얼굴을 바라보았다. 그의 미간이 괴로운 듯 일그러져 있었다. 눈을 감은 채, 그녀의 뺨을 강하게 감싸고 뒤통수를 당기며 입을 맞추는 행위에만 몰두하는 그는 어딘가 절박하게 매달리는 것처럼 보였다.

괴로운 건 그녀인데, 함부로 대해지는 건 희주 자신일진대, 왜 저 남자가 저렇게 고통스러워하는 건지. 억울했다. 네가 먼저 나를 버렸잖아. 근데 도대체 왜.

괴로우면서도 홀가분했던 것에 대한 벌일까.

그렇게 얼마나 시간이 흘렀을까. 자꾸 감기는 눈꺼풀 사이로 그녀를 안아 든 남자의 얼굴이 보였다. 스르르 몸이 힘이 빠지고 시야가 뿌옇게 흐려졌다. 그게 머리인지 눈인지 헷갈렸다.

"좋은 꿈 꿔."

뺨에 닿는 뜨거운 입술의 감촉과 아득하게 들려오는 목소리.

"내일 검찰이랑 언론에 자료 제공하세요……. 그리고 서재인도 같이 어디 엮어서 제보해요. 한동안 못 움직이게."

지독하게 검은 꿈을 꿨다.

바닥이 무너지고, 끌려 내려가는. 축축한 것이 머리끝까지 삼켰다. 물속이었나. 검었다. 아니, 그것보다는 진득한 곳. 누군가 그녀에게 손을 뻗었다.

잡을까 말까 망설이는 사이 더 깊게 끌려들어 갔다. 수면 위로 보이는 남자가 뭐라 소리친다.

희주는 숨을 크게 들이켜며 잠에서 깼다. 얼마간 호흡을 고르는 동안 꿈의 여운으로 몸서리가 쳐졌다.

눈을 떴을 때는 굉장히 생소한 장소였다. 그의 집도 아니고 재인의 집도 아닌. 약 기운이 도는 탓인지 한동안 멍하니 침대에 앉아 있었다. 그러다가 어쩌다가 여기에 이렇게 잠들어 있는지 기억을 더듬었다.

'기다릴게. 빨리 와.'

그러나 문득, 머릿속에 떠올랐다. 얼마나 잤지? 핸드폰, 전화를……

나갈 수 없다는 사실을 인지하는 건 두어 시간 정도가 걸렸다.

결벽적으로 하얗고 높은 담장으로 둘러싸인 정원까지가 희주가 돌아다닐 수 있는 범위였다. 그 밖으로는 경호원들에 의해 한 걸음도 나갈 수 없었다.

"핸드폰 좀 빌려주세요. 그 사람한테 전화할 거예요. 급한 일을 못 해 놓고 와서……"

별장 안을 관리하는 사람으로 보이는 중년 여성들에게 물어도 묵묵부답이었다. 간간이 그녀의 행적을 눈길로 좇고, 식사 시간임을 전해 줄 뿐 말을 걸어오지 않았다.

갇혔다는 사실이, 너무 생소해서 이틀은 멍하니 그렇게 보냈다. 나머지 이틀은 발악하며 소리를 지르고 미친 사람처럼 굴었다.

그 나머지는 기억나지 않는다. 뭐라도 해 보려고 기운을 차리려 밥을 먹고 물을 마셨는데, 그저 졸렸다. 그렇게 기운이 빠져서 잠이 들었다.

* * *

그가 온 것은, 일주일 정도가 흐른 뒤였다.

희주는 멍해지는 정신을 차리려고 노력했다.

잠만 내리 잤던 걸 보면 음식이나 물에 뭔가 섞여 있었던 것 같다. 여기 올 때 태인의 입에서 삼켜진 약을 먹고 금세 정신을 잃었던 걸 보면…….

지금도 졸음이 몰아쳐 오는 것을 허벅지를 꾹꾹 누르며 참고 있었다. 식사를 마쳤으니 관리인들은 자신이 자는 줄 알겠지. 그들이 방심한 틈을 타서…….

그러다 불현듯 자신의 허술한 계획에 저절로 웃음이 나왔다.

"저 나와 보시겠어요?"

생각을 자르는 관리인의 목소리가 문밖에서 들려왔다.

누가 온 걸까. 희주는 자리에서 벌떡 일어나 문을 벌컥 열었다. 2층 계단을 올라오고 있는 그가 보였다.

그녀를 발견한 태인은 흡족해 보였다. 희주는 요동치는 심장을 부여잡고 내내 머릿속에 생각했던 것을 되새겼다.

이 남자를 자극하면 안 돼. 자신마저 미쳐 버리면 끝이 어떨지 빤히 보였기 때문이다. 그동안의 행적을 유추해 보면 그랬다.

"여기 어디예요?"

그녀는 자신이 가진 여유를 끌어모아 최대한 차분하게 말했다. 그는 2층 거실을 가로질러 그녀가 서 있는 곳으로 우아하게 걸음을 옮겼다.

심장이 비정상적으로 뛰었다.

"잘 지냈어? 잠잘 시간 아니던가? ……식사가 부족했나?"

그는 어긋난 답변을 했다.

"어디인지 말해 줘요."

"너무 피곤해. 잠 좀 자게 해 줘."

희주를 끌어안고 머리에 입을 맞췄다. 그리고 넥타이 매듭을 당기며 드레스 룸으로 이동했다. 아주 평화로운 일상을 보내듯이.

"핸드폰은 어디 있어요?"

초조해진 마음에 다소 날 선 말투가 나갔다.

그는 멈칫하더니, 이내 재킷을 벗고 커프스 버튼을 풀었다. 예전 같으면 저런 단정한 동작에 눈을 떼지 못하며 홀렸을 것이다.

지금은 달랐다. 가슴이 뛰었다. 무서워서, 두려워서. 한때는 너무 사랑해서 미쳐 버릴 것 같았던 저 남자가 너무 무섭다. 갇혀 있다는 불안감 때문일까? 심장이 튀어나올 것만 같았다.

"계속 그러고 서 있을 거야? 그렇게 보고 있으면 이렇게 서는데?"

상체를 탈의한 뒤 바지의 버클을 풀던 그는 턱짓으로 두툼하게 부푼 아래쪽을 가리켰다.

희주는 그를 쏘아보고는 고개부터 돌린 뒤, 입 안을 지그시 깨물고 방을 나갔다.

어둠 속, 불을 켜지 않은 채 희주는 1층 거실 넓은 소파에 앉아 있었다. 소파 위로 무릎을 올린 채 팔로 감싸고는 초조함을 누르려 노력했다.

일단, 얘기를 해 봐야 해. 제대로 된 대화가 될까. 그는 이미 뭔가를 다 눈치챈 것 같았다. 그러니까 이런 것일 테다.

아니라고 해도 믿어 줄까. 머릿속은 두서없는 질문과 대답으로 복잡했다. 정신 좀 차려 봐. 머리를 흔들며 양손으로 퍽퍽 두들겼다.

계단을 내려오는 성급한 발걸음 소리가 들렸다. 그는 소파에 있는 희주를 발견하고는 긴 숨을 고르며 다시 단정하게 걸음을 옮겼다. 불안이 고스란히 느껴지는 그의 행동이 너무 웃겼다.

이렇게 다 막아 두고 못 가게 해 두고서는 어디 도망갈까 봐 겁이 난 걸까?

"안 피곤해? 졸릴 것 같은데……."

희주의 옆으로 그가 앉으면서 말했다. 너무 다정해서 어디 놀러라도 온 듯한 상황으로 착각할 정도였다.

"나 왜 가뒀어요? 감금이라도 하는 거예요?"

천연덕스러운 저 태도가 질려서 희주는 감정을 다스리는 데 실패했다. 참지 못하고 벌떡 일어서서 소리치고. 다짐이 무색하게 날 선 말투가 나가고 말았다.

"감금? 가둬? 내 앞에서 그런 말 하지 않도록 하는 게 좋을 거야."

경고조로 낮게 읊조린 그는 혀를 찼다. 어머니가 지하 방에 갇힌 모습을 보면서 고통을 받았던 그에게는 더없이 치욕스러운 말이었다.

"그럼 왜 못 나가게 해요?"

그 뻔뻔한 말에 실소가 터져 나왔다. 그럼 이건 뭐란 말인가.

"그냥, 네가 기다리는 게 보고 싶었어. 서울에 있으면 그 새끼가 와서 훼방 놓을 수도 있잖아…… 방해받기도 싫고."

그는 쓸쓸하고 지친 표정으로 긴 한숨을 내뱉었다. 그 얘기는 더는 하고 싶지 않다는 듯 그녀가 원할 만한 말을 던져주었다.

"내일 아침에 올라가자."

그는 정말 피곤해 보였다. 하지만 갇혀 있던 동안 피폐해졌던 탓일까. 초조하고 불안한 희주의 눈에는 그런 것 따위는 들어오지 않았다.

여긴 서울이 아니다. 서산 그룹 별장이 어디 어디 있었더라. 아니면 그의 개인 소유의 집이던가. 유추해 보기엔 범위가 너무 넓었다. 그래도 내일 아침에 올라간다고 했으니 다행…….

"희주야, 머리 굴리지 말고. 이리 와."

무슨 생각을 하는지 빤히 보인다는 듯 고개를 들어 희주를 올려다보았다. 씨익 웃는 모습에서 묘한 광기마저 느껴졌다.

"우리 얘기 좀 해요. 오해가 있었던 것 같은데……."

홈웨어 바지만 입고 있는 그의 헐벗은 상체의 근육들이 호흡을 고르는 듯 오르내렸다. 급하게 내려오느라 머리를 말리지 못한 탓인지 젖은 머리에서는 물기가 뚝뚝 떨어졌다. 그리고 손에는 여전히 붕대가 감겨 있었다.

"내가 미친것 같아? 물릴까 봐 되게 겁나는 표정인데, 차분하게 얘기하네?"

그는 자리에서 일어나 순식간에 그녀의 몸에 밀착했다. 왼쪽 가슴을 움켜쥐며 고개를 기울여 그녀의 얼굴에 바짝 다가갔다.

"심장은 이렇게나 뛰는데."

그는 가슴을 부드럽게 움켜쥐고는 어깨를, 목을, 가슴의 둔덕을 가볍게 깨물었다. 성욕이 느껴진다기보다는 장난치는 듯한 나른함이 묻어 있었다.

"싫어…… 웃……."

"그냥 잘 거야."

강하게 옭아매는 몸과는 달리 태인의 잠긴 목소리에는 힘이 없었다. 며칠째 자지 못한 남자의 몸은 마침내 안식처를 찾은 듯 쓰러질 준비를 하는 것 같았다.

"잠 좀 자고 싶어. 그러니까 그냥…… 제발. 옆에 있어 줘. 희주야."

아주 많이 지친 기색으로 그는 희주의 품 안에 무너졌다.

* * *

번쩍 눈을 뜬 남자가 고요한 사위를 살폈다.

팔 아래 느껴지는 부드러운 감촉에 안도감을 느끼고 딱딱한 입매가 얼마간 풀렸다. 오랜만에 잠을 잔 탓이기도 했다. 넓은 소파 위에서 그의 앞에 누워 곤히 잠든 숨소리를 내며 자는 여자의 모습이 마치 신기루라도 되는 것처럼 바라보았다.

사라지는 환영인지 확인이라도 하는 듯 볼에 짧게 입을 맞추고는 조심스럽게 안아 2층으로 올라갔다. 침대에 눕히고는 흐트러진 머리칼을 걷어 살짝 닿는 살갗에 긴장이 서렸다. 떨리는 손끝을 말아 쥐었다.

못 가. 넌 날 사랑하잖아.

주문이라도 거는 듯 눈도 깜박이지 않고 그녀를 내려다보았다. 자신의 자해에 기절할 것 같은 모습의 여자가 떠올랐다.

충동적이지만 후회하지 않았다. 그러지 않았다면 김희주는 끝끝내 도망갔을 테니. 그에게 했던 사랑 고백만큼이나 절절하게 헤어짐을 온몸으로 토해 내고 그대로 가 버리는 걸 용납할 수 없었다.

늦어 버린 걸까.

정처 없이 흔들리는 남자의 눈동자가 날카롭게 빛났다.

아니야.

마른 손등을 들어 검지와 중지 끝을 자신의 입 안으로 집어넣었다. 더, 조금만 더. 축축하고 뜨거운 욕망이 번져 나가는 모습이 위태로웠다.

그녀가 뒤척이며, 작은 신음을 흘렸다. 멈칫하던 태인이 조용한 한숨을 내쉬고는 가녀린 손끝에 길게 입맞춤한 뒤 이불 안으로 넣어 주었다.

욕실로 들어가 한참을 차가운 물줄기 속에서 있던 욕망의 흔적이 바닥으로 후드득 떨어졌다. 물로 적신 그의 몸은 서늘한 기운이 풍겼지만, 눈에는 풀리지 못한 이채가 어려 있었다.

그는 다시 침실로 돌아가 그녀가 잠에 취해 있는 것을 확인하고는 차고로 가 차에 올라탔다.

푸른 밤같이 보이는 새벽이었다.

목적지는 송지윤이 묻힌, 서산 일가가 보유한 개인 수목장.

어둠이 깔린 길가로 차를 몰면서 그는 어릴 적 지하 복도로 걸어가던 길을 떠올렸다.

지하 방문 앞.

심호흡하고 안으로 들어섰다.

찰그랑찰그랑. 인기척에 움직이는 소리. 아름다운 어머니의 발목에서 나는 것이었다.

'어머니, 어머니가 좋아하기는 딸기타르트…….'

짜악! 쨍그랑.

사나운 기세로 달려와 그 뺨을 내리친다. 갇힌 그녀가 뭐라도 원망하고 증오해야 할 대상이 그의 아들밖에 없었다. 지옥 같은 이곳을 끊임없이 찾아와 사랑을 요구하고 기대하는 그 가녀린 존재.

'점점 더 그 괴물 같은 새끼를 닮아 가는구나. 내가! 내가…… 오지 말라고 했잖아!'

날카로운 음이 울리면 밖에서 대기하고 있던 사람들이 들어온다.

'죽어 버려. 너 같은 건 낳는 게 아니었어. 똑같이 생겨서는. 소름 끼쳐! 퉤.'

앙상하게 말라 버린 그녀를 고용인들이 손쉽게 제압했다. 그러자 발악하던 그녀가 순식간에 표정을 바꾼다. 버석하게 말라 버린 얼굴로 아름다운 미소를 그렸다.

'태인아, 내 아들 이리 와. 그렇지, 엄마한테 와. 응?'

벌겋게 부푼 뺨을 잊은 채로 달려가 그녀의 품에 안긴다. 주변 사람들이 얼마간 물러나자 그의 귓가에 아주 조용하고 소름 끼치는 쇳소리로 속살거렸다.

'풀어 줘. 태인아. 엄마 나가게 해 줘. 넌 할 수 있잖아. 그 괴물을 죽여. 그리고 열어 줘.'

'어머니 전 못 해요. 할 수 없어요. 아버지가……'

겁먹고 여린 목소리가 가증스럽게 목에서 흘러나왔다.

'죽어. 다 죽어 버려. 역겨워 구역질 나. 꺼져!'

끼-익.

차가 급제동하면서 길고 진한 스키드 마크를 남겼다.

찐득하고 어두운 과거에 잠겼던 그가 목이 졸렸다가 풀려난 것처럼 거친 호흡을 연거푸 내뱉었다. 식은땀이 이마에 흥건했다. 다시 눈앞에 깜깜해져 그는 차를 멈추고 핸들에 머리를 묻었다.

열 살의 그 날, 그는 어둠 속의 복도를 빠져나오면서 생각했다.

싫어요. 어머니. 그 남자에게 가려고 그러시는 거잖아요.

어머니가 화장대 앞에서 빗질하며 콧노래를 부르던 모습이 머릿속에 물결처럼 번졌다. 한윤아가 부른 배를 안고 들어온 이튿날이었다.

송지윤은 첫사랑이자 그녀의 인생에서 하나밖에 없었던 연인에게 돌아가려는 계획에 들떠 더없이 행복해 보였다.

그녀는 서 회장의 협박에 마지못해 결혼했고 폭력적인 성생활 끝에 태인을 가졌다. 그러다 한윤아를 핑계로 홀가분하게 떠나려 했다. 거추장스럽고, 증오해 마지않은 서 회장의 피를 받은 자신을 버리고.

그러게 왜 떠나려고 하셨어요. 가지 않았으면, 그렇게 죽지 않았잖아요.

남자에게서 울음이 터져 나왔다. 죄책감 혹은 원망, 상실감이 범벅되어 끔찍한 통증이 발끝에서부터 올라와 전신을 휘감았다.

나는 달라요. 나는 그 괴물 같은 아버지가 아니에요. 난 그 여자밖에 없어요. 그 여자도 날 사랑해요. 날 사랑하지 않은 어머니와 달라요.

헤드레스트에 머리를 기대 눈을 감고는 희주의 모습을 떠올린다. 그 지하 방으로 걸어 들어가는 그녀의 환영을.

가지 마. 제발.

* * *

이곳에는 시계가 없다. 어스름하게 밝아오는 창밖의 풍경이 아침이 왔다고 알려 주었다.

어제 그녀를 안고 잠든 태인에게 그대로 파묻혀 소파에서 잠들었다. 일어난 곳은 침실이었고, 그는 없었다.

그가 내뱉은 말들로 미루어 보면 그녀가 먹었던 것에 수면을 유도하는 약이 있었을 것임을 짐작할 수 있었다. 잠들지 않으려 필사적인 노력을 했지만 쏟아지는 수마를 견디지 못했다.

그래도 오늘 서울로 간다고 했잖아. 설마, 먼저 갔나. 거짓말이었어?

목덜미가 서늘해지면서 불안감이 솟구쳤다. 침대를 벗어나 마구잡이로 집 안을 뛰어다니며 문을 쾅쾅 열고는 살펴보았다.

집 안 어디에도, 밖의 정원에도 그의 모습은 보이지 않았다. 경호원도, 관리인도 아무도 그녀를 막아서는 사람이 없었다. 순간, 등골이 오싹해졌다.

나가야 해. 도망쳐야 해.

갇혀 있었던 탓인지 반사적으로 달아나라는 경고음이 귓가에 울렸다.

희주는 얇은 슬리퍼를 신은 채로 그대로 뛰쳐나왔다. 얇은 니트와 홈웨어 바지 차림인 탓에 그녀의 몸으로 새벽의 차가운 공기가 파고들었다.

문을 열고 높은 담장을 벗어나자 주변에 보이는 건 넓은 초원밖에 없었다. 뒤로는 켜켜이 산 능선이 보였다.

지대가 높아 보이는 이곳 별장으로 들어오는 길은 잘 가꿔진 수목들이 펼쳐져 제법 아름다운 풍경이었지만 감상할 여유 따윈 없었다. 지금 자신이 서 있는 곳은 인위적으로 만든 가로수가 늘어선 흙길이었다.

큰 도로까지 나가 보자. 그녀는 그 길을 따라 뛰었다. 얇은 슬리퍼 바닥 밑으로 바닥의 울퉁불퉁함이 그대로 느껴졌다. 그마저도 벗겨지기 일쑤여서 발에는 상처와 생채기가 생겼다.

멈추지 않고 숨이 턱 끝까지 차오를 때까지 뛰어갔다. 얼마나 갔을까. 2차선 도로가 보였다. 그 너머는 호수와 산이 보였다.

이른 아침이라 그럴까, 아니면 원래 차들이 다니지 않는 도로인 걸까. 하염없이 터덜터덜 걸어갔다.

추워. 너무 추워. 어디까지 걸어야 하지. 사람이라도 만나면 핸드폰을 빌려서…… 입김이 새하얗게 나왔다. 아직 10월인데, 시골이라서 아침 기온이 더 낮은 걸까. 해가 뜨는 걸 보니 이제 곧…….

뒤에서 차가 달려오는 소리가 들렸다. 몸을 돌리자 저 멀리서 위협적인 검은 세단이 그녀를 향해 매끄럽게 다가오고 있었다.

쿵, 심장이 무겁게 내려앉았다. 그리고 이내 올라와 미친 듯이 요동쳤다.

그녀 앞에 선 차의 문이 열리고 이내 닫히는 소리가 들렸다. 서늘한 압박감이 그녀를 휘감아 한 걸음도 움직일 수 없었다. 고개를 숙이고 눈을 질끈 감았다.

그녀 앞에서 선 남자는 어깨를 꽉 움켜쥐었다.

"가둬 둔 거 아니라고 했잖아."

울음이 섞인 목소리였다.

예상치 못한 그 소리에 당황한 희주가 고개를 천천히 들어 그를 올려다보았다.

이마를 가린 머리칼이 바람결에 흐트러지자 그의 빨개진 눈가가 보였다.

심장이 왈칵 조여들었다. 운 것일까? 이 남자가 우는 것은 장면은 상상할 수 없는데.

"나는…… 그 사람이 아니야. 그런 괴물 같은 미친 사람이 아니라고…… 아니야."

그는 숨을 거칠게 내뱉으며 다급하게 말했다. 마치 자신에게 하는 말인 것처럼 중얼거렸다.

"그냥 단지 너를…… 네가……."

그는 말을 맺지 못했다. 그 말끝에는 그가 부정하고 싶은 말이 나올 것 같아서. 고개를 툭 떨군 그가 손으로 눈을 가리고 잃었던 숨을 찾기라도 하는 듯이 크게 호흡했다.

그 모습이 뭔가 넋이 빠진 사람 같아 희주는 당혹스럽게 그를 쳐다보았다. 그는 항상 화를 낼 때도 조용히 서늘하게 경고하는 타입이지 저렇게 언성을 높이거나 두서없이 말하지 않았다.

그는 한동안 그렇게 그녀의 어깨를 붙들고 있었다. 마침내 정신을 차린 듯한 그는 추위에 떨고 있는 희주에게 자신이 입고 있던 재킷을 벗어 입혔다. 엉망이 된 발과 다리를 보더니, 미간을 찌푸리고는 조수석 문을 열어 그녀를 안아 앉혔다.

다시 무감한 낯빛으로 돌아온 그는 그대로 바닥에 한쪽 무릎을 꿇고는 흙으로 더러워지고 차가워진 발을 한참을 잡고 있었다. 뜨거운 손이 차가운 발바닥에 온기를 전해 왔다.

희주는 그의 얼굴을 보지 않았다. 그녀는 초점 없는 눈으로 허공을, 태인은 고개를 숙여 희주의 상처투성이인 발을 보고 있었기에 시선이 한데 얽힐 일은 없었다.

운전석으로 돌아온 그는 히터를 켜고 차를 출발시켰다.

희주는 창에 머리를 기대고 밖을 바라보았다. 아침부터 꽤 많은 거리를 달린 탓에 온몸에 기운이 빠졌다.

스쳐 지나가는 고속 도로의 안내판이 자신이 머문 곳이 홍천임을 알려 주었다. 그의 돌아가신 어머니를 묻은 곳이라고 했었다. 그곳에 다녀오는 길일까.

'사랑 못 받고 자라서 그래. 어머니가 일찍 돌아가셨잖아. 그것도 미쳐서 불행하게.'

언젠가 그가 스쳐 가듯 지나가면서 했던 말. 희주는 심장이 바닥으로 떨어지는 것 같은 기분이었다. 도대체 무슨 마음일까 이건. 지옥 속을 거니는 것 같았다.

희주는 눈을 지그시 감았다가 떴다. 나는 아직 당신을 사랑하는 걸까. 무섭고 벗어나고 싶은데도 울고 있었던 모습에 마음이 너무 아파. 왜 울었냐고 물어보고 싶은데, 물어볼 수가 없어. 그게 나 때문일까 봐. 그 대답을 들으면 안 될 것 같아서.

희주는 불행히도 알아 버렸다. 지독하기 짝이 없는 고통과 같은 사랑이 아닌 따뜻하고 포근한 사랑도 있음을. 예전처럼 자신의 근간을 흔드는 처절한 사랑으로 돌아갈 수 없다는 것을 깨달았다. 그에 심장이 저린 듯이 아팠다.

어떤 얼굴이 떠오르자 거짓말처럼 눈물이 주르륵 흘러내렸다. 네가 보고 싶어. 환하게 웃어 주던 네가, 다정한 품이 너무 그리워.

제 감정을 정리하지 못한 채 혼재되는 끔찍한 욕망이 밀려들어와 마침내 끅끅 울음이 터져 나왔다.

어디서부터 잘못된 걸까. 가슴이 먹먹해졌다. 이 모든 게 다 아둔한 저의 잘못인 것 같았다. 태인을 욕심낸 것, 재인의 마음을 알고도 옆에 있었던 것. 우리는 어떻게 되는 걸까.

내 마음은. 도대체 뭘까.

그는 희주의 울음소리가 들리자 아무 말 없이 핸들을 세게 움켜쥐었다. 차장에 기대 손으로 입가를 가렸다. 저를 훔쳐보고, 상기된 표정으로 그를 흘긋거리던 그녀의 사랑스러운 모습은 더는 없다.

어두운 긴 터널을 지나는 동안 창문에 그녀가 비쳤다. 그녀는 벗어나고 싶다는 간절한 표정으로 울고 있었다.

그렇게 속내를 내비치면 어떻게 해. 희주야. 애써 무시해 왔던 걸 왜 지금 들키는 거야. 절대 틀리지 않을 예감. 간신히 애써 외면했던 불길한 생각. 미친 짓을 감행하고 여기까지 온 이유.

언제부터였을까…….

이 여자는 이제 그를 사랑하지 않는다.

지끈거리는 심장을 뜯어내고 싶을 정도로 통증이 몰려왔다.

눈썹 사이가 경련으로 파르르 떨렸다. 꼴사납게 또 두 눈이 시큰거렸다.

하, 크게 외마디로 숨을 크게 뱉으며 그는 눈과 미간에 힘을 주었다. 희주는 여전히 몸을 잘게 떨며 울음을 삼키고 있었다.

그게 무슨 상관이야. 언제부터 그런 개 같은 사랑 따위 감정을 알았다고. 그냥 같이 있으면 돼. 네가 사랑이란 게 필요하다면 다시 해. 날 다시 사랑하면 될 일이잖아.

가눌 수 없는 격정적인 감정이 그의 눈에서 요동쳤다.

남자를 감싸고 있던 냉랭하고 날카로웠던 장막이 벗겨지자 위태롭고 고독한 모습이 서리처럼 내려앉았다.

* * *

집 안은 선혈이 낭자하던 그날 밤의 모습은 찾아볼 수 없게 정돈돼 있었다.

태인은 그녀에게 거짓말을 했다. 아니다 서울로 올라가자고만 했고, 보내준다는 소리는 없었으니, 거짓말은 아닌 건가.

아직도 생각할 이성이 남아 있다는 게 웃겨서 희주는 쓴웃음을 흘렸다.

그는 희주를 가둬 두고 있었다. 현관 비밀번호 없이는 밖으로 나가지 못할 수도 있다는 것을 처음 알게 되었다. 밖에 그가 없을 때는 가드들도 있는 것 같았다.

그럼에도 별장에 갇힌 것보다는 덜 불안했던 건 자신이 아는 곳이었기 때문이었다.

수년 동안 여기서 그를 알았는데, 설마 진짜 못 나가진 않을 것이라는 막연하고 얄팍한 기대감이 있었다. 남자가 잠시 보였던 허물어졌던 모습도 그녀에겐 희망이었다. 어쩌면 저를 이해해 주지 않을까 하는.

하지만 생각과는 다르게 움켜쥔 손바닥에서는 축축한 땀이 배어났고 속은 불안감으로 울렁거렸다.

밤 10시가 돼서야 집으로 돌아온 그에게는 짙은 피로감이 묻어났다.

"나 회사 가야 해요. 뉴욕 지사 가는 것도 준비해야 하고."

그가 재밌다는 표정으로 조용히 웃었다. 아직도 이해가 안 돼? 하는 듯한 얼굴이었다. 희주는 표정에 담긴 뜻을 알아차리고는 한숨을 내뱉으며 다시 초조하게 말했다.

"그럼, 다시 회사라도 나갈게요."

그는 드레스 룸에서 셔츠를 풀어 헤친 채로 이마를 문질렀다. 약간은 곤혹스러운 표정을 꾸며 내면서.

"사직서 처리했는데."

희주는 믿기지 않는단 얼굴로 그를 올려다보았다. 눈가가 파르르 경련했다. 그러지 말아야지 다짐했던 것이 무색하게 속에서 불덩이가 치밀어 올랐다. 제 감정을 쥐고 흔들면서 괴롭혔으면서 이제는 제 인생마저 바닥에 처박으려는 그가 증오스러웠다.

"미친놈. 네가 뭔데! 대체 네가 뭔데!"

"사랑해 달라고 했잖아. 지금 해 준다는데. 뭐가 더 필요해."

이제 와서 저런 잔인한 말을 지껄이는 저 남자를 할퀴고 물어뜯고 싶은 심정이었다.

"필요 없어."

희주는 악을 쓰며 되받아쳤다.

"이리 와. 해 줄 테니까."

때리고, 깨물고, 물건을 던져도 그는 통각이 느껴지지 않는 사람처럼 태연하게 받아 주었다. 적당히 맞아 주고 막으며, 그녀가 지쳐 힘이 빠질 때 즈음 그는 움직였다.

그는 그녀의 부드러운 몸을 옭아맸다. 한 치의 틈도 없이 맞물리며 그녀와 한 몸이 되기를 원하는 사람처럼 굴었다. 사랑해 준다는 남자의 표정은 상처받은 것처럼 보였다. 쓴웃음을 띤 채로 힘없이 늘어진 그녀의 귓가에 속삭인다.

"사랑해."

찐득하고 끝이 보이지 않는 늪에서 들려오는 환청 같았다.

7일째였다. 별장에서까지 합하면 2주가 지났다.

나가려는 시도와 패악에도 그는 눈을 끔쩍도 하지 않았다. 한때는 꿈이었고 욕망했던 남자의 옆에서 극심한 공포와 지독한 혐오감을 느끼고 있었다. 두려움에 구토마저 밀려왔다.

그럴 때마다, 단 한 사람의 얼굴밖에 떠오르지 않았다.

'기다릴게.'

많이 기다리고 있을 텐데. 아니야, 그냥 지쳐서 잊었을 수도 있어. 차라리 잘됐어. 나 같은 건 잊고 잘 지냈으면 좋겠다. 나는 나갈 수나 있을까. 나쁜 놈. 개새끼. 미친 새끼.

걱정은 절망으로, 절망은 분노와 원망으로 바뀌었다.

밤새 시달렸는데도 희주는 잠이 오지 않았다. 음식과 물은 먹고 나서는 화장실로 가서 게워냈다. 그러면 억지로 잠재워서 잠드는 동안 영양제를 놓는 그 작태가 역겨웠다. 한편으론 수면과 영양이 부족한 탓에 정신을 놓을 것만 같아 무서워졌다.

적막한 집에 혼자 하루 종일 있자니 미쳐 버릴 것 같았다. 거실로 와 티브이를 켰다.

—검찰이 서산재단 한윤아 이사장과 서산건설 한윤철 상무 등 관련자에 대해 구속 영장을 청구했습니다. 비자금 조성 과정에서 횡령 및 배임 사실을 확인했고, 뇌물 수수 혐의에 대해서도 추가적인 조사 중인 것으로 보입니다. 또한 검찰은 한 이사장의 아들 서재인 씨를 참고인 자격으로 소환해 조사할 예정입니다. 사정당국에 따르면 한 이사장과 한윤철 서산건설 상무이사의 비자금 조성에 서재인 씨 역시 연관돼 있다는 제보를 받고……

저게 무슨 소리…….

설마.

심장이 덜컥 내려앉았다.

"밥을 또 안 먹었다던데? 말라 죽으려고 그래? 아예 입으로 씹어서 넣어 줘야 할까?"

뉴스 내용에 집중하느라 현관문이 열리는 소리도 못 들었다. 태인이 가슴 앞에 팔짱을 끼고 벽에 비스듬히 몸을 기댄 채 그녀를 바라보고 있었다.

"당신이 그랬어?"

그동안 희주는 재인에 대한 것은 이름은 물론이고 어떤 것도 일절 입에 올리지 않았다. 그러는 순간 걷잡을 수 없이 시궁창에 처박히게 될 것임을 정신이 나간 와중에도 새기고 있었기 때문이다.

그런데…… 이 미친 남자가 무엇이든 할 수 있다는 것을 깨닫게 되자. 그 알량한 생각은 산산이 조각났다.

"내가 왜?"

그는 성가시다는 듯이 대답했다. 그녀의 말라 가는 몸을 훑으며 짜증스러운 기색만 풍겼다.

"정말…… 아니야?"

재차 하는 질문에는 미간에 깊게 금이 갔다. 잠시 고민하는 듯했다. 그리고 심드렁하게 말을 뱉었다.

"그러니까 내가 적당히 하라고 했잖아."

"미쳤어. 당신 진짜 병이야. 그것도 심각한 정신병."

희주는 두 손으로 입을 막고 기가 찬 숨과 함께 말을 토해 냈다.

"네가 그렇게 만들었잖아."

네가 잘못한 거야.

조금만 더 기다리지 그랬어. 네 마음은 왜 그렇게 가벼워.

그러니까. 네 잘못이야. 네가 그 새끼를 그렇게 쳐다봤잖아.

예전의 나를 쳐다봤듯이. 사랑을 달라는 식으로……그런 눈으로 봤잖아.

머릿속의 비명 같은 아우성을 눌렀다. 제 입으로는 죽어도 뱉기 싫은 말이었다.

그는 심장께의 저릿한 고통에 일그러진 표정을 펴려고 노력하며 목울대를 크게 일렁였다.

"내가 얘기했잖아. 안 오면 죽여 버릴 거라고."

핏대가 오른 목의 넥타이를 매듭을 푸는 손이 신경질적이었다.

"재인인 상관없어요. 당신이랑 내 문제야. 우리가…… 이게…… 정상이에요?"

그의 눈썹이 찌푸려졌다. 더는 대답하지 않겠다는 듯 그는 턱을 사리물었다.

"제발요. 내가 잘못했어요. 재인이한테 그러지 말아요."

"서운하네. 난 지금 자비를 베푸는 중인데. 네가 계속 이런 식으로 나온다면 그냥 깔끔하게 죽일까 봐. 구질구질한 게 더 없이 보기 싫어."

"어떻게 그런 말을 해! 당신 동생이잖아."

"희주야, 그렇게 잘 아는데. 내 동생이랑 붙어먹을 생각을 해? 네가 감히? 어?"

살벌한 낮은 저음이 묵직하게 그녀의 심장을 쑤셔왔다. 희주는 털썩 주저앉았다. 그리고 무릎을 꿇고 잘게 떨리는 손바닥을 맞대고 빌었다.

"아흑, 제발…… 제발…… 그러지 말아요. 같이 갈 생각 없었어요. 정말. 걔한테 그러지 말아요. 내가 그냥 이용한 거야. 힘들어서."

그 모습을 보는데 태인은 오물을 뒤집어쓴 기분이었다. 불쾌감이 뇌관을 타고 머릿속에 씻을 수 없는 더러운 것들이 잠식하는 기분이었다.

네가 왜 그 새끼 때문에 이러는 거야.

"일어나. 기분이 많이 안 좋네."

여유를 잃고 입술을 짓씹던 그의 입술에서 결국 피가 맺혔다. 손가락으로 쓱 문질러 대더니 가슴을 크게 부풀려 숨을 내뱉었다.

"얼른 일어나. 더 화나게 하지 말고."

앞으로 흘러나온 머리를 태인이 짜증스럽게 쓸어 넘겼다. 그리고 그 가녀린 팔을 붙잡아 억지로 일으켜 세웠다.

"나, 보내 줘요. 제발……."

"널 어떻게 믿고."

"걔한테 안 갈 거야. 같이 떠날 생각 없었다고 말했잖아요."

"……."

"나갈 거야. 보내 줘."

"네가 날 사랑하게 되면 생각해 볼게."

"사랑해요."

즉각적인 대답이 나왔다. 건조한 말투, 호전적인 얼굴에 그가 돌연 굳었다. 이내 어깨를 떨구고는 한참을 웃었다. 다시 천천히 든 얼굴에는 근사한 미소가 어려 있었지만 묘하게 슬퍼 보였다.

"연기가 그렇게 어설퍼서 어떻게 해. 응?"

"좋아해. 정말 지긋지긋하게 넌덜머리나게 좋아한다고! 사랑해! 됐어?"

눈물을 흘리며 악을 쓰는 얼굴에는 환멸이 담겨 있었다.

"정말? 그때만큼 애타진 않네. 이번 고백은 실패야. 다시 해."

빈정대는 말투와는 다르게 그의 눈동자는 탁하게 변했다. 지독한 후회가 불길처럼 번져 분노로 번들거렸다.

"죽여 버리고 싶어. 당신."

"그건 그거대로 진심이 담겨서 마음이 아픈데?"

그는 희주의 손을 가져가 손바닥에 입술을 연신 눌렀다. 촉촉, 소리가 분위기에 맞지 않게 경쾌하게 울렸다. 손바닥에 힘을 주어 그의 얼굴을 밀어내자 손가락 틈으로 끈적하고 나른한 시선이 그녀에게 날아들었다.

"지겹지도 않아요? 난 이제 당신이 무서워."

체념 어린 말투. 진절머리 난다는 말에 그는 괴로운 듯 눈매를 일그러뜨렸다. 그리고 얼굴에 얹은 그녀의 손을 잡아 쥐고 손가락을 입에 넣어 깨물다가 손을 맞물려 잡았다.

"상관없어. 뭐든."

지독하게 쓸쓸한 음성 끝에 그가 고개를 숙여 입을 맞춰 왔다.

* * *

　—오늘 새벽 불법 비자금 조성 및 뇌물 수수 혐의를 받는

서산재단 한윤아 이사장의 아들 서재인 씨가 검찰에 출두했습니다. 서 씨는 한 이사장의 비자금 조성에 관여했다는 혐의를 받고…….

"후, 너무 힘드네요. 어디 있는지 알았어요?"

새벽부터 시작된 조사는 정확히 18시간 후에 끝이 났다.

지친 기색이 역력한데도 차에 올라타자마자 그는 다급하게 물어왔다.

"서 전무님 아파트로 어제 들어갔습니다. 며칠 전에는 홍천 별장에서 머물다 가셨다고 합니다."

안도와 절망이 한꺼번에 몰려왔다. 너는 얼마나 상처받고 있을까. 무서워서 미쳐 버릴 것 같다.

"황 비서님, 내가 멍청했나 봐요. 급한 마음에 앞세우고 앞뒤 안 재고 그냥 달려들었어."

심장이 그대로 쥐어뜯긴 느낌이었다. 며칠째 그녀의 행방을 찾아다니는 와중에도 변호인단과 소환 대비 회의를 해야 했다. 체력을 한계까지 끌어다 쓰는 상태에 이르렀지만, 그는 주변의 만류에도 아랑곳하지 않고 어떻게 그녀를 빼내 올 수 있을지 생각했다.

"변호인단에 의하면 그동안 경영활동도 없었고, 제보에 의한 조사일 뿐 구체적인 단서를 확보하지 못했다고 합니다. 또 연관된 계열사 인수 의향 또한 없다는 점을 고려할 때 무혐의 처리될 가능성이 크다고 했습니다."

애초부터 자신에게 하는 경고의 목적인 게 분명했다. 이걸로 지금 희주를 협박하고 있을지도 모르고.

"형 작품이겠지? 나 발 묶어 두고 지금······."

애가 끓고, 창자가 끊어지는 기분이었다.

난 왜 항상 이렇게 널 놓치는 걸까. 널 사랑해서 그게 널 아프게 만드는 것만 같아서······아, 희주야.

나를 보듬어 준 네 손길이 너무 좋아서 주제도 모르고 너를 욕심냈어······ 나의 지독한 세상에 널 끌어들여서 미안해. 그게 너를 나락으로 떨어뜨린 것만 같아서 내가 너무 싫어.

내가 아니었다면 네가 아플 일이 없었을까.

그래도 넌 형을 사랑했을까.

어떤 쪽도 다 내겐 비참한 답이라서······.

"지금 바로 그쪽으로 가요. 관리인들은 매수했다니까······문 따는 업체도 준비해 줘요."

미안해. 그래도 난 널 놓을 수 없어. 날 사랑하지 않아도 좋아. 그러니까 아픈 건 그만해.

"그리고 한두 시간 내에 내가 안 나오면 경찰서에 신고도 해 주고······. 만약····· 잘못되면, 준비된 서류도 주고 잘 떠날 수 있게 해 줘요."

재인은 깊은 한숨을 내쉬었다. 전면전을 앞두고서 그는 과거의 기억을 떠올렸다.

재인이 열 번째로 맞는 생일 파티였다. 화려한 호텔의 연회장에서 재인에게 태인이 선물이라며 곰 인형을 건네주었다.

선망의 대상이었던 태인에게 받는 선물인지라 입이 벌어져 다물리지 않았다.

선물을 받았다는 기쁨도 잠시. 태인이 귓속으로 한참을 그의 어머니의 비극을 말해 주었다. 평소와 다를 바 없는 우아한 미소를 그리면서.

주변에서는 사이좋은 형제라며 보기 좋은 장면을 감상했다.

태인은 상체를 숙여 재인의 머리를 쓰다듬어 주고는 눈을 마주쳐 왔다.

'너 때문에 죽었어. 이 살인자야.'

단정하고 아름다운 그의 형이 눈앞에서 더없이 다정하게 웃고 있었다.

얼음처럼 굳어 있던 재인은 그 공간에서 더는 웃을 수 없었다. 태인은 그를 냉소적으로 바라보며, 소중한 걸 만들지 말라고 경고했다.

성품 자체가 밝고 따뜻한 재인은 그럴 수 없었다. 몰래 아끼고 사랑했다.

길에서 주워 와 애정을 퍼부었던 강아지 '두리'가 처참하게 죽은 걸 발견하고는 재인은 태인에게 처음으로 대들었다. 그리고 생각만 하던 말을 감히, 그에게 했다.

'형이 지하 방에 들어갈 수 있었다면, 형은 큰어머니를 내보낼 수 있었잖아.'

'입 닥쳐.'

차분하게 도발하는 재인에게 태인이 무서운 얼굴로 다가왔다.

'아버지가 형이 거기 출입하는 걸 알고도 놔둔 건, 형이 큰어머니를 풀어 줄 생각이 없다는 걸 알아서가 아닐까?'

바닥으로 쓰러져 목이 졸리는 와중에도 재인은 말하기를 멈추지 않았다. 눈앞에 배가 갈라진 채 피를 흘리는 두리가 잔상처럼 맺혔으니까.

'으윽, 형은 너무 똑같아. 머리부터 발끝까지…… 흡, 아버지랑…… 커흑.'

그 뒤 태인은 한동안 방 안에서 나오지 않았다. 먹지도 않고, 자지도 않는다고 했다. 재인은 아픈 몸을 이끌고 울면서 태인의 방 앞에서 꿇고 빌었었다. 자신이 잘못했다고. 형이 자신의 말에 상처받아 혹시 죽을까 봐 겁났으니까.

재인이 그때 일을 떠올리며 조소했다. 누가 누구를 걱정했나.

그는 차에서 내려 태인의 아파트 앞에 섰다. 찬 바람이 달빛을 받아 음영 진 재인의 얼굴을 스치고 지나갔다.

멍청했네, 내가. 그때 형이랑 척졌으면 이러진 않았을 텐데. 아니지, 그게 없었으면 희주를 만나러 안진에도 못 갔을테니까.

형이 이번엔 어떻게 나올지는 모르겠지만, 이렇게 비장하게 죽음까지 각오하고 가야 하는 제 처지라니. 피식, 웃음이 나왔다.

그래도 만약, 희주야. 너랑 같이 무사히 나올 수 있다면. 너도 조금 더 용기를 내줘. 형한테 흔들리지 말아 줘.

고개를 꺾어 하늘과 맞닿은 꼭대기 층을 바라보며 그의 어리석은 형이 아직도 큰어머니의 그림자에 갇혀 열 살에 머물러 있기를 바랐다.

* * *

아슬아슬하고 위태로운 분위기를 넘어선 폭력적이고 잔인한 날들이 이어졌다. 기가 질릴 정도의 피폐함이었다.

둘이 마주할 때면 서로를 못 잡아먹어 안달이었고 상처를 주고 상처받았다.

"그 정도면 됐어요. 누가 간절하게 빌어서. 마음이 아파서 더는 못하겠어."

선득한 미소를 지으며 그는 통화를 끝내고는 핸드폰을 내려놓았다. 그는 아까 하던 놀이를 마저 하자는 듯, 처참한 상태로 테이블에 널브러져 있는 희주를 바라보았다.

밥 먹기를 거부하는 그녀에게 강제로 먹이려다 다이닝 룸에서 꽤나 거친 실랑이를 벌였다. 엉망이 된 테이블에서 뒹굴기를 몇 차례였다. 바닥에는 음식물과 깨진 접시 조각들, 그들의 흔적들이 위태롭게 널려 있었다. 테이블 위라고 다르진 않았다.

그렇게 죽을 것같이 원했던 남자의 앞에서 심장이 공포와 분노로 날뛰었다. 그녀의 감정은 전에 없이 난폭했고, 태인 역시 그녀가 그럴수록 더 강압적으로 굴었다. 그 이유를 모르는 바는 아니었지만 틀어져 버린 지금의 관계를 되돌아볼 만한 여유가 둘 다 없었다.

"다시 식사 차릴 동안 우린 들어가서 더 놀자. 여긴 너무 지저분해서."

그는 그나마 깨끗한 아일랜드에 손을 짚고 엉망이 된 바닥과 테이블을 차례로 훑으며 혐오스럽다는 듯 미간을 찌푸렸다.

조금 전에도 이 난장판에서 몰아붙였던 게 누구인지 까먹은 걸까. 테이블 위에 늘어져 있던 희주가 몸을 돌연 일으켜 옆에 있는 물 잔을 들어 그에게 집어 던졌다.

"당신이나 먹어. 이상한 약 같은 거나 먹일 생각하지 말고."

아슬아슬하게 빗나간 유리잔이 벽에 부딪혀 날카로운 파열음을 만들어 냈다. 스스로도 놀랄 정도로 비정상적인 충동이 분탕 쳤다.

"그럼 술이라도 먹고 한 숨자. 영양제라도 놓아줄 테니. 너무 날 서 있어, 너."

그녀의 마른 몸을 훑어 내리며 진열장의 와인을 가져와 따랐다. 오직 제 안위만 걱정한다는 듯한 다정한 태도는 희주의 화만 더 부추겼다.

"신경이 그렇게 날카로우면 몸 상해……. 그렇게 말라 가게 두지 않을 거야."

그는 상상만으로도 고통스러운 듯 쓰게 웃었다. 누구를 떠올리는지 알 것 같았다. 그가 어머니를 떠올릴 때면 언제나 바짝 긴장해 있었다. 미쳐 가서 요양원에서 죽었다는 서산 그룹 비운의 안주인.

그녀를 통해 어머니를 보는 것일까. 희주는 소름이 끼쳤다. 저도 언젠가 그렇게 미쳐서 요양원에 갇힐 것 같다는 생각에 겁이 왈칵 났다.

뭐라도 해야겠다 싶은 마음에 희주는 몸을 일으켜 아일랜드 식탁 위 칼을 빼 들었다.

그는 그 모습이 재미있다는 듯 고개를 젖히고는 소리 내 웃었다. 이내 감당 못 할 일이라도 맞닥뜨린다는 듯 고개를 가볍게 좌우로 흔들었다.

"희주야, 이리 와. 네 말대로 해 줬어."

자세한 설명이 없었지만 무슨 말인지 알아들었다. 재인이 무사히 나왔다는 걸. 그녀의 얼굴에 희미한 안도감이 스몄다.

너는 나를 원망할까. 그럴 리 없다는 걸 너무 잘 알고 있다. 괴로워하며 애타게 자신을 찾고 있을 재인의 얼굴이 떠올랐다. 희주는 눈꼬리를 내리고 눈시울을 붉혔다.

태인은 그 처연하게 웃고 있는 그 모습이 거슬렸다. 애처로운 표정이 마치 전쟁터에라도 나간 연인을 애타게 그리는 듯해서.

"나한테 상이라도 줘야 하지 않을까 싶은데?"

한없이 낮게 가라앉은 목소리로 말하며 그가 어슬렁어슬렁 다가왔다.

"죽여 버릴 거야. 건들지 마."

"그래. 너한테 죽는 것도 나쁘지 않지. 네 머릿속에 내가 박혀 있기만 한다면."

비딱한 입매로 그가 일부러 목소리를 낮추며 속삭이듯 말했다. 그는 사냥물이 하듯 서서히 다가갔다.

주춤주춤 물러나는 희주의 등이 벽에 닿았다. 그는 아주 느긋하게 팔꿈치로 그녀의 머리 위를 짚었다. 그리고 나머지 한 손으로는 칼 손잡이를 잡은 희주의 손을 감쌌다. 그리고 정말로 찌를 듯이 자신의 배에 대었다.

"하, 하지 마요."

"왜? 이러려고 든 거 아니야?"

희주는 손에 힘을 풀려고 했지만, 그가 손을 단단히 감싸 잡아 배로 가까이하자 본능적으로 끌어당기는 바람에 힘의 반동으로 그의 배를 얕게 스쳤다. 순식간에 그의 울퉁불퉁한 복근이 피로 물들기 시작했다.

미쳤어.

칼이 바닥으로 떨어지는 동시에 희주는 두 손을 보며 바들바들 떨었다.

정말 나도 미쳐 가는 걸까. 이 미친 남자와 함께.

겁을 잔뜩 먹고는 옆으로 비켜서려 하자 그가 양팔로 벽을 짚고 그녀를 가두었다. 배 쪽에 새겨진 핏줄기가 선명했다.

"왜 이렇게 떨어, 이 정도 각오도 없이 칼 들었어?"

예쁜 눈매를 일그러뜨리고 공포에 질려 울고 있는 희주의 눈가를 입술로 훔쳤다.

"이렇게 겁이 많아서 어떡해 해. 저질러 놓고 도망가는 거 비겁해……상처 냈으니까 책임져야지. 응?"

눈물 때문에 뺨에 달라붙은 머리카락을 귀 뒤로 꽂아주고는 귓불을 살살 어루만졌다. 귓가에 입술을 붙이고는 주문처럼 나직이 속삭였다.

"울지 마. 웃어."

목덜미를 훑고 등줄기로 느긋하게 내려갔다. 움푹 파인 허리에 손을 감아 당겨서는 얼굴을 바짝 들이밀었다. 젖은 숨결이 닿자 얼굴이 녹아내릴 것 같은 착각이 들 정도로 뜨거웠다.

태인은 차라리 죽어도 괜찮겠다는 생각이 들었다. 그러면 이 여자의 머릿속은 자신으로 가득할 테니까.

좋아하지 않는다면 증오든 죄책감이든 뭐든 가졌으면 하는 바람이었다. 저를 사랑한 게 너무 괴로웠으니 그렇게 홀가분하게 떠난다는 생각 따윈 감히 가지게 두지 않을 것이다. 그럴 바에 평생 증오라도 받을 생각이었다.

그의 복근에서 스며져 나온 피가 그녀의 옷에 묻어났다. 간헐적인 흐느낌이 희주의 입술 사이로 터져 나왔다.

태인은 손을 허벅지로 내려 슬립을 천천히 위로 밀어 올리고 이미 한차례의 정사로 찐득한 음부를 갈랐다. 아직도 부풀어 있는 뜨거운 음순이 손가락을 물려 뻐끔거렸다.

"제발, 하지 마…… 읏."

그는 바지를 내려 성기를 꺼내 갈라진 틈 앞뒤로 움직였다.

"위에도 흘리고, 아래로도 울고……. 난리났네…… 응?"

그가 젖은 눈가를 입술로 애무하면서 말했다. 그녀의 팔뚝만

한 성기가 밑을 바쁘게 치댔다. 그 움직임에 피가 더 새어 나왔고 그들의 몸에 덧칠해졌다. 젖은 살결의 마찰하는 야릇한 물소리가 공간을 울렸다.

수평으로 갈라진 틈을 치대자 계속해서 애액이 흘러나와 그의 성기를 적셨다. 배에서 흘러나오는 피가 더해져 묻어나는 그 장면이 소름이 끼칠 정도였다. 누군가의 머리를 내리친 방망이에 피가 묻은 것 같았다.

"아, 제발…… 이러지 마요……. 으, 으흑!"

벌름거리는 구멍을 찾은 귀두가 계속해서 진입을 시도하듯이 얕게 쑤셔지다 튕겨 나오기를 반복했다.

키 차이 때문에 그의 어깨를 잡고 발끝으로 아슬아슬하게 흔들리며 서 있는 그녀가 위태롭게 버티고 있었다. 쩌억, 위로 한 번에 끝까지 치받자 그녀의 내벽이 꾸역꾸역 벌린 채로 한 껏 조여 왔다.

"흐흣!"

그녀의 발끝이 기어코 공중으로 들렸다. 눈앞이 점멸하다가 다시 번쩍이기를 반복했다. 내리꽂히고 내리찍어 맞물린 곳에서 얼얼한 통증이 몰려왔다.

"아흑……! 아아……!"

그 고통에 본능적으로 그의 허리를 감았다. 그러자 그는 엉덩이를 터뜨릴 듯 주물러댔다. 강한 허리 짓으로 밀착됐다가 떨어졌다. 그때마다 배를 꾹 눌러 나오는 피와 맞물린 곳에서 터지는 듯 흘러나오는 애액들이 섞여 밑으로 후드득 떨어져 바닥에 흥건히 적셨다.

"아, 씨발 넣자마자 쌌어. 어떡하지."

지독히 낮은 음성으로 저질스러운 말을 지껄이며 쩍, 쩍, 그녀를 절정에 이르게 하는 각도로 내벽을 찔러 댔다. 젖무덤이 위아래로 움직이며 출렁거렸다.

"아, 응! 아……아파! ……으흑!"

태인은 상체를 한껏 웅크리고 아무렇게나 덜렁거리고 있는 젖을 입 안 가득 넣었다. 쭉쭉 앞으로 빨아당기며 쾌락에 절은 목소리로 내뱉었다.

"희주야, 여기서 야한 냄새 나는 거 알아? 씨발…… 싸도 싸도 계속 채워지잖아……. 이렇게 나 병신 만들어 놓고 도망가면 되겠어? 응?"

희주는 벽과 그의 사이에서 공중에 뜬 채로 그가 마구잡이로 흔들어 대는 허리를 받아냈다. 공포심 뒤에 익숙한 쾌감이 자리 잡아 그녀는 신음인지 비명인지 모를 소리를 질렀다.

"흐웃……. 그렇게 좋아? 응? 도망가 봐, 어디. 이 꼴로 어디 가려고…… 흣……!"

"아! 아! 으으으……."

경련하며 한껏 수축하던 내벽이 물을 줄줄 토해냈다. 부르르 떨며 절정을 맞아 품 안에 늘어진 희주를 안아 들고 욕실로 갔다.

연결된 몸이 풀리자 결합된 부위에서 피와 함께 탁하게 뭉친 액체가 타일 위로 뭉텅뭉텅 떨어졌다.

소름 끼쳤다. 거울에 비친 모습은 더 가관이었다.

온몸이 피로 범벅돼 원초적인 본능만이 존재하는 듯한 짐승 같은 모습이었다. 복근의 피가 어느 정도 멎은 것 같긴 했지만, 그는 멈출 생각이 없는 듯했다.

"봐봐, 희주야 너를. 네가 왜 서재인 옆에 있으면 안 되는지, 왜 그렇게 웃으면 안 되는지."

욕조 턱 위로 그녀의 한쪽 다리를 올리면서 귓가에 속삭였다.

"똑똑히 봐."

그는 음절 하나하나에 힘주어 뇌까리는 동시에 뒤에서 꿰뚫 듯 뿌리까지 한 번에 짓쳐 넣었다. 딱딱한 공 같은 고환이 엉 덩이 밑을 척척 감아 때렸다. 발정 난 짐승이 교미하는 것 같 은 자세였다. 그리고 자꾸 고개를 떨구는 그녀의 턱을 잡아 거 울을 보게 했다.

"내가 해 주는 씹질을 이렇게 좋아하면서. 어?"

누군가의 얼굴을 떠올리는 것이 죄악일 정도로 천박한 모습 이었다.

"그, 그만……. 하으……아!"

나머지 손으로 클리토리스를 손가락으로 감아 당기자 아랫 배가 파들대며 바짝 안으로 수축했다. 단말마 같은 비명을 짧 게 내뱉은 희주의 목이 꺾여 그의 어깨에 머리가 닿았다.

"아, 이런……. 내건 아닌데…… 벌써 갔어? 좀 빠른데? 너 무 느끼는 거 아냐?"

활짝 벌려진 음순 사이 그의 성기가 푹 꽂힌 곳에서 터지는 물을 보면서 그가 기꺼워하며 내뱉었다.

늘 그랬듯 그는 멈추지 않았다.

피로, 파정한 그들의 액들로 젖은 성기가 밑을 왔다 갔다 했고, 그는 입술로 희주의 목을 애무하며 그녀의 입 속에 손가락을 집어넣고 혀를 당겼다. 쳐올릴 때마다 가슴이 출렁이며 크게 올라갔다 반동으로 무겁게 내려앉았다.

아아, 희주는 눈을 감았다. 그녀의 작은 귀를 입 안에 한 번에 넣고 씹으며 뭉개지는 발음으로 연신 달콤하게 속삭였다.

"눈 떠. 떠서 똑똑히 봐. 네가 얼마나 좋아하는지."

그는 빠르게 허리를 털었다. 피와 액들이 거울로 세면대로 바닥으로 핏핏 튀어댔다.

아아, 너무 끔찍해. 죽고 싶어. 정말.

절망과는 별개로 쾌락은 어김없이 몰아쳤다.

그때, 초인종 소리가 들렸다. 한 번, 두 번, 세 번, 멈추지 않고 계속.

그는 아랑곳하지 않고 그녀의 허리를 잡아당기면서 밑을 연신 찔어 댔다. 탓탓탓, 더 없이 속도가 빨라지면서 울부짖는 소리가, 난잡하게 튀는 물소리가 욕실을 울렸다.

배 속에 뜨거운 물을 여러 번에 걸쳐 분사한 그는 희주의 머리채를 잡고 고개를 돌려 입 안에 혀를 쑤셔 넣었다. 아래위로 삽입되는 느낌이 믿기지 않을 정도로 상스러웠다.

방문을 알리는 호출 소리는 멈추지 않았다. 긴 사정을 마치고 그가 희주를 안아 나왔다. 계속되는 소리가 거슬리는지 거실에 설치된 월패드에서 알림 소리를 끄려고 했던 그가 액정화면을 보더니 비릿한 웃음을 터트렸다.

"누군지 볼래?"

아직도 절정의 여운에 팔딱거리며 몸을 잘게 경련하고 있는 그녀는 눈을 뜰 힘조차 없었다.

"서재인이야."

얼굴에 떨어지는 스산한 목소리. 쾅, 둔탁한 둔기가 머리가 내쳐지는 느낌에 희주는 그의 품을 벗어나려 발버둥 쳤다. 그는 툭 그녀를 안전하게 내려주고는 어찌할 바를 모르는 그녀의 머리 위에 대고 말했다.

"열어 줄까?"

"하지 마."

울음기 섞인 음성에 바들바들 몸이 떨리는 주제에 찔러 버릴 듯 쏘아보았다. 그는 보란 듯이 손가락을 우아하게 들어 월패드의 스피커 버튼을 터치했다.

쾅쾅쾅! 소리와 함께 재인의 목소리가 들렸다.

"희주야, 거기 있지……? 문 열어, 이 미친 새끼야."

희주는 힘이 풀려 털썩 그 자리에 주저앉아 하염없이 눈물을 흘리며 고개를 흔들었다. 안 돼. 이런 꼴을.

아연실색하는 희주를 그의 앞에 꿇어앉혔다. 뒷머리를 움켜잡아 목을 꺾으며 작살 같은 시선을 내리꽂았다.

이내 그는 야릇하게 눈매를 접으며 검지를 자신의 입술 위로 가져갔다. 머리를 바짝 더 뒤로 당기며 붉은 입술을 모아 쉬-.

소리 내지 않고 말했다.

그리고 다른 손으로 바짝 배에 붙어 있는 흉흉한 성기의 밑기둥을 거칠게 문질렀다. 그녀의 부풀어 오른 새빨간 입술 위로 귀두를 힘주어 훑자 구멍에서 질질 새는 흥분액이 입가를 더럽혔다.

느긋하게 표피를 마찰시키는 손에서 질꺽이는 소리가 새어 나갈까 불안해하는 게 보였다. 그 소리에 전전긍긍하는 희주가 그의 신음과 마찰 소리가 강해질수록 움찔거렸다.

자기 페니스를 물고 있는 주제에 눈빛이 애절해 보여서 태인은 짜증이 치솟았다. 그 표정은 누구를 위한 거야.

입 안으로 들어간 성기가 볼 안쪽 여린 점막에 비벼지자 그는 낮은 신음을 터뜨렸다. 안쪽에 쩍쩍 달라붙는 천국 같은 감각이 굵은 기둥을 단번에 경직시킬 정도의 쾌감을 몰고 왔다.

눈물과 침을 흘리면서도 그의 것을 물고 있는 그 야한 자태에 사정감이 치밀어 올라 그대로 얼굴에 울컥울컥 토해 냈다.

탁탁탁, 다 삼키거나 씹어 줬으면 하는 충동질이 머리끝까지 분탕 치며 그녀에게 끝까지 모두를 쏟아냈다.

희주는 그 소리가 제발 밖에 들리지 않길 바라며 눈을 감았다. 끈적한 액체가 긴 속눈썹을 엉기고 눈물과 함께 볼을 타고 흘렀다. 그러자 다 사정을 하고도 반쯤 서 있는 성기를 진득한 볼에 툭툭 두들겼다. 자신이 싸지른 정액으로 번들거리는 얼굴에 흡족해하는 미소가 만들어졌다.

미친 새끼, 악마 같은 놈. 눈으로 욕을 하는 그녀를 보고는 픽, 웃었다. 너무 맞는 말 같아서.

보여 줄까 봐, 네가 나를 벗어날 수 없는 이유를. 내 복수의 완성이 되지 않겠어?

그는 월패드의 열림 버튼을 꾹 길게 눌렀다.

―문이 열립니다.

매끄러운 알림 소리에 희주는 급하게 일어나다가 휘청거리며 주저앉았다. 살인마라도 쫓아오는 듯 벽을 짚고 몸을 일으켜 방 안으로 들어가 문을 잠갔다. 태인은 느긋하게 거실에 놓인 바지를 장골에 헐렁하게 걸쳐 입고는 불청객을 맞았다.

* * *

만반의 대비를 한 것과는 달리 생각보다 문은 쉽게 열렸다. 재인은 떨리는 손을 말아 쥐었다.

"김희주 어딨어? 희주야 대답해."

억눌린 목소리가 제법 차분하게 흘러나왔다. 마음은 불이 나고 만신창이가 된 머릿속과는 다르게.

거실로 들어오자 보이는 건 자신의 미쳐 버린 형.

아직 정사의 여운이 남은 듯한 태인의 눈동자가 정염으로 아직 번들거렸다. 바지만 대충 입고 있는 그의 잘 짜인 상체 위로 빨갛고 긴 생채기들이 여기저기에 있었다. 그악스러운 건 피였다.

개새끼.

재인은 그의 복부를 보고 몸 군데군데 묻어 있는 피의 출처를 확인했다.

미친 새끼.

게다가 막 정사를 끝낸 듯 진한 향기와 하얀 얼룩들 역시.

안 봐도 뻔해. 저걸로 희주를 협박하고 가졌겠지. 더러운 미친 사이코 새끼. 살의가 치밀어 올랐다.

"못 데려갈 텐데?"

그는 나른한 몸짓으로 땀에 젖은 머리를 쓸어 넘기며 담배에 불을 붙였다.

재인이 그런 그를 무시하고 복도를 걸어가 굳게 닫힌 문 앞으로 섰다. 왈칵 올라온 천근같은 불덩이를 삼켰다. 조용히, 다정하게 타이른다.

"희주야, 나와. 가자 집에."

"⋯⋯가. 재인아 가. 제발 그냥 가."

흐느끼는 절박한 목소리에 가슴이 갈기갈기 찢겨져 나가는 것 같다.

"나와, 희주야⋯⋯. 제발 나와."

그의 방문 앞을 쿵쿵 쳐댔다. 돌아오는 대답은 없이 울음을 삼키는 듯한 간헐적인 소리만 들렸다.

재인이 이마를 문에 쿵, 쿵 찧으며 팔을 위로 들어 주먹을 쳐댔다.

"나와 희주야⋯⋯. 가자. 제발."

태인이 벽에 비스듬히 기댄 채 연기를 내뱉으며 그 모습을 관망했다. 그리고 이것은 자신이 오래전부터 바라왔던, 그리고 그려 왔던 완벽한 그림이었다. 아주 오래전, 그러니까 처음에 여자를 가질 때만 해도 이 장면을 상상하며 쾌감이 전신을 뒤덮을 것이라 예상했었다.

하지만 언제부턴가 막연히 자신이 바라던 감정이 아닐 것이라 확신했다. 여자 주위에 어쭙잖은 것들만 붙어도 오물을 뒤집어쓴 듯 불유쾌했으니까.

문을 열어 준 건 오만이었을까. 상상에서 그리던 서재인의 표정을 확인하고 싶었다. 무엇보다 자신이 김희주라면 눈깔부터 뒤집히는 게 마음이 안 들어서.

저 혼자 끝났다고 그를 쑤시고 헤집어 놓고 도망가려는 작태가 괘씸해서. 그를 사랑하지 않는다고 해서. 그래서 울고 괴롭게 하고 싶어서. 여러 가지 이유가 혼재했다.

그런데…… 이건 뭐랄까……. 잘못됐다.

씨발……. 열어 주지 말걸.

날카로운 칼날에 장기들이 서걱서걱 난도질당하는 것 같다.

생각하는 것보다 더 기분이 처참했다. 그래도 저 꼴을 하고 가진 않겠지. 초조함과 불안으로 배에서 벌어진 살갗이 쿡쿡 쑤셔 왔다.

서재인의 애원하는 목소리가 지옥에서 들려오는 소리같이 머릿속을 징징 울렸다. 관자놀이를 손바닥 끝으로 꾹 누르며 몰려오는 두통을 간신히 참아냈다.

"그만 가지 그래. 너무 소란스러워서. 안 간다잖아."

재인은 돌연 몸을 돌려 그를 그대로 지나쳐 거실로 갔다. 다시 그 방문 앞으로 돌아온 재인의 손에 대리석 조각이 들려 있다. 르네상스 시대의 3대 조각가 중 한 명이 만들었다는 그 예술품으로 손잡이를 무섭게 내리쳤다.

3번쯤 쳤을 때, 거의 너덜너덜해진 손잡이가 덜렁거려 문을 열려던 순간 태인이 그의 손목을 잡았다.

"너 이 새끼 뭐 하는 거야."

"형, 정말 아버지랑 똑같아."

재인은 무섭도록 차분하게 말했다. 그리고 태인에게 다가가 귓가에만 들릴 정도로 속삭였다.

"지금 형의 모습이 아버지와 다를 바가 뭐야? 형이 말했잖아. 큰어머니 가둬 놓고 짐승같이 범했다며. 지금 같은 모습이 아닐까?"

태인의 머리가 하얗게 굳었다. 번쩍, 눈에 하얀 섬광이 스쳐 간 태인이 재인의 멱살을 틀어잡았다.

"너 지금 감히 누구를 입에……."

재인이 비뚜름한 입에서 실성한 듯한 웃음이 흘렀다. 그러다 웃음을 뚝 멈추고는 싸늘한 얼굴로 벼려졌다.

"그토록 경멸하고 죽이고 싶어 하던 사람을 닮은 기분은 어때? 이 괴물 같은 새끼야."

재인의 눈, 경멸의 눈빛. 아버지를 보던 열 살 적 자신의 눈과 닮았다.

"약도 먹이고, 직장도 그만두게 해. 강제로…… 씹…… 이 미친 새끼야! 이러다 희주를 죽일 거야?! 어? 아버지가 큰어머니를 죽인 것처럼?"

벼락이라도 내리꽂을 듯 재인이 악에 받친 말을 내뱉었다. 태인이 괴로운 듯 인상을 썼다. 숨을 쉬지 못하는지 얼굴에 피가 몰린 채 그대로 굳었다.

"아니지, 형이 죽인 거나 다름없지. 그때부터 형은 어머니를 가둬 뒀잖아. 아버지랑 같이 공조해서?"

끝에 비릿한 웃음을 담아 내뱉은 재인의 얼굴이 홱, 무서운 속도로 돌아갔다.

쾅, 투-둥!

그리고 이어 태인이 재인의 멱살을 쥐고 넘어뜨렸다. 몇 차례의 살기 어린 구타가 이어졌다. 재인의 광대가 순식간에 벌겋게 부풀어 올랐고, 입가에는 입 안쪽이 터졌는지 피가 흘러나왔다.

재인은 그 어린 날처럼 당하고만 있지 않았다.

태인을 발길질로 밀쳐내고 올라타 주먹으로 내리쳤다. 그렇게 서로 뒹굴기를 몇 차례, 멱살이 잡힌 재인이 상위를 차지했을 때 피가 새어 나오는 태인의 복부에 주먹을 박아 넣었다.

"아직도 꿈에 형이 죽인 내 강아지가 나와. 배를 이렇게 갈라 놨었잖아."

재인이 손으로 태인의 상처를 푹푹 쑤셨다.

"윽…… 으!"

신음을 참는 억눌린 목소리가 태인의 입에서 새어 나왔다. 목에 핏대가 서고 뻘겋게 달아오른 얼굴은 고통으로 뒤틀렸다. 숨을 토해내면서도 경련하는 눈가에 힘을 주었다.

"형. 그거 알아? 난 형을 좋아했어. 희주도 형을 좋아했겠지. 필요 없다고 아프게 만든 건 너야. 그건 복수도 죗도 뭣도 아니었어! 네가 죽인 주제에 모른 척했던 거겠지. 후회랑 죄책감에 애먼 사람 잡지 마."

재인은 비틀거리며 일어나 잔뜩 찡그린 얼굴로 발로 그의 상처 부위를 짓밟았다. 꿀렁거리는 피가 계속해서 쏟아져 나왔다.

"큰어머니도 형이 이렇게 망가지기를 바랐나 봐. 어쩌면 아버지를 닮고, 자기 발목을 잡은 형을 가장 증오한 게 아닐까. 잘 좀 생각해 봐. 형같이 똑똑한 사람이 왜 몰라?"

경멸 어린 눈빛과 함께 잔인한 말이 쏟아지자 태인의 얼굴이 서서히 질려 갔다. 재인은 더럽다는 듯 피가 묻은 발을 내리고 바닥에 신발을 짓이기듯 비벼 피를 닦아냈다.

"희주가 잘못되면, 너도 죽일 거야."

재인은 잔뜩 비틀린 표정으로 태인을 내려다보았다.

문을 열자 주저앉아 잔뜩 젖어서 울고 있는 그녀가 보인다. 얇은 슬립은 급히 주워 입은 건지 어깨끈이 내려와 있고 그 몸은…… 피와 흔적들로 가득했다. 방 안은 정사의 향이 가득했다.

재인은 심장을 움켜쥐는 괴로운 고통에 후- 크게 숨을 내쉬었다. 그 처참한 몰골에 목울대를 크게 일렁이고 무릎을 꿇었다. 자신의 재킷을 벗어 그녀의 어깨를 감싸는데, 희주가 무릎에 얼굴을 묻은 채로 손만 들어 그를 밀어낸다.

울먹이면서 "가, 가. 보지 마." 손으로 연신 가슴을 때린다.

힘없는 손을 붙잡아 자신의 심장에 댔다. 재인의 손이 더 심하게 떨렸다. 목소리는 정처 없이 흔들렸다.

"희주야. 미안해. 내가 너무 늦었지…… 미안해……. 그래도, 같이 가."

얼굴을 파묻은 채 그녀는 머리를 흔들었다.

"내가 말했지? 어떤 순간에도 네 옆에 있을 거라고? 네 옆에 내가 없을 때는 그땐 내가 죽은 거야……. 내가 죽기를 바라?"

마지막 물음이 희미하게 떨려왔다.

붙잡은 손이 발발 떨려온다. 고개를 묻은 머리가 다시 좌우로 흔들린다.

"그럼. 가자. 집에."

그녀의 작은 뒤통수를 두어 번 쓸고는 그녀를 안아 들었다.

태인이 거실에 쓰러져 공허하게 허공을 응시하고 있었고 흘린 피들은 수습되지 않고 계속 흘렀다.

그런 그를 쳐다도 보지 않고 재인은 걸음을 재촉해 그곳을 벗어났다.

* * *

"내일은 병원 가 보자."

재인이 씻고 나온 그녀를 자신의 앞으로 앉혔다. 그리고 뒤에서 팔까지 단단하게 꽉 껴안았다.

"경호도 붙일 거야. 형이 그런 식으로 널 데려가는 일은 없을 거야. 불안하면 내가 하루 종일 같이 다닐게."

초점이 나간 흐린 눈, 몸을 흠칫 떤다. 그녀에게서 다 포기한 듯한 쉰 목소리가 힘없이 흘러나온다.

"나랑 잘래?"

희주의 입에서 흘러나온 건조한 말이 무슨 의미인지 알고 있어서 재인은 아무 말도 할 수 없었다.

"섹스할래? 그럼 그만할 수 있지 않겠어? 넌 지금 날 좋아하는 게 말이 안 돼. 너도 미친 거야. 그 사람처럼."

그녀는 옷을 벗으려고 했다. 여의찮아 보이자 뒤쪽에서 느껴지는 그의 딱딱한 성기를 손으로 누르며 잡았다. 재인이 그녀를 감고 있는 팔이 경직될 정도의 자극이었다. 이 와중에도 본능에 충실한 그가 자신이 못마땅했다. 잘라 내고 싶을 정도로.

"아, 희주야, 제발 그렇게…… 나를, 그리고 너를 그렇게 생각하지 마."

그는 다시 그녀를 꽉 끌어안으며 그녀의 등에 이마를 댔다.

"나를 사랑하지 않아도 좋아. 근데, 이제 그만하자…… 제발……."

재인은 형의 미친 작태를 아는데도 그 뻔뻔한 자해에 충격을 받았다. 희주는 더 심하겠지. 온몸에 비릿한 그의 피가 칠해져 있던 희주의 모습이 아직도 너무 생생해서 가슴이 찢겨 나가는 것 같다.

"다 그만두고 싶어. 그 사람도 너도, 다 그만할래. 나 무서워. 너무 무서워."

소리치며 몸부림치는 그녀가 너무 아픈데 자신이 해 줄 수 있는 게 없었다. 그저 전해져 오는 고통을 감내했다.

"알았어. 다 그만해. 그만 울자. 응? 다 나 때문이야……. 미안……. 자자. 너무 늦었어."

재인은 그녀를 안아 침대에 눕혔다. 울음을 그칠 때까지 같이 울어 주고, 잠들 때까지 가만히 머리를 쓸어 주었다.

5. To clean up

"나가. 잘 거야."

희주의 심리 상태가 극도로 취약해졌다. 밖으로 나가지도 않고 방 안에서 웅크리고만 있다. 멍하니 창밖만 보다가 다시 누워 있기 일쑤였다. 잘 먹지도 않았다.

"방에 들어오지 않기로 했잖아. 내가 결국 여길 나가야겠어?"

협박. 바짝 날을 세운 목소리.

희주도 알고 있다. 애먼 곳에 화풀이하고 있다는 것을. 그런데도 멈출 수 없었다.

지금 상태로 무엇을 해야 할지 아무런 감이 안 잡혀 그냥 누군가를 원망하고 미워하고 싶다. 무조건적으로 받아 주는 상대에게 더 가혹하게 되는 심리가 무엇인지 희주는 알고 싶지도 않았다.

"병원, 같이 가 보자. 일단 가면……."

재인은 정신의학과나 심리 상담을 받아 보자고 했다. 저를 환자 취급한다며 가기 싫다고 했다. 치료를 받아야 할 건 태인과 재인이라며, 그들만 그녀 곁에서 사라지만 잘 살 수 있다고 소리쳤다. 이 집을 나가겠다고 한 희주를 재인은 간신히 잡고 있는 중이었다.

"안 간다고 했잖아!"

"……알았어. 그럼 좀 쉬어. 먹고 싶은 것 없어?"

"없어. 먹으면 토할 것 같아. 나가 줘. 그냥 잘래."

그대로 이불을 머리끝까지 뒤집어쓰며 대화를 단절시켰다.

조금만 세게 당겨도 찢어질 듯한 얇은 종이 같은 위태로움이었다.

문을 닫고 그 앞에 한참을 서 있던 재인이 얼굴을 천천히 느리게 쓸었다. 미쳐 버릴 것 같았다. 짙고 검은 암흑 속에서 아무것도 보이지 않는 기분이었다. 이러다 정말 희주가 어떻게 될 것 같아서.

"흐흡…… 하……."

극단적인 결론까지 상상하자 한기가 엄습했다. 숨을 쉴 수조차 없을 정도로 몸이 떨려 왔다.

부엌으로 들어가 재인은 떨리는 손으로 진열돼 있던 위스키 병을 꺼냈다. 4년 동안 유혹을 견뎌 내며 버텼는데 도저히 맨

정신으로 견딜 수 없었다. 절망이 턱 끝까지 차올라 질식할 것 같은 기분이었다.

세상이 무너진 듯한 기분. 자신이 할 수 있는 게 아무것도 없다는 자괴감에 휩싸여 괴로워했다.

* * *

어두 껌껌했다. 붉기도 하고. 바닥이 와르르 무너져 내리기도 하고 누군가 쫓아오기도 한다.

끝은 언제나 무언가에 짓눌리고 허덕여야 끝난다.

놀라 벌떡 일어난 희주는 타는 듯한 갈증에 물부터 찾았다.

물통이 비어 있었다. 항상 밤에도 물이 채워져 있었던 것은 재인의 배려였다.

이제 저에게 질렸을까.

악몽을 꾸며 잠꼬대하면 어떻게 알고 들어오는지 뒤에서 끌어안아 주거나 머리를 쓰다듬어 주었다. 그렇게 진정되고 나면 다시 희주가 악을 쓰고 내쫓았다.

그 후로는 희주가 밤마다 끙끙대는 소리를 내며 괴로워해도 방으로는 들어오지 않았다. 대신 문밖에서 애간장이 녹아 없어질 것 같은 상태로 서성댔다.

자신이 꿋꿋하게 밀어내면서도 그가 순순히 포기하려는 모습이 보이면 실망하고 상처받는다. 태인의 집착적인 사랑에 길들여진 것인지 아니면 원래 자신이 이렇게 생겨먹었는지.

태인을 집착적이라며 환자라고, 병이라고 욕할 자격이 있나. 사랑받는 것에 집착하는 자신 역시 지독한 병에 걸린 것 같았다. 고쳐지지 않을, 그리고 끝내 언젠가는 자신을 파괴시킬 그런 피폐한 병.

딸각. 문을 열고 복도로 가는 길에 부엌에서 희미하게 스며져 나온 빛이 보였다.

"어…… 희주야……. 왜 깼어? 또 꿈꿨어?"

재인의 눈이 몽롱하게 풀려 있었다. 다이닝 테이블 의자에 잔뜩 흐물거리며 기대앉아 있었다.

술 냄새.

테이블에는 유려한 곡선의 병에 담긴 갈색 액체가 바닥을 보였다. 손에는 반쯤 비운 액체가 느린 손짓에 찰랑이고 있었다.

"물 마시려고."

"아 미안, 내가 깜빡했다."

정신이 없네, 내가. 혼잣말로 중얼거리며 유리잔에 물을 따라 건넸다. 가까이 다가오니 독한 술 냄새가 더 진하게 풍겼다.

"마시면 안 되는 거 아니었어?"

그는 희주의 말에 희미하게 웃었다. 쓰린 속을 감추는 듯이 씁쓸함이 입가에 맺혔다.

그 모습에 가슴이 옥죄어왔다. 재인은 그녀의 상태에 진심으로 아파하고 힘들어하고 있었다.

그렇게 끊었던 술을 다시 마실 만큼. 거기에 또 화가 났다. 왜 지금 자신을 놓지 못하고 있는지. 저 한결같은 사랑에 숨이 턱 막혀 왔다. 자신이 받아 줄 수도, 그럴 주제도 안 되는 걸 아니까.

"그러니까 내가 그만한다고 했잖아. 뭐 하러 이래. 나간다고 했잖아. 왜 못 가게 해. 환자 취급해서 뭐가 달라진다고! 너도 그 사람이랑 하나도 다를 바가 하나도 없어."

재인의 표정이 고통스럽게 일그러졌다. 안쓰럽도록 질린 표정에 약간은 아차, 하는 마음이 들 정도였다.

죄책감과 미안함에 나오는 패악질이 스스로도 이해가 되지 않았다. 제 입에서 흘러나오는 말이 너무 끔찍했다. 그럴 자격조차 없는 걸 아는데, 적반하장으로 이렇게 화를 내고 있다니.

분풀이 상대인가. 진짜 저질이다, 나.

재인은 입술이 하얗게 질릴 정도로 꽉 깨물며 버티고 서 있는 그녀를 빤히 내려다보았다. 그녀의 속마음을 알아본 건지 짓눌린 입술에 검지를 가져가 떼어 냈다.

"그렇게 독하게 말하면서 속으로는 또 네 탓 하려고 그래? 차라리 나한테 화내. 내가 그런 거잖아. 내가 널 좋아해서…… 형이 너한테 그런 거잖아."

"……."

그녀는 지금 재인에게 화를 내고 있었다. 더없이 잔인하게 굴고 있는데 그는 그것조차 원망으로 들리지 않나 보다. 바보 같기 짝이 없는 재인의 눈동자에 가슴이 욱신거렸다.

"내가 어떻게 하면 돼? 희주야…… 응? 네가 너무 아파서 내가 숨을…… 숨을 쉴 수가 없어……. 희주야…… 제발……."

가슴이 뻐근해 오는지 그는 주먹으로 가슴팍을 툭툭 쳤다.

어떤 마음으로 재인이 술에 다시 손을 댔을지 감히 상상조차 할 수 없었다. 절대 재인이를 망치고 싶지 않았다. 제 앞에서 하염없이 눈물을 쏟는 그에게 괜찮다는 것을 보여 주어야 했다. 그래야 자신이 떠나더라도 최소한 그가 안심할 테니.

너는 몰라. 내가 얼마나 이기적이고 추악한 인간인지. 이런 순간조차 난 안심이 돼. 네가 나를 놓지 않아서. 네가 나 때문에 아파해서…… 나는 슬프면서도 다행이라고 생각해.

희주는 바닥에 시선을 떨구고 한숨을 내뱉었다. 재인의 단정하고 마른 발등이 예뻐 보였다. 너는 그런 것까지 예쁘구나. 그렇게 실없는 생각이 들어 희주는 소리 없이 웃었다.

그래 너는 그렇게 예쁘게 살아 재인아. 내 옆에서 힘들게, 못나게 살지 말고.

고요한 침묵 속에서 재인의 눈물이 그의 발등에 툭툭 떨어지는 소리만 들렸다.

"병원 갈게. 예약해 줘."

그가 고개를 서서히 들었다.

"진짜야?"

그는 얼굴을 잔뜩 적신 눈물을 팔등으로 아무렇게나 닦아내고 상체를 숙여 시선을 맞춰 왔다. 언제 아파했냐는 듯 순진무구한 맑은 표정으로 바뀌었다.

희주는 한순간에 뒤바뀐 그의 표정과 기분에 잔뜩 긴장한 몸이 풀리는 느낌이라서 헛웃음이 흘러나오고 말았다.

"고마워 희주야."

그렁그렁한 눈물을 달고는 눈매를 예쁘게 휘며 웃었다.

* * *

기척이 느껴져서 일어났더니 재인이 침대에 걸터앉아 머리 위를 어루만지듯 쓸었다.

좋아지고 있는 걸까. 아니면 다시 지옥으로 걸어 들어가는 걸까.

살살 쓰다듬는 크고 따뜻한 손길이 좋아 다시 눈을 감았다.

재인의 손에 이끌려 상담센터를 방문하기 시작한 지도 꽤 오 래됐다. 첫 방문을 떠올렸다.

〈하늘 심리상담센터〉

편안한 클래식 음악이 흐르고 희주 앞에는 김이 모락모락 나 는 따뜻한 차가 앞에 놓였다.

상담사는 중년 여성이었다. 얇은 은테의 안경을 쓴 그녀는 이지적이면서도 편안한 인상을 주었다.

희주는 그녀의 앞에 앉아 한참 동안 말을 하지 않고 입만 달 싹였다. 뭐부터 얘기해야 할지 몰랐다. 상담 전에 작성한 기록 지를 보던 그녀는 묵묵히 기다리며, 희주를 부담스럽지 않게 살펴보았다.

예쁘다. 작은 얼굴에 세밀화로 그려 놓은 듯한 눈썹. 오밀조

밀한 이목구비와 유리알 같은 큰 눈. 감겼다 뜰 때 팔랑거리는 속눈썹. 푸른 혈관이 보일 정도로 투명한 살결과 섬세한 목선은 왠지 모를 위화감을 자아냈다.

특유의 고혹적인 분위기까지 겸비한 여자는 자신이 봐도 시선을 떼기가 힘들 정도로 미인이었다.

며칠 전 찾아왔던 재인을 떠올렸다.

'선생님 저 기억 안 나요? 재인이에요. 서재인.'

'누구라고?'

그녀는 안경을 벗고 눈을 동그랗게 뜨며 그를 빤히 바라보았다.

아, 서산 그룹 막내아들.

어렸을 적 비서의 손에 이끌려 왔던 재인이었다. 비밀 유지 각서에 센터 전 직원이 서명해야 했다. 그의 모친과 부친은 코빼기도 보이지 않았고, 비서가 오가며 그가 치료를 받게 했다.

그때 그녀는 막 상담사 자격을 취득한 실습생으로 정신의학 센터에서 처음 근무하던 중이었다. 심리상담사 여러 명과 의사들이 제법 많은 유명한 곳이었다.

재인을 담당했던 의사와 상담사는 충격에 의한 함묵증이라고 판단하고 치료하기 위해 애썼다. 정확히는 약물 처방으로 해결하려 했다.

'괜히 건드려서 나빠지면 어떻게 해. 김 선생도 알잖아. 비정상적인 가정환경이라 어릴 때 한동안 공황 올 수도 있는

거. 서산 그룹 도련님이야 알겠지? 적당히 말만 좀 하게 만들어.'

실습생이라 그녀는 주로 미술이나 음악으로 아동의 심리 치료를 담당했었다. 재인이 심리 치료 방에서 혼자 멀거니 밖을 바라보았다. 그녀는 재인의 옆에 쪼그리고 앉아 아이의 눈높이에 맞췄다.

'재인아. 재인이 강아지 이름이 뭐랬지? 많이 아파했니?'

비서의 말에 의하면 키우던 강아지가 죽어서 충격을 받은 것 같다고 했다. 더 자세한 상황은 말하기를 꺼려했다.

보통은 슬퍼하거나 화내거나 겁에 질리거나 나이에 맞는 감정을 표현해야 하는데 아이 주제에 그는 초연한 얼굴이었다. 한참을 말없이 아이는 가만히 있었다. 그녀 역시 그 옆에 쪼그리고 앉아 창밖을 바라보았다.

'형이 더 아파했어요.'

재인이 덤덤하게 말했다. 그렇게 서로에게 신뢰가 쌓인 뒤 재인은 그녀에게 자신에 대한 이야기를 꺼내기 시작했다. 듣는 내내 아동 학대로 신고해야 하지 않느냐는 생각이 들 때였다.

'선생님, 아무것도 하지 마세요. 우리 아빠랑 형 무서운 사람이에요.'

자신의 마음을 읽은 듯 건조한 표정으로 어린애답지 않은 말을 뱉었다.

그랬던 재인이 안진의 별장을 다녀오더니 한껏 상기된 얼굴로 말했다.

'선생님, 나 찾았어요. 선생님이 그랬잖아요. 나한테도 언젠가 소중한 게 생길 거라고.'

미소를 끌어 올리며 해맑게 웃는 재인의 모습에 다행이라 여기면서도 한편으로는 걱정됐다.

삶의 의미를 잃은 환자들이나 지독한 상실의 트라우마를 겪은 사람들이 어떤 것에 관심을 보이기 시작하면 무섭도록 집착하는 걸 봐 왔기에. 그래도 아직은 저 순진하고 천진한 아이가 삶을 버거워하며 지금 당장 힘들어하는 모습을 보지 않는 것만으로도 다행이라고 생각했다.

그런 다음 미국으로 갔다고 했던가. 그녀도 여러 센터에서 상담사로 일하다가 개원을 한 지는 7년이 됐다.

재인이 너무나 달라진 모습으로 지금 그녀의 앞에 서 있었다.

'못 알아볼 뻔했어. 정말 재인이야? 얼마만이지?'

반가움을 표현하자 그도 조용히 웃었다.

'10년도 넘었죠. 음…… 14년?'

반가움을 해후하기도 전 그의 표정이 급속도로 어두워졌다. 그의 깊고 짙은 눈에서 굵은 물방울이 툭툭 떨어졌다. 그의 뺨 위로 물줄기가 만들어지고 눈물에 눈물을 더해 멈출 줄 몰랐다.

그렇게 제발 그녀를 살려 달라며 한참을 울다가 갔다. 대강의 상황을 들은 그녀는 내색은 하지 않았지만 적지 않게 놀랐다. 환자들의 기구한 사연을 많이 들어왔지만 그럴 때마다 충격을 받았다. 지독하게 얽힌 그들의 사연이 너무 안타까웠다.

재인의 그 소중한 대상은 지금 눈앞의 김희주일 것이다. 젊었을 때 들었던 기우가 이렇게 맞아떨어지다니.

'난 죽어도 돼요. 걔만 행복하다면…… 가능하면 예쁜 얼굴 더 오래 보고 싶긴 한데.'

아쉬운 일은 단지 그것뿐이라는 심드렁한 말이었다.

'치료는 네가 필요할 것 같은데.'

그러면서 웃었던가.

이 불쌍한 사람들은 어떻게 해야 한단 말인가. 골이 지끈거렸다. 해 줄 수 있는 건 한정돼 있다. 그들의 관계를 제가 규정하거나 재정립시킬 수는 없는 일이었다. 상처나 트라우마에 잔뜩 짓눌린 세 명이 상처를 주고 상처받는 사랑을 하는 파괴적인 관계가 씁쓸했다.

그녀는 쉽사리 입을 떼지 못하는 희주를 바라보다가 창문으로 다가가 블라인드를 걷으며 말했다.

"최근 겪었던 것 말고, 우리 그냥 얘기해 볼까요? 예를 들면 저, 하늘. 하늘을 보면 생각나는 게 있어요? 어릴 때, 하늘을 봤던 기억부터 말해 봐요."

창문으로 시선을 던지며 희주의 시선도 유도했다. 희주는 느릿하게 고개를 돌렸다.

어렸을 때 하늘을 봤던 기억이…… 맨날 땅만 보고 걸었던 것 같은데. 왜 그랬지? 그녀는 가난했으니까. 늘 조롱받고 괴롭힘을 당하는 대상이었으니까. 땅만 보고 걸으면 그래도 시비는 좀 줄어서.

저도 모르게 눈물이 주르륵 뺨으로 흘러내렸다. 김 선생은 휴지를 건네주었고. 그녀가 울먹이느라 더듬거리면서 말하는 오래된 기억을 들었다. 결국은 상담 시간이 다 되어 다음 예약을 잡았다.

* * *

'마음을 너무 쥐고 있는 것도 강박이에요. 그냥 편안하게 흘러가는 대로 둬 봐요.'

'그런데 방법을 몰라요. 내 마음은 항상 보답받지 못해요. 초라한 것 같고…… 그래서 자꾸 숨기게 돼요. 그러면 상처를 덜 받을 것 같으니까.'

'그렇게 생각할 수 있겠네요……그런데 과연 상처를 덜 받았나, 생각도 한번 다시 해 봐요…… 어려우면 일단 다 제쳐두고 마음을 편하게 가지고 자신부터 좋아하려고 노력해 봐요.'

온화한 미소는 따뜻했다.

한 번, 두 번…… 상담을 이어 갔다. 아빠의 부재, 가난한 엄마에 대한 원망, 이복오빠의 폭언, 친구들로의 따돌림 등 여러 가지 이유가 그녀를 힘들게 했다. 여러 요소가 자신을 갉아먹는 불건전한 생각으로 번져 그녀를 생각보다 더 억누르고 있다는 것을 알게 됐다.

무엇보다…… 최근에 겪은 관계를 자신의 탓으로 생각하지 말고, 그 속에 너무 깊이 잠겨 있지 말라고 했다.

상담을 받으며 피폐했던 생활이 나아지긴 했지만, 오랫동안

어둠에 잠식되었던 자존감이 벌떡 세워지거나 두려움이 사라
진 건 아니었다. 그날의 상황을 떠올릴 때 심장이 발작하는 듯
이 뛰는 것도 아직은 여전했다.

병원을 나오는데 재인에게서 문자가 왔다.

[상담은 끝났어? 밥은? 난 지금 여기 학교 친구들이랑 같이
먹고 있어.]

그는 더 그녀를 지극하게 보살피며 자신이 어떻게 잘못될까
애달파하는 게 보였다. 캠퍼스에 있는 동안에도 계속해서 문자
를 하며 끊임없이 그녀의 안부를 확인했다.

[저녁은 먹고 싶은 거 없어?]
[어디야? 데리러 갈까?]
[왜 연락이 없지? 어디 아파?]

문자에 답을 보내지 않자, 바로 핸드폰이 울렸다. 걱정과 초
조함이 진동에 묻어나는 것 같았다. 희주는 나오면서 하늘을
올려다봤다.

찬 바람에 코끝은 시렸는데, 마음은 괜스레 설레었다.

* * *

박 실장은 오늘은 어떤 처참한 광경이 펼쳐져 있을지 잔뜩 긴장한 채 집 안으로 들어섰다.

예상과는 다른 멀쩡한 모습이었다. 아니, 완벽했던 원래의 그의 모습으로 돌아와 있었다.

거실 소파에 앉아 긴 다리를 꼰 채로 그는 손가락을 움직이며 태블릿을 살피고 있었다. 지분 증여 절차부터 계열사 합병까지, 그가 부재한 동안 이렇다 할 진척 상황이 없었다. 그는 골치가 아프다는 듯 관자놀이에 불거진 핏줄을 손마디로 꾹꾹 눌렀다.

"내가 눈깔 뒤집혀 있는 동안 문제가 많았네요? 우리 회사가 구멍가게도 아니고……."

그는 머리가 아픈지 찡그러고는 주머니에서 약을 꺼내 삼켰다. 쓰리피스의 감색 슈트와 깔끔하게 넘긴 머리. 살이 빠져 날카로워진 턱선이 남자를 한층 더 차갑게 보이게 했다.

박 실장은 새 카펫과 소파가 차지한 거실을 둘러보았다. 어제까지만 해도 술 냄새가 가득 차 있던 곳이었다.

일주일 전, 서재인이 김희주를 데리고 나간 날은 살인 현장을 방불케 했다. 들어서는 순간 비릿한 피 냄새가 진동했고, 태인이 피를 흘린 채로 미동 없이 고요히 누워 있었다.

죽었나? 간담이 서늘해졌다. 박 실장은 그가 정말 죽었는지 알고 태인이 널브러진 곳으로 조심스럽게 발걸음을 떼었을 때였다.

'이런…… 씹…… 드럽게 쑤셔 났네.'

태인이 갑자기 벌떡 일어나더니 아픈지 욕을 뱉었다. 박 실장은 기겁하고 악- 비명을 질렀다. 그는 박 실장이 보이지도 않는지 거실 진열장에서 위스키 꺼내 병째로 마셨다.

세 모금 정도 마셨을 때 정신이 드는지 박 실장을 쳐다보았다.

'오늘은 도망칠 사람도 없네……. 병원 가야겠다. 나 좀 데려다줘요.'

그 눈빛이 아주 돌아 버린 자 같아서 아직도 소름이 끼쳤다. 병원 가는 내내 그는…….

'박 실장님, 내가 그 괴물 같은 노친네랑 닮았어요? 난 잘 모르겠는데……. 나는…… 아니지 않나?'

그런 비슷한 유의 말들을 쉴 새 없이 중얼거렸다.

그때 잠시 고민했었다. 줄을 잘못 선 게 아닌가 하는.

멀쩡한 모습 위로 그때를 겹친 박 실장은 황망한 표정으로 그대로 자리에 굳어 있었다. 그러자 태인이 흘긋 시선을 주었다가 속을 읽은 듯이 조용히 미소 지었다.

"왜요? 내가 아직도 미쳐 보여요?"

똑같이 쳐다보네. 그렇게 중얼거리며 누군가를 떠올리는 듯 빙긋 웃었다.

"걱정 마요. 내 줄 잡고 따라온 보답은 할 테니까."

그리고 손목을 틀어 시계를 보더니 자리에서 일어났다.

주말 오전 10시, 아직 이른 시간이었다.

대통령 해외 순방 관련 미팅 건은 저녁 시간이었다. 순방단으로 명단에 오른 경제인들과 청와대 비서진들이 서산 SJ호텔 프레지

덴셜 스위트룸에서 식사 겸 미팅 자리가 예약돼 있었다. 태인은 지금 이 시각에 박 실장을 집으로 호출한 이유를 설명했다.

"미팅 시간 전에 뭐 좀 처리하고 싶어서…… 홍천 잠깐 다녀오려고."

단단하고 굵은 목 끝까지 채운 셔츠 앞의 목울대가 크게 일렁였다.

"도끼 좀 줘요."

관리인 사무실에 들어선 그는 작은 내부 공간을 스윽 훑어보면서 던지듯이 말했다.

그는 무감한 표정으로 눈 하나 끔쩍하지 않고 도끼로 나무를 찍고 또 찍어 댔다. 쩍, 쩍, 나무가 패는 소리가 위태롭게 들렸다.

조금 멀리서 그 모습을 관리인과 박 실장이 바라보고 있었다.

"아니, 도련님이 왜…… 왜 저러시는 거예요. 사모님 나무를 왜……."

관리인이 믿기지 않는다는 눈으로 멀리 있는 태인을 한 번, 옆에 있는 박 실장을 한 번 쳐다보았다.

박 실장은 어깨를 으쓱였다.

동작은 간결하고 건조한 행위였는데, 마치 그가 도끼에 찍히는 듯한 울림이 느껴졌다. 아마도 온몸의 힘을 다해 벗어나고 싶어 하는 마음이 담겨 있을 수도.

마침내, 어여뻤던 수목이 털썩, 소리를 내며 추하게 쓰러졌다.

그는 가만히 서서 누워 있는 그 나무를 쳐다보았다. 뒷모습만 보여 어떤 표정인지는 보이지 않았다. 그의 거칠게 오르내리는 등은 자신을 옥죄고 있던 목줄을 끊어 낸 것처럼 후련해 보이기도 했고, 모든 걸 상실한 것처럼 느껴지기도 했다.

"뺏겼거든요."

박 실장은 입을 벌리고 다물지 못하는 관리인에게 덤덤하게 말했다.

"불쌍하게도."

그가 평생을 지니고 살아온 과업을 버리고 이런 분노를 드러내는 이유는 하나밖에 없지 않겠나.

"다시 찾아올 수 있으려나……."

혼잣말로 중얼거린 박 실장은 고개를 절레절레 흔들며 청와대 비서실에서 온 전화를 받으며 자리를 떴다.

태인이 쓰러진 나무를 보는 낯빛은 분노에 가까웠다. 이미 쓰러진 나무를 또 베어 버릴 듯한 사나움이 도사린 눈이었다.

어머니의 저주였을까. 복수를 말하며 저를 껍데기같이 살게 하고, 제가 고통받기를 바랐을까? 끝내 자신도 이루지 못한 사랑을 저도 할 수 없게 만든 자신을 보자니 어머니가 자신에게 한 지독한 복수 같았다.

'죽어 버려. 당신을 사랑하는 게 아니었어.'

희주의 음성과.

'죽어 버려. 너 같은 걸 낳는 게 아니었어.'

어머니의 음성이 엉켜들어 눈과 귀에 달라붙는다.

그만.

이제 그만할래요. 난 그 여자를 가져야겠으니. 어머니는 아버지나 가지세요. 보내 드릴 테니.

태인은 대통령 해외 순방 일정을 마치고 오는 길에 긴급 콜을 받고 병원으로 왔다.

완벽하다. 바라왔던 장면이 눈앞에 펼쳐지고 있다. 유리창 너머로 보이는 병실의 광경을 가만히 지켜보았다.

귀신같은 몰골이군.

야위긴 했어도 타고난 넓은 체격은 여전해서 맘에 안 들지만. 간헐적으로 나타났던 섬망 증상은 시시때때로 나타나 이제 제정신인 시간이 별로 없을 정도였다. 정확히 말하면 단순한 섬망이 아닌 약물에 의한 반응이었다. 아주 오랫동안 지속적으로 투여한 결과.

병실 안을 서늘히 주시하는 태인의 옆으로 한 남자가 선다. 최 박사였다.

"생각보다 너무 늦었어요."

최 박사는 대꾸하는 대신 머리를 살짝 숙였다.

"지은 죄가 클수록 환영도 많이 보이는 걸까요?"

태인은 쓴웃음을 지으며 허공에 대고 악을 쓰는 서 회장을 관찰했다.

그랬으면 좋겠는데. 네게 한 짓이 가혹했으니 미쳐 버리면 네 환영만 보일 것 같은데, 그건 또 나쁘지 않을 것 같아.

"환자가 뭘 보는지는 정확히 알 수 없습니다. 무의식중에 있는 것들은 비정상적인 환영으로 만들어져 나타날 수도 있고요……. 그나저나 전무님도 이제 약을 줄이셔야 합니다. 아무리 건강한 성인 남자라도 그렇게 지속적으로 복용하시면……."

"알아서 할게요."

벌겋게 충혈된 서 회장의 눈과 마주쳤다. 태인은 그 모습이 꼭 자신같이 보여 갑자기 구역질이 치밀어 올라왔다.

그는 눈을 감고 목 끝까지 올라온 쓴물을 삼켰다.

"어머니가 계셨던 요양원이 좋겠어요. 준비하세요. 언론에 제공할 소스도 만들어서 박 실장한테 주고."

"네. 알겠습니다."

"그리고…… 이 일 관련 자료는 관리 철저히 하세요. 저번에 최세연이 정보 빼돌린 것도 모르고 있었잖아요. 내가 어떻게 믿고 일하겠어요? 이제 곧 병원 이사장이 되실 분이 조심하셔야죠."

더 이상 실수를 허락하지 않겠다는 날카로운 말과, 달콤한 보상을 최 박사의 앞에 떨구었다.

"죄송합니다."

"편하게 보내 주려고 이렇게 오랫동안 기다린 게 아니에요. 무슨 말인지 알거라 생각합니다."

'그토록 경멸하고 죽이고 싶어 하던 사람을 닮은 기분은 어때?'

건방지게…… 잘 벼린 칼날처럼 내뱉었었지. 그 말은 태인을 머리부터 발끝까지 정확히 베고 지나갔다.

목에 핏대를 형형하게 세운 태인의 얼굴이 비소를 머금었다.

너도 그 사람 아들이야. 희주를 향한 네 집착과 내 것이 뭐가 달라. 네 역겨운 집착도 희주가 곧 알게 될 거야.

자신이 혐오스럽고 추악한 인간이라는 걸 희주가 먼저 알아버려서 아쉽지만.

아버지가 어머니에게 그랬던 것처럼 희주를 가둬 두고 발정 난 짐승같이 가졌다. 벌겋게 펄펄 끓어오른 자신의 욕망에 잠식돼 숨에 헐떡이는 그녀의 모습이 눈앞에 그려졌다.

그래도 예뻤는데.

여자가 울부짖는 모습을 떠올리면 괴로우면서도 싫지는 않았다. 역시 저 남자의 아들다운 생각인 걸까. 배운 게 그것밖에 없어서.

보고 싶어. 꿈에서도 나타나지 않는 야박한 김희주 환영이라도 봐야겠어.

주머니의 약을 꺼내 삼켰다. 목에서 가시처럼 걸린 약이 서서히 녹아내린다.

가서 빌어라도 볼까. 언제나 그랬듯이. 기다리고 있을지도 모르잖아.

* * *

겨울의 문턱, 쌀쌀한 바람이 불었다.

희주는 센터에서 상담을 받고, 근처 서점에 들렀다.

여행 책자들이 눈에 띄었지만 애써 무시했다. 그러면 안 되는 걸 아니까. 또 조금 나아졌다고 경솔한 마음에 덥석 받아들일 수 없다.

서점을 나와서는 갑작스러운 허기에 희주는 길가의 프랜차이즈 분식집으로 들어왔다. 평소에 식탐이 없는 걸 고려할 때 요즘 들어 자주 허기가 졌다.

늦은 점심시간이라 사람은 별로 없었다. 김밥과 라면을 주문했다. 켜 놓은 티브이에서 뉴스가 방송되고 있었다.

─6대 그룹 총수들을 포함한 대통령 해외 순방이 마무리됐습니다. 7박 9일간 미국과 영국을 거쳐 프랑스가 마지막 종착지인 일정이었는데요. 오늘 귀국한 순방단에서 가장 눈에 띄는 사람은 서산 그룹 서 회장의 건강상 문제로 대신 일정을 소화하게 된 서태인 전무였습니다. 재계에 따르면, 미국과 유럽 법인에 몸담으면서 각종 네트워크를 구축한 서 전무의 경제외교를 적극 활용……

새파랗게 질린 얼굴로 변한 그녀가 떨리는 눈으로 화면을 보았다.

태인은 그 이후로 저를 찾아오지 않았다. 아니, 국내에 없었던 거겠지.

뉴스에서는 그가 대통령과 나란히 포토라인에서 사진을 찍은 모습들을 보여 주었다. 뉴욕 경제인 포럼에서, 미국 워싱턴

조찬 모임에서, 그는 대통령 옆을 지키고 있었다. 이른바 '대한민국 세일즈'라고 칭해지는 순방 일정인 만큼, 자리 배치는 젊은 기업인의 모습의 효과를 톡톡히 보여 주려는 청와대의 기획 작품이라고 했다.

홍보의 효과는 톡톡했다. 시종일관 미디어와 SNS를 태인의 사진들이 점령하며 '한국 대통령 옆의 남자는 누구?'라는 제목으로 시끄러웠으니. 남자의 외모와 더불어 이지적이면서도 세련된 옷차림에 대한 칭찬 역시 이어졌다.

태인은 그런 일이 있었다는 것이 믿기지 않을 정도로 빈틈없는 완벽한 모습이었다. 왼손에 여전히 감고 있는 붕대를 빼자면 그 일은 없었던 일이 될 수 있을 것 같았다.

저렇게 잘 지낼 거면서. 왜 그런 거야 도대체.

뒤틀린 마음이 또 뱀처럼 똬리를 틀고 앉았다. 자신만 아파했다는 사실에 짜증이 치솟았다. 늘 그의 괴롭힘에 당했다는 피해의식은 잘못된 줄 알면서도 고쳐지지 않았다. 자신이 괴로워한 만큼 그가 고통스러워해야 직성이 풀렸던 자기 파괴적인 욕망이 들끓었다.

그들의 비뚤어진 사랑의 방식은 결국은 서로를 파멸로 이끄는 걸 알면서도 어떻게 할 수 없었다. 남자는 사랑인지 모르고, 여자는 사랑을 숨기고 만났던 관계였으니까. 알았더라도 달라졌을지는 확신할 수 없었다. 그들은 아주 오랫동안 망가진 영혼을 가지고 있었기에.

더는 생각하지 마. 제발. 언제까지 휘둘릴 거야.

주문했던 음식이 나왔지만 먹을 수 없었다. 한 입도 먹지 않았는데 체기가 도는 기분이었다. 결국 계산만 하고 나왔다.

이런 지독한 사랑은 다시 할 수 없을 것 같아. 심장을 칼로 쑤시는 것 같은 고통이 몰려들었다.

불현듯, 눈앞이 시뻘겋게 변하고 숨이 막혀왔다. 태인이 손을 칼로 긋는 모습과 자신이 칼을 들고 있는 장면이 그녀의 눈앞에 옮겨오자 몸에 오한이 이는 것 같았다.

희주는 숨을 천천히 쉬면서 심장 부근을 꾹 눌렀다.

사랑을 넘어선 지독한 감정에는 뭐가 있는 걸까. 그의 집착을 넘어선 감정에는 감히 이름 붙이질 못할 것이다. 자신의 비뚤어진 사랑도 사랑이라 부를 수 있는 걸까. 그것도 자신 없으면서 고백까지 했네.

희주는 자조하며 머리를 세차게 흔들었다.

상담에서는 심각하게 생각하는 버릇을 고치고, 어떤 일을 파고들기보다는 아무렇지 않게 흘려보내는 게 지금은 중요하다고 했다.

복잡한 머릿속을 정리하면서 잠깐 산책할 요량으로 아파트 근처를 배회했다. 아래층부터 층수를 새며 집을 찾았다.

저기로 들어가면 재인이 기다린다.

'희주야. 어디든 우리 떠날까? 지금 당장은 아니고…… 같이 가면 좋은데……. 혼자라도 보내 줄게. 생각해 봐.'

떠올리던 재인의 목소리에.

"희주야."

누군가의 목소리가 겹쳐졌다.

목소리가 아니더라도 누구인지 안다. 뛰는 심장이 익숙한 체향이 말해 준다.

그녀는 어깨를 움찔거렸다. 그리고 뒤도 돌아보지 않고 뛰었다. 얼마 안 가 그녀의 가는 팔이 붙들려 돌려세워졌다. 반항하며 벗어나려 하자 팔이 아프게 조여 왔다.

"이거 놔, 빨리, 나 죽어 버릴 거야."

공포스러운 장면이라도 마주한 듯 그녀는 주체할 수 없을 정도로 바들바들 몸서리를 쳤다.

그 모습에 그의 반듯한 이마가 구겨졌다. 그는 낭패라는 표정으로 곤란해하며 손에 힘을 스르르 풀었다. 그러나 그녀의 앞을 단단하게 막아선 그는 돌아설 생각이 없는 듯했다.

"얘기 좀 해."

"할 말 없어요⋯⋯. 가요."

잔뜩 떨리는 목소리. 겁에 잔뜩 질린 그녀의 모습에 그가 무너졌다.

"제발, 잠시만. 아무 짓도 안 할 거야."

남자의 애원하는 듯한 목소리에 희주는 머릿속이 새하얗게 비워지고 무력해졌다. 근처 카페로 들어와 뒤늦게 정신을 차렸다. 도대체 이 남자 앞에만 서면 이성이 비이성이 되고, 비이성이 이성이 되는 이상한 경험을 하게 된다.

"희주야."

어색했다. 그가 이렇게 달콤하게 이름을 부르는 건 침대 위에서

만이었으니까. 그 목소리에 뛰던 심장이 가라앉고 지끈거리는 통증이 대신 자리했다. 희주가 눈앞의 태인을 바라보았다.

미디어에서 보이던 완벽한 남자의 모습은 찾아볼 수 없었다.

피곤하고 지친 기색, 파리하게 질린 남자의 얼굴은 어딘가 크게 잘못된 사람 같았다. 늘 여유롭고 느긋해 권태로워 보이던 남자의 얼굴이 불안과 초조로 뒤덮여 있었다.

맴도는 무거운 침묵 속에서 희주는 꿋꿋하게 버텼다. 그리고 묘한 안도감이 들었다. 자신만 힘든 게 아니었다는 생각이 들어서.

선생님 이건 치료할 수 없는 거겠죠? 다음 상담에서 한 번 물어볼까. 하는 생각을 하며 희주는 그를 벗어나지 않으면 절대 고쳐지지 않을 파괴적인 마음에 쓸쓸함을 삼켰다.

"잘 지냈어?"

"그래 보여요?"

얼음장같이 차가운 음성, 원망 섞인 날 선 목소리에 그가 긴 숨을 토해 냈다.

"희주야……."

"말하지 마요. 숨 막혀요."

설핏 인상을 쓴 희주는 그날 일을 되새기는 듯 말을 잘랐다.

그는 눈썹은 일그러진 상태로 입가는 호선을 그리며 찡그리듯이 웃었다. 그의 맞잡은 손이 잘게 떨리고 있었다. 그의 상태가 심상치 않아 보여 희주는 테이블부터 살폈다. 또 그 일이 생길까 봐. 그가 또…… 미친 짓을 하면 안 되니까.

그 모습을 바라보는 태인의 입이 딱딱하게 굳었다.

"그래, 나 아픈 거 같아. 네 말이 맞아. 병이겠지."

건조하고 힘이 풀린 음성이었다. 하지만 행동은 다소 거칠었다. 혼재하는 감정을 억누르고 그가 떨리는 손으로 흘러나온 앞머리를 넘겼다. 욕도 무어라 중얼거리면서. 주머니를 더듬으며 담배를 찾는 것 같았지만 이내 그 손길을 거뒀다.

"내가 병원도 다녀 볼게. 병도…… 고쳐 볼게."

탄식 같은 한숨이 그의 입에서 흘러나왔다. 답을 모르는 아이처럼 답답해하는 것 같기도 했다. 자신의 감정에 혼란스러워하면서 어떻게든 엉킨 회로를 풀고 싶어 하는 모습이었다.

희주가 자신을 천하의 개새끼를 보듯 바라보는 게 너무나 잘 이해됐다. 그런 시선쯤은 견딜 수 있다.

네 말대로 나는 병에 걸렸으니. 그러니까 이해해 주면 좋겠어. 날 사랑했잖아. 네가 날 병신 만들어 놓고 도망가려고 해서 그런 거니까. 그래서 내가 어떤 것까지 묻어놓고 너에게 왔는지 말하고 싶어. 네가 주는 그 다디단 사랑을 받고 싶으니 다시 해 달라고.

하지만 그 말은 다 내뱉지 못하고 그저 최선의 애원을 했다. 스산한 낯빛을 감추고 다정한 얼굴로.

"그러니까…… 다시, 처음부터 시작하자. 우리."

"……"

"한 번만 봐줘. 이때까지 그랬었잖아."

빙긋 웃으며 장난하는 듯한 말투였지만, 쓴 약이라도 삼킨

걸 감춘 듯한 얼굴이었다.

언젠가 남자가 저를 사랑하게 되어 무너지는 얼굴을 본다면 쾌감이 일 것 같다고 막연히 생각한 적이 있었다. 지금, 이 순간 비틀리고 천박한 욕망이 그의 옆에서 넘실거렸다. 자신을 사랑하지 않는다는 남자에게 할 수 있는 지난날 속 끓인 것에 대한 보상의 순간이 온 것 같았다.

"일은 다 끝났어……. 그때, 말했잖아. 여행이라도 가자고. 어디 갈까? 생각해 둔 곳 있어? 외국 안 가봤잖아. 크리스마스에는 파리에서……."

희주는 더는 못 참겠다는 듯 웃음을 터트렸다. 그러자 그는 말을 멈추고 그녀를 고요히 응시했다. 희주가 미소를 거두고 무정한 눈빛으로 일관하며 입을 꾹 다물고 있자 그는 눈에 띄게 불안해했다.

"모르겠어요? ……우리는 끝났어요."

생각보다 기분이 좋지는 않네.

희주는 그렇게 생각했다. 가슴이 저릿했다. 욱신거리는 심장이 마음에 들지 않았다. 그러다 울컥 짜증이 치밀어 올랐다. 왜 이제 와서 그러는 거야. 내가 사랑해 달랄 때는 그렇게 상처 줘 놓고. 나도 당신도 정상이 아니야. 이렇게 미쳐 버린 우리는 서로를 망가뜨릴 거야.

"맨날 그랬었잖아……. 그리고 다시 시작했었잖아."

바닥을 기는 낮은 음성. 참회라도 하는 듯 그는 무릎 위에 두 손을 맞잡았다.

긴장되고, 슬프고, 차갑기도 뜨겁기도 한 그런 공기가 그들 주위를 배회했다. 한참을 그렇게 침묵 속에 있었다. 희주는 고집스레 창밖을 보았고 그런 그는 희주를 응시했다. 한참 만에 그가 입을 열었다.

"사랑해."

사랑을 고백하기 좋은 날씨이긴 했다. 카페 안의 통창으로 햇살이 내리쬐고 있었다. 부드러운 음악. 모락모락 김이 나는 따뜻한 커피. 눈앞의 자신이 사랑했던 근사한 남자.

그런데 이미 자신의 마음은 너덜너덜해져서. 그 고백조차 비틀리게 들렸다. 자신이 기어이 마음을 돌리고, 재인이 옆에 있으니까 나를 가지고 싶은 거잖아. 희주는 눈살을 찌푸렸다. 이것 봐. 난 비뚤어져서 당신이 적선해서 주는 그런 사랑 따위로 채워지지 않아.

"내가 원하는 거라고 해서 막 던져 주는 거예요? 난 이제 필요 없는데 어쩌지……."

달갑지 않은 표정으로 그를 바라보았다.

"잘 생각해 봐. 되돌아보면 꽤 좋았던 기억이……."

"필요 없다고 말했어요."

까칠하게 날이 선 말투. 그녀의 예쁜 입에서 실소가 입술을 비집고 나왔다. 그의 눈이 정처 없이 흔들렸다.

무감정한 희주의 얼굴을 보는데, 발밑이 꺼지는 기분이었다. 온몸이 타 버려 새까만 재가 된 자신이 공기 중에 부유하는 느낌이었다.

"왜? 왜 늦어. 널 한순간도 사랑하지 않은 적이 없어. 다만 내가 몰랐던 것뿐이야. 어머니가 내게……."

어머니라는 말을 입에 담은 그는 고개를 떨구며 입 안을 짓씹었다. 입 안에서 비릿한 맛이 났다. 주먹을 말아 쥔 손에 핏줄이 터질 듯이 팽창했다. 항상 어머니를 말할 때면 이렇게 이성을 잃고 상처받은 짐승처럼 날뛰고 만다. 다 묻고 왔다고 생각했는데, 그 여흔이 아직도 남아 있는 걸까.

"이런 씹, 하~. 내가 어떻게 하면 돼. 응? 내가, 내가…… 할 수 있는 건 다 할게. 그러니까 제발…… 떠나지 마. 서재인이랑 가지 말라고."

거친 숨을 내몰아 쉬며 뚝뚝, 말을 끊어서 했다.

남자의 기세 높게 팽팽하던 눈가가 허물어졌다.

"날 미워해도 좋아. 원래 그랬잖아. 넌 날 증오했잖아. 그래도 우린 문제없었어. 그냥 미친놈, 개새끼라고 욕하고…… 그냥 있어. 미워하면 미움 받고 그러다가 불쌍하면 동정도 받고, 다할 게 제발 그러니까……."

그가 호흡을 뚝, 멈췄다.

"가지 마."

핏발 선 눈동자에 눈물이 가득했다. 아름다운 그의 얼굴이, 그녀가 사랑해 마지않았던 그 얼굴에 눈물이 흐르고 있었다.

"갈게요."

길고 지독한 사랑 끝에 돌아서는 순간은 짧았다.

왜 갑자기. 그런 표정에 그런 말을 하는 거야. 차라리 윽박

지르고, 날 함부로 대하면 좋았을걸. 그러면 미워하는 마음을 부풀려 한없이 저질스러운 마음을 감출 수 있을 텐데. 당신 옆에서는 안 돼. 내 혐오스러운 욕망이 채워지지 않아.

* * *

그날은 기분이 이상했다.

애써 묻어두었던 것이 터져 나올 것 같은 그런 기분.

눈을 뜨니, 단단하고 두꺼운 팔이 보였다. 꿈쩍도 할 수 없게 뒤에서 자신을 끌어안은 채로 재인이 자고 있었다.

더운 체온으로 잠을 깨는 아침이 익숙해졌다. 아무런 행위도 없이 가만히 뒤에서 그녀를 안아서 재워 준다. 악몽을 꾸는 제게, 슬퍼하거나 고통스러워하는 그녀를 꽉 껴안으며 눈시울을 붉혔다.

재인이 자신에게 보이는 맹목적인 사랑은 도무지 이해되지 않는 감정이었다. 그게 부담스러우면서도 제 마음 구석에서는 기이한 만족감이 피어올랐다. 애정과 사랑을 게걸스럽게 먹어 치워 늘 공허하고 텅 비었던 그곳이 채워지는 느낌이었다.

이래도 되는 걸까. 받아도 되는 걸까.

하루에도 수십 번 하는 질문에는 답은 같다.

안 돼. 그만해야 해.

겨우 타인의 그림자에서 벗어나는 것 같은데, 재인이 있으면 완벽하게 벗어날 수 없다. 그건 아마도 그 남자를 아직도 완전히 놓지 못한 자신을 알고 있기 때문이다.

재인이 저를 놓지 않으면 그대로 있고 싶다는 이율배반적인 생각에 모른 척 여기까지 왔다. 상담에서는 지나치게 마음을 숨기며 심각한 상상에 빠져드는 건 그만하라고 했지만, 이건 숨겨 마땅한 저열한 욕망이다.

튀어나오는 순간 모두를 괴롭힐 테니까. 그건 희주가 자신의 욕심으로 망쳐 놓은 모든 걸 정상으로 돌려놓는 유일한 길이었다.

맑은 새벽. 어스름하게 밝아지는 하늘.

희주는 가벼운 트레이닝복 차림으로 밖으로 나갔다.

더는 미룰 수 없다.

그 남자도, 재인도 자신의 욕심으로 다 망쳐 버렸다.

슬퍼하겠지만, 안 본 세월이 얼마인데. 고작 짧디짧은 이 시간이 뭐라고, 재인이는 괜찮을 것이다.

배 속에서 가시가 돋아나 심장을 찔러대는 것같이 아팠다.

흠칫, 희주가 걸음을 멈추었다.

아…….

아파트를 나와 한강으로 가는 골목, 흙길 한편에 작은 새가 죽어 있다.

흙투성이가 돼서는. 마치 누워 있듯 쭉 길게 뻗은 상태로 고요히.

그런 새를 뒤로하고 그대로 갈 길을 달려갔다.

그래서 언제 그만하자고 말한 건데? 이번 주? 다음 주?

결심하고도 시기를 고르는 섬세함이라니 위선 떠는 제가 불쌍할 지경이었다.

그냥 죽어 버려 김희주. 그냥 이 세상에서 사라졌으면.

턱 끝까지 차오른 숨에도 계속 뛰던 그녀가 우뚝 멈추어 섰다. 죽은 새의 잔상이 어른거렸다.

불쌍함. 연민. 죄책감. 작고 초라하게 더러운 모습으로 죽어 있는 새에게 감정이입이라도 한 건지 쓸쓸하고 외로운 기분까지 든다.

한참을 달리다가 속도를 줄여 서서히 멈추고, 다시 몸을 돌렸다.

누가 버렸으면 어떡하지. 고양이가 물고 갔으면……점점 더 빠르게 뛰었다.

죽지 마, 그렇게 초라하게 죽기 싫어. 사랑받고 싶어. 울컥 치밀어 오르는 울음을 꾹 삼키고 뛰었다.

희주는, 아까 그 지점에 거의 다다라 멈추어 섰다. 참았던 숨을 가쁘게 몰아쉬며 호흡을 골랐다.

절대 지나치질 못한 덩치로 길가에 쪼그리고 앉아 있는 남자가 보인다.

희주의 기척을 느끼고는 재인이 그 큰 몸을 느긋하게 폈다. 볼캡을 눌러쓰고 후드 티에 반바지 차림. 그녀를 뒤따라 나온 것이다. 그는 손바닥을 마주해 탁탁, 손에 묻은 잔여물을 털더니 그녀를 보고 싱그럽게 웃는다.

"같이 가자니까. 먼저 가고 그래."

"네가 안 일어난 거야."

달려서 그런지 맥동하는 심장을 느끼며 샐쭉하게 말하고는 서서히 걸어갔다. 아까 새가 누워 있던 그 자리에 봉긋한 둔덕이 만들어져 있었다. 그 앞에는 나뭇가지 두 개가 교차해 풀줄기로 매듭지은 십자가가 꽂혀 있다.

아……

눈시울이 뜨거워졌다.

넌 너무 예쁘다. 재인아.

내가 본 것 중에 제일 따뜻해.

햇살 아래 쏟아져 내리는 싱그러운 그의 미소가 그녀의 가슴을 먹먹하게 했다.

그를 마주 보고 웃는데, 순간.

저 따뜻한 뺨을 잡고 입 맞추고 싶은 마음이 들었다.

미쳤어.

그 감당하지 못할 욕망을 깨닫고는, 희주는 고개를 떨궜다.

낮게 깔려 있던 배덕감이, 수치심이, 그리고 뜨거운 어떤 감정이 선명한 색을 띠고 올라왔다.

안 돼. 내가 무슨 자격으로.

설레는 마음을 억지로 눌러 꺼뜨렸다. 그렇지만 이미 빠르게 두근거리는 심장은, 시선이 그의 커다란 손에 닿자 더 끓어올랐다.

저 손이라도 잡고 싶어. 따뜻할 것 같아.

얼마나 그가 뜨거운지, 어떤 안정감을 주는지 안다.

머릿속이 혼란스러웠다. 그러니까 나는, 나는, 너를…… 심장이 뻐근해졌다.

그것도 모르는지 앞의 남자는 속도 없이 눈부시게 웃는다.

햇살을 핑계로 흔들리는 눈동자를 감추기 위해 손등을 들어 눈을 가렸다.

촉. 부드러운 촉감이 닿고 지나간다. 슬며시 손을 내리고 눈을 느리게 깜빡였다.

깜박이는 시야로 재인이 웃는 게 보인다.

입술이었나.

발작하듯 쿵쾅대는 박동 소리가 아니었다.

두근두근 심장이 예쁘게 뛰었다.

"미국에서는 이게 애도의 방법이야."

새 무덤을 흘긋 눈짓하며 씨익 웃었다. 그리고 옆의 작은 풀꽃 한 송이 뽑아 둔덕에 올려놓는다.

아…… 어떡하지 정말.

몸을 돌려 그런 그를 뒤로한 채 희주는 빠르게 걸었다. 가능한 한 아주 빨리. 그리고 이내 달렸다. 심장이 뛰쳐나올 것 같은데. 멈출 수가 없었다.

두근거리는 심장은 힘껏 달린 탓이어야 했다. 그래야만 했다.

"나 참, 뽀뽀 한 번 했다고 그렇게 줄행랑칠 줄은 몰랐네. 더한 것도 했는데."

별장에서 한 진한 키스를 낯 뜨겁게 언급했다. 희주가 그를 흘겨보자 재인이 눈치를 보며 시선을 피했다.

오늘 미국에서 재인의 친구가 아트 페어 오픈에 맞춰 한국으로 건너온다고 했다. 둘은 드레스 룸에서 나갈 채비를 하고 있었다.

와인브라운 컬러의 포멀한 정장을 입은 재인은 한 폭의 그림처럼 우아했다. 화장대 앞에서 머리를 뒤로 넘기는 모양새가 근사해 시선이 자석처럼 계속 들러붙었다.

자꾸 가슴이 뛴다. 간지러워 미칠 것 같아.

괜히 목덜미를 벅벅 긁었다. 어느새 그녀의 뒤에선 그가 덜 채워진 원피스의 뒤 지퍼를 마저 올려주며, 뒷덜미에 가볍게 입을 맞춘다.

전기 오르듯 찌르르 울리는 뱃속이 당황스럽다.

아무런 성욕이 없는 가벼운 입맞춤이었는데, 아침부터 혼란스러웠던 마음이 몸으로도 느껴지는지 이렇게 당황스러울 수가 없었다.

* * *

『와 이게 누구야.』

큰 키의 단단한 골격을 가진 남자였다. 짙은 눈썹 아래 선이 굵은 전형적인 미남형의 남자였다.

제임스 얀. 중국계 미국인으로 재인과 대학교 동창이라고 했다. 인사를 서로 건네받고 둘의 회포를 위해 희주는 작품을 감상하겠다며 자리를 비켜 주었다.

『이게 얼마 만이야?』

굵직한 목소리로 능글거리는 제임스를 징그럽다는 듯 쳐다보면서 재인이 미간을 찌푸렸다.

『1년도 안 됐거든. 오버하지 마.』

『냉랭한 건 여전하네. 뭐 해? 회사 경영 수업? 재미없을 것 같은데.』

『몰라. 미국 갈 수도 있으니까 긴장해. 지금 보니까 예전 실력만 못하던데? 작품은 몸이랑 얼굴로 하는 게 아니라니까. 지금 인기, 평판 다 거품인 거 알지?』

물론 장난이다. 그가 속한 3명으로 구성된 프로젝트팀 'CAMP'는 뉴욕을 기반으로 활동했다. 〈수족관〉 시리즈로 동시대 사회상을 담은 조각, 영상, 그림 등 다양한 형태로 표현해 동시적인 경험을 축적한다는 평가를 받았다. 주목받는 신예 작가 집단으로 지금 가장 핫한 아티스트였다.

에이든이 말하는 몸이랑 얼굴로 작품 한다는 빈정거림은 유명 브랜드의 언더웨어 모델로도 활동하는 제임스의 유명세를 말한 것이었다.

『아, 무서워라……. 뭐든 오기만 해.』

재인의 냉소적인 말에 제임스는 그저 웃었다. 그와 대화하면서도 계속해서 여자의 모습을 좇는 재인을 보며 그는 확신했다.

『설마 그 피앙세? 실체가 있긴 했구나. 난 또 상상 속의 여자를 그리워하는 미친놈인지 알았는데. 변태같이 수절하면서 긴긴 세월 동정을 지키던 너란 걸 저 여자도 알아?』

대학 시절 재인은 한국에 약혼녀가 있다며 모든 여자와의 만남을 거부했다. 그건 하이스쿨 때도 마찬가지였다며 재인과 같은 학교를 나온 케일에게 들어서 알고 있었다. 그런 재인을 아는 주변의 사람들은 의심스럽게 쳐다보았다. 머리 아니면 페니스에 문제 있는 것이라고.

『케일의 말이 사실이었네. 내가 저 여자라면 너 무서워서 못 만나. 오직 손과 휴지로만 버티는 남자는 제정신이 아니라고. 지금도 설마…… 아니지? 아까 보니까 분위기가 영…… 너만 죽자 살자 덤비는 거 같던데.』

『앞에서 한마디만 꺼내? 죽여 버릴 거야.』

『너 성격 되게 별로인 것도 알아? 네 피앙세는 그냥 네가 순진한 아기나 착한 강아지 정도로 착각하는 것 같은데…… 솔직히 말해. 너 저 여자 앞에서는 연기하지? 으음, 곤란한데…… 내가 말해 줄까 봐. 도망가라고.』

제임스가 자신의 턱을 문지르며 빙글거렸다. 여차하면 말해 버리겠다는 협박이 담긴 멘트에 재인이 짜증스러운 기색을 보이자 그는 어깨를 으쓱였다.

안다. 저도 제정신이 아닌걸. 희주가 좋아하고 안심할만한 모습만 보여 주면서 가증스럽게 굴 때도 있다는 걸. 어쩌면 형만큼, 아니 자신이 더 미쳤을지도 모른다. 그래도 어떡해. 포기가 안 되는걸.

재인의 본성은 원래 시니컬한 쪽이었다. 자신이 예쁨받고자 하는 대상에 한정해서만 그 상냥한 기질을 발휘했다. 그게 태인이었고, 나중에는 희주였다.

『미국 오는 거지? 오면 같이 프로젝트 들어가자. 아, 그리고 케일 여자 친구 생겼다. 누군지 알아? 너 좋다고 따라다니던 로즈 알지? 걔 위로해 주다가 그렇게 됐어. 사람 일은 역시 모르는 거야……』

재인은 전혀 궁금하지 않다는 듯 제임스의 말을 끊어내고 작품 의도를 물어봤다. 제임스는 익숙하다는 듯 팔로 그의 목을 감싸며 조르는 흉내를 내었다.

희주는 커다란 유리 상자 안에 보석으로 치장된 어떤 석상이 누워 있는 작품을 바라보았다. 사람인 것 같기도 했고, 동물인 것 같기도 했고, 단순한 돌덩이처럼 무형의 것처럼 보이기도 했다.

"To clean up."

옆에서 매끄러운 목소리가 들려왔다. 제임스였다. 그는 손으로 선이 뚜렷한 입술을 문지르며 작품명을 말해 주었다. 그리고 약간 흥미롭다는 듯 희주에게 눈을 맞춰왔다.

『작품 제목은 '치워야 할 것'이에요. 마음에 들었다는 건 숨겨야 할 거대한 욕망이 있다는 건데…… 아니면 버리거나 치워야 할 것을 아직도 끌어안고 있거나?』

『아, 그게…… 어렵네요. 제가 미술은 잘 몰라서. 특히나 이런 현대 미술은.』

희주는 더듬거리며 영어로 말했다. 당황스러웠다. 바이어들과 해외 지사와 가끔 통화할 때 영어를 쓰긴 하지만, 이렇게 사석에서 말하게 되는 건 잘 없는 일인데……불안해서 눈으로 재인을 찾았다.

『그래요? 에이든한테 알려달라고 해요.』

그 말에 그녀가 의아한 얼굴로 제임스를 올려다보았다.

『말 안 했어요? 에이든이랑 학교 다니면서 종종 전시 기획 했거든요. 물론 에이든은 비즈니스 집중 과정이었고, 나는 아트를 선택했지만.』

처음 듣는 이야기였다. 물어볼 생각도 안 했던가.

『미술 관련 교양 수업에서 처음 만났어요. 처음에는 재수 없게 잘생겨서 멀리했는데 말이죠. 난 나보다 잘난 남자는 옆에 안 둔다는 주의라…… . 아, 에이든은 잠깐 친구를 만났나 봐요. 저기 로비에 있어요.』

희주가 자꾸 눈으로 재인을 찾는 걸 알았는지 로비를 눈짓하며 재인의 행방을 설명해 줬다. 희주가 그 시선을 따라 서서히 옮기자 재인이 보였다. 늘씬하고 키가 큰 여자와 함께였다.

누구지? 환하게 웃는 여자에게서는 밝은 에너지가 보였다. 희주는 의식적으로 시선을 서둘러 피했다. 심장이 쿡쿡 쑤셔 왔다.

제임스는 희주의 표정을 보더니 미소 지었다.

헛발질은 아니네. 에이든의 집착에 박수를. 마음속으로 생각하며 입술을 모아 휘파람을 부는 흉내를 냈다.

『전시 기획 세미나 수업에서 또 만나게 됐는데, 에이든이 먼저 그때 같이 팀을 하지 않겠냐고 제안해 왔어요. 팀 과제로 함께 진행하던 게 잘 맞아서 그 뒤로 수업과 별개로 작품기획 프로젝트도 많이 했어요…… .』

그는 시종일관 즐거워 보이는 얼굴로 재인과의 만남에서부터 함께했던 작업까지 열의를 다해 읊었다. 같이 일하자는 수많은 갤러리의 제안을 재인이 단칼에 거절하고 부리나케 한국에 가고 말았다는 엔딩을 전한 제임스는 희주를 찬찬히 훑어보았다.

『데리러 가야 하는 사람이 있다던데.』

그는 그녀에게 찡긋 윙크했다. 그 대상이 자신이라는 뜻이었다. 자신이 모르던 재인의 얘기를 듣자 가슴께가 다시 간질거리기 시작했다.

뭐라도 대답하려는데 시야가 차단됐다.

이 온기, 이 향긋한 냄새.

재인이 성큼 다가와 그녀의 눈을 가렸다.

아, 이 손. 이 향기. 어디서…… 비슷한데…… 설마…… 그때 파티장에서.

너였구나. 재인아. 너였어. 그때도 넌 따뜻했는데.

"넘어가면 안 돼. 얘, 여자 엄청 많이 꼬시는 바람둥이야."

한국어지만 무슨 말을 하는지 알아차린 제임스가 어이없다는 듯 헛웃음을 터트렸다.

『난 자발적이지. 넌 타의적이잖아. 여자들은 네 주변에 더 많았거든?』

재인은 제임스에게 눈으로 '닥쳐'라고 말한 뒤, 희주의 눈을 가렸던 손을 내려 어깨를 감싸 안았다.

『아무튼 만나서 반가웠어요. 희주, 다음에 또 봐요.』

제임스는 근사한 미소로 그렇게 작별 인사를 고하고 돌아섰다.

갤러리를 나와서는 근사한 레스토랑으로 희주를 데려갔다. 재인은 희주가 코트를 벗는 걸 직접 도와주고는 의자도 빼주었다. 의자에 앉아 있는 그녀의 어깨에 뜨거운 손을 덮고는 정수리에 입을 눅진하게 붙인 뒤에야 자신의 자리로 가 앉았다.

"미술 쪽에 관심 많은 거 처음 알았어."

"재활 치료받으면서 미술관에 많이 갔거든. 그런데 좋았어. 뭔가 슬픔을 우아하게 표현하는 것 같다고 해야 하나? 책에서 읽었는데 예술이 고통을 더 잘 견디는 법을 가르쳐 준대. 작품은 예술가들의 승화된 슬픔이잖아. 결국 우리도 그걸 보고 슬픔을 휘발시키는 건 아닐까? 뭐, 이런 생각이지. 근데 뭐 슬픈 것만 고집하는 건 아니고…… 재미있었어. 그냥."

그녀는 고개를 끄덕였다. 아까 그 작품을 보면서 느꼈던 감정인 걸까.

시선을 돌려 창밖을 보았다. 정원에 반짝이는 노란 전구가 밝혀졌다. 나뭇잎이 제법 떨어져 가지들이 앙상해 보였지만 반짝이는 빛이 그 자리를 대신해 아름다웠다.

평화롭고 고요하게…… 이렇게 시간이 흘러갈 수만 있다면…….

재인이 테이블 위에 올려진 희주의 손등을 덮었다.

"희주야, 나랑 같이 가자."

너도 날 좋아하잖아. 나한테 흔들리잖아. 네 눈을 보면 알수 있어. 그 아주 작은 한편을 잡고 나는 살아갈 수 있어.

희주는 자신의 마음을 들킨 것 같은 기분에 고개를 숙였다.

재인은 그녀의 턱을 가볍게 들고 눈을 마주쳐왔다.

"심장이 터질 것 같아. 정말 사랑해."

* * *

"내가 먼저야."

재인의 목소리가 들려왔다. 이를 사리문 듯한 으르렁거리는 목소리에 희주는 걸음을 멈추고 몸을 벽 뒤로 숨겼다.

희주가 안정되는 기색을 보이자 영어학원이라도 다니는 게 좋겠다면서 재인이 수강권을 내밀었다. 무슨 의도인지 모르지 않았다. 은연중에 같이 떠나자는 얘기를 해 왔다. 또 회사도 다니지 않은 그녀가 집에만 있는 걸 걱정하기도 했다. 재인이 학교에 가면 적막한 집에 혼자 있는 것 역시 희주에게 곤욕이어서 아무 말 하지 않고 받아들였다.

그런데 오늘 갑작스럽게 휴강이 되는 바람에 약속 장소로 일찍 오게 됐다. 온실을 예쁘게 꾸민 프라이빗 레스토랑이었다.

직원에게 안내받아 입구로 들어서는 길이었다. 제법 널찍한 공간이라 그녀가 들어섰는지 모르는 것 같았다.

재인의 앞에는 서진주가 앉아 있었다.

"재인아, 무슨 억지야."

"내가 먼저였다고. 내가 먼저 좋아했어."

온도가 낮은 목소리에 분노가 섞여 있다.

"무슨 소리야. 오빠가 그 애를 만난 게 4년이야. 내가 직접 봤어. 오빠 본인은 모르지만, 그 아일 제법 아껴……. 얼마 전에 수목원에는 엄마 나무가 사라졌어. 이제 진짜 엄마 그늘을 벗어나서 김희주 씨를……."

"아껴? 아낀다고 했어, 지금? 형은 정말 쓰레기 같은 인간이야. 누나는 몰라. 누나는 형을 모른다고! 한국에서, 미국에서 나한테 어떤 짓을 했는지. 그리고 희주에게 어떻게 했는지."

재인이 폐부에서 끌어올린 듯한 숨을 거칠게 내뱉었다.

진주는 태인이 좀 정상적이지 않은 구석은 있어도 상식을 넘어선 짓은 하지 않았다고 생각해 왔다. 하지만 재인의 저 반응은 의문을 가질 정도로 좀 격하긴 했다.

"뭔데, 말을 해야 알지."

"말하면 감당할 자신은 있어?"

재인은 악취가 나게 곪아 있는, 그동안 혼자 움켜쥐고 있던 일을 털어놓았다.

평생 누구에게도 말할 생각은 없었다. 하지만 진주가 희주를 원래 형의 것이었던 것처럼 말하자 눈이 뒤집혔다.

다 토해냈다. 그가 어떤 악독한 말과 행동으로 재인의 마음과 몸을 괴롭혀 왔는지, 그리고 어깨를 다치게 운동도 그만두게 한 사람도 태인이라는 걸. 그리고 결국 희주를 어떻게 가졌는지도. 그러다 떠나려는 희주를 데려가서 어떤 짓을 했는지.

그래야 다시는 진주가 자신에게 희주를 포기하란 말 따위를 못 할 테니. 내 것이었어. 처음부터 내 것이었다고.

진주가 믿지 못하겠단 표정으로 그를 황망하게 쳐다보았다. 그는 쐐기를 박았다.

"희주 사진. 형한테 있을 거야."

"말도 안 돼. 오빠가. 그렇게까지."

"끔찍해. 난 그것도 모르고 4년 동안 그곳에서 희주를 만날 날만 기다렸어. 정말 너무 한심하고 미쳐 버릴 것 같아. 내가 너무 싫어. 알았다면…… 아니 알았어도 난 뭘 할 수 없었겠지. 마음만 크고 할 수 있는 건 없었어."

재인이 일그러진 얼굴을 두 손에 묻었다.

"오빠가, 많이 힘들어서…… 난, 모르지만 오빠가 그 꼴을 보고 어떻게 정상적으로 자랐겠어. 상처가 많아서…… 오빠의 일부는 아직 아이야. 열 살의 그 날에 머물러 살아…… 우리가 이해를……."

재인이 괴로운 듯 머리를 감싸고 있다가 벌떡 일어나 하-, 크게 헛웃음을 흘렸다.

"역시, 누나도 그럴 줄 알았어. 원망하는 건 아니야. 상관없어. 어차피 나는 원래 그렇게 아무도 없이 태어난 사람인 걸 아니까 이제 상처도 안 받아."

"재인아."

"그러니까 나한테 다신 그런 말 하지 마. 희주를 포기하라는 건 내게 죽으라는 거야."

희주는 비명을 지르지 않기 위해 두 손으로 자신의 입을 막았다. 속이 울렁거리고 머리가 핑 도는 것 같았다.

플래시가 터지듯 어느 날이 떠올랐다. 확인도 하기 전에 빼앗겼던 서재 서랍에 있던 그 사진.

희주는 그곳을 빠져나와 서둘러 그의 집으로 갔다. 확인하고 싶다는 마음이 두려움보다 컸다. 정말 그게 맞다면…….

들어가는 건 쉬웠다. 희주의 얼굴을 관리인들이 이미 알고 있으니까.

손이 떨리는 탓에 번호를 잘못 눌러 두 번이나 오류 음이 울렸다. 세 번째 시도에 도어 록 해제 소리가 들리자 현관문을 열고 주저 없이 서재로 들어갔다.

서재에서는 집 안의 어느 곳보다 특히나 그의 향기가 더 짙게 묻어났다. 이 상황에서도 심장이 뛰는 자신이 비참했다. 책상 서랍에는 사진이 없었다.

그녀는 서재를 빙 둘러보며 책장을 살폈다.

『사랑의 기술 — 에리히 프롬』

그 책이 눈에 띄었던 건 각 맞춰 강박적으로 정리해 놓은 책장에서 유난히 튀어나와 있었기 때문이다. 홀린 듯이 손을 뻗어 책을 꺼냈다. 첫 장을 펼치자 '사랑에 성공하기 위해서 무엇이 필요한가'로 시작되는 서문이 보였다.

'내가 배워서라도 해 볼게.'

그의 말이 떠올랐다.

'사랑해.'

따뜻한 햇살이 비추던 카페에서 고백하던 남자의 목소리가 귓가에 맴돌았다. 남자와 어울리지 않는 사랑의 철학서에 입매가 비딱하게 올라갔다.

툭, 오래되고 빛바랜 사진 한 장이 떨어졌다.

바닥에 떨어진 사진을 줍는 손이 덜덜 떨렸다. 어린 날의 자신의 필체가 보이는 뒷장을 돌려 앞장을 보았다.

지끈거리는 심장이 울려 왔다. 당신은 정말 나를 조금도 사랑하지 않았구나. 오직 복수를 위해 내 마음을 알고도 그렇게 진창에 처박았구나.

이걸 굳이 왜 확인하고 싶었던 걸까. 확인해서 어쩌려고.

그때 거친 발소리가 서재로 점점 크게 들려왔다. 희주는 사진을 바지 주머니 속으로 집어넣었다.

그가 가쁜 숨을 내쉬며 서재 문밖에서 멈추어 섰다. 어디서부터 달려온 건지 머리는 흐트러져 이마로 흘러 내려와 있었고, 근사한 슈트 역시 구겨지고 흐트러져 있었다. 무엇보다 그의 눈동자가 요동쳤다. 그 안에 있는 건 기대감이었다.

"희주야……."

그리움이 잔뜩 묻어나는 목소리.

그녀가 집 안에 있다는 사실을 알고 달려온 듯했다. 도어 록의 오류 두 번이 그에게 전달됐을까 아니면 경호원이? 그의 집 앞의 카메라가?

희주는 의외로 담담했다. 아니 모든 것이 다 꺼져 버린 세상이라 무서울 게 없었는지도.

"나 알았어요……. 처음부터 재인이를 괴롭히기 위해……

내게……."

알았다면 나는 당신을 사랑하지 않았을까. 내가 조금이라도 정신을 차렸다면. 당신에게 미쳐서 당신만 바라보지 않고 주변만 둘러봤더라면.

"나를, 나를 그렇게 아프게 한 건가요……."

당신은, 당신을 사랑하게 된 나를 비웃었을까.

"재밌었어요?"

더 비참해질 일이 없다고 생각했는데. 더, 더, 바닥으로 처박히는 느낌이다. 이 남자 앞에서는 왜 자꾸 초라해지는 건지. 서글퍼진다.

"재인이가 많이 아파하던데. 난 그것도 모르고. 그 애 옆에서……."

도대체 어떤 감정으로 옆에서 지켜봤을까.

"축배는 혼자 들어요."

희주는 내내 굳어 있는 태인의 모습을 건조한 눈으로 쳐다봤다.

태인이 그녀의 벽에 밀치고 그녀의 머리 위 벽을 쿵쿵 느리게 쳐댔다.

"아니라고. 바보 아니잖아. 이제 알잖아. 내가 널 어떻게 생각하는지."

잇새로 스산한 목소리가 느릿하게 흘러나왔다.

"달라졌어. 왜 모르는 척하지? 내가 개처럼 네 발이라도 핥을 준비가 돼 있다는 거 알잖아."

아무런 감정이 담기지 않은 눈이 그의 가슴팍에 머물렀다. 그녀의 턱을 잡아 올려도 초점 없는 눈은 그를 그대로 통과하고 지나갔다. 엇나간 시선을 맞추기는 힘들었다.

태인에 그걸 견디지 못하겠는지 그녀의 반응이라도 잡겠다는 듯 거친 키스를 해 왔다. 아무런 감정이 없는 인형처럼 그 키스를 받아 내던 희주가 번들거리는 입가를 닦으며 무심하게 말했다.

"다 했어요?"

"아니."

그는 그녀의 옷을 마구잡이로 헤치며 목과 쇄골에 입술을 문질렀다.

"나 좋아하잖아. 사랑한다고 했잖아. 나도 널 사랑해. 다 됐는데, 뭐가 부족해. 왜 안 되는 거야!"

조급해하던 그가 결국은 터뜨리며 그녀의 어깨를 잡았다. 그녀가 힘없이 앞뒤로 흔들렸다. 그는 "희주야. 제발"이라는 애절하게 외치고는 그녀를 끌어 꽉 끌어안았다.

"요즘 책도 보고 많이 공부하는 것 같던데. 좀 더 해 봐요. 우리가 왜 안 되는지."

"알잖아. 과거는 다 상관없는 거. 지금 내 모습을 보면 알잖아."

그때 희주의 눈에서 번쩍이더니 순간 억센 힘으로 그를 벗어났다.

"과거가 왜 상관없어? 우리한테는 과거가 너무 지독해. 재인

이한테, 나한테 어떻게 그런 짓을 해. 미쳤어? 악마도 당신같이
안 해."

"그래 맞아. 복수를 위해 여기까지 왔어. 눈앞에 모든 게
착실하게 진행되고 있어. 서재인을 괴롭혀 왔고 더없이 힘들
어하는 모습을 보고 있지. 그런데. 네가 떠나면 안 되잖아.
아직 더 그 새끼가 괴로워해야 하잖아. 걔한테 가면 내가 뭐
가 돼."

어김없이 그가 잔뜩 뒤틀린 말을 아프게 뱉어냈다.

"당신 진짜 병원 가야 해. 자해에다가 남들 괴롭히는 게 악
질이야."

"그러지, 뭐, 같이 가줄래? 이왕이면 보호자 자격으로."

그는 미간을 찡그린 채로 입술은 매끄러운 호선을 그리며
웃었다. 충혈된 눈은 남자의 피로함과 절박함을 보여 주었다.

긴 숨을 흘려보낸 그는 주머니에서 작은 상자를 꺼냈다.

"결혼하자. 희주야."

진지하고 다정한 목소리가 귀를 웅웅 울렸다.

이내 심장이 철렁거렸다. 그건 너무 무서워서였다. 감정을
거세한 채 꾸며내는 연극같이 느껴졌다. 광기에 사로잡힐 것
같은 기분이 들어 희주는 다시 몸이 떨려왔다.

그는 고급스러운 사각 상자에서 반지를 꺼내고는 상자를 바
닥에 아무렇게나 떨어뜨렸다. 지나치게 화려하고 아름다운 다
이아몬드가 커다랗게 박힌 반지를 꺼냈다.

그리고 그녀의 움켜쥔 왼손을 부러뜨릴 듯이 펴서는 약지에

끼워 주려고 했다.

"으……읍……!"

손을 주지 않으려 힘주는 희주의 신음만 입술 사이로 흘러나왔다. 손이 너덜너덜해진 기분이었다. 벌게진 손자국이 난 왼손 약지에 지독하게 아름다운 괴물 같은 반지가 번쩍였다.

"하, 이게 말이 된다고 생각해요?"

"그래. 사랑해."

입꼬리를 올려 여상히 말했다. 희주가 기가 찬 웃음을 내뱉었다.

"제발 그만해요. 당신을 사랑하지 않아요. 이 말을 하는 것도 너무 힘들고 지쳐."

고저 없이 말한 희주는 반지를 빼서 바닥으로 던졌다. 반지는 그 화려한 존재감을 드러내며 러그 위에 묻혔다.

"한시도 당신과 마주하고 싶지 않아."

그는 그녀의 손목을 강하게 움켜쥐었다. 맥이 뛰는 손목 안쪽에 입술을 누르며 눈을 치켜뜨며 희주를 보았다.

"사랑해."

진득한 시선에 가슴이 쿵쾅쿵쾅 뛴다. 다시 미쳐 버리기 전에 그에게서 벗어나야 한다. 버리려고 해도 절대 버려지지 않는 묻어둔 감정이 절대 나와서는 안 된다.

"날 사랑한다면. 견뎌 봐요. 내가 그랬던 것처럼. 기다려 봐요. 어디 한번."

희주는 입술을 짓씹으며 속삭이듯 말했다. 그리고 그가 잡은 손에 힘이 풀린 틈타 뿌리치고는 서둘러 집을 빠져나왔다.

희주는 집으로 가면서 바지 주머니에 넣었던 그 사진을 꺼내 보았다. 모퉁이가 닳고 닳은 사진.

마음이 비뚤어지지 않았다면. 그 사람을 좋아하지 않았다면. 이렇게 사랑받을 줄 알았다면.

정처 없는 만약이라는 가정 끝에 그녀의 진심이 떠올랐다. 이제는 말하고 싶어.

* * *

열린 창으로 방 안에 햇살이 길게 드리웠다.

따뜻한 햇볕과 다르게 겨울에 다다른 계절의 차가운 바람이 불었다.

겉만 멀쩡한 바보 같은 남자가 생각나 마음이 시려왔다.

제 인생에서 태인을 잘라 낼 수 없는 건 분명했다. 어쩌면 이미 심장에 낙인처럼 찍혀 버린 그는 언제고 시시때때로 생각나 그녀를 아프게 할 것 같았다. 어떤 식으로 접근했더라도 그의 허락 없이 좋아했던 건 그녀 자신이니까.

나조차 나를 사랑할 수 없으면서도 오랫동안 그를 사랑했다. 내가 당신에게 반한 게……그게 우리의 잘못된 시작이었을까.

'결혼하자. 희주야.'

눈앞에 그의 쓸쓸한 모습이 그려져 손에 얼굴을 묻고 있는데, 재인이 들어왔다.

침대에 걸터앉아 뒤통수를 쓸어주었다. 가만히 어깨를 가져와 안아주었다.

이토록 죄지은 기분. 너에게도, 나에게도, 그에게도.

진득한 숨을 몰아쉬었다.

그래도 네가 줄 수 있다면 그 사랑받고 싶어.

너랑 있으면 외롭지 않아.

조건 없는 애정이, 너의 다정함과 온기가 나의 비뚤어진 마음을 채우는 것 같아.

이건 사랑이 아닐지도 몰랐다. 저는 지독한 사랑만 알았으니까. 그가 주는 평온함과 충만함을 취하려는 이기적인 마음일 수도 있었다. 하지만 한 번도 느껴본 적 없는 꽉 채워지는 이 느낌이 너무 안온해 머물고 싶었다.

자신이 어떤 모습이어도 옆에 있고 안아줄 재인이었다.

뺨을 그 넓은 어깨에 묻었다. 포근하고 좋은 향기.

너랑 있고 싶어.

간사한 마음이 속절없게도 설레왔다.

벌은 나중에, 나중에 받을게요. 지금은, 지금은…… 조금만 행복해 지면 안 돼요? 나 너무 힘들었잖아요. 나 가난하게 태어나게 했잖아요. 희주는 하늘에 대고 애원했다.

같이 가겠다고 말하면 얼마나 좋아할까. 귀부터 빨개지면서 또 고개를 푹 숙이려나.

식당 앞을 지나가다가 흘러나오는 냄새에 구역질이 나왔다. 최근 들어 이상하게 식탐도 늘었다. 또 얼마 전부터는 별것 아닌

냄새에도 속이 울렁거렸다.

그러고 보니…….

희주의 몸이 바르르 떨렸다. 약국에 들러 집으로 들어와 화장실로 곧장 향했다. 거세게 뛰는 심장이 몸 전체를 둥둥 울리는 것 같았다.

제발.

화장실에서 나와 거실로 걸음을 옮기는 그녀의 손에는 절망이 들려 있었다. 세차게 뛰던 심장이 고장이 난 것처럼 뚝, 멈췄다. 귓가에는 주변의 어떤 소음도 들리지 않고 자신의 숨소리만 이명처럼 들렸다.

"언제 왔어?"

재인의 목소리였다. 방금 들어온 듯했다.

눈부신 미소를 지으며 그녀에게 다가오는 모습이 느린 화면처럼 움직였다.

왜 하필, 지금.

희주는 손에 말아 쥔 것을 뒤로 숨겼다.

"방금."

"뭐야 얼굴이 왜 이렇게 하얘? 어디 아파?"

환했던 미소는 금방 사라지고 미간을 좁혀 희주의 창백하게 질린 얼굴을 살핀다. 앞으로 상체를 숙여 이마와 뺨에 뜨거운 손을 여기저기 대본다.

"식은땀도 나고, 왜 이렇게 차가워. 병원 갈까?"

"아냐, 그냥 좀 피곤해서 나 누워야겠다. 목마르네. 나 물 좀."

재인이 그 말에 바로 부엌으로 물을 가지러 갔다. 그사이 희주는 손에 들려 있던 테스트기를 주머니 속으로 숨겼다.

아냐, 아닐 수도 있잖아. 병원에 가 보자 일단.

그렇게 말하면서도 묵직한 심장이 고동쳤다. 재인이 물을 가지고 나오면서도 걱정스러운 시선을 보내왔다. 희주는 떨리는 입가를 올리며 희미하게 웃었다.

"10주차에 접어들었네요."

하얀 가운을 입은 눈앞의 의사는 잔혹한 말을 했다.

저런 표정은 아마도 원치 않은 임신이기 때문이겠지. 희주의 파리한 안색을 본 의사는 축하한다고는 말하지 않았다.

"좀 더 검사해 봐야겠지만, 초음파로 봤을 때 아이는 별 이상 없어 보여요. 몇 가지 더 검사를……."

희주는 그 말에 반사적으로 질문했다.

"지울 수 있나요?"

"우리 병원에서는 14주 이내에는 중절 수술이 가능합니다. 그렇지만 시간이 지날수록 출산과 유사한 절차로 진행되니까 될 수 있으면 빨리 결정하시는 게 좋아요……. 보호자는 동행하지 않으셔도 됩니다."

절망이 서린 얼굴을 본 의사는 익숙한 듯 덧붙였다.

병원에서 나와 그 자리에서 주저앉을 것만 같아서 근처 카페로 들어갔다. 달달 떨리는 두 손을 마주 잡으며 생각했다. 머릿속에는 저질스러운 생각들이 가득했다.

그냥 재인이랑 자 버릴걸. 왜…… 왜, 나는…… 그게 뭐라고. 그냥 자 버리지. 그러면 이럴 일은 없었잖아.

재인과는 고작 별장에서의 깊은 입맞춤이 전부였다.

차라리 쏙 빠지지. 그렇게 지독한 일을 겪었는데도 배 속에 붙어 있다니 징그럽기까지 했다.

이런 생각을 하는 자신이 너무 끔찍하고 소름 끼쳤다.

하늘에 협박하듯이 빌었던 지독한 벌인 걸까.

아이는…… 태인의 아이다.

나는. 왜, 끝까지. 이렇게 절망 같은 삶을 살아야 할까. 재인을 욕심낸 벌일까.

난 이제 어떻게 해. 재인아.

* * *

'나랑 계약 중에 그 여자랑 붙어먹은 거 내가 봐줬잖아. 그러니까 나머지 지분은 포기해.'

최세연이 뭐가 그렇게 즐거운지 빙글거렸다. 그녀는 CH 쪽에서 파혼 관련 보도 자료를 배포하고 서산에서는 노코멘트하는 조건으로 이해해 주겠다는 선심성 멘트도 덧붙였다.

'그리고 서산제약도 인수 안 하기로 했어. 수지타산이 영 안 맞아서. 대신 내가 약속대로 입 닥쳤잖아? 계획도 성공한 것 같던데?'

최세연은 계산이 빨랐다. 처음부터 이럴 작정이었을 수도 있고. 영악한 여자라 어차피 손해 보는 장사는 하지 않을 것이라 생각했다. 태인으로서도 실리는 다 가져간 셈이었다.

다만, 그 재수 없는 말만 아니면 예의상 작별 인사라도 해 줬을 것이다.

'당신 좀 많이 늦은 것 같더라? 애인이 바람난 것 같던데…… 그것도 아주 가까운 사람이랑? 난 그걸로 퉁 치면 됐어.'

건방지게. 제깟 게 뭘 안다고.

집무실로 들어오자마자 재킷을 벗어 던지는 손길에 짜증이 가득하다. 의자에 주저앉고 눈을 감았다. 뒤따라 들어온 박 실장이 김희주의 동향에 대해 보고해 왔다.

다시 상체를 세워 약을 입 안에 털어 넣으려던 그는 멈칫했다.

"병원?"

그가 크게 눈썹을 치켜들었다. 두 번째 간결한 질문에는 목소리도 한층 가라앉았다. 약통을 탁탁 책상으로 내리치며 눈을 내리깔았다.

"어디가 아픈 건가?"

"그게…… 산부인과입니다."

그는 돌연 몸을 굳히더니, 느긋하게 눈꺼풀을 들어 올렸다. 무감한 표정으로 담배를 찾아 꺼내 물고는 불을 붙였다.

"기록은?"

박 실장이 데스크 위로 사진 한 장과 의료 기록서를 내려놓았다. 필요에 의해 불법적인 일을 일삼는 그가 못 할 것이라곤 없었다.

그는 담배를 끼운 손으로 이마를 문지르며 초음파 사진을 보았다. 사진을 살피는 눈매가 가늘어졌다. 뚫어질 듯 쳐다보면서 담배를 계속 피워 댔다. 장초 두 개비를 연달아 다 피웠을 때, 그가 질문했다.

"누구 닮은 거 같아요?"

그는 진지하게 물었다. 여전히 사진을 뚫어져라 바라보는 동공에는 이채가 서렸다. 보일 리도 없건만 마치 누군가의 흔적을 찾는 것처럼.

* * *

수술을 받기로 한 날이었다.

이른 아침, 희주가 집에서 나와 아파트 공원 주위를 서성이고 있을 때였다. 은빛의 고급 세단이 그녀의 앞에 섰고 뒷좌석의 창문이 열렸다.

"나 기억해요?"

"네."

서진주였다.

"타요. 맛있는 거 사줄게."

다시 본 그녀는 배가 불룩했다.

"나 결혼했어요. 보시다시피 배 속에 아이도 있고. 한국에 들어온 이유는 아버지가 아파서. 근데 지금 우리 집안이 많이 시끄럽죠?"

차 안에서 그녀는 자신의 근황을 간단하게 말했다. 다시 본 그녀는 여전히 아름다웠다. 희주가 절대 가지지 못할 곧고 당당한 시선으로 그녀를 쳐다보았다. 진주의 크고 시원한 입매가 올라가 웃고 있었다. 하지만 눈빛만은 서늘했다. 마치 그녀의 오빠처럼.

레스토랑으로 들어온 그녀는 직원의 에스코트를 받으며 희주와 함께 자리에 앉았다.

"누구예요? 희주 씨가 좋아하는 사람?"

그 말에 희주의 눈동자가 크게 흔들렸다. 진주는 그때와 같이 직설적으로 바로 본론을 얘기했다.

"아, 내가 또 너무 맥락 없이 물었나? 서태인은 안 될 인간 이야 그치? 자기 마음도 모르고 세연이랑 약혼하는 멍청한 짓을 하긴 했으니까. 아무리 이유가 있다고 해도……."

"그런 거 아니에요."

지친 기색이지만 제법 힘 있는 목소리였다. 진주는 배를 문지르며 희주의 단호한 눈빛을 빤히 응시했다.

"재인이 어렸을 때 알던 사이라면서요? 아아, 만나는 거에 대해서 뭐라고 하는 건 아니에요. 난 외국에서 자라고 비교적 성에 대해 도덕적 기준은 좀 낮은 편이라…… 친구 남자 친구랑도 만나 봤고. 아, 너무 TMI인가?"

넉살 좋게 말하던 진주가 조금은 망설이며 입을 열었다.

"내가 걱정하는 건, 아니 궁금한 건…… 그래서 희주 씨는 누구와 함께하기로 했어요?"

그제야 희주는 내내 내리깔았던 시선을 들고 진주를 바라보았다. 진주가 배를 쓰다듬자 희주는 저도 모르게 배 쪽으로 손이 갔다.

같이 함께, 그럴 수 없는 이유가 있다.

희주는 임신 사실을 알고 자신의 바닥이 어디까지인지 내내 시험당하는 기분이었다. 지나가는 사람을 붙잡고 묻고 싶었다. 저는 이제 어떻게 해야 하냐고. 너무 나에게 가혹한 것 같지 않으냐고.

아이를 지우고 재인이를 모른 척 따라갈까 생각도 들었다. 그렇지만 그러면 평생을 죄책감과 불안에 떨며 제정신으로 살 수 없을 것 같았다.

아이를 낳는다고 해도 태인의 옆에서는 싫었다. 그 남자의 옆에서 아이를 키우는 장면은 상상되지 않았다. 태인의 옆에서는 채워지지 않는 허기에 말라 죽을 것 같았다.

상념에 빠진 채 자신의 배에 올린 손에 점점 힘이 들어갔다.

"그냥 둘 다 버려요. 서씨 집안 남자 별로야. 둘 다 너무 지독하지 않아?"

그 말을 마지막으로 진주는 일어났다. 도저히 식사할 생각이 없어 보이는 희주를 눈치채고는 자리를 파하려는 듯했다. 진주는 발렛 된 차가 나오자 에스코트 받아 뒷좌석으로 탔다. 그리고 창문을 내리고 새파랗게 질린 희주에게 얘기했다.

"빨리 결정해요. 행복해져야지. La vie est trop courte."

프랑스어도 모르는데, 희주는 아름다운 억양으로 흘러나온 문장이 무슨 말인지 알 것 같았다.

* * *

"김희주 씨?"

의사는 오늘 희주의 상태를 검사한 차트를 보더니 마른 입술을 적시며 말했다.

"오늘…… 컨디션이 좋지 않으신 것 같네요. 수술은 다음 날짜로 잡으셔야 할 것 같아요. 밖으로 나가면 간호사가 설명해 줄 겁니다."

의사는 평정을 가장하는 듯했지만 묘하게 굳은 표정이 긴장돼 보였다. 불길한 기운이 온몸을 감쌌다.

자신의 핸드폰 잠금을 풀어내던 일, 쇼핑하는데 불쑥 찾아온 일, 재인과 있던 약속 장소에 나타난 일.

설마…….

희주는 고개를 저었다. 그렇게까지 최악을 생각하면 지금 당장 바닥에 주저앉을 것 같았다. 오늘 일을 치를 것을 생각하며 극도로 긴장했던 몸이 풀리자 기력이 쭉 빨리는 기분이었다.

희주는 근처 카페로 들어가 커피를 시키고 힘이 들어가지 않는 몸을 일단 앉혔다. 혀가 아릴 정도의 진한 블랙커피를 한 모금 마시자 나간 정신이 돌아오는 것 같았다.

일단은 떠나야 했다. 떠난다며 어디로 어떻게 가야 할지 정해야 했다.

원래대로라면 지금쯤 수술을 하고…….

아이를 제 뱃속에서 꺼내는 상상을 하자 소름이 돋아 양팔을 손으로 잡고 부르르 떨었다. 신물이 올라오는 동시에 아랫배가 저릿해 왔다. 배를 달래듯 쓰다듬었다.

안심해. 아직은 그러지' 않을 거야. 조금 생각할 시간을 줘.

태동은 느낄 수도 없는 시기라고 했는데 배에서 누군가 발길질을 해 대는 것 같았다. 마치 불안을 품고 있는 것처럼.

하루하루가 아득했다. 어둠이 너무 짙었다. 무섭고 끔찍했다.

아이를 지워야 한다는 사실과 이대로 아이를 낳는다는 가정, 모두가 잔혹하기 짝이 없는 것이었다.

삶이 너무 무겁다. 불행으로 꽉꽉 채워져 너무 끌고 가기 버거웠다.

어느 선택이든 평생 불안과 죄책감 속에서 살아가겠지. 어느 쪽이 덜 고통스러울까 재고 따지는 무의미했다.

반복되는 가시굴레. 시간이 없다. 진주의 말이 떠올랐다.

'빨리 결정해요. 행복해져야지. La vie est trop courte.'

그래, 이제 어디로 가야 할까. 사람이 별로 없는 한적한 바다가 보이는 곳이면 좋겠다. 병원도 가까이 있어야 할 텐데.

애써 긍정적으로 생각하려고 노력하며, 저도 모르게 배를 문지르고 있었던 때였다.

"카페인, 괜찮나?"

어떻게 알고 나타났는지 그는 맞은편 소파에 앉아 긴 다리를 꼬았다. 그리고 희주의 앞에 놓인 짙고 검은 액체를 보더니 손을 뻗었다.

덜컥, 하고 심장이 내려앉았다. 신경이 바짝 곤두섰다.

그는 희주의 커피를 단숨에 마시고는 박 실장을 향해 눈짓했다. 그러자 희주의 앞으로 새콤해 보이는 빨간 차가 보였다. 히비스커스 티. 그는 이미 다 알고 왔다. 어디까지 아는 걸까. 우겨라도 봐야겠다.

"재인이 아이예요."

겁이 나는 마음에 성급하게 둘러댔다. 도둑이 제 발 저린다는 게 이런 기분일까. 이런 거짓말을 한다니. 하지만 태인한테 사실대로 알렸다간 그에게서 영원히 벗어날 수 없다는 확신이 들었다.

"그런데 왜 지우려고 했지?"

"그걸 어떻게……."

그의 눈동자에 묘한 기운이 감돌았다. 그리고 벌떡 일어나더니 그녀의 옆으로 앉았다. 희주는 온몸이 뻣뻣하게 굳었다. 바보 같은 제 반응에 그가 알아차리기라도 했을까 봐 초조했다.

"확실해?"

"……."

"확실하냐고."

고요히 그녀를 응시하며 재차 되묻는 질문은 그답지 않게 다급해 보였다. 새까만 눈동자에는 소란스러운 감정으로 요동치는 게 보였다. 게 중에는 저번에 봤던 기대감도 들어 있었다.

남자의 눈과 표정은 희주에게 항상 읽기 어려운 것이었다. 그런데 어째서 요즘은 마주칠 때마다 투명하게 그 속이 들여다보이는 건지 알 수 없었다.

"맞아요. 재인이 아이. 재인이가 너무 아직 어리니까. 그래서. 나도 겁나서⋯⋯."

불안감이 증폭했다. 무슨 말이 나오는지도 모르고 어떤 말이든 주워서 내뱉었다.

그가 창백하게 질린 희주의 뺨을 감싸 쥐었다. 옭매인 듯 꼼짝도 할 수 없이 가만히 굳어 있었다. 그 손이 내려와 목으로 팔로 그리고 배로 선을 그리듯 내려갔다.

마침내 낙인을 찍는 듯한 뜨거운 손이 납작한 배를 가볍게 눌렀다. 그럴 리도 없건만 배에서 발길질해대는 것 같이 아랫배가 쿵쿵 울렸다.

"그럼 결혼식 서둘러야겠네. 배부른 상태로 들어가는 건 보기 안 좋잖아. 난 뭐 상관없긴 한데."

"⋯⋯."

상대가 누구인지 애매모호한 말이었다.

"내일 파혼 기사 나갈 거야. 조금 잠잠해지면, 그때⋯⋯."

"당신, 미쳤어요?"

희주가 기겁하고 소리쳤다.

"서재인 닮았으면, 예쁘겠지. 널 닮아도 좋고."

배에 닿은 손에 어쩐지 힘이 들어가는 것 같아 뒤로 물러나려 했지만, 그는 다른 팔로 그녀의 등허리를 쓸어 당겼다.

"같이 키워."

단조로운 어투였다.

남자에게서 절대 나오리라고 생각하지 못한 말에 실소가 터져 나왔다. 지난번에는 결혼하자고 하더니. 그는 제정신이 아니라는 결론에 이르렀다. 우리가 어떻게 끝났는데 이래.

"당신 아이 아니에요. 재인이 아이라니까. 아니, 그것보다 난 당신과 함께하고 싶지 않아요."

그는 몸부림치는 그녀를 순순히 놔주었다. 이제는 자신에게 함부로는 못하는 그가 우스웠다.

"잘해 줄게. 잘해 줄 수 있어. 사랑한다고 했잖아. 내 사랑이 마음에 안 들면 배워서라도 해볼게. 너한테 내가 달게 군적도 많잖아. 그런 거 비슷한 거 아닌가?"

그녀는 지친 표정으로 태인을 바라보았다. 입 밖으로 꺼낼 말을 곱씹는 속은 엉망이었다. 마른침을 삼키고 남자를 잘라 냈다.

"나, 재인이 사랑해요. 그래서 당신한테 아무 일 없었던 듯이 못가요."

태인이 그 고백에 딱딱하게 굳었다. 그는 마침내 여유를 잃고 따져 물었다.

"왜 그 새끼는 되고 나는 안 돼? 뭐가 달라. 걔도 나도 똑같이 미친 아버지 핏줄이야."

희주는 대답하지 않고 자리에서 일어났다. 태인은 일어서는 희주를 바라보지 않고 시선을 내리깔았다.

알고 있었지만, 희주의 입으로 듣는 고백이 너무 처참해서 미쳐버릴 것 같았다. 그대로 그녀를 다시 어디든 끌고 갈 것 같아서 온 힘을 다하는 중이었다.

"네 마음은 왜 그렇게 가벼워? 날 사랑한다고 했잖아."

질책과 원망이 담긴 목소리가 침통하게 흘러나왔다.

"그러게요. 나도 몰랐어요."

희주는 지끈거리는 심장을 이겨내고 말했다. 너무 지독해서. 이건 평생을 따라다닐 것만 같다.

* * *

"왜 이렇게 기운이 없어?"

재인은 눈치가 빠르다. 뭔가 이상하다고 느꼈는지 이것저것 물어온다.

"그 사람 만났어?"

재인은 그녀의 앞에서 이제 형이라는 호칭을 사용하지 않는다. 그들의 관계를 단절해서 죄책감을 덜어주려는 걸까.

희주가 고개를 젓자 다시 생각하고 말한다.

"왜 나랑 같이 떠나기 싫어졌어?"

그 큰 어깨가 축 내려가는 게 보일 정도였다. 시무룩한 표정으로 눈치를 살핀다.

위험하다. 헛된 바람이 자꾸 튀어나오려고 한다. 아이를 가졌다는 걸 눈치채고 괜찮다고 말해 줬으면. 가지 말라고 매달려 줬으면. 그의 다정한 품에 파묻힌 채 눈과 귀를 막고 살아가고 싶어 하는 시꺼먼 속내가 스멀스멀 기어 나오려고 했다.

동요하는 마음이 들킬까 봐 고개를 떨구었다.

"여자들 원래 몸 안 좋을 때 컨디션도 저조할 때 있어. 예민하니까 그냥 내버려 두는 게 좋아."

짐은 내일 재인이 나가면 싸야겠다.

* * *

재인이 나가자마자 짐을 챙겼다.

벨 소리가 들려 재인이 다시 돌아왔나 싶어 캐리어 가방을 드레스 룸 옷장에 숨겨 놓았다.

현관문을 열고 들어온 건 한윤아였다.

"네 엄마가 분수를 잘 알길래 너도 똑같은 줄 알았더니! 감히 네가 주제도 모르고!"

짜악-.

한윤아는 여유가 없는 사람이었다. 다짜고짜 손부터 들었다.

"이렇게 내 뒤통수를 이렇게 쳐? 걔가 어떤 애인데. 내가 얼마나 애지중지 키워 놨는데. 너 같은 거한테 주려고 내가 배 아파 낳은 줄 알아?"

반복되는 일들. 조금도 나아가지 못했다. 재인이가 주는 안

락함에 취해 잊고 있었던 제 처지를 자각했다. 희주는 비틀린 웃음을 머금었다.

재인과 희주의 동반 자리가 많아지면서 소문이 나는 건 당연했다. 재인이 이때까지 어떻게 숨겨 온 건지는 모르겠지만, 한윤아의 귀에 이제 들어간 것도 신기했다.

희주는 너무 지긋지긋했다. 애당초 그녀의 인생 계약서에 불행이라는 도장이 찍혀 있었던 게 아닐까 하는 어이없는 생각조차 들 정도였다. 이 서산사람들과의 관계를 모조리 끊어 버리고 싶었다.

"그렇게 애지중지하셨으면, 그러지 마셨어야죠."

"뭐?"

"사모님도, 그렇게 시작하셨잖아요."

"뭐라는 거야, 도대체!"

"사모님이랑 저랑 다를 바 없다는 얘기예요. 사랑해서 같이 살고 싶어서. 그래서 재인이를 이용해서라도 그 집에 남아 있으셨던 거잖아요. 아닌가요?"

"이, 이게…… 어디, 배운 거 없는 거 티 내는 것도 아니고……!"

한윤아가 다시 손을 들었다. 희주는 뒤로 물러나 피하면서 단조로운 어투로 말했다.

"너무 많이 상처 주지 마세요. 이제라도 예뻐해 주세요."

"네가 뭘 안다고 주제넘게 그러는……."

"재인이 다 알아요. 많이 아파했어요. 세 살 때 그 일도 알아요. 자신이 태어나기 전부터 자신이 상처가 되는 존재라는 걸 안 뒤로 계속 자신을 원망하면서 살아왔어요. 그렇게 어렸었는데 죽고 싶어 했다고요!"

"누구 앞에서 그따위 말을 지껄이는 거야. 내가 얼마나 철저히 입단속을 시켰는데……! 그걸 재인이가 어떻게…… 어렸는데……. 아니지, 설마…… 그놈이…… 그 지독한 놈이 기어코 말했구나! 우리 재인이에게."

탐욕 앞에서 반성은 없었다. 죄책감은 물론이고.

"그러니까. 잘해 주세요. 더 이상 뭘 이용하려고 하지도 마시고."

한윤아가 망연자실한 표정을 해 보였다. 그러나 금방 태세를 바꾸고 희주를 쏘아보았다.

희주 역시 똑바로 시선을 들어 한윤아를 응시했다. 어렸을 적 누가 더 엄마를 싫어하는가에 대한 '불행 배틀'이 떠올라 쓴 웃음이 입가에 서렸다.

"너, 그래도 아무리 그래도……."

"사모님이 걱정하는 일은 없을 거예요. 저도 지겹거든요."

희주는 단호한 어투로 말하고는 일어나 고개를 꾸벅 숙였다. 드레스 룸에 두었던 캐리어를 끌고 그 집을 나왔다.

흐리고 젖은 풍경을 버스 안에서 바라보았다.

기시감이 들었다. 그때는 태인에게서 도망쳤고, 지금은 재인에게서 도망친다.

그때도, 지금도……일 저지르고, 수습도 못 하고 도망가다니.

축축 늘어지는 몸과는 반대로 머릿속은 계속 두 남자의 잔상으로 괴로웠다.

내 죄의 판결을 누가 해 주었으면 좋겠다. 그리고 그냥 나를 지옥이든 어디든 데려가 줬으면.

너무 지쳤어. 그냥 자고 싶어.

* * *

작은 방. 바닷가 근처 언덕의 민박집이었다.

캐리어 한 개와 큰 천 가방 하나를 들고 도망쳐 나온 지 일주일째.

첫날부터 아무렇게나 내버려 둔 핸드폰은 계속해서 울리다가 전원이 꺼진 지 오래였다.

이곳으로 버스를 타고 오는 길에 제법 큰 병원을 봤다. 거기로 가면…….

희주는 노란 장판이 깔린 바닥에 다리를 뻗고 앉아 머리를 벽에 기댔고 눈을 감았다.

그냥 같이 죽을까? 우리? 그럼 덜 무섭지 않겠어?

희주는 아릿한 저려오는 배를 느리게 문질렀다.

그 누구도 아닌 나였다. 감당도 못 할 사랑을 하고, 사랑을 받고……그리고 도망치고 다 망가뜨렸다. 그리고 배 속의 이 아이도 결국 내가 죽이고 말겠지.

이렇게 큰 죄를 짓고 구원받을 수 있을 것이라 생각한 자신이 어리석었다. 그냥 재인의 옆에서 달콤함만 취하려 한 벌일까.

바보 같아 정말. 자조 섞인 혼잣말을 그렇게 내뱉고 있을 때였다.

쾅쾅쾅-!

문을 두들기는 소리가 났다.

다시, 쾅쾅쾅-!

문을 부서뜨릴 기세에 희주는 자리에서 일어났다.

세 걸음이면 될 문을 열었다.

겁도 없이. 누구인지 너무도 잘 알아서. 그냥 열었다.

"내가 못 찾을 거라 생각했어?"

세상에 존재하는 모든 슬픔을 온몸에 담은 그가 눈앞에 서 있었다.

무너지는 세상에서, 단 하나의 무언가를 찾은 듯한 눈을 하고서는. 숨이 콱 틀어막힐 정도의 절박하고 애틋한 기운이 흘러나왔다.

"내 곁에 있겠다고 했잖아. 내가 지켜 준다고 했는데. 왜……."

맑고 깊은 눈에 고여 있던 눈물이 떨어져 내린다. 손등으로 문질러 대며 억눌린 목소리로 말한다.

"내가 싫어졌어? 엄마 때문에? 엄마가 너한테 아픈 소릴 했어? 나한테 말을 하지. 전화를 하지. 엄마도, 아버지도 내가 다 버린다고 했잖아……. 바보 같아. 내가 정말 한심해.

맨날 널 아프게 해……. 내가 뭘 어떻게 해야. 내 옆에 있을 수 있어?"

정말 한심했다. 그냥 좋아하는 마음만 커서 같이 있을 생각에, 떠날 생각에, 다른 것을 보지 못했다.

"재인아, 그게 아니야."

달래는 투로 말한 희주의 눈빛은 단호하고 결연했다. 그가 자신을 드디어 버릴 수 있게 사실을 말해야 했다.

"울지 말고, 응? 할 말 있어."

바다가 보이는 작은 카페였다. 이름만 카페지 실상은 동네 다방에 가까운 곳이었다.

희주는 아이를 가졌다고 말했다. 재인은 그 말을 쉽게 알아들었다. 재인과 그녀 사이에선 생겨날 수 없는 아이라는 사실을 알고 있다. 그러니 명확한 일이었다.

재인은 입술을 슬쩍 깨물고는 잠시 밖으로 나갔다. 뿌옇게 먼지 낀 창밖으로 핸드폰을 귀에 대고 있는 그의 모습이 보였다.

희주는 황망하게도 조금 서운해졌다. 당연하다고 생각하면서도 심장이 옅은 통증을 호소하는 게 웃긴다고 생각했다.

재인은 왼손을 바지 주머니에 꽂은 채로 통화를 하고 있었다. 그리고 고개를 숙이고 거칠게 머리를 털며 신발 끝을 바닥으로 툭툭 쳤다. 통화를 마친 그는 다시 삐걱거리는 미닫이문을 열고 그녀의 옆자리로 앉았다.

"몸은 괜찮아?"

"응."

잠시의 침묵이 내려앉았다. 우울한 낯빛을 한 희주를 살펴보더니 단호하게 말한다.

"우린 같이 있을 거야. 계속."

"아이를 지우고 널 따라갈 순 없어."

그 말에 잘생긴 얼굴을 일그러뜨렸다. 그런 건 상상조차 해본 적 없다는 듯이. 그리고 망설임 없이 말했다.

"그런 말 하지 마. 같이 키워. 내 아이야."

"재인아."

"내 아이가 맞아."

말도 안 되는 억지를 부리는 재인에게 희주가 할 수 있는 게 없다는 사실에 가슴이 아팠다.

"어릴 때, 뽀뽀하고 손만 잡아도 아기가 생기는 줄 알았어."

재인이 희주의 마른 손등을 쓰다듬다가 깍지를 껴 왔다. 그리고 점점 가까이 다가와 고개를 기울였다. 입술이 닿을 것 같아 희주는 고개를 틀어 피했다.

"지금도 그래. 난 그런 줄 알아."

속삭이는 말에, 그의 뜨거운 숨결이 뺨에 와닿았다.

"이렇게 억지 부린다고 될 일 아니야."

"그래서…… 형한테 가려고?"

바닥을 기는 낮은 목소리였다. 재인에게서 한 번도 들어본 적 없는 사나운 목소리와 표정이었다. 깍지 낀 손을 부러뜨릴 듯이 강하게 쥐어왔다.

"그럴 생각 없어. 그냥⋯⋯."

희주가 조금 놀란 듯 당황해하자 그는 순식간에 표정을 바꾸고 그녀의 어깨에 이마를 묻고 애원했다.

"제발, 희주야. 날 버리지 마."

"돌아가."

아까 나가서 고민했던 주제에.

그 모습이 못내 서운했던 희주는 또 이상하고도 비딱한 마음으로 그를 밀어 낸다. 자신조차 이해할 수 없는 이 감정이 버거웠다.

지금 상황과 상관없이, 틈 없이 자신을 사랑해 줬으면 하는 그런 마음은 어떻게 생기는 건지 도무지 이해할 수가 없었다. 희주는 자조 섞인 침울한 표정으로 자리를 일어섰다.

그렇지만 네가 잘 지냈으면 좋겠다는 말은 어느 정도 진심이니까. 자신이 그렇게 최악은 아니지 않냐고 애써 스스로 위로했다.

따라 나온 재인이 그녀를 붙잡았지만, 희주는 시종일관 차갑고 단호하게 말하며 민박집의 작은 방으로 돌아왔다.

방으로 돌아와 무릎에 얼굴을 묻고 한참을 울었다. 지금이라도 나가서 그를 잡고 싶어서. 그의 형의 아이를 가진 채로 그한테 사랑해달라고 말하는 건 너무 염치없다는 걸 알아서 그럴 수 없었다.

그와 같이 지내는 동안 태인과 몸을 섞고 그 결실이 자신의 배 속에 있다. 수치심이 들었다. 부끄러웠다. 그런 주제에 내가 너를 어떻게 붙잡아.

배가 쿡쿡 쑤셨다. 아니야, 진정해. 아직 결정을 못 했다니까, 왜 이렇게 아프게 해. 너랑 둘이 내가 잘 살 수 있어? 너는 이 지옥 같은 세상에 나오고 싶은 거야?

희주는 옆으로 쓰러져 누우며 계속 그런 말들을 반복했다. 머릿속으로는 계속 재인의 울먹거리는 표정이 생각났다.

한 번만, 마지막일지도 모르잖아. 보고 싶어. 한 번만 더.

몸을 일으켰다. 커다란 카디건을 걸치고, 운동화를 구겨 신고 홀린 듯이 무작정 나왔다.

집 밖으로 나와 재인을 찾았다. 가까운 곳에 우두커니 서 있지 않을까. 한 번도 저를 먼저 떠난 적 없으니. 어딘가에 숨어서 지켜보고 있을지도 모른다. 조금 떨어진 골목에 세워진 재인의 차가 보였다. 지독한 안도감이 그녀의 전신을 에워싼다.

아직 안 갔어.

초겨울의 서늘한 달빛이 부산하게 움직이는 그녀를 스산하게 비추었다.

'임산부는 철분이 부족해서 우유를 잘 먹어야 한대.'

우유를 1L를 통째로 들어 마시는 진주를 그악스럽게 재인이 쳐다보자 그녀가 대꾸했었다. 재인은 저 밑 작은 슈퍼에서 흰 우유, 딸기우유, 바나나우유를 종류대로 사서 검은 봉지에 담은 채로 터덜터덜 걸어오고 있었다.

"우유 먹는 걸 본 적이 없는데…… 먹으려나……"

재인은 중얼거리며 걸었다. 혼자 올라갈 생각은 전혀 없었다. 차 안에서 자고 있으면 불쌍해서 들어오라고 해 주지 않을까? 아까 통화로 황 비서에게 미국행 티켓을 부탁했고, 대리 비자 발급까지 알아봐 달라고 했다. 아무래도 설득해서 미국으로 데려가고 싶은데. 형이 알게 하면 안 되니까. 아가는 희주를 닮아 예쁘겠지? 딸? 아들? 머릿속이 쉴 새 없이 굴러갔다.

그러다 무언가를 발견하고는 부유하던 생각들이 순식간에 휘발됐다.

조금 떨어진 차도의 길가에서 두리번거리는 희주였다.

나를 찾는 걸까?

그 모습에 재인은 밝아진 표정으로 쿵쾅거리는 심장 박동 소리 맞춰 빠르게 걸어갔다.

그렇게 걸음을 재촉하는데……

번쩍, 앞의 헤드라이트가 재인의 시야를 흩트렸다. 재인이 반사적으로 손을 들어 빛을 가렸다.

반대편 도로에서 달려오는 차가 목표물을 확인하는 듯한 사냥꾼처럼 헤드라이트 조명을 희주 쪽으로 번쩍였다. 속도가 점점 가속된다. 느린 화면처럼 희주에게 다가가는 검은 짐승 같은 자동차가 입을 쩍 벌린 듯했다.

희주는 자신을 비추는 섬광에 뒤를 돌아보더니 그대로 굳어 있었다.

쿵. 쿵. 쿵.

어디를 향하는지 알 것 같은 불안감에 재인의 심장이 둥, 둥, 둥, 울린다.

털썩, 우유를 담은 봉지를 떨어뜨리고 미친 듯이 달려갔다. 반사적으로 움직이는 다리와 함께 새하얗게 물든 머릿속에서는 절박한 비명이 경고음처럼 울렸다.

"아, 안 돼. 희주야!"

* * *

쾅!

퍽.

툭. 툭. 툭.

엄청난 굉음과 함께 눈앞이 까맣게 물들었다.

말할 수 없는 둔통이 일었다. 온몸에서 감각이 빠져나간 듯한 느낌에 꿈쩍도 할 수 없었다. 몸을 일으키려고 하는데 뭔가에 옭매인 듯 움직이지 않았다.

그러나 몸과는 달리 정신은 생각만큼 혼미하지 않았다. 시야는 아직 적응하지 못했는지 온통 검다.

재인이가 보였는데……. 저 멀리서…… 어떻게 된 거지.

아, 그리고 차를 봤지……. 차에 깔린 건가.

체념하고 다시 눕는데 축축한 것이 자꾸 그녀의 머리카락을 스쳤다. 순간 오싹한 기분에 안간힘을 내었다. 몸을 일으켰더니 그녀를 감싸고 있던 팔이 묵직하게 툭, 떨어진다.

고작 그 정도를 확인했는데도 온몸에 소름이 돋았다.

어둠에 적응한 시야에 그녀가 뜨거운 감각의 정체를 서서히 돌이보았다. 희주의 눈이 경익스럽게 확장됐다.

헐떡이는 재인이 있었다.

눈이 잘못된 것이길.

검은 액체가, 아니, 검은 게 아니고 붉다. 끈적하다. 왜…… 그게 재인의 위에 흩뿌려져…….

극심한 공포감에 희주는 일순간 사고가 정지됐다.

"악, 아악! 재인아. 재인아!"

진득한 액체가 주변의 아스팔트 바닥을 스멀스멀 넓혀 나 갔다.

"아, 어떻게 해. 도와주세요! 재, 재인아!"

덜덜 떨리는 손으로 재인의 머리를 감싸 무릎으로 당겼다. 그는 힘겹게 들어 올린 눈꺼풀과 동시에 핏물을 울컥 토해 냈다.

"재인아 괜찮아? 어? 아, 아냐, 지금 전화부터…… 핸드폰 이……!"

재인은 반쯤 열린 눈으로 희주의 배를 쳐다본다. 괜찮아? 목 소리가 나오지 않는데도 알 수 있었다.

"도와줘요. 제발. 재인아…… 아아…… 어떻게 해."

달달 떨리는 손은 핸드폰을 연신 놓쳐 몇 번이나 바닥에 떨어뜨 렸다. 손에 묻은 피가 액정에 범벅돼 화면이 잘 보이지 않는다.

아, 어떻게 해. 제발, 으흑…… 제발, 김희주 정신 차려.

밝은 빛을 내는 차 한 대가 부드럽게 그들 쪽으로 다가오고 있었다.

끼익-, 성급하게 차를 세우는 소리와 함께 거의 동시에 달칵 차 문이 열리는 소리. 달려오는 구두 소리.

태인이었다.

그는 잔뜩 흐트러진 모습이었다. 셔츠의 윗단추는 아무렇게나 풀려 있었고 잘 정돈된 머리가 흐트러졌으며, 눈에 보일 정도로 손을 떨고 있었다.

태인은 바닥에 무릎을 굽혀 앉아 넋을 놓은 채 주저앉아 있는 희주의 어깨를 강하게 잡아 돌렸다. 그녀의 머리끝부터 발끝까지 샅샅이 훑어보았다. 희주는 느리게 고개를 들어 그를 바라보았다.

"재, 재인이가…… 119에 전화는 했는데……."

넋을 놓고 말하는 그녀의 얼굴이 창백하다 못해 푸르게 질려 갔다.

태인은 희주의 핸드폰을 가져가 통화 목록을 확인했다. 119에는 통화를 마친 상태였다.

"진정해, 희주야. 너도 지금 다쳤어. 차에 먼저 타. 구급차 오면 내가……."

우악스러운 힘에 희주가 일으켜지면서도 재인의 손을 놓지 않았다.

"싫어! 안 가. 이거 놔! 같이 가. 아흐……. 재인아…… 정신, 좀 제발……."

희주는 그녀를 차 안으로 데려가려는 태인을 마구잡이 때리고는 다시 주저앉아 재인의 얼굴을 감싸 안고 울부짖었다.

엉망진창으로 목 놓아 울어대며 눈물을, 비명을 쏟아냈다.

구급차에 실려 대학 병원으로 옮겨 수술실에 들어가는 일련의 과정들이 모조리 날아가 버린 것 같았다.

어떻게 여기까지 오게 됐고, 왜 이런 일이 발생했고, 재인이는 왜 거기에……. 그리고 그녀를 구하려다가…….

정신을 놓고 어깨를 움츠리고 있는 그녀의 앞에 큰 그림자가 드리웠다.

"희주야, 김희주. 정신 차려."

희주는 어깨를 잡아 흔드는 대로 이리저리 흔들렸다.

"너, 지금 치료받아야 해."

손등이며 발목, 목에도 그녀의 몸 군데군데 생채기가 나 있었다. 재인이 품에 안고 구르긴 했지만 그래도 크게 넘어졌다. 게다가 그녀의 배 속에는 아이도 있다.

"싫어. 나 여기 있어야 해. 재인이…… 재인이 어디 갔어요."

초점 없는 흐리멍덩한 눈으로 그녀는 넋이 나간 듯 중얼거렸다. 태인이 차가운 바닥에 한쪽 무릎을 꿇고 시선을 맞추려 했지만 계속 어긋났다.

"정신 좀 차려 봐. 수술 오래 걸릴 거래. 그러니까 그동안 너도 치료……."

뭐에 긴장했는지는 모르겠지만 그는 잔뜩 굳은 얼굴이었다. 하지만 그 말은 또 희주의 속을 긁고 말았다. 누구 때문인데 내가 왜 도망쳐야 했는데.

"싫어, 내가 어떻게? 이건 다 당신 때문이야. 당신 때문이라고!"

아, 희주는 입을 막았다. 미쳤어. 지금 어떻게 그런 얘길. 당신의 아이를 가져서 이런 일이 일어났다고 말할 뻔한 자신의 머리를 감싸 안았다. 희주는 떨려오는 몸을 누르려 했지만 별 소용이 없었다.

"아이는, 아이는 어떻게 할 거야."

"……."

"괜찮은지 확인해야지. 많이 놀랐을 것 아냐, 희주 네 아이가."

희주는 돌아오는 정신에 불안함 역시 조금씩 올라와 두 손을 꼭 맞잡았다.

* * *

태인은 희주가 애초에 어디로 떠났는지 알고 있었다. 그녀의 행적을 보고 받고 있으니까.

지겨웠겠지. 이 서산과 연관된 모든 것이.

너무나 잘 알고 있어서 태인은 체념과도 같은 한숨을 나른하게 흘렸다.

그중 제일 지긋지긋한 아마도 저일까? 어떤 감정이든 크게 자리하는 거면 상관없지 뭐. 기다리라고 했으니 기다릴 뿐이다. 병원에 다니라고 했으니 다니고 있고. 마음이 그렇게 가벼운 거면 다시 저를 사랑할 수도 있는 거겠지.

게다가 아이라니…… 아무래도 내 아이인 것 같지? 아니라고 해도…… 희주 배 속에 있으니 희주 아이인 건 확실하잖아.

그런 생각 따위로 상념에 잠겨 있으니, 검토하던 서류는 단 한 장도 넘어가지 않았다.

서류 내용이 웃긴 건 아닐 텐데…….

계속해서 피식 웃는 모습을 보던 박 실장이 소름이 돋은 자신의 팔을 스윽스윽 문질렀다.

태인은 한윤아가 재인의 집에 있는 그녀를 찾아간 것도 알고 있었다. 그건 애초부터 태인이 한윤아를 감시해 왔고, 김희주에 관한 것은 눈과 귀를 가려 왔기 때문이다.

'한윤아, 한윤철 비서들 매수 좀 해 봐요. 돈 좀 먹이거나, 약점 잡아도 좋고.'

그 탐욕스러운 여자가 김희주를 찾아가 어떤 짓을 할지 모르니까. 제 아들까지 죽이려고 한 여자가 뭘 못 할까.

"손해 보는 타입이시네요. 전무님."

박 실장이 태인이 물고 있는 담배에 불을 붙여 주며 말했다. 여자를 걱정하는 마음에서 그러는 것일 텐데. 김희주는 그걸 모를 테고 태인의 입에서도 나갈 리는 없는 말이었다.

그렇게 잘 막아 왔었는데, 한윤아가 우연히 그 둘이 같이 있는 모습을 직접 목격한 것 같았다. 한윤아가 재인의 집을 다녀간 뒤에는 한윤철이 움직였다.

희주에게 겁을 줄 정도로만 생각했었는데, 재인이 그녀를 데리고 떠난다는 폭탄선언을 하는 바람에 자극받은 것 같았다. 깊은 관계에 꽤나 놀랐던 모양인지 떠나는 희주의 뒤를 밟았고 처리까지 할 계획까지 세웠던 모양이다.

한윤철이 붙인 눈, 태인이 그들에게 붙인 그림자. 감시에 감시를 받고 있던 희주였다.

오후 늦게까지 이어지는 미팅 때문에 회의실을 나오던 와중에 보고받았다. 한윤철이 보낸 사람이 희주가 있는 곳으로 가고 있다는 내용이었다.

살벌한 표정으로 그 내용을 전해 듣던 그는 어떤 장면을 떠올리는지 점점 굳어 갔다. 그는 그대로 돌아서서 희주가 있는 곳으로 차를 몰았다.

멍청한 새끼. 그렇게 지킬 줄 모르면서. 그렇게 당하고도 지네 가족들이 아직도 어떤 인간인지 모르는 한심한 새끼.

감정의 널이 사방으로 튀었다. 분노가 끓어 넘치고, 마침내는 아득해졌다. 최악의 상황을 생각하자 상상만으로도 질식할 것 같은 기분이 들었다.

서 회장이 요양원행을 예약해 둔 마당에 재인이에게 여자가 생겼다니. 그리고 그 아들이 다 버리고 떠나겠다고 했으니 눈앞이 깜깜했겠지.

더러운 버러지 같은 것들이. 기어코. 더 빨리 처리해야 했는데.

태인은 그들을 줄줄이 버려 줄 예정이었다. 서 회장과는 달리 공을 들이지 않아도 약점들이 너무 많아 쉬워도 너무 쉬웠다. 그래서 급한 일을 더 먼저 처리하느라 얼마간의 유예로 아량을 베푼 것뿐이었다.

그런데, 감히.

적막한 차 안에서 빠득, 이가는 소리가 소름 끼쳤다. 숨을 참았다가 간헐적으로 터져 나오는 깊은 숨소리가 한없이 초조한 분위기를 만들었다.

도착지에 근접한 길가가 고요하고도 스산했다. 등골로 서늘함이 퍼져 나가는 기분. 평생 잊지 못할 감각임이 분명했다. 생전 처음 겪는 이 공포를 그는 빨리 없애고 싶었다. 핸들을 잡은 손에 핏줄이 터질 듯이 불거졌다.

두 개의 검은 인영.

제발.

태인은 신 따위를 개만도 못하다고 생각했는데, 그 순간은 무릎이라도 꿇고 빌며, 목이라도 내어주고 싶은 심정이었다.

그리고 네가 아니길. 기도했다.

쓰러져 있는 것이. 네가 아니길. 그렇다면 세상의 모든 부조리를 다 감내하겠다고 다짐했다. 설사 내 곁이 아니더라도 네가 살아 있기만 한다면…….

희주가 주저앉아 있을 때 피가 몸에서 모조리 빠져나가는 기분을 체감했다. 무사한 걸 확인하고는 저다운 생각을 했다.

재인이 네가 대신 누워 있어 다행이라고.

태인은 지옥 같았던 억겁의 시간을 되새기며 넋이 나가 있는 희주를 내려다보았다.

수술실 앞을, 태인은 그녀와 함께 지키고 섰다.

겨우 달래서 상처를 치료하게 했다. 그리고 다시 이곳으로 오겠다는 그녀를 막을 수 없었다.

당장 끌고 나가고 싶은 마음이 굴뚝같았지만, 극도로 불안정한 그녀를 강제로 움직일 수는 없었다. 이제는 그녀가 싫어하는 것을 함부로 하지 못한다. 더 이상 미움받기 싫으니까. 그리고…… 그의 시선이 그녀의 납작한 배에 잠시 머물렀다.

그녀가 다시 병원에 갔다는 소식은 듣지 못했다.

아직 아이를 가지고 있다.

6. 인터셉트

집무실의 묵직한 문이 열렸다.

"사모님, 이렇게 들어가시면……."

"비켜, 지금 내가 지금 제정신이겠어?"

비서진들이 만류하는 소리와 한윤아의 찢어질 듯한 고함이 동시에 울린다.

태인이 서류를 살피면서 고개도 들지도 않고 손을 휘저으며 비서진들에게 나가라는 표시를 했다. 꾸벅 고개를 숙인 비서들이 나가자 한윤아는 흐트러진 머리를 정리하고 구겨진 옷매무새를 바로 했다.

"너 때문에 내가 지금 검찰 소환 조사 받느라 내 아들 병실에도 못 가."

태인이 그제야 서류에서 시선을 떼고 서늘한 시선으로 그녀를 천천히 훑어보았다.

평소에는 한껏 화려한 얼굴과 몸매를 드러내기 바빴지만, 검찰 소환 조사 탓인지 검은 정장 차림이었다. 초췌하게 보이려 일부러 화장도 하지 않았지만, 그녀의 낯짝은 여전히 반반했다. 짜증 나게.

"이렇게 찾아올 시간에 갈 것 같은데……."

느릿하게 기어 오는 뱀 같은 목소리였다.

건강상의 이유로 구속을 간신히 피했지만 계속해서 소환 조사를 받고 있었다. 어제저녁 출두해 오늘 새벽까지 조사받은 그녀는 아침에 가장 먼저 태인의 사무실을 찾았다. 예상은 했었지만, 처음부터 끝까지 태인의 기획 작품이라는 걸 전해 듣고는 눈에 뵈는 게 없어 여기까지 왔다.

그녀는 분이 차고 넘쳐흘렀다. 반대로 태인은 여유롭고 태평해 보였다.

"네가 한 짓이지?"

태인은 여전히 무기질적인 눈빛으로 그녀를 훑어 내렸다. 제법 반반하니까. 그렇게 낳았겠지. 어떻게 보면 바보같이 순진한 것도 저 멍청한 여자를 닮아서인가.

그 눈빛이 소름 끼치는지 한윤아는 흠칫 몸을 떨었다.

"본인이 해 놓고 뭘 여기까지 와요. 자기 손으로 아들을 두 번이나 죽이려고 했으면서……."

한윤아는 의문을 가지는 듯 그를 바라봤다. 그는 그 표정에 말을 마무리하지 않고 의자 헤드에 머리를 기대고 웃음을 터뜨렸다. 이 여자는 지금 서재인을 걱정해서 온 게 아니었다.

"아아, 지금 당신 아들 다친 거 말고, 검찰 조사 말하는 거였어? 걔도 참 불쌍해. 부모 복 없는 건 걔나 나나……."

꽤 공평하네, 그건. 그는 눈을 지그시 내리깔고 스산한 목소리로 덧붙였다.

"말 돌리지 말고 말해. 너지? 하나 풀려 가면 또 하나 물고 늘어지고. 너 맞지? 네 얼굴에 먹칠하는 것도 모르고. 너 지금, 이게……."

"제 얼굴에는 예전부터 먹칠 많이 해 주셨어요. 지금은 닦아 내는 거고."

"야!"

"그리고 그 여자 얼굴에 상처 내셨던데…… 어느 손이에요?"

그의 빙글거리는 입가가 순식간에 딱딱해졌다.

"뭐? 지금 누굴……."

무겁게 느껴지는 공기가 착각이 아닌 듯 한윤아는 순간 질식할 것 같은 기분이 들었다. 그 여자가 저 새끼랑 무슨 상관이라고…….

"설마, 너 재인이랑 붙어먹는 그 여자 말하는 거니? 그 김희주라는 아이?"

"그 여자가 왜 재인이 여자야."

태인은 웃음기 한 점 없는 얼굴로 서늘히 뇌까렸다.

"미쳤어. 이것들이 쌍으로 제정신이 아니야. 어디 여자가 없어서."

그는 그 실없는 소리에도 지금 '재인이랑 붙어먹는 그 여자'라는 어이없는 말에 핀트가 나간 상태였다.

귀찮은데…… 거슬려. 그냥 진짜 다 죽여 버릴까…….

그는 자리에서 일어나 그녀 앞으로 금방 다가왔다. 한윤아는 흠칫 놀라 할 걸음 물러났다. 서늘한 살기에 그대로 얼어붙었다.

태인이 양손을 주머니에 꽂은 채로 상체를 바짝 숙였다. 뻣뻣하게 굳은 그녀의 안면을 살폈다. 금방이라도 찢어 버릴 듯 들끓는 시선과는 달리 목소리는 고저 없이 평이했다.

"재인이가 다쳐서 다행인 줄 알아요. 그 여자가 죽었으면 당신은 여기 없어."

"네가 뭔데……!"

형편없이 떨리는 목소리가 겨우 흘러나왔다.

"몸 관리 잘하세요. 계속 건강 핑계로 빠져나가시는데…… 허위 진단서 만들어서, 서류 조작 혐의까지 추가되고 싶지 않으면…… 조심하셔야죠. 곧 감옥에 가실 텐데. 힘드시지 않겠어요? 본인 몸 추스르기도?"

한윤아는 그 서늘한 기세에 차마 내뱉지 못하고 욕을 삼켰다. 그는 다시 책상으로 걸어가 묵직한 서류 봉투를 그녀의 앞으로 툭 던졌다.

"내일 검찰로 넘어갈 거예요. 한 번 더 조사받으세요. 그리고 또 받고, 또 받아야 할 거예요. 해쳐 드신 게 너무 많아서."

당황스러운 얼굴로 그녀는 허겁지겁 서류를 다시 펼쳐 보았다. 미술품을 사들이면서 만든 이중 장부였다.

"너무 지저분하딘데, 이렇게 뒤처리가 깔끔하지 못해서 어떻게 해요. 돈 주고 산 대학교, 대학원 졸업장이 부끄럽지도 않나 봐요. 못 하겠으면 나한테 해 달라고 하지. 도와드렸을 텐데."

한윤아는 갈 길을 잃은 눈으로 무릎을 꿇었다.

"서산 이미지에도 안 좋을 거야. 아버지 봐서라도 한 번만 봐줘. 그동안 우리가 살아온……."

태인이 섬뜩한 얼굴로 소리 내 웃었다. 이내 콜록대기까지 하더니 싸늘한 미소를 지었다.

"어머니, 어머니. 해 줘서 우리가 진짜 가족이 됐는지 알았나 본데…… 내 진짜 어머니를 그렇게 몰아내고, 당신 자식은……."

태인이 말을 맺지 못하고 숨을 멈추었다.

아직은, 아직은 **뺏긴** 게 아니다.

서재인이 못 일어날 수도 있잖아.

아직도 김희주는 서재인 병실에 들어가지도 못해서 전전긍긍하고 있겠지. 갈비**뼈** 안쪽에서 툭툭 쳐올리는 통증이 느껴져 미간을 찌푸렸다.

"제발. 내가 어떻게 하면 되니."

한윤아의 물음에 대한 답이 떠올랐다.

자신이 바라는 건 단 하나였다.

"서재인을 다시 배 속에 집어넣어 봐요."

미친 소리를 지껄인 것과는 달리, 한윤아는 박 실장을 따라 나가 준비된 서류에 서명했다. 그리고 지분과 재산 포기 각서를 쓰고 계열사 곳곳에 임원으로 포진된 그녀 가족들의 처분을 예고받았다.

비자금 횡령 정도로 그치자고 협상을 받아들일 수밖에 없던 한윤아는 망연자실한 얼굴로 그곳을 나왔다. 그리고 서재인이 있는 병원에도 가지 말 것이란 약속도 받아 냈다.

김희주가 서재인 옆에 꼭 붙어 있을 테니, 한윤아를 마주치게 해서 좋을 게 없지.

태인은 박 실장이 건네준 한윤아가 서명한 서류들을 살펴보더니 미간을 찡그렸다.

"맞네요. 나 손해 보는 성격인 거."

* * *

재인이 수술을 마치고 중환자실로 들어갔다. 이튿날에는 VIP실로 이동했다고 했다. 재인의 병실에는 들어가지 못했다. 한윤아가 경호원을 세운 탓이다.

"제발…… 깨어났는지만 말해 주세요. 그냥 갈게요."

경호원의 팔을 붙잡고 애원했다. 차갑게 내쳐지는 손에 희주는 돌아서야 했다.

차고 건조한 날이었다. 냉기가 몸속을 파고들었다. 병원 앞 공원 벤치에서 울고 있는 그녀의 앞에 남자가 섰다. 해를 등진 태인의 커다란 몸이 그림자를 만들어 그녀를 삼켰다. 그리고 제안했다.

진료를 꼬박 받을 것. 밥을 끼니마다 챙겨 먹을 것.

그러면 병실에 들여보내 준다고 했다.

희주는 눈물이 범벅된 얼굴을 들고는 고개를 크게 끄덕이며 알겠다고 했다. 태인은 자신이 제안했으면서도 그 간절한 표정이 마음에 들지 않아 짜증스러운 표정을 지었다. 속 뒤집는 소리와 욕을 내뱉으려다가 그녀의 배를 보고는 손으로 입을 막았다.

"밥부터 먹어 일단."

그가 운전하는 차를 타고 온 한정식집 방에서 희주는 그의 빤한 시선을 감내해야 했다.

"뭘 좋아하지?"

뜬금없는 말. 제게 하는 말이 아니었다.

"몰라요. 나도."

그의 표정은 이상했다. 마치 예전에도 본 듯했다. 자신을 이리저리 데리고 다니기 시작한 그즈음. 넋을 놓고 있었던 그때와 비슷했다.

흥미로운 것을 본다는 표정이었다. 그러나 그저 재미있어 보인다기엔 심각하고 진지해 보였다. 그는 거의 먹지 않고 그녀의 젓가락질이 향하는 음식들을 좇았다.

"입맛이 많이 다른가 봐. 안 먹던 것도 먹네."

그는 희주 앞으로 음식들을 밀어 주며 조용히 말했다. 희주의 얼굴에 당혹스러움이 스쳤다.

"자꾸 불편하게 하지 마요. 체할 것 같으니까."

고작 그 한마디에 그는 눈썹을 작게 들었다 내려놓으며 시선을 비켜 주었다. 표면적으로 식사하는 척을 하며 여전히 그녀의 식사량을 체크했다.

생긴 것과는 다르게 자극적인 음식을 주로 먹었던 그녀였다. 서재인이 어떨지는 모르지만, 태인 자신이 먹는 간이 약한 음식들, 해산물과 채소 위주로 계속 젓가락이 가는 그녀에게 묻고 싶었다.

정말 내 아이가 아니냐고.

그렇다고 해서 뭐가 달라지나. 기민한 감각은 자신의 아이라고 말했다. 아니라고 가정을 해 봐도 별다른 감정이 들지 않았다. 이건 도대체 뭔지 다음 상담 때 물어봐야겠다고 생각하면서 물 잔을 들 때였다.

"같이 밥 안 먹었으면 좋겠어요. 식사는 꼬박할 테니……."

"함께하는 식사라는 조건이었어."

뻔뻔하게 말하고는 예사로운 얼굴로 앞의 희주를 응시했다.

"당신이 무슨 생각하는지 모르겠지만……."

"계속 모르는 게 좋을 거야. 아주 난잡하고 더럽거든. 엄마가 알면 아이도 알 텐데……좀 그렇지 않아?"

말로는 남자를 당해 낼 재간이 없다. 희주는 기운을 빼기 싫기도 해서 입을 그냥 다물었다. 먹고 힘내서 재인의 옆에 있어 줘야 한다.

그렇지만 두려워. 그가 알까 봐. 재인아 얼른 일어나.

자꾸 불안함에 심장이 덜컥덜컥 내려앉는다. 눈앞의 남자는 그들이 겪은 모든 일이 다 없었던 것처럼 그녀를 대하고 있었다.

그날, 희주가 재인의 아이를 가졌다고 말한 이후로 그는 별다른 행동을 보이지 않았다. 그녀가 떠났다는 것도 아마 알고 있었을 것이다. 희주는 그가 나름대로 헤어짐을 받아들이고 있다고 생각했다. 그런데 아무렇지 않은 이 태도의 의중을 모르겠다.

아니다. 사실은…… 어쩌면 너무 잘 알 것 같아서 애써 그 무서운 생각을 숨기고 있는지도 몰랐다. 입에도 담기 싫은 그 가정을 하기 싫었다.

희주는 두려운 눈빛으로 그를 쳐다보았고 시선을 받은 그는 더없이 근사한 미소로 그녀를 마주했다.

* * *

진료받고 나오는 길이었다. 아이는 잘 크고 있다고 걱정하지 말라는 의사의 말에 웃을 수 없었다.

그러고 나면 어김없이 태인과 점심을 먹으러 갔다. 하루도 빼놓지 않고 그는 식사 시간마다 찾아왔다. 할 일이 그렇게 없냐는 빈정거림에 그는 아무 대답도 하지 않았다.

대신 가볍게 한숨을 쉬고 가라앉은 목소리로 물어왔다.

"만약에…… 걔가 못 일어나면 어떻게 할 거지? 아니면 잘 못되거나."

"당신 정말 구제 불능이야. 말을 왜 그렇게 해? 왜 못 일어나. 재인이는 일어날 거야."

가슴을 크게 오르내리며 잔뜩 씨근덕대는 숨이 심상치 않아 태인은 입을 다물었다. 몰아붙였다간 밥까지 안 먹으려고 할 테니까. 그는 창틀에 팔을 괴고 좁혀진 미간을 느리게 문질렀다.

해산물 코스가 인상적인 레스토랑이었다. 확인해 보고 싶기도 해서 데려왔는데, 확실히 육류를 선호했던 입맛이 달라졌다. 태인의 은근한 눈빛이 맞은편의 희주에게 머물렀다.

스타터로 나온 숯불에 구운 문어와 감자 퓌레를 순식간에 다 비웠다. 그리고 우니가 듬뿍 올려진 파스타 역시 싹싹 그녀의 입 안으로 들어갔다.

이렇게 잘 먹는 걸 보니 아까 성질 누른 보람이 있는데, 라고 생각할 때였다.

"병원은 다니고 있어요?"

"걱정해 주는 거야? 기분 좋은데?"

그녀는 입가를 냅킨으로 닦으며, 그 예쁜 얼굴로 잔인한 말을 내뱉었다.

"아까 질문한 거 말인데, 대답해 줄게요. 재인이가 그대로 누워 있다면, 나는 그냥 기다릴 거예요. 잘못되면, 나도 똑같이 잘못돼 줄 예정이고. 어차피 재인이가 구해 준 목숨인데. 아깝지도 않아. 어차피 늘 죽고 싶다는 마음이 있었으니까."

"눈물겨운데? 언제 그렇게 사랑하게 됐어?"

속이 뒤틀리고 내장이 칼로 헤집어지는 기분이었다.

"당신이 날 버려서. 그렇게 됐어."

이제 자신의 속을 뒤집는 건 일도 아니라는 듯이 태연하게 말한다.

"죽기만 해. 가만 안 둘 거야."

일부러 저를 자극하는 걸 알면서도 휘둘린다.

씨발…… 꼴사납게…….

"내가 유일하게 살 방법은 재인이가 깨어나는 거예요. 그러니까 열심히 기도해요. 재인이가 무사히 일어나기를."

치켜뜬 눈과 다르게 입가는 예쁜 미소를 만들었다.

그래, 돌이킬 수 없다는 걸 알고 있어. 내가 너를 가질 수 있는 방법은…….

* * *

재인이 사고를 당한 지 3주가 넘어갔다.

수술은 잘 끝났지만, 고요히 잠만 잤다. VIP 병동에서 온갖 기계에 연결된 선을 몸속에 꽂아 넣은 채.

매끈했던 피부가 상처투성이였다. 강직했던 팔과 다리에는 철심이, 매끄러운 귀는 붕대가 감겨 볼 수가 없었다. 희주는 그 모습이 너무 아파서 볼 때마다 눈물을 흘렸다.

"재인아, 이제 겨울이 오려나 봐."

희주는 침대 옆 의자에 앉아 재인의 손을 잡았다. 그 뜨거워 절절 끓던 온기가 없었다. 무서운 마음에 또 볼에 주룩 눈물이 흘렀다.

"우리 겨울을 함께 보낸 적은 없다. 그치? 호빵도 같이 먹고 붕어빵도 같이 먹어야 하는데. 그러니까 얼른 일어나…… 일어나면……."

목이 메어 와서 침대에 엎드려 울었다.

너는 이렇게 누워 있는데. 나는 그런 꿈을 꾼다.

너와 조금 더 일찍 재회했다면…….

미련으로 질척이는 나를 구하기 위해 너의 손을 덥석 잡았는데, 생각보다 그게 너무 안온해서, 너의 세계는 따뜻해서. 뻔뻔한 나는 그 짧은 시간 네게 위로받았던 시간을 되새기며 함부로 상상했어.

그렇지만.

"너는 나를 만나지 않았으면 좋았을 텐데……."

병실 문이 열리는 소리와 단정한 발걸음 소리가 지척에서 멈추었다.

"가자, 진료 시간 다 됐어."

뒤돌아서서 나가는 그들의 뒤로 누워 있는 재인의 손가락이 가늘게 까닥였다.

* * *

시간이 있었다. 온전히 그녀를 소유할 수 있는 시간이. 그녀를 욕망하는 마음 뒤꼍에 무엇이 있는지 알지 못하고 무익한 계획을 꿋꿋이 실행하느라 진짜를 무시했다. 그 결과는 비극이었다.

떠날까 봐 무서워서 본능대로 발정 난 짐승처럼 그녀를 가졌더니 그 말로는 더 처참했다.

그런데, 기회가 온 것 같았다. 내가 불쌍하기라도 했던 걸까.

서재인의 병실에 갈 때마다 읊조린다. 희주가 들으면 안 되니까 마음속으로.

죽지 말고 깨어나지도 마.

나는 지금도 괜찮아. 날 사랑하지 않는 그 여자가 옆에 있는 것도 너무 달아서 죽을 것 같으니까. 그러니까 그냥 그렇게 누워 있어.

점심시간이 되어서 회사에서 병원으로 오는 길이었다. 고작한 시간 동안 제 앞에서 밥을 먹고 있는 걸 보기만 하는데도 기꺼웠다. 저녁까지 같이 먹자고 떼를 써볼까 생각 중이었다. 오늘은 뭘 먹여야 할까.

입가에 미소를 띤 채로 창틀에 팔을 괴고 입술을 문지를 때였다.

병원 정문으로 들어오기 전 희주의 뒷모습이 보였다. 차를 급하게 세웠다.

핸들에 팔을 묻고 뭘 그렇게 빤히 보나 지켜봤다. 군고구마를 파는 노점상 앞에서 시선을 떼지 못하고 서 있었다. 주문하지 못하고 가만히 서 있는 거만 보니 지갑을 두고 나온 듯했다. 한참을 그러고 있더니 돌아서서 발걸음을 옮기면서도 뒤를 힐끗한다.

귀엽긴.

가슴 한쪽이 간질거렸다. 이제 겨우 알아차린 이 행복이 조금 더 오래 갈 수 있다면 악마한테 영혼이라도 팔고 싶은 심정이었다.

병실로 들어서자 역시 재인의 옆에서 처연하게 앉아 있다.

마음에 안 드는데 마음에 든다. 이렇게 서재인이 누워 있지 않으면 희주가 자신이랑 밥을 먹어 줬겠나. 씁쓸한 마음보다 다행이라는 마음이 앞섰다. 지금은 정말로 그걸로 만족이 됐다.

"가자 밥 먹으러."

지난번에 갔던 한정식 집이었는데 잘 차려진 상 가운데는 군고구마가 쟁반 위에 예쁘게 쌓여 있었다. 아직 뜨거운지 김이 모락모락 났다.

어떻게…….

그녀의 얼굴에 드러나는 의문을 뒤로 하고 그는 물티슈로 손을 꼼꼼하게 닦았다. 그리고 고구마를 하나 집어 들어 숯검정이 묻는 것도 신경 쓰지 않고 껍질을 쓱쓱 벗겼다.

뜨거울 텐데…….

어떤 껍질조차도 까 본 적 없을 것 같은 남자가 긴 손가락을 우아하게 놀렸다. 삼분의 이 정도를 예쁘게 벗겨내 노란 속살 위로 희미하게 연기가 피어오르는 것을 그녀에게 내밀었다.

"아, 뜨거워."

받지 않는 가만히 있는 그녀에게 장난처럼 엄살을 부리자 그제야 받아 든다. 오물거리면서 먹는 그녀 앞에 보리차를 따라 놓아주었다.

"마시면서 먹어."

태인은 다시 고구마를 집어 들어 또다시 껍질을 가만히 깠다. 입가에 만족스러운 옅은 미소가 떠올랐다.

* * *

밝은 병실이었는데도, 어둡고 적막하게 느껴졌다.

희주는 재인의 병실에서 멍하니 그를 내려다보았다.

눈이 침침한 것 같아 문질렀는데 물기가 묻어 나왔다. 이미 한차례 눈물을 쏟아낸 뒤였다. 눈가가 벌겋게 짓물러 있다.

"일어나. 나 힘들다니까. 옆에 있기로 했잖아! 다 거짓말이었어? 진짜 어이없어. 일어나라고! 으흑…… 일어나 제발……. 추워. 재인아 나 너무 무서워. 일어나서 나 좀 안아줘."

제발 눈 좀 떠 보라고 애원하다가 울컥 뭐가 치미는지 화를 냈었다. 감정 기복이 심한 건 임신 초기 증상이라고 했다.

아이는 계속 크고 있었다. 이 상황에서도.

산부인과 진료에 꼬박꼬박 태인이 따라다녔다. 약속이란 명목 아래.

어김없이 밥 먹을 시간이 되자 태인이 병실로 찾아왔다. 회사는 도대체 어쩌고 이렇게 식사 시간마다 나타나는 걸까.

"나 아이 지우려고요."

건조한 목소리와는 달리 희주의 얼굴은 아프게 일그러져 있었다.

더 늦출 수 없었다. 배가 조금씩 나오기 시작하자 죄책감이 더해졌다. 기약 없는 기다림 속에서 아이는 조금씩 자라고 있었다. 제법 자신의 존재감을 드러내는 듯이 계속해서 먹고 싶은 것을 상기시켰다.

재인이 이렇게 누워 있는데…… 만약, 만약 잘못돼서…….

끔찍한 상상을 하자 목구멍이 뜨겁게 따끔거렸다. 또 눈물이 나올 것 같아 눈에 힘을 잔뜩 주었다.

그의 눈초리가 날카롭게 빛났다. 그러다 잠시 고민하는 듯 보였다. 언짢은 기색도 잠시 떠올랐다가 사라졌다. 뭐라 설명할 수 없는 감정에 미묘하게 껄끄러워하는 모습이었다.

한참 뒤에야 조금 거친 숨소리와 함께 입이 열렸다.

"그래, 네 뜻대로 해."

나직하고 다정한 어투로 말한 그는 희주에게 손을 내밀었다. 이제 그만 밥을 먹으러 가자는 말이었다.

지친 몸과 마음에 내민 손을 아무 의식 없이 잡으려고 할 때였다. 누워 있던 재인이 그녀의 손목을 힘 있게 쥐었다. 도저히 한 달 동안 의식 없이 누워 있던 환자라고는 생각되지 않은 강한 힘이었다.

"재인아!"

심장이 빠르게 뛰었다. 익숙한 그의 온기가 손에 뚜렷이 느껴졌다.

"하-, 짜증 나는군."

중얼거리던 태인이 신경질적으로 호출 버튼을 눌렀다. 그리고 재인은 다시 까무룩 쓰러지더니 하루가 지난 뒤에야 눈을 끔벅이며 일어났다.

* * *

다시 정신을 차린 뒤, 눈앞에 보인 건 태인이었다.

"그냥 그때 죽게 됐어야 했는데."

그는 눈만 간신히 뜨고 있는 재인을 바라보며 무미건조하게 말했다. 재인이 눈을 끔벅거렸다. 아직 말을 할 수 있는 상태는 아니었다.

"그 순간, 걔가 죽을 것 같아서. 나도 모르게 너를 살려 줬지 뭐야. 아쉬워. 내가 원래 그런 인간이 아닌데. 희주가 그러니까……."

그는 목이 메는 듯 목울대를 크게 한번 일렁였다. 그러고선 짜증이 나는 듯 넥타이를 매듭을 만지다가, 거칠게 손으로 얼굴을 쓸어내렸다.

"나 정말 그 여자 없이 못 살아. 너한테 잘못한 건 지옥에서라도 받을게. 그러니까 제발……."

태인의 얼굴이 괴로움으로 일그러졌다. 그 시리고 차가운 눈에서는 눈물이 흘렀다. 어떤 고통에도 무감할 것 같은 남자의 표정이. 그가 삼킨 끝말은 재인도 알 것 같았다.

죽어 달라는 거겠지. 아니면 떠나 달라는 건가? 그러면서도 차마 내뱉지 못하는 건 희주 때문일까.

아, 희주가 나를 선택했구나. 형한테 가지 않았어. 꿈에서도 간절하게 빌었거든 내가.

좋아, 좋아서 미칠 것 같아 형. 나도 형 못지않게 미친놈인 가 봐. 희주가 날 선택한 게 너무 행복해서. 내가 희주 대신 다칠 수 있어서 정말 다행이야. 귀가 안 들리고 눈이 안 보여도 나는 괜찮은 것 같아.

* * *

퇴원 후, 희주는 재인의 옆에서 온갖 정성을 다했다.

왼쪽 귀가 잘 안 들리고 오른쪽 눈의 시력이 현저하게 감퇴한 그를 위해 가까이 다가가 사근사근 얘기해 주었고, 깁스한 다리를 대신해 그 작고 둥근 어깨를 내어주었다.

"운동 못해서, 나 근육 빠지겠다."

희주가 욕실에서 그가 면도하는 것을 도와주었다. 머리도 방금 감고 샤워해 반 전라 상태였다. 희주는 그의 몸을 훑어보았다. 타고나 기골인 탓에 살이 내려도 웬만한 성인 남자보다 우람했다.

"넌 좀 빠져도 돼. 너무 커."

재인이 살짝 눈을 흘겼다. 상관없다는 말투가 얄미웠다. 알지도 못하면서, 네가 내 몸을 그렇게 홀린 듯이 바라보는데,

내가 그걸 어떻게 포기해.

"다 됐다. 이 정도면 나 잘하는 거 맞지?"

면도크림을 바르고 꼼꼼하게 정리하고, 물로 닦아 주기까지 했다. 과잉보호하듯이 그의 손을 잡고 밖으로 조심조심 이끄는데 너무 사랑스러워서 꽉 껴안고 싶었다. 하지만 그녀의 배를 보니 조심해야겠다 싶었다.

"아이는 괜찮아?"

희주가 잠시 그 말에 굳었다. 그러다 입매를 부드럽게 풀고는 말했다.

"응, 조금 놀라긴 했다는데 괜찮데."

"다행이다."

재인이 그녀의 배를 만지고 싶어 안절부절못했다. 혹시나 걱정되는 마음이었다. 그 손이 닿아 아이가 놀랄까 봐 하는 마음. 희주는 그런 재인의 손을 가져와 자신의 배에 대었다.

'아이는?'

병실에 누워 있던 재인이 말을 할 수 있게 되자 한 첫마디였다. 절박한 눈이 그녀의 배에 매달렸다.

'이상한 생각 하는 거 아니지? 내가 아빠로 좀 부족하겠지만…… 더 노력할게. 나 아빠 할 거야.'

너는 괜찮은 걸까. 그 사람의 아이인데도.

사실은 재인이 그렇게 말해 주길 바랐는지도 모르겠다. 도저히 그녀의 의지로 아이를 죽일 수가 없어서. 재인이 일어나게 된다면 비겁하게도 그 핑계로 그가 잡는 대로 흔들리기로 결심했다.

달아나고 도망가 봐야, 결국 다치는 건 모두가 되니까. 네가 나를 놓을 수 없다면 나도 그저 네 옆에 있으려고.

재인의 눈시울이 벌겋게 달아오르기 시작했다.

재인은 희주가 잘해 줄수록 그녀에게 죄책감이 들었다. 말해야 했다. 희주가 다시 자신을 밀어내는 선택을 하더라도 재인은 그녀를 속이면 안 됐다.

그의 눈물이 뺨을 적시고 턱선을 타고 툭툭, 떨어졌다.

"희주야, 미안해."

희주는 여전히 재인의 손 위로 자기 손을 겹치며 배 위의 따뜻한 기운을 느꼈다. 따뜻하게 미소 짓고 있는데, 그게 너무 예뻐서 행복한데……그것을 이제 곧 거둬갈 것 같다고 생각하니 심장이 갈기갈기 찢겨 나갈 것 같은 고통이 몰려왔다.

"삼촌이, 엄마가…… 그랬대. 너한테 그렇게 무서운 짓을 하려고 했대……. 내가 떠나면. 가질 게 적어지니까…… 내가 미워? 이해해. 그런 마음들 수 있어. 무섭지…… 네가 겁이 얼마나 많은데…….″

재인이 몸을 웅크려 그녀의 어깨에 이마를 묻고 울컥거리는 숨을 토해내며 힘겹게 말을 이었다.

"그런데, 희주야. 나 정말 나쁜 거 아는데. 나 정말 너 없으면…….″

말을 잇지 못하고 결국은 울음이 쏟아졌다. 우는 와중에도 '미안해'라는 말이 계속 섞여서 흘렀다.

"바보야. 다친 건 네가 다치고 왜. 나한테 미안하다고 해.″

"무서울 테니까. 나란 존재는 끔찍하게 사람들한테 상처만 주니까."

"이상한 소리 하지 마. 아가 앞에서 그런 나쁜 소리 하면 안 돼."

후읍, 끕, 울음을 참는 소리를 내는 재인의 등을 희주가 쓸어주었다.

"아빠 될 준비는 됐어? 아가 이름 지어 줘야지."

잔뜩 젖은 얼굴로 재인이 희주를 쳐다보았다. 심장이 아픈 듯 그는 미간을 찌푸린 채로 웃었다. 아니 울면서 웃는 건지도 몰랐다. 그리고 어깨를 들썩이며 울음을 크게 터트렸다.

재인아.

이건 내 욕심이야. 내가 욕심내는 거야 너를.

너는 그런 감당 안 되는 욕심을 부리는 그런 내 곁에 있겠다고 했으니. 남아 줘. 내 옆에서 나의 행복을 도와줘. 너는 너무 예쁜 사람이라서, 너랑 같이 있으면 행복하고 따뜻해.

내 아이를 사랑해 줘 재인아.

그리고 나를 사랑해 줘.

* * *

"잠깐만 나 통화 좀 하고 올게."

핸드폰 화면을 보던 재인이 짜증스러운 기색을 애써 숨기고 미소 지으며 희주에게 말했다. 희주는 고개를 끄덕였다. 재인의 핸드폰 액정 화면에 뜬 이름은 '엄마'였다. 아마도 그를 배웅하기 위해 공항에 온 것일 테다.

—뉴욕행 KE081편 탑승 수속이 곧 시작됩니다. 대항항공 여객기 출발 승객분들께서는…….

희주의 옆자리에 앉는 인기척이 느껴졌다. 모를 수 없는 그의 향기였다. 반사적으로 코끝이 시큰거리고 가슴이 욱신거린다.

"그때, 내가 아무 말 없이 갔었잖아…… 반성하게 되네."

권태롭게 주변을 둘러보던 그가 그녀의 옆모습을 쳐다보았다. 나긋한 목소리에 결국 희주의 눈에서 눈물이 툭 떨어졌다.

태인은 그녀와 서로 처음을 나눈 뒤, 미국으로 사라져 버렸던 일을 말하고 있었다.

"말도 없이 이렇게 가 버리려고 하다니…… 난 그래도 거기서도 미친놈처럼 널 생각했었는데……."

"……."

"기다려도 돼? 그때 그랬잖아. 한번 기다려 보라고 했었잖아."

그건 놓아 달라는 말이었다. 그만하자고 진절머리 난다고 밀어내는 것에 불과했던 말임을 그가 모를 리 없을 텐데. 그는 그것마저도 절박한 듯 붙잡고 있었다.

희주는 천천히 고개를 돌려 그를 쳐다보았다. 그가 눈앞에 있다. 여전히 아름답고 근사한 얼굴로 미소 짓고 있었다. 그러나 쿵쿵대는 가슴의 의미를 되새기지 않기로 약속했다.

숨 막히는 침묵 속에서 두 시선이 허공에서 맞물렸다. 애틋함과 원망, 얼마간의 두려움이 한데 섞여 마주 보는 눈동자가 요동쳤다.

"잘 지내요. 나도 그럴게요."

그녀의 말에 그는 쓸쓸하게 웃었다. 사실은 다시 뭐라도 해서 끌고 가고 싶은 마음이 분탕 쳤다.

'당신 옆에 있으면 나는 또 나를 싫어하며 괴로워할 것 같아. 그냥 보내 줘요. 제발.'

그건 애타는 고백이었다. 태인도 이제 알았다. 그녀의 마음을. 서늘한 눈이 온기를 머금었다.

"사랑해."

절절하지만 담백한 고백과 동시에 재인이 나타났다. 그녀의 손목을 잡고 일으켜 제 뒤로 숨겼다. 머리카락 한 올까지 보여 주지 않으려는 듯 완벽히 가렸다. 맹수 같은 사나움이 자리한 얼굴에 턱 근육이 불끈 솟아올랐다.

태인이 일어나 재킷의 단추를 채우고 재인 앞에 마주 섰다. 금방이라도 서로에게 달려들듯 한 그들의 사이로 빽빽한 공기가 들어찼다.

"네가 먼저 아니야. 내가 먼저 만났어."

태인은 의중을 알 수 없는 말을 딱딱하게 내뱉었다. 한 치의 오차도 없이 모두 가려 버린 그녀를 볼 요량이 없었다. 그나마 비죽 튀어나온 그녀의 마른 손가락을 집요하게 바라보며 그는 부드럽게 말했다.

"기다릴게. 기다리라고 했잖아."

아까 듣지 못한 대답에 대한 말을 반복하며 태인은 돌아섰다.

재인은 무슨 미친 개소리냐는 듯 그의 사라지는 뒷모습을 무섭게 노려보았다. 그가 사라질 때까지 우두커니 서서 보더니 돌아서서 희주를 꽉 껴안았다.

불안함이 가득 묻어나는 그의 마음이 느껴져 넓은 등을 쓰다듬어 주었다.

"재인아, 네 옆에 있을 거야."

내 옆엔 네가 있을 거잖아. 너는 내게 어떤 상처와 불안도 주지 않잖아.

눈부시게 아름다운 남자를 죽을 것같이 사랑했다. 그 남자도 그의 방식대로 저를 사랑했을 것이다. 당신의 일상에도 평온한 휴식이 있었으면 좋겠다. 날 서고 잠 못 드는 그런 불온한 밤은 없기를.

진심으로 바랐다.

* * *

미국 뉴욕의 아파트.

"재인아, 재인아."

옆으로 누워 있는 만삭인 그녀의 배 위에 커다란 손이, 더 없이 팽창한 가슴 위에도 뜨거운 손이 덮여 있었다. 희주는 팔꿈치를 움직여 뒤에 붙어 있는 그의 배를 툭툭 치며 깨웠다.

"나 딸기가 너무 먹고 싶은데 어떡하지."

새벽 2시.

재인이 커다란 상체를 일으켰다. 비몽사몽한 눈으로 그녀의 손바닥에 입을 맞추면서 정신을 깨웠다.

침대를 벗어나 잘 짜인 근육 위로 티셔츠를 간결한 동작으로 입고는 희주에게 다시 다가온다. 동그랗게 부푼 배의 둔덕에 입을 맞추고는 다시 위로 올라와 희주의 입술에 입을 맞춘다. 젖은 살결의 소리에 재인이 끙, 하는 소리와 함께 힘겹게 몸을 떼어 냈다.

"금방 올게. 생크림이랑 같이 먹을 거지?"

"응."

재인이 얼른 밖으로 나가 24시간 하는 마트에서 딸기 두 팩을 사 왔다. 우유와 휘핑크림도. 발걸음이 급했다. 점심에 집에 있는 딸기를 모조리 다 먹길래 당분간 안 먹을 줄 알았더니, 열두 시간도 안 돼 다시 찾을 줄은 몰랐다.

거실에 맞은편에 있는 부엌 아일랜드에서 그가 우유와 휘핑크림에 설탕을 넣고 휘휘 저어 생크림을 만드는 모습을 희주는 소파에 앉아 구경했다. 팔의 근육들이 생경하듯 움직인다. 저러라고 만든 근육은 아닐 텐데. 저 모습을 보는 게 너무 좋다. 나 변태 맞나 봐. 너무 좋아.

재인과 희주는 한국에서 몸이 어느 정도 회복되자 미국으로 떠났다. 그리고 재인의 친구였던 케일과 제임스를 불러 증인을 세우고 결혼식을 마쳤다.

프러포즈는 희주가 했다. 케일과 제임스의 도움을 받아 희주의 생일 파티에 맞춰서 준비했다. 그저 생일을 축하하기에 만들어진 자리로만 알고 재인은 탐탁지 않아 했다.

　희주의 생일. 희주랑 둘이 보낼 생각이었는데, 여러 사람과 함께 보내야 한다는 게 불만인 표정이 은근하게 드러났다. 하지만 희주가 사람들과 함께 보내고 싶다고 조르는 바람에 어쩔 수 없었다.

　딱 자정에, 재인이 어둠 속에서 밝혀진 케이크를 희주 앞으로 가져왔다.

　'생일 축하해. 희주야. 태어나줘서 정말 고마워. 네가 없으면 나도 없어.'

　가장 날것의 고백. 거친 없는 그의 생일 축하에 제임스와 케일이 조용히 실소를 터뜨렸다.

　희주는 초를 불었다.

　'나 선물 받고 싶은 거 있어.'

　무엇이든 주고 말리라는 강렬한 눈빛의 재인에게 낡은 사진을 넘기며 이렇게 말했다.

　'결혼해 줄래? 재인아.'

　생각지도 못한 사진과 프러포즈에 재인이 잔뜩 굳었다.

　그렁그렁한 눈물을 매단 채 울음을 터트리기 일보 직전인 그의 입술에 입을 맞추며 속삭였다.

　"나, 김희주는 서재인과 결혼하겠습니다.' 기억하지?'

　다시 한번 입을 맞췄다.

'나, 약속 지킨 거야.'

재인이 결국 왈칵 눈물을 쏟아냈다. 그 큰 덩치로 작은 여자에게 기대 우는 모습에 케일과 제임스는 서로 마주 보며 기함하는 표정을 지었다.

그때가 생각나서 희주는 또 눈의 초점을 흐리고 미소 지었다.

"무슨 생각해?"

"아무것도."

완성된 생크림을 유리그릇에 담은 그가 씻어서 물기를 털어낸 딸기가 소복이 담긴 접시를 가져왔다.

"아가가 먹고 싶어서 그런 거야. 밤늦었는데 아빠 깨워서 아가가 미안하고 고맙다고 전해 달래."

딸기를 포크에 찍고는 능청스럽게 말한다. 그러고는 생크림에 찍어 입 안에 쏙 넣는다.

"미안하면, 아가한테 좀 나눠 먹자 그래. 아빠도 고생했는데."

그가 희주의 입 안에 혀를 넣어 과즙과 생크림으로 뭉갰다. 혀로 딸기를 희주의 입 안에서 여기저기 부딪히며 으깨어 즙을 흘려서 목 안으로 넣어 주었다.

"아, 그만, 하아……."

"생크림이 부족하다. 그치?"

그는 손가락으로 생크림을 떠서 그녀의 혀 위를 문질렀다. 그러면서 뭉개진 딸기를 자신의 혀를 집어넣고 입 안에서 비볐다.

"아, 이러면 못 먹잖아."

입가에 흘린 붉은 과즙을 손등으로 훔쳐내며 그를 흘겨보았다.

"여기 아직 많아."

재인이 손을 들어 딸기를 생크림에 찍어 희주의 입술에 문질렀다. 하얗게 생크림이 입술 위로 묻히기를 반복하더니 입 안으로 쏙 넣어 준다.

"아니, 그 말이…… 장난, 흐으…… 아."

"씹어."

"너 혀 씹혀…… 으읍……! 빼."

"괜찮아."

씹어 줘, 다 삼켜 줘. 그래 줬으면 좋겠어.

그렇게 일어난 성욕을 해결하느라 두 사람은 잠도 못 자고 진한 페팅으로 소파를 난장판으로 만들었다.

"누구 거야 이건? 아가야? 엄마야?"

재인이 그녀의 밑을 확인하며 짓궂게 물었다.

소파에 기댄 희주의 원피스 아래에 둔덕이 두 개나 생겼다. 하나는 아기, 나머지는 재인의 머리.

"하아, 아, 으응……!"

꿀렁거리며 조르륵 나오는 액체들을 그는 받아 마시며 일부러 더 쪽쪽, 꿀꺽 소리를 크게 냈다.

"딸기를 많이 먹어서 그런가…… 너무 달콤한 게 흘러."

그는 손가락으로 음순을 벌리고 그 샘을 통째로 마셔 버리기라도 할 듯 깊게 흡입했다.

"그, 그만. 너무 강해…… 아웃!"

그가 순간 멈칫했다. 그의 숨결만 음부 사이로 들어가자 희주는 괴로운 듯 몸을 달싹이며 신음을 흘렸다. 그가 강하다는 말에 어찌할 바를 모르고 가만히 있자. 희주는 다시 그의 머리를 눌렀다.

"계속해. 괜찮아."

창피한 듯 작게 말하는 목소리를 시작으로 그는 거리낌 없이 본격적으로 구멍을 빨기 시작했다. 속살을 가르며 틈새에 코를 처박고 질구에 혀를 쑤셔 넣었다. 콧날에 클리토리스가 뭉개지고 사이를 가르는 혀가 쿨쩍쿨쩍 액을 연신 퍼내서 마셨다.

"아아아…… 으앙!"

배 속을 징징 울리는 쾌감이 뇌 속까지 땅땅 쳐 버리는 느낌과 동시에 희주가 꼴딱꼴딱 숨이 넘어가는 소리를 냈다. 원피스 아래에서 나온 그의 얼굴이 그녀가 뱉어 낸 애액으로 온통 번들거렸다.

"나 잘했어?"

몇 차례의 절정에 진이 빠져 늘어진 그녀에게 요사스럽게 웃으며 입을 맞춰 온다. 재인의 혀에서는 비릿한 액체의 맛과 피맛이 났다. 아무래도 딸기를 먹을 때 많이 씹힌 듯했다.

딸기를 한 접시를 그렇게 둘은 오래도록 먹고 나니, 희주는 이제 한동안 딸기가 먹고 싶지 않을 것 같았다. 입과 턱이 얼얼했다. 잠도 못 자고 내내 시달렸다. 재인은 혀가 상처투성이였지만 전혀 개의치 않는 듯했다.

"우리 아가 뭐 먹고 싶은 거 없으려나? 아 목말라."

능청스럽게 말하고는 그녀의 목에 코를 묻었다. 그리고 큰 배를 따뜻하게 쓰다듬었다.

* * *

셋이 되어 집으로 돌아왔다. 희주의 배는 납작해져 있었다.

병원에서 재인은 희주의 땀을 쏙 빼고 지친 모습을 보더니 울음을 터트렸고, 아기를 보더니 또 한 번 그 자리에 주저앉아 울어 버렸다. 그렇게 오열하는 남편은 처음이라며 간호사들이 수군거렸다.

침대에 누운 재인이 자신의 넓은 가슴팍에 아이를 올려놓고는 조심히 숨을 쉰다. 태어난 지 얼마 안 되는 아이는 너무 작았다. 재인의 너른 가슴팍 때문일 수도 있고. 저게 고목에 매미 같다는 걸까?

희주는 그 모습에 가슴께가 간지러웠다. 입가에는 잔잔한 미소가 걸렸다.

자는 아이를 내려다보며 재인은 혹시나 아기를 다치게 할까 봐 아주 가볍게 그 등줄기를 스치듯 손가락으로 살살 문질렀다.

"너무 작아, 희주야."

"이리 줘, 침대에서 재우면 돼."

"아냐, 싫어. 내 위에서 잘 자잖아. 봐 봐. 표정 좀 봐 줘. 편안해 보이는지."

"응, 아주 잘 자고 있어."

희주는 침대 위로 올라가 재인의 옆으로 붙어 팔을 베고 누웠다.

"주인아, 잘 자."

아기를 향해 인사하고 눈을 감은 희주의 이마에 재인이 고개만 틀어 입술을 눌렀다.

그렇게 셋은 포근하게 잠이 들었다.

서주인. 아이의 이름이었다.

* * *

주인이 4개월째에 들어서자 둘은 뉴욕을 벗어나 시골 마을로 왔다.

재인은 뉴욕을 그렇게 좋아하지 않았다. 펜트하우스에 머무른 것도 일단은 안전 때문이었다. 아이를 가진 그녀의 건강을 위해 가까운 곳에 큰 병원이 있어야 했기 때문이다.

재인이 시골로 가는 게 어떻겠냐고 물었을 때 희주는 좋다고 대답했다. 정말 그녀는 재인만 옆에 있으면 어쨌든 좋았다.

펜실베이니아주의 아미쉬라는 평화로운 시골 마을이었다. 작은 언덕도 있고, 근처에 작은 빵집과 커피숍 서점들이 동화 그림처럼 아름다웠다.

재인은 미술관에서 일했다. 시골답지 않게 꽤 큰 규모의 미술관은 유명했다. 넓은 땅에 친환경적인 소재를 사용해 만든 여러 개의 커다란 건축물에서는 다양한 전시들이 열렸고, 유명

작가들의 작품을 비롯한 신예 작가의 작품도 많았다. 전시 기간마다 시골 마을은 북적였다.

희주는 막 필라테스 강습을 마치고 물을 들이켜고 있었다. 출산 후 체력이 좀 떨어진 것 같다며 재인이 추천해 주었다. 주인에게서 떨어지지 않는 그녀가 걱정돼서 한 조언이었다. 그 가녀린 팔로 아이를 안는 것을 늘 찜찜해 했다.

자유 시간을 좀 가지라는 의도도 있는 것 같았고. 희주가 탈의실에서 옷을 갈아입고 있는데, 필라테스 강습을 같이 듣는 크리스틴이 말을 걸어왔다.

『희주, 체력이 좀 붙은 거 같네. 배에 복근도 좀 생겼네? 누가 애 엄마라 하겠어?』

『고마워요. 아직 멀었죠. 나도 크리스틴처럼 탄탄해지고 싶은데…….』

『이미 훌륭해요. 내일 저녁 우리 집에서 파티 있는 거 알죠? 우리 남편이 에이든, 에이든 노래 불러요. 희주 조심해요. 에이든 뺏을 기세야. 아주.』

희주는 작게 미소 지었다. 이 지역에서 가장 부자, 아니 아마도 세계에서 부호 순위에 매번 드는 부동산 재벌인 맥클레인 가문이었다. 지금은 건강상의 이유로 여기에 머물고 있다고 했지만 아미쉬의 절반이 아마도 그들의 땅이라고 했던가…….

세계 곳곳에 그들의 리조트와 땅이 판을 치고 있으니 이 작은 시골 마을 땅을 다 가지고 있다고 해도 놀라운 것도 없었다. 재인이 다니고 있는 미술관 역시 그들의 소유의 것이었고,

소장된 어마어마한 컬렉션도 맥클레인 가문의 것이었다.

『주인도 데려와요. 아가 침대도 하나 마련해 놨어. 예쁜 거로.』

『그래요, 내일 봐요. 크리스틴.』

원래는 운동을 마치고 서점에 들러 책 구경을 한 뒤 카페에서 커피를 마셨다. 세 시간 정도의 자유 시간. 그렇다고 주인이 눈에 밟히지 않는 건 아니었지만, 혼자 보내는 시간 역시 소중했다. 오늘도 그럴 예정이었다.

가방에서 핸드폰을 꺼냈다. 베이비시터 제니의 부재중 통화가 몇 통이 와 있었다. 희주는 피트니스 센터를 빠져나오며 통화버튼을 눌렀다.

『제니, 무슨 일이에요?』

『희주, 얼른 와요. 무서운 남자가 와 있어요. 잘생기긴 했는데…… 아무튼. '주'와 지금 함께 있어요. 희주를 안다고는 하던데. 에이든과 좀 비슷하기도 하고.』

'주'는 서주인의 애칭이었다.

희주는 미친 듯이 뛰었다.

설마, 그가.

안 돼. 갑자기 어떻게.

『제니, 어디에 있어요?』

거친 숨을 내몰아 쉬며 희주가 물었다.

『저기, 방이요.』

벌컥, 문을 열고 들어간 희주의 몸이 석상처럼 그 자리에 굳었다.

침대에 누워 있는 주인, 그리고 그 옆의 남자.

그는 아기 침대 난간에 팔을 올려 턱을 괴고 아기를 보고 있었다. 주인이 꼬물거리는 손으로 태인의 검지를 잡고 꺅꺅 숨넘어갈 듯한 소리를 내며 신이 나는 듯 버둥거렸다.

그 모습을 바라보던 태인이 고개를 기울이며 미소 지었다.

"어째, 아기는 내가 좋은가 본데?"

아기에게서 눈을 떼지 않은 채 태인은 애틋한 표정을 지었다.

"예뻐. 어렸을 때 이런 모습이었어?"

세상 사랑스러운 걸 보는 듯이 그는 근사하게 웃었다.

희주는 또 가슴이 두근거렸다. 불안과 설렘 어느 쪽인지 알 수 없는 감정의 정체는 이 남자를 볼 때마다 계속되는 거겠지. 되새기고 싶지 않았다. 지독한 그 마음을 외면하고 묻어둔 지 오래다.

희주는 고개를 돌려 입술을 꽉 깨물었다. 그런 다음 주인을 침대에서 꺼내 품 안에 안았다. 두려움에 빼앗다시피 한 느낌이었다.

태인의 손가락이 빠지자 장난감을 뺏기는 기분이 들었는지, 주인이 갑자기 울음을 터트렸다. 혹은 희주의 불안정한 심장 소리 때문일지도 몰랐다.

"매정한 엄마네."

"여긴 어떻게 왔어요."

아기가 희주의 쿵쾅거리는 불안한 심장 소리를 느꼈는지 더 크게 울어댔다.

"이리 줘, 진정부터 해. 아기가 울잖아."

희주는 전혀 그럴 생각이 없어 보였다. 아이를 오히려 더 감싸 안고 꽉 껴안았다. 그럴수록 주인이 더 울어댔다.

태인은 재킷을 벗었다. 시계와 커프스도 풀고는 양손을 희주에게 뻗었다. 아이를 안고 싶다는 거였다.

"괜찮아요. 곧 멈출……."

"줘, 희주야."

희주는 그 직선적인 눈을 바라보며 두려움을 느꼈다. 그는 양팔을 다시 들어 보이며 주인의 작은 몸에 손을 가져갔다. 희주는 팔에서 힘을 풀고 그가 아이를 가져가게 두었다.

아이를 받아 그의 품에 안긴 주인은 너무 작았다. 재인이 한 손에 들 수 있을 만큼 작았던 주인이었다. 그에게도 안긴 아기 역시 그렇게 보였다.

주인이 거짓말처럼 울음을 멈추었다. 가슴이 철렁거렸다. 그런 상상은 더 이상 하지 않기로 했지만, 희주는 앞에 펼쳐진 장면에 눈을 질끈 감았다.

등을 길게 받쳐 엉덩이로 간 손이 토닥이고 다른 손의 검지를 아까처럼 쥐여 주었다. 끄끄, 소리 내면서 힘차게 버둥거리는 주인의 눈이 반짝였다.

"내가 아기를 보는 데 소질이 있나 봐? 엄마보다 더?"

조용히 웃음을 흘리며 말한 태인은 희주에게 시선을 흘긋 던졌다.

희주는 굳어 버린 채 꼼짝도 못 하고 있었다. 머리가 새하얘져 아무 생각도 할 수 없었다. 피가 차갑게 식는 기분이었다. 설마 그가 알고 온 것은 아닐까. 유전자 검사라도 하려는 게 아닐까. 별별 부정적인 생각이 다 들었다.

"기다리는 중이야. 병원도 다니고."

희주는 그 말에 고개를 돌려 태인을 쳐다보았다. 그의 진지한 눈빛에 평온한 얼굴에 심장이 덜컥 떨어졌다. 그는 여전히 주인과 눈을 마주치며 놀아주고 있었다.

그녀가 떠나오기 전 공항에서 했던 말이다. 이 남자를 도대체 어떻게 해야 할까.

주인이 신나는 듯 크게 소리를 내고서야 퍼뜩 정신을 차렸다. 주인은 여전히 그의 품에 안겨 좋아하고 있었다.

"똑똑한 사람이잖아요. 말뜻 이해 못 했어요?"

"기다리지도 못하게 하면 그냥 죽어 버리는 게 나아……."

아니면 죽여 버리거나. 작게 덧붙였으나 못 들을 정도의 소리는 아니었다.

"하~, 당신 정말."

"안 되면 다음 생까지 기다릴게. 그렇게."

품고 있는 주인에게 바짝 고개를 기울였다. 작은 볼에 조심스럽게 입을 맞추고는 말을 이었다.

"그땐 좀 내가 정상적으로 살아 볼게. 그래서 지금 병원도 열심히 다니는 중이야."

주인에게 잡힌 검지를 살짝살짝 흔들어 주며 부드러운 미소를 지었다.

"지금 이러는 걸 보면 별 차도는 없는 것 같지만⋯⋯약속해 줘. 어려운 거 아니잖아. 동기 부여라도 좀 하게. 그래야 지금부터 착하게 살지."

둘은 그렇게 한참을 마주 보고 서 있었다. 태인은 주인을 안은 채로, 희주는 그 맞은편에서 그런 그를 바라보며. 주인이 잠들 때까지.

그는 잠든 주인을 조심히 침대에 눕혔다. 그런 다음 방 밖으로 나서는 희주를 따라 거실로 나왔다. 목재로 마감된 따뜻한 집에 맞게 내부도 아늑한 느낌이었다.

"가요, 이제."

어떻게 왔냐는 질문은 하지 않았다. 그가 모를 리가 없었다. 찾아내려고 하면 그에게는 일도 아니겠지.

"아이는⋯⋯ 내가 가져가도 돼? 너 대신?"

희주는 아연한 표정으로 그를 쳐다보았다.

"농담이야. 물 한 잔도 안 주고. 참 무정해. 김희주 씨."

그는 풀어 놓은 커프스를 채우고 재킷을 입으며 말했다. 그리고 집 밖으로 나가 박 실장이 기다리는 차 앞으로 갔다. 바로 타지는 않았다.

재인이 집으로 돌아오는 게 보였다. 제법 먼 거리라 태인을 발견하지는 못한 듯했다.

태인이 차에 기대 담배를 물고 불을 붙였다.

"부회장님, 두 분 정식 혼인 신고도 했습니다. 이제 그만⋯⋯."

위태로운 태인의 모습을 박 실장이 안타까운 표정으로 바라보았다. 태인의 심기를 거스를 것을 알면서도 직언했다.

"나랑 너무 닮은 거 같죠? 눈은 희주를 닮았는데……."

태인은 핸드폰을 꺼냈다. 희주가 오기 전 찍은 주인의 사진을 박 실장에게 자랑하듯이 보여 주었다.

"부회장님도 재인 도련님과 형제이십니다."

재인과 태인이 닮은 것을 두고 하는 얘기다. 태인이 고개를 떨구고 작게 웃었다. 사실은 상관없다. 그래서 굳이 아무것도 하지 않는다. 누구의 아이이던 희주의 아이라는 것에는 변함이 없으니까.

"박 실장님, 내가 포기한 것 같아요?"

희주가 집 마당으로 아이를 안고 나와 재인을 반겼다. 태인이 무표정하게 그것을 바라보며 담배를 깊게 빨아들였다.

"나는 인내심이 길어요. 원하는 걸 얻기 위해서 내 인생도 포기했는데. 지금 이 정도야 뭐……기다리라고 했어요. 기다릴 거야 난."

재인은 주인을 희주에게서 받아 들었다. 아이는 고사리 같은 주먹으로 재인의 어깨를 퉁퉁 쳤다. 즐거워하는 듯 보였다. 아까 제게 그랬던 것처럼.

"재인이가 일찍 죽을 수도 있잖아요? 이를테면, 사고 같은 걸로?"

담배를 태우는 나른한 몸짓과는 달리 남자의 안광이 푸르게 번쩍였다. 설마 싶어진 박 실장은 눈을 크게 뜨고 태인을 바라보았다.

"뭐, 아닐 수도 있고."

되게 행복해 보이네 질투 나게. 그렇게 중얼거리며 담배를 버리고 발로 짓이겼다.

"약도 그만하고, 담배도 끊어야겠어요. 누구보다는 오래 살아야지. 아빠는 필요할 테니."

그렇게 다짐하며 가슴 시린 풍경을 계속 응시했다.

재인은 주인을 잡은 두 손을 하늘 위로 번쩍 들었고, 희주가 눈을 접고 웃으며 그 장면을 바라보았다.

〈完〉

Intercept
외전

1. 첫 만남

태인이 열 살 때였다.

"아이구 망측해. 저 물건은 큰 사모님이랑 도련님이 버젓이 있는데도…… 사람도 아닌가 봐. 아무튼 희주 엄마라고 했나? 3일, 일한다고 했지? 아는 척하지도 말아. 어디서 천것이 굴러 들어 와서는 저러는지."

저 물건이라고 칭해진 아름다운 여자가 위축된 자세로 거실의 널찍한 소파에 앉아 있었다. 아직 태어나지 않은 아이를 품고 있는 한윤이였다.

그녀가 부엌을 향해 소리쳤다.

"아줌마, 나 배고픈데."

고용인들은 들은 척도 하지 않았다. 그녀의 부름에는 무시로 일관했던 사람들이, 학교를 마치고 큰 도련님이 돌아오자 일제히 부산스럽게 마중 나왔다.

"태인이 왔니?"

그는 거실의 소파에 앉아 뻔뻔하게 인사를 건네는 한윤아를 무감한 눈으로 쳐다보았다. 그러고는 그대로 고개를 돌리고 2층으로 올라갔다. 초등학생의 것이라고 믿기지 않는 무기질적인 눈에 소름이 끼쳤다.

"도련님 곧 간식 올려다 드릴게요."

집사 격의 여자가 올라가는 태인의 뒤에 대고 말했다. 그러더니 한윤아를 쏘아보고는 부엌으로 들어갔다.

한윤아는 서러웠다. 볼록 나온 배 둔덕을 만졌다. 살림이나 미리 배워 두라며 그녀의 형제들이 서 회장의 집으로 몰아넣었다. 특히 오빠인 한윤철은 성을 냈다.

'그 집을 차지하게 될 건 너야. 가서 일단 자리부터 잡아. 다른 년이 들어앉지 말라는 법 있어? 그때 가서 후회하면 늦어.'

그 재촉만 아니었어도 이렇게 눈치받으며 지내진 않을 텐데. 아이를 낳고 들어와도 시간은 충분한데, 뭐 하러 이렇게 눈칫밥 먹어 가며…… 임신 중이라 그런지 서러운 감정이 왈칵 치솟았다.

결국은 윤아는 허기를 이기지 못하고 부엌으로 들어왔다. 입덧을 지나 허기가 수시로 찾아왔다. 냉장고를 뒤적거렸다.

이런 무시쯤이야. 내가 나중에 여기 들어오면 다 죽었어.

그런 생각을 하며 설움을 꾹 누르고, 뭘 먹어야 할지 고민하고 있는데 불쑥 목소리가 들려왔다. 일손이 부족해 잠시 임시로 고용된 사람이었다.

"저, 국수 좋아하세요?"

희주의 엄마는 비빔국수를 뚝딱 만들어 그녀의 앞에 내려놓았다. 매콤하고, 달콤해 없던 입맛까지 돌아올 것 같았다. 이게 뭐라고 괜히 서러워 눈물이 났다.

* * *

태인이 방에 들어서서 예상치 못한 존재를 바라보며 눈썹을 엄지로 긁었다. 그리고 팔짱을 끼고는 작고 예쁜 침입자를 가만히 내려다보았다.

"아빠."

아이는 방긋방긋 웃으며 태인에게 붙어 왔다. 접촉을 극도로 꺼리는 태인은 흠칫 몸을 굳혔다. 난감해진 그는 다리에 붙은 그녀를 서서 바라만 보고 있었다.

반짝이는 유리알 같은 눈동자가 예쁘다는 생각이 들었다. 좀 더 자세히 보기 위해 아이의 이마로 흘러 내려온 머리카락을 손끝으로 살짝 걷으려는 순간.

똑똑.

문이 열려 있길래 기척을 낸 여자는 방 안의 장면을 보고 소란을 피우기 시작했다.

"도련님, 간식 들고 왔어요. 에구머니나. 아줌마, 희주 엄마! 여기 애를 두면 어떻게 해요…… 도련님 죄송해요. 얼른 데리고, 나와요."

"엄마, 아빠가……."

"아니, 희주야. 왜 여기 있어. 엄마가 저기 있으랬잖아."

희주의 엄마가 달려와서 태인에게 붙어 있는 그녀를 떼어 안아 들었다. 아이는 엄마에게 안겨 나가면서도 방 안에 있는 태인을 보고 예쁘게 미소 지었다. 태인은 침묵했지만, 고용인들이 희주의 엄마에게 난리를 치는 통에 머리가 지끈거렸다.

'아빠.'

귓가에 맴도는 단어. 그의 눈빛에 알 수 없는 호기심이 배었다. 태인은 방 밖으로 나와 2층 난간에 서서 거실을 내려다보았다.

널찍한 소파에 앉아 있는 한윤아와 아까 소란의 주인공인 여자아이가 있었다. 아이는 한윤아의 배를 신기하게 쳐다봤다.

"여기 누구 있어요?"

"희주야!"

희주의 엄마가 놀라서 다그쳤다.

"놔둬요. 괜찮아. 만져 볼래? 아기가 있어. 아주 예쁘고 사랑스러운 아기가 태어날 거야."

희주는 눈을 동그랗게 뜨고 홀린 듯이 그 배에 손을 얹었다. 그리고 살살 쓰다듬으며 싱긋 웃었다.

아까 태인을 보고 그렇게 웃었듯이.

태인이 2층 난간에 팔꿈치를 괸 채로 손가락을 까닥거린다.

거슬려. 정말. 어디 태어나기만 해 봐.

2. 서주인

부동산 재벌 맥클레인의 집은 갈 때마다 감탄을 자아냈다.

작은 호수 옆 언덕에 있는 이곳은 아르누보 건축 양식의 아름다운 저택이었다. 본래 별장으로 사용되다가, 2년 전 거주하기 위해 대대적으로 인테리어를 새로 했다고 했다. 외관과는 다르게 내부는 모던한 분위기로 채워진 가구들은 실루엣이 아름다운 오브제를 연상시켰다. 엄청난 심미안의 소유자다운 집이었다.

모든 것을 다 가졌다는 부동산 재벌 클레이 맥클레인은 금발의 미남이었다. 그는 모델 출신인 크리스틴과 결혼했다. 완벽한 인체 비율을 뽐내는 크리스틴은 밝은 갈색 머리에 흔치 않은 금안이 매력적이었다. 그 둘 사이에서 낳은 아이들 역시 빛나는 외모를 자랑하며 그야말로 이상적인 가족의 모습을 그렸다.

거대한 아치로 된 현관에 들어서자 네 명의 아름다운 피사체들이 그들을 환영하기 위해 일어섰다.

『어서 와요.』

재인과 희주, 주인을 반기는 그림 같은 맥클레인 가족을 보자 희주는 은근히 기가 죽었다. 그러다 옆을 흘긋했다. 재인은 앞으로 안고 있는 주인과 눈을 마주치며 팔로 둥둥거리며 놀아 주고 있었다. 완벽한 실루엣을 가진 비현실적인 남자가 보인다.

그래, 나한테는 재인이 있는데 뭘. 그 잘생긴 남자를 향한 만족스러움이 그녀의 얼굴에 피어났다. 괜히 뿌듯해져 까치발을 들고 볼에 살짝 입을 맞췄다.

"뭐야…… 당장 집에 가자."

그는 잔뜩 흥분한 듯 귓가에 속삭였다. 희주는 피식 웃고는 재인의 팔짱을 낀 채로 환대해 주는 맥클레인 가족에게 걸어갔다. 옆에서 '진짠데.' 하는 중얼거림을 무시하고.

석양에 반짝이는 푸른 호수와 울창한 숲이 파노라마처럼 펼쳐져 통유리창으로 보였다.

『주인은 여기 내려놔요.』

원목 프레임에 새하얀 캐노피가 예쁜 아기 침대였다.

『레오가 골랐어요. 주인이랑 잘 어울릴 것 같다던데?』

재인이 조심스럽게 주인을 침대에 내려놓자마자 맥클레인이 그의 어깨를 감싸고 자신의 서재로 데려갔다.

『이번 소더비 경매에서 나온 마크 로스코 작품을 이번에 구매했는데…… 전시 컬렉션에…….』

재인은 끌려가면서도 희주에게서 눈을 떼지 못했다.

부동산 재벌이 여기 작은 시골 마을에 머무는 이유는 평범했다. 클레이 맥클레인의 건강이 나빠져 수술받고 요양차 내려온 것이다.

『희주, 침대 예쁘죠? 내가 골랐어요.』

레오가 싱긋 웃으며 물어본 뒤 주인이 누워 있는 침대로 조르르 달려갔다.

맥클레인 부부 사이에는 레오와 데인이 있었다. 둘 다 금발의 미소년으로 레오는 여섯 살, 데인은 일곱 살이었다.

아직 어린 소년에 불과한데도 둘의 매력은 뚜렷이 구분되었다. 레오는 약간은 불온한 기운이 조금 느껴지는 장난기 어린 소년이었다. 게다가 크리스틴에게 금안을 물려받은 탓인지 여섯 살답지 않은 특유의 나른한 분위기가 있었다.

데인은 가문의 장자로 길러진 탓인지 묵직하고 냉철한 분위기를 풍겼다. 시리고 차가워 보이는 푸른 눈동자를 가진 데인은 단정하고 귀족 같은 꽂꽂함을 보여 주었다. 역시 일곱 살 같지 않게 절제된 표정과 행동으로 시선을 끌었다.

두 명 다 예사롭지 않은 어린이임은 분명했다.

저녁 식사를 마치고 재인과 맥클레인은 거실에서 체스를 두었고, 데인은 조금 떨어진 널찍한 소파에 앉아 얌전히 책을 읽고 있었다.

희주는 거실이 마주 보이는 다이닝 룸 테이블에서 크리스틴이 운영하는 패션 하우스의 F/W시즌 룩 북을 살펴보는 중이었다.

『아빠, 아가가 너무 예뻐요.』

레오는 침대에 팔을 괴고 턱을 올린 채로 주인에게서 눈을 떼지 않았다.

『나 '주'랑 결혼할래요.』

재인이 그 말을 듣고 사레가 들려 콜록거렸다.

『레오, 20년 뒤에나 가능한 일이야.』

맥클레인 씨가 나이트를 움직이며 심드렁하게 대꾸한다.

『기다리면 되죠. 뭐.』

꼬맹이 입에서는 나올 말이 아닌 것 같은데. 재인은 흘긋 레오를 쳐다보았다. 저 초롱초롱하고 집념 어린 눈에 숨이 막혀왔다. 마치 자신이 희주를 보는 것처럼.

지독한 것 옆에는 지독한 것만 모이는 걸까…… 현기증이 일었다.

『레오! 이리 와서 이것 좀 먹어.』

크리스틴이 우유 잔과 영양제를 들어 보이며 부엌으로 올 것을 종용했다.

『싫어요. 좀 있다가요.』

『제시간에 먹어야지. 주인이는 아마 아빠를 보고 자라서 튼

튼한 사람만 좋아할걸?』

그 말에 재인의 쩍 벌어진 등을 뚫어져라 쳐다보고는 다이닝 룸으로 걸어간다. 재인은 걸음을 옮기는 레오가 지척에 다가오자 엉덩이를 꽉 꼬집었다.

맘에 안 들어 이 꼬맹이.

레오는 부엌에서 우유를 한 잔 거하게 마시고 재인을 돌아보며 씨익 웃는다. 그러고는 다이닝 의자에 앉아 있는 희주의 무릎에 안기며 예쁘게 졸랐다.

『희주. '주' 나 줘요. 응? 나 줘요.』

당분간 여긴 안 오는 게 좋겠는데. 재인의 매끈한 미간에 근심이 어렸다. 그때, 맥클레인이 흑색 퀸을 움직이며 말했다.

『체크메이트! 에이든, 오늘 영 집중을 못 하는데?』

당신 아들 때문이잖아요. 재인은 억울함을 담은 얼굴로 자신의 킹을 쓰러뜨렸다.

그사이 데인은 소파에 앉아 책을 읽다가 눈동자만 옆으로 굴려 아기를 쳐다보았다. 말아 쥔 작디작은 자신의 손으로 손장난을 치고 있는 주인에게서 눈을 뗄 수 없었다. 어느새 책을 접고 그 장면을 넋 놓고 바라보고 있는데 불쑥 누군가가 끼어들었다.

레오가 그사이를 쓱 가리고 데인을 빤히 응시하다가 주인을 향해 몸을 돌렸다. 오랫동안 비키지 않고 그 자리에 오도카니 서 있었다. 데인이 주인을 보는 것을 차단하는 의도처럼 보였다.

『레오, 그리스-로마 신들의 비교 페이퍼는 다 썼어? 내일까지 아니던가?』

뒤통수에 대고 형으로서 제법 질책하는 목소리로 말한 데인은 책에 시선을 두고 있었다. 의도는 명확했다. 일부러 엄마, 아빠가 들으라는 듯 크게.

『너 이번에도 과제 안 하면 샌프란시스코에 네 빌딩은 사라지는 거야.』

맥클레인 씨가 담담하지만, 힘 있는 목소리로 일갈했다. 살벌한 부동산 재벌의 자녀 교육이었다.

『빈털터리를 좋아할 여자는 아무도 없지.』

크리스틴이 콧잔등을 찌푸리며 엄한 표정을 지었다. 레오는 시무룩한 표정이 되어 방으로 돌아가면서도 주에게서 시선을 떼지 못했다.

데인은 레오가 사라진 뒤 조용히 입가에 미소를 그리고는 주인이 누워 있는 침대로 다가갔다.

『안녕, '주'. 난 데인이야.』

작게 말하고는 고개를 숙여 눈을 맞추고 싱긋 인사했다.

* * *

『어머, 희주가 많이 취했네. 괜찮으면 우리가 주인 봐줄게요.』

체스 게임 이후 넷은 재인의 피아노 연주를 들으며 리큐어와 디저트를 먹었다. 이번 반 클라이번 콩쿠르에서 우승한 피아니스트 얘기로 시작해 클래식 토론으로 이어졌다. 그러다가 즉흥적으로 재인에게 연주를 요청하기도 하며 꽤 긴 시간을 할애했다.

희주는 그런 재인을 열띤 눈으로 바라보며 체리 리큐어를 가만히 홀짝홀짝 마시다가 결국 취해 버렸다.

『그럴게요! 내가 볼게요. 우유도 주고! 재워 줄게요.』

레오가 주먹을 꽉 말아 쥐고 열성적으로 어필했다.

『간절하지만 그럴 순 없죠. 다음에 또 봐요.』

재인이 티 나지 않게 레오를 흘긋 쏘아본 뒤, 주인을 안고 휘청이는 희주를 부축해 집으로 왔다.

후, 겨우 데려오긴 했는데. 이다음부터가 난관이었다.

술 취하면 이렇게 엉기는 거…… 좋긴 한데……. 오늘은 가능하려나…… 주인아 제발…….

침대에 누워 있는 희주가 재인의 허리를 다리로 감아 당겼다. 두 팔은 목에 둘러 키스를 퍼부으며 재촉했다.

"재인아, 빨리, 응? 빨리이…… 해 줘……."

"미치겠네…… 진짜."

온갖 욕을 뇌까리면서 그는 희주의 원피스를 성급하게 벗겨냈다. 브래지어를 풀고 부푼 젖가슴을 입 안에 넣고 당기자 모유가 나온다. 순간 죄책감에 시달려 가득 물었던 살점을 뱉어내고 유두만 살살 혀로 핥았다.

"우응…… 아……."

재인의 다급한 손이 희주의 팬티에 닿는데……. 주인이 우는 소리가 들린다. 재인의 손끝이 팬티 밴드에서 멈췄다.

3초. 고민의 순간.

주인아. 서주인. 머릿속으로 의미 없는 이름을 좌절을 담아 불러 보았다. 아, 허리를 감고 있는 이 다리를 푸는 게 고문보다 더 지독할 것 같다는 생각이 들었다. 마치 살점을 떼어 내는 것처럼 고통스러웠다.

주인의 방으로 들어온 재인의 몸 전체가 벌겋게 달아오른 채 들썩였다.

"서주인, 언제 클 거야?"

억울함에 목소리가 제법 컸던 탓일까. 아이가 울음을 그치지 않는다. 재인은 그제야 눈꼬리를 얼른 내렸다. 얼른 안아 들고는 어화둥둥 안은 등을 토닥이며 달래기에 여념이 없다.

"미안해. 주인아……. 아빠가 잘못했어. 아빠가 짐승이라 그래. 네 엄마가 너무 예뻐서 그래 울지 마. 미안해. 응?"

다음 날 숙취에 절어 일어난 희주가 부엌으로 가자, 상에는 해장국이 차려진 상태였다. 옆에 놓인 메모지에 재인의 정갈한 필체가 담겨 있었다.

[저녁에 가만 안 둬.]

눈썹을 치켜 올린 표정이 그려져 희주가 푸흡 웃음을 터트렸다.

어제 재인이 피아노 치던 모습이 눈에 아른거렸다. 너무 근사해서, 정말 저런 남자에게 끝도 없는 사랑을 받는다는 게 믿기지 않아서. 단둘이있다면 그대로 그에게 달려들었을지도 모르겠다.

요즘은 내가 더 심각한 거 같은데…… 너는 알까? 시도 때도 없이 입 맞추고 싶고, 네 손길이 기다려지고, 품고 싶은 내 마음을…… 짜릿하다. 오늘은 시간이 빨리 갔으면 좋겠는데.

* * *

"파파?"

달콤한 부름에 태인이 뒤를 돌아보았다. 누가 봐도 희주의 아이였다.

"아, 파파가 아니구나."

눈에 띄게 실망하는 표정이 보인다. 저를 재인으로 착각한 것일까.

"이름이 뭐야?"

"서주인. '주'라고도 불러요."

"예쁜 이름이네."

그가 무릎을 땅에 대고 주인의 눈높이에 맞췄다.

"아저씨 손은 왜 그래요? 안 아파요?"

왼쪽 손등의 흉터가 길게 있는 걸 발견한 주인이 물어 왔다. 그 작은 손을 손등으로 올려 만져 본다. 걱정이 묻어나는 손길에 태인의 입가에 미소가 서렸다.

"누군가를 좀 사랑해서."

"사랑하는데 왜 그랬어요? 파파가 사랑하면 아껴 주고 웃게 해 주는 거랬는데, 아빠가 나한테, 엄마한테 그러는 것처럼."

"그러게, 왜 아프게 했을까."

태인이 쓴 미소를 지으며 나지막이 중얼거렸다.

"여긴 혼자 온 거야? 엄마는?"

벌써 4년이 흘렀다. 이곳은 희주의 집이 내려다보이는 집의 뒤편 언덕이었다. 이제 곧 뉴욕으로 이사할 준비를 하고 있다고 했다. 아직도 그들의 흔적을 좇고 있는 그였다. 아마도 죽을 때까지 그럴 것 같았다.

아이가 너무 사랑스러웠다. 다섯 살, 그날의 희주를 보는 것 같은 기시감이 들었다. 내가 먼저 맞다니까, 희주야. 이 얘기를 들으면 넌 어떤 표정을 지을까.

"엄마 미워, 맨날 혼내기만 하고 엄마가 눈 또 이렇게 돼서 '네 마음대로 해' 이러고 방에 들어갔어요."

주인이 손가락으로 눈꼬리를 위로 올리며 희주의 말을 흉내 냈다. 태인은 낮게 웃었다. 그런 식으로 쏘아보던 희주의 모습이 생각나서.

가슴이 시큰거린다. 덧없는 후회를 하루에도 몇 번이나 하는지 너는 알까?

"비밀인데…… 나는 엄마보다 파파가 더 좋아요."

주인이 새침하게 말한 뒤, 쪼그리고 앉아 강아지풀에 손가락을 대고 장난을 쳤다. 그러다 문득 턱받침을 하고 묻는다.

"근데 아저씨는 누구예요? 파파만큼 잘생겼는데."

"나는……."

"서주인!"

희주의 소리에 놀란 주인이 종종걸음으로 태인의 뒤로 숨는다. 그의 큰 등에 업힐 듯이 기댔다.

"너 정말…… 엄마가……."

사색이 된 희주의 뒤로 재인이 보이자 주인은 그제야 아빠에게로 달려갔다.

"파파."

"주인, 여긴 왜 왔어. 엄마가 화났잖아."

재인이 허리를 굽혀 주인을 안아 들었다. 주인이 귓가에 손을 대고 비밀 얘기를 하듯 속삭인다.

"희주야, 주인이 데리고 내려가 있어."

재인이 주인을 내려주자 주인은 주춤하더니 눈치를 보며 희주의 손을 잡았다.

"엄마, 화났어요? 미안해요."

"아가, 아냐. 얼른 내려가자."

희주는 애써 미소 지으며 떨리는 마음을 숨겼다. 주인의 머리칼을 귀 뒤로 넘겨 주고 손을 꼭 잡아 주었다. 태인은 그 두 사람의 모습에서 눈을 떼지 못했다.

태인은 아까 주인이 자신의 등 위로 매달릴 때의 온기를 되짚었다. 그리고 느릿하게 일어서 주머니에 손을 넣었다. 무릎에는 땅의 잔여물이 묻었지만 개의치 않았다.

"여긴 왜 왔어. 다시 오지 말라고 경고했을 텐데."

"내가 그럴 이유가?"

"하, 정말. 이렇게까지 할 필요 없잖아. 정신 좀 차려. 다 끝났어."

"기다리고 있어. 네 집착도 곧 더럽고 추악하게 변할 거야. 그 여자 옆에 있으면 그렇게 돼. 너와 나는 아버지 핏줄이잖아? 그때가 어서 왔으면 하는데 말이야."

"미친 소리 하지 마. 난 달라. 그러지 않을⋯⋯."

태인은 더 이상 재인의 말을 귀담아듣지 않는 듯했다. 언덕 아래로 내려가는 희주와 주인의 모습이 보였다. 둘이 꼬물꼬물 손장난을 치며 환하게 웃으면서.

"너무 똑같아."

내가 먼저야. 혼잣말로 중얼거리듯이 나른한 목소리로 말했다. 둘의 모습이 사라지자 그는 아련한 눈빛을 지우고 금세 무감한 눈빛으로 돌아왔다.

태인이 재인을 지나치며 어깨를 툭툭 두 번치고는 스산하게 속삭였다.

"몸조심하고."

* * *

재인이 출근한 뒤 태인이 집으로 다시 찾아왔다.

"치사하다는 생각 안 들어요?"

재인이 없을 때만 찾아온 그에게 희주는 비아냥거렸다.

"방해꾼은 없는 게 좋으니까. 시끄러운 것도 싫고. 한윤아를 닮아서 치밀하지 못하거든. 그런 걔한테 내가 당한 게 상당히 자존심 상해."

"진짜, 당신……."

"유전자 검사해 볼 거야."

그가 재킷 안쪽에서 투명한 비닐에 든 머리카락을 보여 주더니 다시 집어넣었다.

"미쳤어요? 해 봐도 상관없어요. 어차피……."

"그래? 그럼 그러지 뭐. 우리 회사 법률팀이 담당하게 될 테고……."

"당신 정말. 하나도 나아진 게 없어."

"왜 없어? 강제로 안 데려가잖아. 크나큰 발전이야 나름."

"도대체 왜 이래요. 원하는 게 뭐예요?"

오가는 이 대화에 사실은 의미가 없었다. 그는 하겠다고 마음먹은 대로 할 수 있다. 이미 그가 알고 있다는 확신이 들었다. 그러면서도 희주에게 이렇게 말해 오는 건 원하는 바가 있다는 소리였다.

"일 년에 한 번만 만나게 해 줘."

"싫다면요?"

알지 않냐는 눈빛으로 그는 그녀를 바라보았다.

"당신을 어떻게 믿어요?"

많은 것이 함축된 말이었다.

"손가락? 손? 뭘 걸어야 할까?"

"하, 정말 당신……."

"선생님이 이런 말 하지 말랬는데……."

천연덕스러운 말투로 혼잣말을 가장하며 낮게 읊조렸다.

"노력 중이야 나름. 선생님한테 칭찬도 받았는걸. 나아지고 있대."

그는 마침 시험을 잘 쳐 칭찬받은 아이처럼 뿌듯한 말투로 장난쳤다. 장난기 어린 표정으로 눈을 휘며 웃었다.

"크리스마스에만 만나게 해 줘. 더 안 바라."

그가 손가락을 가져가 희주의 상기된 뺨을 덧그리려고 했다. 희주는 고개를 돌려 간신히 피했다. 그는 도착하지 못한 손가락을 허공에서 말아 쥐고는 주머니 속으로 꽂아 넣었다.

"재인이가 허락하지 않을 거예요."

"그건 편한 다른 방법을 찾아보도록 하지."

단단한 마음이 흘러내린다. 희주에게도 그가 주인을 강제로 데려가지 않을 것이라는 믿음은 있었다.

세월이 많이 흘렀음에도 그는 여전히 잊지 못하고 찾아와 그녀를 아프게 했다. 주인 역시 태인을 만나고 와서는 계속 누구냐고 물어오며 다시 만나고 싶다는 의사를 표했다. 피가 당기는 걸까.

"근데…… 왜 크리스마스예요?"

태인이 그 언젠가를 떠올리며 씁쓸하게 웃었다.

그가 밖으로 나오자 박 실장이 차 문을 열어 주었다.

"부회장님, 주인 양 머리카락은 언제……."

태인이 비닐을 꺼내더니 박 실장에게 버리라며 넘겨주었다.

"이거? 진주 거예요. 내가 걔 머리끝 하나를 어떻게 건드려. 그냥 순진한 김희주가 속은 거지…… 아니 속아 준 건가……."

"테스트…… 준비할까요?"

"됐어요. 해도 달라질 건 없어요."

희주 아이니까.

'크리스마스엔 같이 있어 주면 안 돼요? 너무 쓸쓸해. 외로 워요.'

* * *

크리스마스이브에 집으로 가는 골목길은 다른 날과 다르지 않았다. 언제나 울적하고 쓸쓸한 분위기가 그날도 풍겼다.

희주는 근처 편의점에서 만 원이 안 되는 레드 와인을 하나 샀다. 밖을 나서니 검푸른 하늘이 시리도록 차가워 보였다.

그는 뭘 하고 있을까. 시끄러운 걸 싫어하니까 아마도 집에 서 술이나 마시고 있지 않을까. 아니면 일하고 있으려나? 이런 날 연락 좀 해 주면 어디 덧나.

집으로 돌아와 핸드폰을 만지작거렸다. 메시지가 쌓여 갔 다. 하지만 그의 것은 없었다. 태인과 재회한 뒤 처음 맞는 크리스마스였다. 기대를 안 했다면 거짓말이다.

그러나 역시 몸만 섞는 관계에서는 기념일을 챙겨도 소용 없을까. 간단한 현실도 모르고 산 자신의 선물이 너무 초라해졌다. 휴지통에 처박았다.

어느 커피숍에서 산 행사로 받은 머그잔에 와인을 따랐다. 핸드폰으로 캐럴을 틀어놓고 침대에 기대어 앉아 있으니 정말 청승맞았다. 음악을 꺼 버리고 핸드폰을 다시 확인했지만, 회사 동기들의 의례적인 크리스마스 잘 보내라는 연락만 있을 뿐이었다.

그냥 따라갈걸.

생각보다 우울해져 오는 기분에 사람들의 함께하자는 제안을 거절하지 말걸 그랬다는 후회가 밀려왔다.

취기가 도는데도 홀짝홀짝 마시다 보니 어느새 한 병을 다 비웠다. 핸드폰을 확인하기 싫어 저기 구석으로 놓은 탓에 쌓여 가는 문자며 부재중 통화를 보지 못했다.

딩동.

벨 소리도 자신의 처지만큼이나 처량하게 들렸다. 그녀는 무릎을 구부리고 머리를 묻으며 아득한 벨 소리를 들었다.

우리 집은 아니겠지. 누가 온다고.

인내심을 잃은 듯한 거친 벨 소리가 몇 차례 울리더니 벌컥하고 문이 열렸다.

"집에 있으면서 문도 안 열고……."

희주는 눈을 비볐다. 선물인가. 짙은 카멜색 코트를 입고 현관에 서 있는 태인이 보였다.

"뭘까? 이 색다른 풍경은?"

무슨 광경인지 가늠하는 듯 그가 눈을 가늘게 뜨며 말했다. 케이크와 명품로고가 찍힌 종이 가방이 그의 손에 들려 있었다.

그녀가 흐리멍덩하게 풀린 눈으로 그를 올려다보았다.

"꿈이에요?"

배시시 웃으면서 그리 물었다. 그러더니 일어나면서 휘청거렸다. 그가 금방 가까이 다가가 그녀를 받쳐주었다.

"그래, 꿈이야."

그러자 그녀는 싱긋 웃고는 그에게 입을 맞춰왔다.

"산타 할아버지인가? 한 번도 내 소원 들어준 적 없는데…… 이번엔 들어줬네."

눈꼬리를 잔뜩 내린 곳에 눈물이 맺혔다. 그녀는 두 팔을 그의 목을 감싸고 품으로 파고들었다. 아주 작은 새가 어미의 품을 파고드는 것처럼.

"크리스마스엔 같이 있어 주면 안 돼요? 너무 쓸쓸해. 외로워요."

그렇게 그녀는 그대로 잠들어 버렸다. 무너지는 그녀를 안아 침대로 눕혔다. 술기운으로 빨갛게 달아오른 얼굴로 뜨거운 숨을 내뱉으며 쌕쌕 잔다. 흐트러진 머리카락을 귀 뒤로 넘겨 주었다.

이것도 나쁘지 않네. 그의 입가에 잔잔한 미소가 맺혔다.

현관 앞에서 나가려는데 쓰레기통이 눈에 들어왔다. 그는 그 안에 포장지째 버려진, 그의 선물로 추정되는 선물 상자를 꺼냈다.

* * *

"사랑해."

데인이 불쑥, 끝이 뭉개지는 어눌한 발음으로 말했다.

『한국말로 I love you 이거 맞아?』

『어 데인 어떻게 알았어? 한국어 공부해?』

"사랄해?"

발음을 점검해 달라는 듯이 데인이 주인을 계속 마주하며 말한다. 의도가 빤히 보였다.

"사랑해. 랑. 랄이 아니라, 랑 사랑해."

"사랄해."

"No, no. 사랑해……라고."

답답한 듯 데인을 바라보며 주인은 계속 발음을 고쳐 주었다. 보다 못한 레오가 끼어들었다.

"사랑해. 주. Is that correct?"

『와, 되게 잘한다. 레오.』

그러나 주인 입에서 그를 향해서는 '사랑해'라는 말이 나오지 않았다. 레오의 발음이 워낙 정확해서. 레오가 이게 아닌데 싶은 마음에, 미간을 찌푸렸다.

멍청하긴. 데인은 피식 웃으며 고개를 돌렸다.

『크리스마스 파티에 올 거지?』

『아니. 약속 있어.』

『누구랑?』

레오와 데인의 입에서 동시에 질문이 나왔다.

『태인 아저씨. 큰아빠.』

* * *

주인과 함께 크리스마스를 보내기로 작정하고 나왔던 레오와 데인은 그 자리에서 얼어붙었다. 차가운 날씨 때문이 아니었다. 재인과 비교도 안 되는 태인의 압도적인 살기 비슷한 것 때문이었다.

"누구야? 주인?"

그가 그녀를 부드럽게 안아 들며 웃었다. 그러다 주인의 시선이 닿지 않자 그들을 서늘하게 내려다보았다.

"레오와 데인이요. 같이 가고 싶다는데 될까요? 사람 많으면 재미있잖아요."

『그래? 정말 같이 가고 싶니?』

형형한 안광에는 끝이 보이지 않는 검은 기운이 맹렬하게 맴돌았다. 아이들이라 그 직관적인 기운을 더 잘 느꼈다. 둘은 동시에 주춤 자신들도 모르게 한 걸음 뒤로 물러났다.

『아…… 나 에세이가…….』

『주, 우리는 다녀와서 보자.』

"어쩌나. 아쉽게도⋯⋯주인 우리끼리 가야겠다는걸? 가지고 싶은 거 없니?"

세상에서 가장 다정한 표정과 달콤한 목소리로 말한 뒤, 태인은 보드랍고 둥근 이마에 입을 맞췄다.

3. 서재인

그건 미국으로 온 지 얼마 안 됐을 때였다. 희주가 재인의 생일에 프러포즈하고 결혼식을 앞두고 있던 즈음.

두 사람은 근처 공원에서 산책하며 이른 봄바람을 즐기고 있었다. 옆에 찰싹 달라붙은 커다란 불난로 같은 재인이 때문에 춥지 않았다. 그런데 재인이 깍지 낀 손에 슬며시 힘을 주고는 망설이듯 말했다.

"나 처음이자 마지막으로 물어보고 싶은 게 있어."

"뭔데?"

"형을 왜 좋아했어?"

"……."

"어릴 때 네가 형을 바라보는 모습을 봤었어. 어떤 면이 끌렸는지 궁금해서. 너무 뜬금없나? 말 안 해도 돼."

희주가 흠칫 떨며 말이 없자 재인이 초조해서 덧붙였다. 그녀를 불편하게 할 수 있는 질문이었지만 재인은 꽤 오래전부터 그냥 알고 싶었다. 희주가 그 사람의 어떤 면을 좋아했는지.

하지만 그 의도가 어떻든 부담스러울 것 같아 꾹 숨기다가 프러포즈도 받아 용기가 치솟은 김에 한 건데. 희주가 입을 꾹 다물고 있자 괜히 물었다는 생각이 들었다.

바보같이. 진짜 멍청이. 그냥 참을걸. 왜 그런 걸 물어.

"잘생겼잖아."

툭, 단조로운 음성이 들렸다.

"그게 전부야?"

"응."

그녀는 말해 놓고 재인을 조심스럽게 살폈다. 사실은 자신도 이유도 모른 채 불가항력적으로 사랑에 빠졌었다. 물론 그가 엄청나게 잘생긴 건 맞지만. 그 사랑의 기저에 아무것도 없다고 말하면 또 오해할 소지가 생길 것 같아 최대한 가볍게 말했다. 어느 정도는 사실이니까.

"나랑 똑같네. 나도 형이 잘생겨서 좋았거든."

재인이 씨익 웃으면서 잡은 손을 앞뒤로 흔들며 걸었다.

"너랑 나랑은 취향도 같아 천생연분인가 봐. We are meant to be."

얘기가 그렇게 되는 건가…… 희주는 고개를 갸웃거렸다.

곧이어 다급한 질문이 돌아왔다.

"그럼 내가 더 빨리 태어났으면 날 좋아했겠네?"

"글쎄…… 난 좀 단정한 스타일을 좋아하는 것……."

재인이 그대로 굳었다. 희주는 말해 놓고 아차 했다. 너무 무방비하게 진심이 튀어나왔다.

"왜? 나는 어떤데?"

동공을 바짝 조인 재인이 무섭도록 차분하게 따졌다. 희주는 차마 말을 잇지 못하고 마른침을 삼키며 어떻게 말해야 할까 고민했다. 의례적으로 그냥 사람들이 이상형을 물어오면 했던 말이었는데…….

"아…… 글쎄…… 엄청 잘생겼지. 인기 많잖아!"

당황해서 톤이 높은 목소리가 흘러나왔다.

물론 정말 잘생기긴 했지만 재인에게는 정제되지 않은 날것의 느낌이 있다. 태인이 금욕적이고 단정한 얼굴 뒤의 상상하게끔 하는 매력이 있다면, 재인은 섹슈얼한 뉘앙스를 풍기는 얼굴과 대놓고 육감적인 몸을 가졌다. 즉 존재만으로도 성적인 매력을 폴폴 풍겼다.

만약 강아지같이 저한테 구는 걸 못 봤다면, 그리고 재인과 어릴 때 만남이 없었다면 희주가 반할 만한 외모는 아니었다. 물론 어릴 땐 너무 인형같이 예뻐서 만지고 싶어 손이 근질근질할 때도 있었지만.

순식간에 그의 표정이 침울해졌다. 재인은 확신할 수 없다. 희주가 저를 사랑해서라기보다는 태인의 옆이 너무 아파서 떠나려고 한 것을 알고 있다. 재인이 다친 것에 대한 죄책감도 클 테고.

"그럼……."

내가 왜 좋아. 왜 결혼하려고 해? 이 유치한 질문을 던지고 싶다. 아직도 너무 불안해서. 제 옆에 있는 게 도피 같은 것이라도 상관없다고는 생각했지만, 사실은 너무 확인받고 싶다. 이래서 욕심은 끝이 없는 걸까.

나도 희주에게 집착하게 되고 결국은 힘들어서 형처럼 미쳐 버리는 게 아닐까. 재인은 지레 겁먹은 표정으로 고개를 돌렸다.

그 표정을 읽은 희주가 재인의 굵은 손목을 보드라운 두 손으로 감쌌다.

"질투가 너무 많네. 몰랐어."

"몰랐다고 무르는 건 없어."

흔들리는 새까만 눈동자가 불안해 보인다. 우리 관계에서는 어쩔 수 없는 거겠지. 나도 너에게 확신을 주고 싶다.

"아아……."

희주가 배를 움켜쥐고 아픈 듯 몸을 웅크렸다.

"왜? 아파? 응?"

그는 순식간에 상체를 숙여 그녀의 배를 살폈다. 그러자 그녀의 입술이 재인의 뺨에 쪽, 소리를 내며 붙었다가 떨어졌다.

"그냥 너라서 좋아. 재인아."

재인이 그녀의 입술이 닿은 뺨을 감싸고 희주를 그렁그렁한 눈으로 보았다.

"사랑해. 나도 널 너무 많이 사랑해. 재인아."

그 고백에 세상을 다 가진 듯한 표정으로 울음을 터트리는 너를 내가 어떻게 사랑하지 않을 수 있겠어.

* * *

"괜찮다는데. 병원에서는."

그 말을 뱉은 희주의 얼굴이 붉어졌다. 지난번 진료받을 때 임신 중 성관계가 괜찮은지를 묻기 위해 영어로 더듬거리며 말했던 자신이 떠올랐다.

둘은 방금 엄청난 키스를 하고서는 성욕이 머리끝까지 치민 상태였다. 늘 그랬듯 또 여기서 끝날까 봐 초조해진 마음에 희주가 재인을 붙잡았다. 재인이 흐트러진 머리를 뒤로 넘기며 인상을 찌푸렸다.

그는 타액으로 흥건한 희주의 입술을 엄지로 닦아 내면서도 미간이 펴질 줄 몰랐다. 그 모습에 희주는 마른침을 삼켰다.

"혹시 싫어?"

하기 싫은 건가…… 플라토닉 러브 이런 건 아니겠지……그러기엔 뒤에서 안아 줄 때 엄청 딱딱했었는데. 지금도 다리 사이에서 발기한 성기가 아플 정도로 그녀의 허벅지 위를 누르고 있었다.

"아기가 아프면 어떻게 해."

잔뜩 걱정이 묻어나는 재인의 말에 희주가 긴장이 풀어져 웃음을 흘렸다.

"선생님이 괜찮다는데, 아⋯⋯."

그가 바지와 브리프를 내렸다.

"들어갈 자리가 있을⋯⋯까?"

희주는 턱을 떨어뜨리고 그걸 한참 동안 바라보았다. 그녀를 껴안을 때 느낀 적이 있지만 실제로 보는 건 더 흉흉했다.

"아⋯⋯ 그래 그건, 좀."

그녀는 수긍하고 말았다. 크기가 어디까지 괜찮냐고는 물어보지 않았다. 다시 선생님한테 물어봐야 하나⋯⋯.

그렇게 포기하려는 희주와 달리 그의 행동은 망설임이 없었다. 그녀의 허리를 안아 뒤로 베개를 받치고는 상체를 침대 헤드에 기대게 했다. 느긋한 동작이었는데 바스락 몸이 떨렸다.

쿵쿵. 위험해 보이는 그 얼굴에 심장이 뛰었다. 시선이 마주치자 그의 육감적인 도톰한 입술이 느슨하게 휘었다.

"아가 안 괴롭히고 기분 좋게 해 줄 수 있을 것 같은데."

재인이 그녀의 발목을 잡아 벌려 세우면서 말했다. 그리고 그 사이에 무릎을 꿇고 자리 잡았다.

"벌려 줘."

"뭐?"

"구멍 보이게 손으로 벌려 달라고."

희주는 음란한 말을 천진한 어조로 내뱉은 재인을 쳐다보며 눈만 끔뻑거렸다.

"얼른."

기대감으로 번뜩이는 눈이, 크게 오르내리는 상체를 보자 본능적으로 두려움이 몰아닥쳤다. 재인은 그대로 굳어 있는 희주의 손을 가져와 직접 벌리게 했다. 그녀의 손가락이 닿힌 틈이 벌어지게 하자 빨간 속살이 보였다.

"진짜 돌겠네."

욕설과 함께 뇌까린 재인은 다리 사이를 쳐다보며 손으로 자기 성기를 잡았다. 드러난 뾰족한 음핵을 바라보는 눈이 기기하게 번쩍였다. 안 그래도 색정적인 눈매가 원초적인 행위에 몰두하니 더 야릇하게 구겨지고 휘었다.

탓탓, 그가 페니스를 성급하게 몇 번 훑자 귀두에서 액들이 튀었다. 여전히 집요하게 구멍을 응시했다. 희주는 자위하고 있는 재인의 태연한 작태에서 눈을 떼지 못했다.

그의 적나라한 시선에 구멍이 움찔대는 게 느껴졌다. 그 모습을 포착한 그는 강하게 더 손을 치댔다. 보는 것만으로도 뼛속까지 쾌감이 스며들어 미치기 일보 직전이었다. 상상만 했던 그로서는 지금 상황이 아득한 꿈만 같았다.

벌름거리며 모양을 달리하는 구멍, 확장될 때 빠끔히 보이는 붉은 속살. 그 원색적인 광경에 자칫하면 달려들어 물어뜯을 듯한 사나운 눈이 번쩍였다.

희주 역시 재인에게서 눈을 뗄 수 없었다. 불끈하게 나온 가슴 근육과 그 밑으로 잘록하게 들어간 허리선. 우둘투둘하게 잘 짜인 복근 위로 생경하듯 붙은 파란 핏줄이 너무 선정적이었다.

안 그래도 날것의 분위기를 풍기는 재인이었는데, 색스러운 행위를 하고 있는 것을 보자니 음란한 게 가장 잘 어울리는 남자가 바로 그인 듯싶었다.

장골에 불끈 솟은 핏줄 아래, 방망이가 빳빳하게 일어나 폭주할 듯이 끄덕였다. 재인의 주먹 안에서 벌겋게 달아올라 귀두에서는 화산 폭발 전조처럼 액들이 넘치듯 흘러나왔다. 마치 저 안으로 파고 들어가고 싶다는 듯이 군침을 질질 흘리는 살아 있는 생명체가 꿈틀거리는 것만 같았다.

아, 어떻게 보는 것만으로도 갈 것 같은데. 둘은 동시에 같은 생각을 했다.

머리가 어떻게 될 것 같은 자극에 희주가 참지 못하고 허리를 비틀면서 신음을 흘렸다.

"아……흐으!"

쭈욱, 꿀 같은 액을 구멍이 뱉어 내자 재인이 돌연 머리를 숙여 마셨다. 혀를 비집고 들어가 갈라진 골 사이를 긁고 퍼내면서 달콤한 액들을 쭙쭙 삼켰다.

"아으, 재인아……! 아!"

"아…… 희주야…… 너무 좋아. 어떻게 해."

입술을 모아 강하게 흡입하며 꽃물이라도 마시는 듯 쾌락에 젖었다. 마르지 않는 샘에도 불구하고 그는 탐욕스럽게 혀를 구멍으로 연신 찔러대며 졸랐다.

"더 줘. 응? 더 줘. 하아⋯⋯."

"으으으앙!"

전율이 터져 눈앞에 새하얗게 변했다. 그녀가 몸서리치며 경련하듯 떨어댔다. 재인은 풍만하고 말캉한 엉덩이를 터트릴 듯 주무르며 그녀를 절정으로 내몬 후에도 멈추지 않았다.

미칠 것 같은 지경에 이른 희주가 아직도 그녀의 밑에서 할짝대며 떨어지지 않는 재인의 머리카락을 쥐었다.

"그, 그만⋯⋯ 으읏⋯⋯! 너무 자극이 심해⋯⋯."

그 말에 재인이 쑤셨던 혀를 빼고는 겉만 길게 핥으며 시선을 들었다. 밭은 숨을 내쉬며 아직도 잔 절정에 떨고 있는 그녀와 눈을 마주쳤다.

붉어진 눈가, 몽롱하게 정신을 놓은 나른한 표정이 그의 이성을 잡아먹기에 충분했다. 하지만 자극이 심하다는 말 때문에 초인적인 인내심을 발휘하고는 다시 위로 올라와 그녀를 얼굴을 내려다보았다.

자신의 얼굴로 내뱉어지는 젖은 숨결이 너무 달콤해서 다 마셔버리고 싶은 충동질이 분탕 쳤다. 입에서 흘러나오는 숨마저 삼켜버릴 듯 가까이 다가왔다.

그가 붉은 혀를 내밀어 입맛을 다셨다.

"힘들어? 더 안 될까? 응? 좀만 더⋯⋯."

달콤하게 조르면서 성기가 허벅지 위를 비벼댔다. 희주는 그 야릇한 느낌에 결국 고개를 끄덕이며 허락을 표했다.

"좀만 들어갈게. 응? 진짜 손톱만큼만. 미안해. 아가."

배에다 쪽쪽 입을 맞추며 진지하게 허락을 구했다. 그러고는 우람한 상체를 일으키고는 젖은 머리를 쓸어 넘겼다.

배 위를 가볍게 손을 대고 다른 한 손으로는 페니스를 잡아 구멍으로 조준했다. 귀두의 삿갓만 넣고 더 들어가지 않으려 초인적인 노력을 했다.

고작 그 정도로만 그는 사정감이 치밀어 올랐다. 쭈붓, 그의 귀두를 탐욕스럽게 삼킨 질구가 꽉 감싸자 그는 영어로 한국말로 온갖 욕을 다했다. 조금 허리를 조심스럽게 털어대더니 턱을 젖히고 신음을 흘렸다.

"허윽…… 큭……!"

그리고 이내 그녀의 갈라진 틈으로 액을 가득 적셨다. 찐득하고 양이 많은 액체가 음순을 잔뜩 적시고도, 양 허벅지에도, 배 위에도 울컥울컥 토해냈다.

"너무…… 금방……인데?"

"아, 아냐……. 이건 처음이라서……."

희주가 약간의 황당함을 담아 말하자 재인이 눈에 띄게 당황했다.

"왜? 나만 싸서 억울해?"

그가 이내 곧 성기를 탁탁 쳐올리면서 비장하게 말했다. 그 저속한 말에 아래가 반응했다. 후끈한 열기가 아랫배로 꽉 몰려들었다.

그는 먼저 입술로 몸을 구석구석에 입을 맞췄다. 입술이 닿았다기보다는 온몸을 빨아댔다는 표현이 정확했다. 집요하게 그의 타액으로 적셔 놓았다. 아릇한 소리와 함께 귀밑에서부터 발끝까지 빨리는 기분은 기운을 쏙 빠지게 했다.

그 모습이 그는 제법 마음에 드는 듯 입술을 혀로 적시며 말했다.

"내 냄새나는 것 같아 너한테서."

다리를 들어 허벅지 안쪽에 코를 묻으며 만족스러운 신음을 흘렸다. 흥건한 희주의 밑을 보더니 작게 웃었다.

"뭐야, 여기 왜 이렇게…… 말도 안 하고 쌌어? 보려고 했는데…….'

"너 입 좀."

그는 정말 아쉬운 듯 꿀꺽거리는 소리를 일부러 내며 다 마셔냈다.

"아…… 아흑……. 응!"

그는 그 장면을 봐야겠다는 듯 자신이 손가락을 입에 넣어 적신 뒤 중지를 구멍으로 밀어 넣었다. 속살을 파고들자 내벽이 바짝 조였다. 재인의 검붉은 성기가 다시 서서히 고개를 들고 끄덕이더니 그의 잘 짜인 복근 위로 착 달라붙었다.

"하…… 희주야…… 너무 좋아……. 이번엔 같이 가자. 응?"

안팎으로 움직이는 손가락에 고여 있던 액들이 질금질금 새어 나왔다.

"하나만 더? 아가…… 하나만 더 넣을게? 엄마가 그래 달래."

그는 봉긋한 배에 손을 대며 말했다.

"아으…… 내가 언제……."

"물이 이렇게 나오는데 구멍도 커지고…… 그 말이 그 말이 지……."

손가락을 두 개나 더 보태 넣은 그는 손목을 움직여 둥글게 휘젓다가 탁탁, 털어대기를 반복했다. 나머지 손으로는 곤추선 페니스를 잡으려 하자 희주가 몸을 일으켜 돌연 재인의 성기를 움켜잡았다. 다 잡기에는 한없이 부족한 손이 꼼지락 대면서 움직였다.

희주의 손안에서 성기가 쇠방망이처럼 딱딱해졌다.

"허읏, 이거, 뭐야……."

재인이 고통스럽게 얼굴을 일그러뜨리고 크게 헐떡였다. 그는 본능적으로 희주의 밑을 쑤시고 흔들던 손을 더 빠르게 움직였다. 희주는 뜨거워서 데일 것 같은 재인의 성기를 잡아 쥐고는 아래위로 흔들었다. 재인이 욕설을 계속 뱉으며 허리를 크게 흔들었다.

순간, 그의 몸이 빳빳하게 경직됐다.

"큿, 아!"

단말마 같은 신음을 토해내며 재인의 페니스가 정액을 세차게 뿜었다. 액체가 그녀의 얼굴을 적셨다. 눈에 정통으로 맞은 희주가 깜짝 놀라 손을 놓자 귀두가 여기저기로 흔들리며 가슴에도 목에도 쭉쭉 쏘아댔다.

재인이 요동치며 액을 뿜어내는 성기의 밑동을 잡아 훑으며 아직도 남아 있는 정액이 있는지 쥐어짜 냈다. 그는 신음을 흘리며 무너져 내려 그녀의 음부에 코를 처박았다. 같이 가자 해 놓고 먼저 싸 버린 탓에 민망해서 그런 거 같기도 했다.

"……재인아."

"아…… 이거 아냐……. 다시…… 네가 갑자기 만져서…… 너무 좋아서…… 같이 싸야 하는데……."

그는 욕을 짓씹으며 고개를 들었다. 그리고 다시 눈이 기기하게 번쩍이며 자신의 정액으로 범벅된 희주를 내려다보았다. 얼굴에 튄 정액을 닦아내 주고, 뿌연 점액질을 뒤집어쓰다시피 한 가슴과 어깨를 손으로 마사지라도 하는 듯 문질렀다.

"부드러워…… 녹을 것 같아."

야릇한 손길과 점도 높은 뿌연 액체가 마찰되면서 젖은 소리를 냈다. 그 소리에 자극받았는지 반쯤 발기해 있던 페니스가 다시 곤추섰다. 눈가가 붉어진 재인이 땀에 젖은 머리를 넘기며 상체를 다시 세웠다. 그러더니 성기를 위아래로 문지르며 결의에 찬 목소리로 말했다.

"다시 해. 잘할 수 있어. 고작 두 번인데 뭘. 열 번쯤 하다 보면 같이 가는 타이밍이 생기겠지."

그의 아래에서 희주가 한없이 흔들리고 휘어졌다.

* * *

아침을 눈을 떠 보면 밑에 이물감이 느껴진다. 정확히는 그녀의 음부 밑 양 허벅지 사이에 튀어나온 미끄덩하고 뜨거운 정체가 뭔지 안다.

"서재인, 너 또 언제……."

재인은 옆으로 누워 있는 그녀의 사이에 자신의 아랫도리를 끼워 놓았다.

"애정 결핍이라 그래……."

잔뜩 잠긴 목소리로 말도 안 되는 소리를 하며 그녀의 팽창한 젖가슴을 그득 움켜쥔다. 말캉한 살덩이들이 손가락 사이를 비집고 나왔다.

이 정도로 놀라면 어떻게 하지. 하루에도 네 얼굴을 보며 하는 그 더러운 상상을 알면 기겁하고 도망갈지도 모르겠다. 그동안 순진하고 착하게 있느라 얼마나 힘들었는데.

한편 희주는 재인의 머릿속이 궁금하다. 도대체 어떻게 하면 이럴 수 있는지. 아침마다 매번 다양한 방법으로 그녀를 괴롭혔다.

어느 날은 축축한 감촉에 실수라도 한 게 아닌가, 라는 묘한 느낌에 일어났더니, 그가 다리 사이에 얼굴을 파묻고 갈라진 틈을 핥고 있었다.

'으음…… 이거 뭐야…… 아앙! ……서, 서재인 진짜…… 아!'

'목말라서 깼어. 더 자…….'

'이러고 어떻게 자…… 으응……!'

'같이 놀든가 그럼. 아가도 일어난 것 같은데.'

그러더니 부풀어 오른 둥근 배에 입을 맞추며 귀를 가져다가 댔다. 손가락을 안에 푹 꽂은 채로.

'자기, 근데 자면서도 잘 느끼네. 꿈 안 꿨어? 이 정도면 간 것 같은 양인데……'

그가 손안의 끈적한 애액들을 보여 주며 야릇하게 웃었다.

'너 정말……으, 아응!'

그런 다음 옆으로 누운 그녀의 등 뒤에 자리 잡고는 부들거리는 허벅지 사이에 자신의 성기를 끼워 넣었다.

'아가 있을 때는 이 자세가 최선인가 봐.'

아가 나오면 다른 자세 해 봐야지. 흘리듯이 다짐하는 말을 하고 거친 숨소리를 내며 세차게 허리 짓을 시작했다.

허벅지 사이를 파고드는 구렁이가 제집을 지나들듯이 왔다 갔다 했다. 챠, 챠. 미끄러운 허벅지 사이에서 유영하듯 움직이는 성기가 그녀의 회음부를 마찰하며 번들거리는 액을 가져갔다.

음란한 자극은 고조돼 갔다. 음핵을 울퉁불퉁한 핏줄이 불거진 성기가 지나칠 때마다 흘려대는 물로 쩍쩍이는 소리가 났다.

숨인지 욕인지 모를 재인의 거친 소리들이 귓가에서 윙윙 울렸다.

그가 젖꼭지를 사이에 끼고 터트릴 듯 꽉 쥐자 울컥 쏟아져 나오는 액들이 성기에 사정하듯이 끼얹어졌다. 그리고 그 역시 음모에, 허벅지에 뜨끈한 액들을 쏟아내며 몸을 잦게 들썩였다. 등에 닿은 그의 울퉁불퉁한 근육들이 한껏 딱딱해졌다가 풀어지고를 반복했다.

이불을 들추고 그가 엉망이 된 희주의 다리 사이의 광경을 자세히 살폈다. 무엇을 봤는지 모르겠지만 그는 눈을 번쩍이며 자신의 입술을 혀로 핥았다. 희주는 생각했다.

나 아무래도 무서운 것 같은데.

'아가도 깬 김에 조금만 더 하자.'

그가 희주의 배를 감싸고 토닥였다.

* * *

짜증 나.

재인이 저 멀리서 희주를 보더니 심기가 잔뜩 불편한 표정을 지었다. 노천카페에 앉아 있는 그녀는 진줏빛 새틴 롱스커트에 오트밀 색상의 얇은 니트를 입고 있었다.

나이가 들수록 희주는 자꾸 분위기가 달라진다. 가녀렸던 그녀가 아이를 낳고 나서는 붙을 곳에만 살이 붙어 육체가 더 농염해졌다. 풍만한 실루엣과 함께 나른해 보이는 아찔한 매력을 더해 주변의 시선을 계속 붙들고 있었다.

아 어떡하지. 진짜. 집 밖으로 못 나오게 할 수도 없고.

가끔은 재인도 무서워졌다. 제가 이러다 정신을 놓을까 봐서.

뜨겁게 젖은 눈동자가 그녀를 샅샅이 벗겼다. 이가 근질거리는 것 같았다. 목에 박아 넣고……

"왔어?"

아까 이 미소로 저 새끼한테도 웃어 주던데.

그런 사나운 마음을 감추고 재인은 예쁘게 웃었다. 그리고 그녀의 턱을 잡고 조금은 깊게 입을 맞췄다. 그 입맞춤에 위화감을 느낀 희주가 서둘러 자리에서 일어났다.

재인을 끌고 건널목에 주차한 차의 뒷좌석에 올라탔다. 재인은 그녀의 다리를 잡고선 턱 자신의 허벅지 위에 올린다. 희주가 움찔거렸다.

"뭐야. 또. 왜 기분 상했어."

암묵적인 룰이었다. 재인은 자신의 심기가 불편할 때마다 희주의 발목과 종아리를 주무른다. 조금 힘을 담아 소름이 끼칠 정도로. 한숨만 푹푹 내쉬며 발목을 이리저리 돌려보고 문지른다. 뜨거운 손가락이 아킬레스건을 조물거렸다.

"네가 너무 예쁘니까. 짜증 나서 그래."

사실 재인의 짜증은 근본은 태인이었다. 얼마 전 태인이 그녀를 찾아왔다.

둘의 모습을 봤다. 서로를 향한 애틋한 분위기가 넘실거렸다. 당장 달려가서 소리치고 싶은 마음과 반대로 후들거리는 다리가 주저앉을 것 같았다.

모를 수 없었다. 태인이 일 년에 한두 번은 그녀를 찾아온다는 사실을 알고 있다. 별것 없이 그냥 서로 바라보는 게 전부임을 안다. 한 시간도 안 되는 짧은 시간이다. 하지만 그것조차도 뼈저리게 힘들다.

난리를 안 쳤던 건 아니다. 4년 전이었다. 주인이 크리스마스에 태인을 만난다는 것을 알았다. 그 사실을 아는 순간 피가 분노로 맥동했다. 견딜 수 없는 불안감에 희주에게 원망의 말을 퍼부었다. 비명에 가까운 소리를 질렀던 것 같다.

'어떻게 그럴 수가 있어? 이해가 안 돼. 나로 부족해? 떠나려고? 형이 같아 가자고 해, 어?'

'주인이 내 아이야. 언제까지 속이려고 했어? 왜 그랬어? 왜! 희주야 정말 나 죽고 싶어.'

새하얗게 질린 그녀는 한동안 입만 뻐끔거리며 아무 말도 하지 못했다. 그리고 미안하다고 빌다시피 하면서 자신의 잘못이라며 울음소리조차 꾹꾹 누르려고 애썼다.

그 사건 이후, 희주는 더없이 노력했다. 재인에게 사랑을 표현하려고 하고, 눈치를 봤다. 눈가에 눈물이 맺혔다가 재빨리 닦고 그에게 웃어 주었다.

그 모습을 보던 재인도 심장이 뭉텅 잘려 나가는 느낌이었다. 재인은 제 질투가 결국 자신들의 관계를 망치고, 결국 태인이 바라는 집착의 끝일 것이라는 생각이 들었다.

서러워도 어쩔 수 있나. 감당하기 힘들어도 버텨 내야지.

'미안해. 내가 생각이 짧았어. 너라고 그러고 싶은 건 아니었을 텐데. 내가 밉지? 내가 싫어졌어? 다 이해한다고 해 놓고 이렇게 널 슬프게 했잖아.'

그다음부터는, 이 집착이 그녀와의 관계를 비틀어 버릴 것만 같아 재인은 펄펄 끓는 질투를 초인적인 힘으로 죽여 왔다.

그래도 태인과 마주하는 희주를 보는 건 공포 그 자체였다.

심장을 갉아먹는 상상. 그녀가 다시 태인의 손을 잡는.

무서워서 집에서 떨리는 몸으로 기다리고 있으면 그녀는 또 눈치채고 만다. 자신의 불안함을.

'왜 모를까. 나는 네가 세상에서 제일 소중한데.'

속삭이듯 중얼거리며 그의 머리를 쓰다듬고 가져와 가슴에 품어 준다.

'애 취급하지 마.'

재인이 툭 내뱉고는 희주의 입술을 집어삼켰다. 애절한 몸짓이 겹쳐 오고 희주는 그걸 받아 낸다. 슬프고 애달픈 그의 등을 꽉 잡고.

희주는 재인의 심기가 지금 극도로 불안하다는 것을 알아차리고 그를 달랬다.

"재인아, 나도 이제 아홉 살짜리 아이가 있는 애 엄마야. 걱정하는 거면 내가 더 해야지."

갈수록 생기와 색기를 뿜어내는 재인이에게 붙는 시선이 얼마나 많은데. 재인의 눈에는 그저 희주만 있다. 그 기저에는 아마도 그녀를 잊지 못해 찾아오는 태인이 크게 작용하고 있을 것이다.

넌 나를 그만큼 아직 사랑하지 않잖아. 눈동자가 원망과 설움을 담아 불안으로 흔들린다.

투정 혹은 확인. 아마도 계속 이렇게 불안해하겠지.

희주는 재인의 뺨을 잡아 입을 맞춘다. 입술을 깨물고 핥고 빨아당기다 꾹 눌렀다. 조금은 짙어진 키스였다. 물었다가 놓고 머금고 삼켰다. 한참을 그러다 뜨거운 숨을 내뱉으며, 스윽 그의 허벅지를 쓰다듬었다. 몽롱하고 흥분으로 눈이 풀린 재인을 바라보며 입술을 붙인 채 속삭였다.

"오늘 주인이 캠프 갔어. 내일 저녁에나 올 것 같은데?"

"약아 빠져서. 맨날 이런 식으로……."

이미 귀 끝이 빨개졌다. 한결같다니까 정말.

"뭐가, 내 남편 내가 갖겠다는데. 들어가자. 빨리하고 싶어."

사랑한다고 오늘도 속삭여 줄게. 네가 불안하지 않을 때까지.

* * *

향수 냄새.

출근 준비를 하는 희주에게서 낯선 냄새가 났다. 재인이 희주의 귀 뒤에 코를 대고 숨을 들이켰다.

"뭐지? 원래 향수 안 뿌리잖아."

"아, 그냥 한번 뿌려 봤어. 별로야?"

희주는 손목을 킁킁거리면서 괜찮은데. 라고 중얼거렸다. 기민한 짐승 같은 촉이 또 발동한다.

"……샀어?"

재인의 입은 상냥한 미소를 덧그리는데 까만 눈동자가 사납게 빛을 발했다.

"아…… 응."

사실은 선물 받은 건데 저 눈빛을 보니 이제 거짓말이 절로 나온다. 희주도 이제 안다. 재인의 저 질투가 시작되는 눈빛으로 시작되는 추궁이 얼마나…….

바로 얼마 전이었다.

세 가족은 주인의 학교 입학 전에 뉴욕으로 다시 이사 왔다.

'일?'

먼저 뉴욕으로 와 있던 크리스틴을 오랜만에 만났다. 크리스틴이 그녀의 패션 하우스에서 일해 보지 않겠냐는 제안을 해왔다. 아시아 쪽 시장도 마케팅이 좀 부족하다고 생각해 왔다며 희주의 의사를 물어왔다.

'응. 크리스틴이 물어보더라고. 한국에서 어떤 일 했었는지 기억하고 있었나 봐……. 근데 오래되기도 했고……. 내가 잘할 수 있을까. 폐만 끼칠 것 같아. 그냥 거절하는 게 낫겠지?'

물론 재인은 희주가 집에만 있으면 좋겠다고 생각했다. 시간이 많이 지났지만, 아직도 불안한 건 사실이니까. 저를 떠날까봐. 다만 그의 옆에서 더 행복해야지 떠날 생각을 못 할 테니까. 희주가 더 행복했으면 좋겠다는 마음이 더 크다.

자신은 희주만 보고도 살 수 있지만 그녀는 아니라는 것을 안다. 다양한 행복을 누리게 해 주고 싶은 마음과 자신만 바라보게 하고 싶은 모순적인 마음. 그중에서 결국 재인은 희주의 행복을 택한다.

'해야지. 아까운 인재 썩히는 건 말이 안 되지.'

재인이 그녀를 끌어와 자신의 다리 사이에 앉혔다. 시무룩하고 자신 없어 하는 그녀의 뒤에서 꼭 껴안아 주었다.

'정말? 그래도 될까? 아 그리고 주인은 학교 마치고 크리스틴 집에서 봐주기로 했어. 레오와 데인 가정 교사도 거주하니까……테니스 강습도 하는 게 어떻겠냐고 하더라…….'

희주는 들떠 보였다.

부드럽다 못해 녹아 버릴 것 같은 가는 목덜미에 코를 묻고 한껏 들이켰다. 가녀린 어깨에 턱을 살포시 올리고 사랑스러운 뺨을 쪽쪽 없애 버릴 듯 빨아당기자 희주가 아프다며 버둥거렸다.

네가 행복하다면, 나의 불안은 눌러 볼게.

그렇게 희주가 일을 나가기 시작한 지 한 달이 넘었다. 재인은 갤러리에 비주기적으로 출근하고 집에서 일할 때가 많았다. 주인 때문이기도 했다. 어렸을 때부터 육아는 거의 재인이 해 왔기에 별 무리는 없었다.

희주가 콧노래를 부르며 메이크업을 마무리하려는지 코랄색 립스틱을 발랐다. 입술을 오므렸다가 펴며 눈을 깜박이고는 얼굴을 점검했다.

예쁘다. 즐거워 보인다.

짜증 나. 무엇을 향한 불쾌감인지 안다.

이유는 향수. 저 설레는 미소.

누구지?

향수. 여자들끼리 선물하나? 남자가 아닐까?

드레스 룸에서 벽에 기대어 그녀가 메이크업하는 걸 빤히 응시하던 재인은 그녀가 화장대에서 일어나자 불쾌한 얼굴을 지우고 재빨리 미소를 덧그렸다. 그리고 재킷을 골라 손수 입혀 줬다.

"여보, 다녀올게. 주인아. 엄마 다녀올게."

재인에게 가볍게 입을 맞추고 희주가 나갔다.

재인은 싸늘한 얼굴로 서재로 들어왔다. 그녀가 일하고 있는 패션 하우스의 직원들의 사진이 붙은 서류를 하나씩 넘기고 있었다. 놓친 게 있던가. 김희주 취향의 단정한 남자들은 없었는데…… 이미 희주가 일하기 시작하기 전에 조사해 놓은 신상이었다.

여기 쪽은 아닌데. 설마 모델 쪽이야? 김희주는 외모에 약한데…… 어떤 놈이지…… 모델 명단 좀 추려 보라고 해야겠다.

재인은 책상에 팔을 괸 두 손을 맞잡고 미간을 묻었다. 고민이 깊어졌다. 대충 외모가 괜찮은 몇 명을 추려 내고는 내일 직접 회사로 찾아가 봐야겠다고 생각했다.

다음 날. 또 향수 냄새.

오늘은 희주의 퇴근길에 데리러 나왔다. 오후 미팅을 미루고.

희주가 건물 밖으로 나왔다. 동료들과 나와 서로 인사를 했다. 예쁘게 웃는 게 잔상처럼 남는다.

저 새끼인가. 좀 단정해 보이긴 하는데. 그의 신경을 갉아먹는다. 우드득 이가 험악하게 갈린다.

그러나 이내 그를 발견하고 제게 다가오는 그녀를 향해 웃어주었다. 희주가 좋아하는 그 환한 미소로 질척이는 질투와 추악한 소유욕을 누른다.

재인의 감시가 며칠 동안 계속 이어졌다. 희주는 눈치채고 있었다.

뜨거운 시선이 계속 이어졌다. 추궁하고 싶은 욕구와 참아야 한다는 인내가 피 터지게 싸우는 게 보였다. 본인은 잘 속인다 고 생각하는 것 같지만.

그 이글거리는 눈빛을 생각하자 희주의 입에서 작은 웃음소 리가 흘러나왔다.

그만해야 하는데 하다가도…… 그게…….

"가자, 주인."

『희주, '주' 여기서 자고 가면 안 돼요?』

어느새 키가 훌쩍 큰 레오가 싱그럽게 웃으며 말했다. 열 이면 열 다 넘어갈 예쁜 미소로. 눈 밑의 점이 색기가 흐를 정도로 농밀한 기운은 아무래도 열여섯 살 아이의 것이 아니 었다.

"응. 안 돼."

재인이 주를 안아 올렸다.

『치…….』

그러다 레오가 뭔가 깨달은 표정으로 희주 가까이 다가오자 재인이 인상을 쓰며 막아섰다.

『어, 희주 내가 준 향수 썼죠? 역시 잘 어울릴 줄 알았어.』

재인은 잠시 얼이 빠졌다. 그리고 홱 고개를 돌려 희주를 쳐다본다. 희주는 시선을 피하면서 볼이 발그스름하게 물든 채 손가락으로 목을 문질렀다. 사실 레오는 원래 주인에게 향수를 주려고 했다. 아직 어려서 쓰면 안 된다고 했더니 희주한테 대신 준 것이었다.

집으로 돌아가는 길. 주인은 재인의 품 안에 안겨 잠들었다. 생각을 정리하느라 한동안 침묵을 지켰던 재인이 입을 열었다.

"왜 말 안 했어? 레오가 준 거."

"그냥."

네가 질투하는 게 보기 좋아서. 간신히 참아내는 걸 보는 게 설레어서. 그 질투가 너무 달콤해. 희주는 자신의 마음에 어이가 없어서 속으로 웃었다.

"하, 참…… 사람 피 말리게 하는 것도 아니고."

재인이 헛웃음을 터트렸다. 희주의 의도된 질투 유발이라는 것을 알자 자신의 미친 짓이 허탈했다.

"완전 나를 가지고 놀아. 각오해 진짜."

재인의 으름장에도 희주는 가슴이 무언가로 꽉 찬 듯 떨려 왔다. 재인은 그녀의 손길, 눈빛, 말 하나하나에 반응하고 좇는다. 불안하면서도 그녀를 위해 숨기려고 한다. 다소 비틀린 사랑 방식이었다. 그 사랑을 눈앞에서 확인할 수 있어서 좋았다.

"아. 행복해. 재인아 나 너무 행복해. 사랑해. 나를 이렇게 사랑해 줘서 고마워. 나, 너무 변태 같나?"

재인 역시 마음 한구석에서 기이한 안정감이 차오르기 시작했다. 희주 역시 그의 지독한 사랑을 원한다. 이유 모를 만족감이 그를 잠식했다.

나를 미치게 하려고 작정했지.

그의 눈가가 또 붉어졌다. 상처가 많은 그녀의 조금은 이상한 사랑의 확인 방법까지 천생연분이라고 생각하면서.

4. 서태인

미치겠네.

비행기 퍼스트 클래스 안에서 태인은 내리고 싶은 충동이 들었다.

충동.

자신과는 어울리지 않는 단어가 분명했다. 철저하게 만들어진 삶을 살고 있는 태인에게는 말이다.

샤워 시간, 운동 시간, 식사 시간 등 계산에 맞춰 둔 것처럼 사용한다. 업무 같은 일 처리는 기계적으로 정해진 시간 내에 완벽히 처리한다. 한 치의 오차가 없다.

물론 남들에 의해 일정 지연 같은 일들은 발생하지만 거의 드물다. 까칠하다 못해 더럽고, 비정한 태인의 성격에 주변이 알아서 맞추는 거겠지만.

성적 욕망 역시 마찬가지다. 사람들과 접촉을 꺼리니 '그' 시간도 정확한 주기로 날짜에 혼자 해결한다. 그런 제가 여자를 안으려고 비행기를 일부러 놓쳤다, 라. 진심으로 미친 게 틀림없다.

정확하게 확인해 보고 싶었던 것뿐인데. 건드는 순간 벌집을 쑤신 것처럼 몸이 달아올랐다. 강렬한 첫 경험에 자제를 모르고 짐승같이 날뛰었다.

멍한 기분으로 작은 창문 너머 황량한 비행장을 쳐다보며 몇 시간 전의 일을 곱씹었다.

손안에서 감도는 피부의 부드러운 감촉이 되새겨졌다. 혀끝에 맴도는 김희주의 타액을 생각하니 반사적으로 먹이를 앞에 둔 개처럼 침이 솟아 나왔다. 하얗고 가느다란 목덜미를 떠올리자 이가 가려운 것 같았다.

하-. 이거 원, 짐승도 아니고.

허벅지 위로 두툼하게 뉘인 물건이 차근히 몸집을 부풀리는 것을 보니 헛웃음이 나왔다. 손으로 마른세수를 하는 태인을 본 스튜어디스가 따뜻한 핸드타월을 내밀었다.

"서태인 팀장님, 어디 불편하신 점이라도 있으십니까?"

"아뇨. 괜찮습니다."

핸드타월로 손을 더없이 꼼꼼히 닦았다.

이런데, 이런 상태인데. 어째서 그 여자를 안을 수 있었을까.

병도 치료될 만큼 복수에 눈이 멀었나.

자신에 대한 지독한 조소와 환멸.

육감적이고 굴곡이 뚜렷한 입매가 뒤틀린 미소를 자아냈다.

8년 전 여름, 안진 별장에 가족이 다 함께 방문한 것을 마지막으로 태인과 재인은 그곳으로 다시 가지 못했다. 미국 유학이 결정됐기 때문이다.

서재인은 안진 별장에서 올라온 이후 김희주의 이름을 절대 꺼내지 않았다. 안진으로 내려가겠다고 조르지도 않았다. 태인은 그런 재인을 관망하듯 쳐다보았다. 꾹 무언가를 누르는 듯한 모습.

제 엄마같이 멍청하진 않네.

재인이 탐하는 것은 늘 태인이 망가뜨렸다. 반쯤은 같은 피니까 짐승 같은 촉이 재인에게도 있었던 걸까.

김희주를 지키기 위해 숨겨야 한다는 그런 생각 말이다.

근데 그 깜찍한 자신의 동생이 미국으로 와서 김희주의 사진을 감춰 두고 매일 보고 있을 줄이야.

매일같이 그 여자의 사진을 보고 미소 짓는 그 애 얼굴을 구겨 주고 싶었다. 매번 제게 당해 상처받은 눈을 하면서도 살아갈 힘을 다시 얻는 건 그 여자 때문이겠지.

너의 구원. 내가 망가뜨리면 어떨까.

훈련을 가 비어 있는 재인의 방으로 들어갔다. 한 손에는 빙그르르 술잔을 돌리면서.

넓은 우드 슬랩 테이블 밑의 서랍을 열어 사진을 찾아냈다.

세월의 흔적과 손이 탄 사진은 제법 낡았다. 하지만 여자의 얼굴만큼은 선명했다. 8년 전 별장에서 보았던 모습이었다.

어린 주제에 수묵화같이 단정한 얼굴이었지.

저를 살피면서 눈을 못 떼던 여자가 궁금해 책을 핑계 삼아 호수 별장으로 불렀다.

긴장하고 기대하는 눈. 말갛고 순진하고 예쁜 것. 재인과 비슷했다.

망가뜨리고 싶고, 상처 주고 싶은 가학심이 들어 서둘러 내보냈었다. 창문을 통해 희주가 넓은 정원을 뛰어가는 걸 바라봤었지. 드러나는 하얀 종아리에 얼핏 욕정이 서렸었던가.

8년 전 일을 떠올리며 태인은 고개를 젖히고 의자를 빙그르르 한 바퀴 돌렸다.

그때부터 짐승 같은 생각을 하긴 했었네.

회상을 끝내고 빙그르르 돌던 의자를 책상 앞으로 세웠다. 테이블에 올려놓은 술잔을 마저 들이마시며 내려놓은 뒤 차가워진 손으로 눈을 꾹꾹 눌렀다.

책상 위에는 액자에 서 회장과 한윤아 그리고 재인이 뉴욕 롱아일랜드 별장에서 찍은 사진이 있었다. 독사 같은 아버지와 여우 같은 한윤아.

그리고 자신의 천진하고 귀여운 동생 서재인.

김희주를 내가 가졌다는 걸 알면?

입가로 손을 가져가 침음을 가렸다.

가정만으로도 뒤통수가 얼얼할 정도의 쾌락이 덮쳤다.

하지만 곧 이성이 그를 찾았다. 괴롭히긴 더할 나위 없이 좋지만, 섹스를 거북하게 여기는 자신이 할 수 있는 일은 아니었다.

아쉽지만.

그렇게 생각하고 한국으로 왔었다. 그런데…… 첫 경험은…….

"팀장님, 팀장님?"

생각에 빠져 있느라 박 실장의 목소리가 한차례 커지자 그때서야 그가 고개를 돌렸다.

"아가씨 전화입니다."

아직 이륙하기 전, 진주에게서 전화가 걸려 왔다. 손을 닦은 뒤라 전화기를 건네받기가 꺼림칙했다. 그런 자신이 어제 한 짓을 생각하며 "역시, 미쳤네."라고 뇌까렸다. 그것밖에 설명되는 말이 없었다.

여자 밑을 그렇게 물고 핥고 빨면서 어디 가서 이런 병이 있다, 이젠 내색하기도 부끄러워질 지경인데.

미국에 도착하자마자 병원이나 가 봐야지.

병. 그래 병이 나았을 수도 있으니까. 그래서 김희주를 안을 수 있던 것일 수도 있다. 진즉 나았는데 오랫동안 단지 시도하지 않았던 것일 뿐일 수도.

대수롭지 않게 생각하려고 노력하며 전화기를 건네받았다.

"말해."

—진짜 이것만 전해 주면 돼?

공항에 오기 전 진주가 머무는 호텔 로비 카페에서 그녀를 만났다. 서류 봉투를 내밀며 김희주에게 전해 줄 것을 요청했다.

'이게 뭔데?'

지금쯤 미국에 있어야 할 태인이 찾아와 서류를 내미는 상황이 이상했다. 의아하게 생각하며 진주는 서류 봉투를 열어 보았다. 최근 부동산 가격 상승에 한몫했던 아파트 등기증과 계약서였다.

'명의 변경 가능하게 해 뒀으니까. 알아서 하라고 해.'

'이게 뭘까? 걔랑 자기라도 한 거야?'

장난으로 던진 말에 아무런 말이 없는 태인을 바라보았다. 흐트러짐 없는 슈트와 머리 모양새, 그리고 여전히 잘생긴 얼굴은 완벽한 조합이었다.

'설마, 비행기를 미룬 이유가……'

'그 집 나왔으면 한다고 말해 주고.'

태인은 꼬았던 긴 다리를 풀며 자리에서 일어났다. 진주는 얼떨떨한 표정으로 그를 올려다보았다. 라운지를 빠져나가는 태인의 뒤로 '오 마이 갓' 따위의 감탄사를 내뱉는 진주의 목소리가 들렸다.

호텔에서 얘기 끝난 거 아닌가? 뭘 또 확인받고 싶어서 다시 전화한 거지.

—나 지금 김희주 씨 기다려. 따로 뭐 전할 말 없고? 오빠가 그쪽 방면으로 순진한 건 알겠는데, 이런 거 여자들 싫어해.

오해하기 딱 좋잖아. 대가성 화대 같고. 진짜 그런 거라면 상관없지만.

"……."

—하, 알았어. 전해 주라니까 일단 전해 주고 나도 바로 출국할 거야. 조슈아가 목 빠지게 기다리고 있거든.

태인은 아무런 말이 없었다. 불리하면 말이 없지. 짜증 나게.

—그리고 재인이랑 아무 문제 없는 거지? 그럴 거라 믿어. 막말로 걔가 무슨 잘못이야.

"서진주."

세 음절을 내뱉은 묵직한 음성이 참아 주고 있으니 그만하라는 경고를 알렸다. 그는 이어 자신의 계획을 말했다.

"정리하고 한국 곧 들어올 거야. 자리 잡고 이제 시작해야 하지 않겠어?"

어머니의 유언을.

—……가끔 오빠 보면 소름 끼쳐. 난 재인이보다 오빠가 더 불쌍해. 복수하느라 껍데기같이 살지 마. 제발 오빠 네 인생…….

말을 채 마치지 못한 통화가 단호하게 끊겼다.

툭, 가볍게 닿기 싫다는 듯 최 실장의 손으로 핸드폰을 던지자 전담 스튜어디스가 다시 물수건을 들고 왔다. VIP이니 아마 결벽에 대한 정보를 알고 있으리라.

저를 계속 동정이라고 놀려왔던 진주이니, 놀랍기도 하겠지. 계획에 한 치의 오차도 없어야 하는 제가 비행기를 놓쳤다니 신기하겠지.

그런데.

서진주가 단단히 착각한 듯하다. 제가 여자 비위 맞추자고 제가 지금 이러는 걸로 보이나.

비행기가 서서히 움직였다.

엔진의 울림과 같이 머릿속도 흐트러진 걸까.

정리되지 않은 상황이 갑갑해 셔츠 목깃을 당기며 숨을 크게 쉬었다. 아랫도리 사정도 마찬가지로 거북하고.

여자에게 뚜렷한 욕망을 느낀 건 그날이었다.

어머니의 수목장에 다녀오는 길 내내 머릿속이 시끄러웠다. 짐승 같던 아버지. 귀신 몰골이었던 어머니. 그리고 마지막은 아무것도 모른다는 듯 제 옆에서 순진하고 웃고 있는 서재인.

기분이 좆같네. 미국으로 돌아가면, 분탕질을 슬슬 쳐 봐야겠어. 너무 내버려 뒀어. 그런 생각을 하며 입술을 짓씹다 방으로 돌아왔다.

술을 마셔도 갈증이 일었다. 바람이라도 쐴까 싶어 문을 열자 계단 아래로 향하는 여자가 보였다.

그리고 다시 올라온 운이 나쁜 여자는 그녀의 방에 도착하지 못했다.

'저녁 안 먹었어요?'

당황한 여자는 자극적이었다. 여자의 동그랗게 커진 눈과는 반대로 동요하지 않는 반듯한 몸의 선을 보자면 충동질이 다분히 일었다.

옆에 앉혀두고 자세히 살펴보았다. 동그란 이마에 말간 하얀 피부, 섬세한 도자기 같이 빚어진 눈코입이 자신의 가학심을 자극했다. 마지막으로 별장에서 봤을 때의 모습이 떠올랐다. 그때와 마찬가지로 지금도 저를 봐 달라는 듯이 보내는 눈길이라서.

유치한 확인.

'나 기억 안 나요?'

그래, 그날이었다. 손에 포크를 쥐여 주면서 스친 그 살결에 발정했다.

평생을 욕정이라곤 모르고 살았다. 그 더러운 짐승 같은 행위만 생각해도 뒤통수가 쪼개질 것 같은 혐오감이 드는데, 그 손 한 번 스치듯 잡았다고 발기하는 자신이 허망하리만치 신기했다.

그래서 결국, 여자를 가졌다. 게 눈 감추듯 먹어 치워 버린 여자를 달래 놓고 나중을 기약하려고도 생각했다.

꽤 마음에 들었거든. 그 손에 감기는 몸 말고도, 고분고분하지 않은 성격이 재밌었다. 자신의 마음을 숨기려는 태도는 더없이 흥미롭고. 어떤 눈으로 그를 보는지 안다면 뻔뻔하게 그렇게는 못 할 텐데.

안아 달라고, 봐 달라고 보채는 눈빛.

생전 처음 겪는 만족스러운 쾌락이 덮치자, 날 선 감각이 무뎌진 것이 나쁘지 않았다.

짐승같이 풀어낸 섹스를 마치고 자신의 방에서 여자의 꼼지락

거리는 뒷모습을 보니 괜히 가슴 부근에 이상한 느낌이 맺혔다. 해석하기 힘들었다. 뭐라도 해야겠다 싶어서 몸을 일으켰다.

'데려다줄게요.'

여자를 안아 들어 방으로 갔다. 방에서는 여자의 냄새가 났다. 청량한 비누 같은 냄새, 아닌가, 꽃냄새인가. 남의 방에서 이렇게 불쾌하지 않은 기분은 또 처음인데, 깔끔한 성격인가. 정돈된 책상이라든지 침구 같은 것들이 딱딱 맞아떨어져 안정적이었다.

둘러보는 시선이 멈춘 그곳에서 탁, 뒤통수를 때리는 것 같은 충격에 사로잡혔다.

낡은 갈색 곰 인형. 모를 리 없다. 언젠가 자신이 재인에게 적선하듯 던져준 것이었다.

그 물건이 왜 이 여자 방에 있는 거지.

재인의 방에는 희주의 사진이 있고, 희주의 방에는 재인의 물건이 있다.

그 사실이 그를 기분 나쁘게 한다. 알고 있었는데 왜 이렇게 불쾌하지. 입 안에서는 비릿한 피 맛이 났다.

서재인이 좋아하는 여자.

인사와 안부를 묻지 않은 건, 마지막 순간이 여자를 상처 입히고 싶게 만들었기 때문이다.

* * *

태인은 비행기 안에서부터 울렁거리던 속 때문에 뉴욕에 도착할 때까지 한숨도 자지 못했다. 여전히 머릿속에서는 김희주의 생각이 굴러간다.

"팀장님, 플랫폼 유통 계약 미팅 건 일정 잡혔습니다. 내일 오후 방문 일정 잡아도 되겠습니까?"

상념에 잠겨 있는데 차 앞좌석에 앉은 박 실장이 저를 끌어내었다.

"그렇게 해요."

"네, 알겠습니다."

태인은 팔을 괴고 미간을 손가락으로 문질렀다.

"그리고, 부탁이 있는데……."

재규어 같은 검은 세단이 입을 벌리듯이 쩍 하고 문이 열렸다. 센트럴파크 앞의 화려한 호텔 앞에 내려서 마중 나온 호텔 직원에게 카드 키를 바로 건네받았다.

"30분 이내로 온다고 합니다."

태인은 손등으로 눈을 가리고 스위트룸 침대에 늘어져 있었다.

초조했다. 길거리만 걸어 다녀도 시선을 끄는 여자니. 지금도 어떤 새끼랑 같이 있을지도 모르겠는데…….

그때, 호텔 룸에 초인종 소리가 울렸다. 문을 열고 들어오는 여자는 제법 김희주를 닮았다.

박 실장님 일 잘하시네.

연기인지 진짜인지 모르게 쭈뼛거리며 수줍게 구는 것도 비슷했다.

"저 옷 벗고 시작할까요? 원하는 게 있으시면 말씀을……."

여자는 돈을 받고 몸을 파는 콜걸이었다. 호출한 남자가 이렇게 잘생겼으니 횡재나 다름없다고 생각하고 있었던 터였다. 물론 이렇게 반반한 남자들이 불렀을 때는 변태일 가능성이 크긴 했지만.

다가오려고 하는 그녀를 손가락을 들어 저지했다. 그리고 반듯한 이마를 신경질적으로 문질렀다.

"오지 말고, 저쪽에 앉아서 벌려요."

자신이 앉아 있는 침대와는 떨어진 곳의 소파였다. 멀리 떨어져야, 그래야 더 비슷해 보이니까.

"만져 봐요. 거기서."

무던하게 시선을 떼고 태인은 바 테이블로 느리게 움직이며 명령했다.

위스키 병을 들어 잔에 술을 채우면서 시선을 들어 김희주와 비슷한 구석을 찾아보았다. 그 질척한 눈빛에 여자는 흥분됐는지 더 움직임을 빨리했다.

"아, 아앙!"

여자가 자신의 가슴과 클리토리스를 만지며 야한 소리를 질렀다. 크리스털 잔을 찰랑이며 입술에 가져간 그가 그 모습을 보며 다시 나직이 경고했다.

"소리는 내지 말고."

그따위 천박한 신음은 흘리지 마. 그 여자와 똑같은 게 아니라면. 떠올리는 데 방해되니까. 흐린 눈으로 벗은 여자를 보며 희주를 떠올렸다.

자신의 성기를 보더니 파리하게 질린 얼굴이 자극적이었지.

태인은 덤덤히 술을 마저 마셨다. 입 안에 위스키의 깊은 향과 맛이 오랫동안 머물렀다. 맛보았던 희주의 타액을 기억이라도 해 보려는 듯 혀를 입 안에서 굴렸다.

뭐가 그렇게 억울한지 바들바들 떨면서 자신을 치켜뜨던 눈도 예뻤어.

소파에서 질컥거리는 음란한 물소리가 들렸다. 태인의 요구에 흘러나오는 신음을 최대한 자제하는 듯했다.

하얀 가슴이 출렁이던 장면은 꽤 인상적이었다. 단정한 여자가 제 아래서 요부처럼 흔들리는 모습이. 그 맛은 크림처럼 부드러워 입 안에서 흐물거렸다. 크림 따위는 먹지도 않으면서, 그건 왜 그렇게⋯⋯. 그 가슴에 어울리는 속옷으로 입혀 봐야겠다.

그런 미친 생각을 하며 벨트를 풀어 장골까지 바지와 드로어즈를 내렸다.

말도 안 되는 크기의 성기를 꺼내 그는 손으로 쓱쓱 문질렀다. 흐트러지지 않은 모습으로 성기만 꺼내 놓고 자위하는 남자에, 소파 위의 여자는 더 몸이 달아 움직였다.

발긋한 뺨이, 베어 물고 싶을 정도로 탐스러웠는데.

왜 남자 새끼들이 좆을 쑤셔 넣지 못해 안달인지 이제 이해가 될 지경이니.

씨발.

김희주에게 그저 쑤셔 넣고 싸고 흔들고 싶은 원초적인 욕망이 들끓었다.

그가 거친 숨을 몰아 내쉬며 손을 빠르게 털어냈다. 미치도록 좁았던 여자의 안이 꽉 자신의 것을 조이던 때를 기억하면서.

'아, 아파! ……천천히, 하읏……!'

거친 추삽질에 어쩔 줄 몰라 하면서도 그의 성기를 끝까지 받아 냈었다. 한껏 꺾여 펄떡대던 목덜미에 코를 묻고 싶은데.

"큭……!"

남자의 상체가 둥글어졌다. 검붉은 살갗이 질척이는 소리를 내며 포효하는 듯이 욕정을 한껏 뱉어냈다.

먹고 싶어. 게걸스럽게 처박고 어떤 것이든…… 다 마실 준비가 돼 있는데…….

모조리 쏟아 내고 있는 와중에도 참을 수 없는 감각이 몰아쳤다.

하, 이건 도대체.

뜨거운 몸과는 달리 싸늘하게 머리가 식었다.

미쳤나, 드디어. 그 더러운 자신의 아버지, 서 회장의 핏줄임이 드러나는 건지도.

자조하며 갈무리한 뒤, 태인이 소파에 있는 여자에게로 다가갔다. 지갑에서 돈을 꺼내 들고 내밀자 여자가 손을 뻗었다. 태인은 그 손이 닿기 전에 그녀의 지척에 떨어뜨렸다.

"다음에 올 땐 화장은 하지 말아요."

열띤 자위질이 무색하게 남자는 건조하고 차갑게 말했다. 마치 끔찍한 광경을 보고는 역한 냄새가 난다는 듯 인상을 찌푸리고는 재킷을 집어 들고 방 밖을 빠져나갔다.

호텔 앞 대기한 차에 에스코트를 받아 뒷좌석에 올랐다. 재킷 안의 핸드폰을 꺼내 들어 통화 버튼을 누르고 내내 궁금했던 것을 알기 위해 지시를 내렸다.

"김희주…… 그 여자, 뭐 하는지 좀 살펴봐요."

얼핏 그런 생각이 스쳤다. 장난으로 시작된 이 놀이가 끝나지 않을 수도 있겠다는. 하지만 곧 무거운 책임감과 짓눌린 죄책감이 수면으로 떠오르자 그 가벼운 생각을 가라앉혔다.

* * *

김 선생은 하얀 연기가 느릿하게 피어나는 머그잔을 들고 창가 턱에 앉아 있었다. 하늘에 흰 선을 그리며 날아가는 비행기가 보였다.

'선생님, 저 미국 가요. 그 사람이랑 같이.'

재인은 쑥스럽고 설레고 행복해 보였다.

'죄책감에 날 선택했는지도 몰라요. 그래도 난 놓고 싶지 않아요. 걔 몫만큼 내가 더 사랑해서 채우면 되니까.'

그들의 관계가 어떻게 끝났는지는 모른다. 그저 희주가 과거의 연인에게서 받았던 지독한 상처를 묻고 재인에게 돌아섰구나, 하는 조심스러운 추측만 할 뿐이었다.

다음 환자가…… 그녀는 다시 책상으로 자리를 옮겨 왔다.

어딘가 비현실적인 남자가 들어왔다. 먼저 커다란 키와 탄탄한 체격에 한 번 놀랐고, 잘생긴 얼굴에 잠시 넋을 놓고 바라보았다. 그러다 걸어온 남자가 가까이 다가와 앞에 앉자 오싹함을 느꼈다.

결코 흘려볼 수 없는 모습인데, 한참을 묘한 분위기에 빠져 있다가 누구인지 퍼뜩 깨달았다. 김 선생은 지금 그 지독한 사연을 지닌 세 사람 중 마지막 사람과 마주하고 있었다.

서태인. 서산 그룹 후계자. 재인의 이복형, 김희주 씨와 연인 관계였던 그 사람.

"내 애인이 여기 다녔다고 하던데……."

입을 뗀 남자의 말이 동굴에서 소리를 내뱉듯 낮게 울렸다. 김 선생은 정신을 퍼뜩 차렸다.

"뭐가 어떻게 안 좋았는지 궁금하네요."

"환자 기록은 제공할 수 없습니다."

온기라고는 없는 남자의 표정이 왠지 손에 땀을 쥐게 했다. 김 선생은 긴장을 풀려고 노력하며 차분한 태도를 유지했다. 속까지 떨리게 하는 사람은 오랜만이었다.

"나도 환자로 온 겁니다. 실력이 좋은 것 같아서."

그가 서늘한 눈빛을 하고서는 입매로는 보기 좋은 호선을 그렸다. 느른한 표정이 위험하게 느껴질 정도로 뭔가 위태로워 보였다. 김 선생은 계속해 보라는 고개를 끄덕이며 말을 이끌었다.

"네…… 뭐든 말해 보세요. 증상이라든지, 아니면 고민이라든지."

"심장이 뻐근하고 아픕니다. 잠도 잘 못 자고."

"회사 문제 때문인가요?"

"아니요. 애인이 날 버리고 가서."

그가 고개를 저으며 뒤에 기댔던 상체를 꼿꼿하게 세웠다. 그리고 무언가를 생각하는 듯하다가 상체를 기울여 무릎 위에 팔꿈치를 대고 손을 맞잡았다.

"망가뜨리고 싶어요. 지금이라도 붙잡아 가둬 두고 싶어요."

"……."

"계속 그랬어요. 그 여자를 만나는 동안."

무감한 말투와 달리 그는 다소 절망스러운 표정이었다. 그가 말하는 여자가 김희주라는 걸 쉽게 알 수 있었다.

"하루에도 수십 번 가슴이 철렁하고, 꼴사납게 걔를 그리면 짐승같이 발기가 돼요. 그게 회사든 아니든. 무슨 생각하는지 머리통을 갈라 보고 싶은 충동도 들고. 여기저기 남자들 홀리고 다닐 때면 발목을 부러뜨려 집에만 두고 싶고."

낮고 건조한 목소리. 꽤나 거친 말을 하는 잘생긴 얼굴이 음울했다.

"지금은…… 차라리 그렇게 생각할 수도 있었을 때가 그리울 정도고."

그는 혼란스러워하는 것 같았다. 그리고 눈매를 완만하게 휘면서 부드럽게 물어왔다.

"어때요? 선생님. 사랑 아니고 집착, 뭐 이런 건가? 난 아무리 봐도 사랑인 것 같은데……걔가 믿어 주질 않더라고."

남자가 입을 다물자, 시간이 멈춘 듯한 정적이 흘렀다.

"한번 기다려 보라고 했어. 그러라고 했으니까……."

남자는 중얼거렸다. 그것만이 자신이 붙잡을 수 있는 유일한 끈이라서.

세상이 꺼진 듯한 남자의 외로움이 압도적으로 느껴져 김 선생은 잠시 자신의 본분을 잊고 말았다. 목울대를 크게 일렁인 태인에게서 가라앉은 목소리가 흘러나왔다.

"잘 좀 부탁해요. 병원 가 보라고 하던데. 다 나으면 기특해서 다시 만나 줄지도 모르잖아."

그리고 미소 지으며 덧붙였다.

"많이 심각한가? 왜 그렇게 굳어 있어요?"

남자는 이별을 받아들이지 않았다.

* * *

⟨Le Pure Cafe⟩

코너에 있는 카페. 세월의 흔적이 묻어나는 빛바랜 빨간색 간판이 멋스러웠다. 희주는 영화 속 그 카페의 간판을 현실에서 마주하고는 미소를 지었다. 몇 번을 반복해서 본, 좋아했던 영화였다.

여기에 진짜 올 수 있을 것이라곤 생각 못 했는데. 김희주 성공했네.

결혼 10주년 여행이었다. 재인의 일 때문에 겸사겸사 파리로 여행하러 와서는 진주의 집에 머문 지 3일 차였다.

오늘 재인은 비엔날레 전시 건으로 미팅 일정이 잡혀 있었다. 그래서 희주는 주인과 함께 어디로 다녀올지 고민하고 있었다. 진주는 주인과 자신이 놀아줄 테니 혼자만의 시간을 즐기라며 그녀를 밖으로 내몰았다.

10년이라니 정말 시간 빠르다.

그런 생각을 하며 카페로 들어섰다. 카페는 관광지와 조금 떨어진 11구에 있는 탓에 관광객들보다는 로컬이 찾아오는 것 같았다.

희주는 자리를 잡고 테이블에 선글라스와 지도를 내려놓았다. 그리고 카운터에서 서서 메뉴를 보고 있는데.

『봉쥬르.』

산뜻한 파란색 셔츠를 입고 있는 점원이 인사했다.

『봉쥬르.』

희주는 생긋 웃으며 어색한 발음으로 따라 인사했다. 다시 메뉴를 살피려니 옆에서 매끄러운 불어 발음으로 주문하는 낮은 목소리가 들렸다.

익숙한 향기. 죽을 때까지 잊히지 않겠지.

이 남자는 불어도 이렇게 완벽하게 하는구나.

"이거 맞지?"

낮으면서도 다정한 목소리. 메뉴판 위의 '카페 누아르'를 짚어 보이는 왼손 위의 흉터는 아직도 선명했다. 마치 우리가 했던 지옥 같은 사랑이 지워질 수 없다는 것처럼.

태인이었다.

그는 이렇게 불쑥 찾아왔다. 1년에 한두 번 정도 이렇게 느닷없이 나타나 그녀의 심장을 움켜쥐었다가 놓고 간다. 물론 들키지 않으려 죽을힘을 다하지만 잘 숨겨졌는지는 모를 일이다. 매번 눈물을 흘리고 말았으니까.

그는 주문을 마치고 계산하면서 던지듯이 물어왔다.

"비포 선셋?"

이곳은 영화 〈비포 선셋〉의 주인공들이 재회 후 들렀던 카페였다.

진녹색 슈트를 입고 진한 향기를 풍기는 남자를 쳐다보았다. 여기를 또 어떻게 알고 온 거냐는 눈으로 보자 그가 순순히 고했다.

"뉴스 안 봤어? 기후변화협약 때문에 포럼 있어서 온 거야. 설마 네 뒤까지 쫓아서 파리까지 날아왔을까."

조곤조곤, 능청맞게 말하자 핏기가 가신 희주의 얼굴이 금방 발그레해진다.

그는 희주의 물건이 놓인 테이블로 가 앉았다.

10년이 흘렀다. 세월의 흔적이 묻어 있는 그는 여전히 아름다웠다. 중년으로 흘러가는 시간의 흐름에 기품과 품위 같은 것이 더해져 그는 더 우아하고 완전무결해졌다. 정장을 완벽하게 차려입은 모습은 마치 화보를 보는 듯한 느낌이었다.

카페 안의 사람들은 그를 힐끔 쳐다보면서 'élégant, gracieux'라고 중얼거렸다.

하지만 정작 본인은 들리지도 않는다는 듯, 아까 서 있던 자리에 그대로 있는 희주를 빤히 바라보았다. 느긋하게 테이블에 팔을 괴고는 앉으라는 듯 턱짓했다.

희주는 빠르게 뛰는 심장을 느끼며 천천히 그의 맞은편으로 앉았다.

늘 똑같았다. 그는 그녀를 빤히 보았고, 그녀는 눈을 내리깔고 시선을 피했다.

"운명같이 만났다가. 헤어지잖아. 그리고 다시 만나고."

약 10년이라는 시간의 흐름을 따라 재회하는 한 남녀의 이야기를 담은 3부작 영화. 그는 지금 그 영화 내용을 말하고 있었다. 이 카페는 시리즈 2편에서 재회가 이뤄진 장소로 쓰였다.

희주는 눈꺼풀을 들어 올려 그를 마주했다. 그리움에 지치지도 않는지 애절한 눈빛이 쏟아졌다.

"영화 좋아하는지 몰랐네요."

"네가 좋아했잖아."

희주가 떠난 뒤 미친 듯이 그녀의 흔적만 더듬은 그에게 어려운 일은 아니었다. 그러다 티브이에서 그녀가 보았던 영화 시청 기록을 보게 됐다.

기차 안에서 한눈에 서로에게 반했던 남녀가 헤어졌다가 9년

만에 다시 우연히 만났다. 그때, 한 명에게는 연인이 있었고 다른 연인이, 다른 한 명은 결혼해서 아이까지 두었다. 여전히 9년 전 그 첫 만남을 기억하며 설레어하지만, 현실이 그들을 가로막고 있었다.

열린 결말로 끝나나 싶었던 영화가 또 10년 만에 나왔다. 서로를 잊지 못해 그들은 각자의 연인과 헤어지고 다시 맺어졌고, 중년이 된 그들은 지난날의 설렘은 사라져 지겹게 싸우지만 결국 둘만의 사랑을 이어 나간다는 영화였다.

"그들의 결혼 생활은 불우했잖아요……. 난 지금 너무 행복해요."

그는 비스듬히 고개를 기울였다.

마냥 날 선 고양이 같았던 그녀가 나이가 들자 여유로움이 묻어나 생기를 머금었다. 청색 셔츠에 화이트팬츠. 단정하게 하나로 묶은 머리가 청초하기도 하고.

하긴 김희주가 언제 안 예쁜 적이 있었나. 그녀의 달큼한 냄새가 커피 향을 뚫고 코 안으로 들어온다. 저 가는 목에 입술을 묻으면 세상에서 가장 행복해지는 느낌인데…… 자신은 지금 어느 것도 할 수 없다.

그의 눈은 여전히 깊고 강렬하게 그녀를 담고 있었다. 응시하던 그의 눈빛이 짙어졌다.

"왜 또 울어."

그가 손을 뻗어 눈물을 훔쳐 갔다. 희주는 자신도 모르게 눈물을 흘렸던 것을 뒤늦게 자각했고 황급히 고개를 돌리고 닦았다.

정말 불가항력적인 걸까. 너무 지독한 사랑을 한 탓인지 10년이 지나도 그를 마주할 때면 여전히 온몸이 부서져 내리는 듯 아팠다.

태인은 알고 있다. 몸이 저렇게 흔들릴지언정 허물어지지 않게 꽉 쥐고 있는 그녀의 마음이 결국은 벽처럼 굳어졌다는 것을. 다 알면서도 자신의 마음은 더없이 흐드러져서 시들지 않고 계속 담장만 지키고 있을 것을. 결코 그 벽을 깨부수고 그녀를 아프게 할 수 없으니까.

"다음은 프롬나드 플랑테?"

그녀가 커피를 다 마시자 그가 말했다.

주인공들이 걸었던 프롬나드 플랑테 공원.

정말 영화를 봤구나. 이 남자가 로맨스 영화를 보고 있는 건 상상이 안 되는데. 그 어이없는 장면을 떠올리자 희주의 입에서 난데없는 웃음이 터져 나왔다.

그 귀한 웃음을 태인은 한참 넋을 놓고 보았다.

옛 고가 철길을 공중 산책로로 만든 곳이었다. 4.7㎞ 길이의 기다란 선형의 공원은 초록색 오솔길이라고도 불리기도 했다.

말 한마디 없이 그저 걸었다. 조용히 그가 옆에서 속도를 맞춰 주었다.

완연한 봄이었다. 싱그러운 나뭇잎과 향기로운 꽃들 사이를 걷는데, 그들의 주위에는 깊은 쓸쓸함이 맴돌았다.

희주의 심장에는 터질 것 같은 욱신거림이 계속됐다. 자꾸 쓸데없는 가정으로 상상하게 되니까. 공원의 시작에서 반쯤 왔을 때 희주는 걸음을 멈추었다.

희주는 눈을 내리깔고 한숨을 내뱉었다. 열리지 않는 목구멍을 겨우 열어 말했다.

"여기서부터는 나 혼자 갈게요. 그리고……."

"……."

"다시 찾아오지 마요. 재인이가 알게 하기 싫어요. 걔한테 상처 주기도 싫고 불안하게 하기도 싫어."

"왜? 날 다시 사랑할까 봐 두려워?"

한없이 가벼운 말투를 흉내를 내지만 어떤 무게일지 상상도 안 가는 말이었다. 순식간에 그들의 감싼 공기를 뒤흔들어 놓는 찰나의 시간이었다.

잠시의 정적이 끝에 희주가 고개를 들고 쏘아보자 그는 낮게 웃었다. 희주는 긴 한숨을 내뱉었다.

"힘들잖아요. 당신도 나도……. 이러는 거, 그만해요."

웃고 있는 그의 표정이 미세하게 일그러졌다.

"난 하나도 안 힘들어. 이렇게라도 하지 않으면 난……."

죽을 것 같아.

살랑대는 봄바람은 가볍기만 한데 묵직한 기운이 그들 사이를 갈랐다.

"달라지는 건 없어요. 평생. 나는 그 애 옆에서 죽기로 했어요."

그녀가 힘주어 말했다.

"매번 이렇게 심장에 대못을 박고 끝내다니…… 좋아. 다음에 또 봐."

예상했다는 듯 그는 쓴웃음으로 흘려 넘기며 작별을 가장한 다음을 기약했다. 망설임 없이 돌아서는 그녀를 보고는 고개를 떨어트리고 옅게 웃었다.

멈춰.

한 번쯤은 돌아봐 줄 만하잖아.

그런 남자의 바람을 비웃듯 거리가 멀어질수록 더 선명하게 발걸음 소리가 들린다.

너무하네.

그는 쓸쓸하게 내뱉고는 고개를 들어 작아지는 그녀의 어여쁜 뒷모습을 한없이 바라보았다.

희주야…….

희주야.

나는 아직도 생각해. 내 식대로, 잔혹한 방법으로 끝내지 못한 걸 뼈저리게 후회해.

네 옆에 있는 그 새끼를 죽이지 않은 걸, 너무나 후회해. 지금도 여전히 그러고 싶을 정도로. 하지만 네가 들으면 싫어할 테니…….

그래서 그 언젠가로 돌아갈 수 있다면, 어디가 좋을지 생각해 봤어.

어느 시점이든 너를 만났을 때는 내가 이미 구제 불능인 상태여서 의미가 있을까 싶은데…….

네가 다섯 살이든, 열여섯 살이든, 스물네 살이든.

나는 이미 망가진 사람이라서 너를 똑같이 괴롭게 했을 것 같아. 그래서 나는 후회 대신, 상상하기로 했어.

들어볼래?

나는 어머니의 기일에 너를 처음 만나.

'이름이 뭐예요?'

아무것도 몰라 나는. 네가 누구인지. 누구의 딸인지. 어떤 사람인지. 그저 네가 예쁘다는 생각만 해. 그리고 네게 말해.

'오늘 어머니가 돌아가신 날이에요. 나 지금 되게 슬픈데…… 조금만 같이 있어 줄래요?'

나는 지금 슬프고, 위로가 필요하다고 말해. 맞아 유혹하는 거야. 그때처럼. 네가 내 방에 처음 들어왔던 날처럼.

너도 내가 나쁘지 않은가 봐. 순순히 나를 위로해 줘. 너도 아빠가 없다고. 그렇게 울지 말라고. 내 눈물을 닦아 줘.

우리는 그렇게 만났어.

그리고 근사한 차림으로 너를 찾아가. 난 네가 좋아하는 꽃도 샀어.

'그쪽이 내 머릿속에서 떠나지 않아서. 내가 잠을 못 자. 책임져 줘야겠는데…….'

협박 같은 장난식으로 고백한 뒤, 다시 진심을 말해. 첫눈에 반했으니 나와 만나 달라고. 너는 눈을 동그랗게 뜨고 꽃을 받아. 얼굴이 발갛게 물들인 채로 고개를 끄덕여.

그렇게 우리는 3년쯤 연애를 하는 거야.

회사에서 나는 너를 스쳐 지나가면서 눈인사를 하고, 너는 시선을 떨구고 조용히 미소 지어. 비밀스럽게 연애를 하는 거야.

'오늘 왜 이렇게 예쁘게 하고 왔어? 키스해도 돼? 아무도 안 와 여긴.'

회사의 비밀 장소에서 유치한 질투를 핑계로 네게 깊은 입맞춤을 요구하기도 해.

그리고 벚꽃이 만개한 봄날, 어느 근사한 레스토랑 네가 좋아했던 그곳에서 피아노를 쳐 줘. 곡은 네가 좋아할 만한 에릭 사티의 〈짐노페디 1번〉을 골랐어. 슬픈 듯, 사랑스러운 곡이 너랑 잘 어울리거든.

연주가 끝나자 사람들이 박수를 쳐. 그들은 내 걸음을 시선으로 좇아. 사람들이 바라보는 그곳에서 나는 네 앞에 무릎을 꿇어. 모두가 숨죽이는 침묵 속에서 네게 청혼해.

'네가 내 삶의 시작이었어.'

반짝이는 반지를 꺼내고 네 왼손에 끼워. 아무 말 없이 눈물만 흘리는 네게 다시 말해. 나와 결혼해 달라고. 행복하게 해 줄 테니 나와 결혼해 달라고.

너는 훌쩍이다가 일어나 내게 입맞춤하며 그러겠다고 대답해. 나는 너의 눈물을 닦아 주며 속삭여.

'사랑해.'

화려하고 성대한 결혼식장에서 손을 잡고 같이 웨딩 로드를 걸어가.

너는 약간 긴장돼 보여. 나는 새하얀 웨딩드레스를 입은 네 아름다운 모습에 숨이 막혀 죽을 것 같은 얼굴을 하고 있고.

평생을 함께하겠냐는 약속을 묻는 말에 나는 진심으로 대답하고 생각해. 사랑을 서약하는 자리에서 네 귓가에 속삭여.

'죽음 뒤에도 함께할 수 있길 바라.'

온종일 붙어 있는 우리에게 아기가 생겨. 내 아이를 가진 네게 나는 뭐든 해 주는 거야. 요리학원도 다녀 볼까. 실없는 생각도 해 보고.

걸어 다니지 않게 하루 종일 안고 다니면서 네가 다치지 않게 해. 그것만이 내 일인 것처럼.

아이를 낳고 너를 닮은 작은 아이를 안고 있는 너의 머리를 쓸어내려. 이마에 뺨에 코에 입술에 차례로 입을 맞춰. 그리고 처음처럼 다시 고백해.

사랑한다고. 너를, 네 아이를. 내 아이를.

그렇게…….

상상을 고하는 말은 옥죄여 오는 심장에 다 마치지 못했다. 태인의 뺨이 눈물로 엉망이 됐다. 고통으로 물든 그의 눈썹이 사정없이 우그러졌다. 손으로 심장을 움켜쥐고는, 터져 나오는 울음소리를 참지 못하고 주먹으로 퍽퍽 쳐 대면서 그는 숨을 쉬었다.

사실. 매 순간 후회와 절망에 빠져 살아, 나는. 이다지도 헛된 상상 끝에 죽을 것 같은 고통이 몰려와.

속이 아리도록 떨려 왔다.

꼴사납네. 정말.

그래서 희주야.

헛되고 헛된, 가장 달콤하고 잔인한 상상을 하면서 나는 그
저 기다릴 뿐이야.

사랑해.